MIRA®

Der Preis dieses Bandes versteht sich einschließlich
der gesetzlichen Mehrwertsteuer.

Umwelthinweis:
Dieses Buch wurde auf chlor- und säurefreiem Papier gedruckt.

Das verletzte Gesicht

Als Charlotte nach ihrer Schönheitsoperation in den Spiegel schaut, blickt ihr eine makellose Fremde entgegen. Plötzlich steht ihr die Welt offen. Sie wird ein gefeierter Hollywoodstar, sie begegnet dem attraktiven Michael Mondragon: eine stürmische Affäre, die große Liebe, ein Diamantring, der von der Hoffnung auf ein gemeinsames Leben spricht. Alles scheint perfekt. Dann beginnen Charlottes quälende Schmerzen, Spätfolgen der Operation. Doch ein erneuter Eingriff könnte ihr Gesicht entstellen. Charlottes Welt, auf Schönheit und Perfektion aufgebaut, würde zerbrechen. Alles wäre zerstört, was Charlotte erreicht hat ...

Die Handlung und Figuren dieses Romans sind frei erfunden. Ähnlichkeiten mit lebenden oder verstorbenen Personen sind nicht beabsichtigt und wären rein zufällig.

Mary Alice Monroe

Das verletzte Gesicht

Roman

Aus dem Amerikanischen von
Margret Krätzig

MIRA®

MIRA® TASCHENBUCH
Band 25113
1. Auflage: Dezember 2004

MIRA® TASCHENBÜCHER
erscheinen in der Cora Verlag GmbH & Co. KG,
Axel-Springer-Platz 1, 20350 Hamburg
Deutsche Taschenbucherstausgabe

Titel der nordamerikanischen Originalausgabe:
Girl In The Mirror

erschienen bei: Mira Books, Toronto
Published by arrangement with
Harlequin Enterprises II B.V., Amsterdam

Konzeption/Reihengestaltung: fredeboldpartner.network, Köln
Umschlaggestaltung: pecher und soiron, Köln
Titelabbildung: by Mauritius Images
Autorenfoto: © by Harlequin Enterprise S.A., Schweiz
Satz: D.I.E. Grafikpartner, Köln
Druck und Bindearbeiten: Ebner & Spiegel, Ulm
Printed in Germany
ISBN 3-89941-149-8

www.mira-taschenbuch.de

1. Teil

Schönheit liegt im Auge des Betrachters.
Margaret Wolfe Hungerford

1. KAPITEL

April 1996

Da die Welt angeblich eine Bühne war, wurde es wieder Zeit für sie, ihre Rolle zu spielen.

Charlotte saß im grünen Raum des Fernsehstudios, während sich draußen die Titelmelodie der Talkshow mit dem Applaus des Publikums mischte. Sie hatte Vicki Ray dieses Interview versprochen, und es gab kein Zurück mehr. Lieber diese Stunde durchstehen, als monatelang eine schlechte Presse erdulden. Sie hatte in letzter Zeit genug schlechte Presse gehabt. Ihr Plan stand fest. Freddy hatte gewohnt zwanghaft alle Details geklärt. Wie hatte er noch gesagt? „Interview, Trauung, Operation. Zack, zack, genau in der Reihenfolge."

Ihre Schläfen hämmerten im Rhythmus des Pulsschlags. Wie heiß es hier war! Sie legte eine zitternde Hand an die fiebrige Stirn. Ihre Lippen waren wie ausgedörrt. Sie presste die Finger zusammen, um sie am Zittern zu hindern. Bitte, lass die Symptome nicht schlimmer werden, flehte sie im Stillen. Vielleicht nahm sie besser noch eine Tablette. Sie suchte in ihrer Handtasche danach. Nur für alle Fälle.

Drei kurze Klopfzeichen an der Tür.

„Charlotte?" Freddy Walen trat ein, ohne eine Antwort abzuwarten. Obwohl nicht groß gewachsen, füllte er mit seiner dominanten Präsenz den Raum und ließ Charlotte innerlich schrumpfen, während er sie mit forschendem Blick besitzergreifend musterte.

„Gut ... gut“, sagte er offenbar zufrieden und strich sich über den ordentlich gestutzten Oberlippenbart. Kein Schmuck am schlanken Schwanenhals, das lange blonde Haar fiel locker auf die Schultern und die großen blauen Augen strahlten. Dieses Aussehen bezeichnete Freddy als das „Strahlen eines Stars“. Er hatte ihr beigebracht, das Publikum erwarte von Charlotte Godfrey unterkühlte Eleganz. Und sie enttäuschte es nicht.

„Was nimmst du da?“ fragte er.

„Eine Schmerztablette, um das Interview zu überstehen.“ Sie starrte auf die weiße Pille in ihrer Hand und hob besorgt den Blick. „Freddy, sag das Interview ab. Es geht mir nicht gut. Die Symptome kehren zurück. Meine Hände zittern, und noch eine Tablette zu nehmen ist keine Lösung.“

„Es wird schon gehen“, erwiderte er brüsk und tätschelte ihr die Schulter. „Kopf hoch. Wir können jetzt nicht mehr absagen. Außerdem brauchen wir dieses Interview, um Gerüchte zu zerstreuen. Danach haben wir Ruhe vor der Presse und können nach Südamerika abreisen, damit du wieder in Ordnung kommst. Zieh die Show durch, und wir sind weg hier. Versprochen. Nimm jetzt die Pille.“

Charlotte schenkte sich ein Glas Wasser ein. „Ich traue Vicki Ray nicht. Sie ist hart. Gewitzt. Was, wenn sie etwas vermutet?“

„Vergiss es. Vicki hat keine Ahnung. Andernfalls würde ich es wissen.

„Miss Godfrey?“ Von jenseits der Tür kam die hohe, angestrengte Stimme eines Inspizienten. „Sind Sie fertig? Es ist wirklich Zeit.“

Sie verstand seine Panik und hatte Mitleid. Hinauszögern war ohnehin sinnlos. „Ja!“ rief sie und schluckte rasch ihre Medizin. „Natürlich. Sofort.“

„Denk dran.“ Freddy nahm sie bei den Schultern. „Es ist nur eine weitere Rolle. Halte dich an das Drehbuch, Baby, und du wirst großartig sein.“

Charlotte schüttelte seine Hände ab. „Sei nicht albern, Freddy. Bei Vicki Ray gibt es kein Drehbuch.“ Sie öffnete die Tür und sah sich einem jungen Mann mit Panik im Blick gegenüber, der sie im Eiltempo den Flur entlanggeleitete, vorbei an Mitarbeitern, die sie verehrend anlächelten. In den letzten Jahren war sie gegen diese Verzückung immun geworden. Diese Leute wussten nichts von ihr und kannten den Menschen hinter der Glamourerscheinung nicht. Freundlich nickend ging sie rasch vorbei.

Sie erreichten die Bühne, als Vicki Ray ihren Gast ankündigte, indem sie einige ihrer Filmrollen nannte und ihren kometenhaften Aufstieg betonte. Charlotte hörte aufmerksam zu und schlüpfte in die Rolle der Beschriebenen: ein Star von legendärer Schönheit, vor der Kamera ein Phänomen, im Privatleben ein Einsiedler. Die neue Garbo.

Es gab eine kurze Pause, einen Moment, die Hand an die Stirn zu legen und sich zu sammeln. Charlotte atmete tief durch, zwang sich, die Hände still zu halten, und setzte jenes geheimnisvoll sinnliche Lächeln auf, das ihr Markenzeichen war.

Der Hinweis, zu applaudieren, leuchtete auf. Im blendenden Scheinwerferlicht betrat sie die Bühne – Suchscheinwerfer eines Gefängnisses, die ihr jeden Fluchtweg versperrten. Mit geschulter Grazie ging sie zu dem einzelnen weißen Sessel. Unter dem gleißenden Licht fühlte sie sich wie eine Laborratte auf dem Seziertisch. Sie sah auf das Meer von Gesichtern und erkannte im Blick vieler Frauen den vertrauten Neid und bei den Männern Begehren. So war es immer, und sie fühlte sich einsamer denn je.

Entschlossen verdrängte sie die Gefühle der Charlotte Godowski und schlüpfte in die Rolle der Charlotte Godfrey, die sie so grandios beherrschte. Die Verwandlung war ein nützlicher Trick, doch schien ihr dabei jedes Mal ein wenig mehr ihrer Persönlichkeit abhanden zu kommen. Dennoch blieb es eine Notwendigkeit, sich von der Welt abzugrenzen. Sie gestattete niemandem, ihren Panzer zu durchdringen. Auch Freddy nicht. Schon gar nicht Freddy. Nur Michael ... Beim Gedanken an ihn bekam ihr Panzer Risse.

Das Interview begann locker. In der ersten Hälfte der Show zeigte Vicki einige Filmausschnitte. Charlotte würzte sie mit Anekdoten, besonders über ihre attraktiven Co-Stars. Das Publikum nahm es begierig auf und ahnte nichts von ihrem inneren Kampf. Sie wirkte entspannt, löste die ineinander verschlungenen Finger und schlug die Beine nicht mehr übereinander. Gelegentlich lachte sie sogar über eine alberne Frage aus dem Publikum, vor allem, wenn es um ihr hinlänglich publiziertes Liebesleben ging.

„Wasser!“ flehte sie in der Pause. In wundersamer Schnelligkeit brachte man ihr Perrier mit Zitrone, und sie trank gierig. Ihre Lippen fühlten sich geborsten an, sie schmorte geradezu in der zunehmenden Glut ihres Fiebers.

Sobald das Leuchtsignal den Fortgang der Show anzeigte, betupfte sie sich mit einem Spitzentaschentuch die Stirn und nahm sich zusammen. In letzter Sekunde suchte sie Blickkontakt zum Kameramann und zwinkerte ihm zu. Er grinste errötend zurück. Freddy hatte sie einige Tricks des Metiers gelehrt, vor allem, wie man sich schmeichelhafte Kameraeinstellungen sicherte. Dieses Interview war leichter durchzustehen, wenn sie die Initiative ergriff.

„Noch einmal, willkommen“, begann Vicki. „Wir sprachen gerade über Ihre bevorstehende Eheschließung.“ An die Kamera gewandt, fügte sie hinzu: „Für alle, die es nicht wissen, Freddy Walen ist nicht nur ihr Verlobter, sondern auch ihr Agent.“

„Was soll ich sagen", erwiderte Charlotte und machte eine kleine hilflose Handbewegung. „Er ist wunderbar. Unterstützend. Er ist immer für mich da." Sie blickte kurz in die Kulissen. Dort stand Freddy, breitbeinig, die Hände gefaltet. Der Kapitän des Schiffes in stürmischer See.

Er lächelte ihr zu. Freddy sah blendend aus in dem dunkelgrauen Dreiteiler, der gut zu seinem grau melierten Haar passte. Offenbar hatte er ihren Worten aufmerksam gelauscht, denn seine blauen Augen strahlten vor Zufriedenheit über ihre Antwort. Es schien ihn nicht zu stören, dass sie ihm keine Liebeserklärung gemacht hatte.

„Walen hat Sie entdeckt, nicht wahr? Einige behaupten sogar, er hätte Ihre Karriere aufgebaut."

Charlotte rückte sich in ihrem Sessel zurecht. „Er glaubte an mein Talent, und jeder gute Agent berät seinen Klienten. Das ist seine Aufgabe."

Vicki lächelte. „In Ihrem Fall sagt man allerdings, Freddy Walen sei besessen von Ihrer Karriere – und von Ihnen."

Charlotte besaß die Geistesgegenwart zu lachen. „Sagt man das?"

„Vermutlich ist es für einen Mann nur natürlich, von Ihnen besessen zu sein", fügte Vicki großzügig hinzu. Zustimmendes Raunen und Kichern im Publikum. Charlotte zuckte humorvoll die Schultern.

„Sollte ich besser sagen, für ziemlich viele Männer?" fügte Vicki mit boshaftem Aufblitzen der Augen hinzu. Der Kameramann blinzelte.

Charlotte wusste, aus welcher Ecke das kam, und konnte Vicki die Anspielung nicht verübeln. Freddy hatte ihr Image sorgfältig aufgebaut. Er gab ihre natürliche Schüchternheit als die Zurückgezogenheit des Stars aus, arrangierte zahllose Verabredungen mit ihren Co-Stars und ließ bei der Presse durchsickern, dass sie Affären habe. Das war nichts Neues, sondern ein uralter Publicity-Trick. Aber Presse und Publikum glaubten ihn immer wieder gern.

„Jetzt gibt es nur noch Freddy", erwiderte sie freundlich, und das Publikum reagierte mit herzlichem Applaus. Sie stellte sich Freddy mit stolz geschwellter Brust in den Kulissen vor. Er liebte das Rampenlicht.

„Ihre Schönheit ist von der Art, die Legenden entstehen lässt. Aber für manche ist sie auch ein Fluch. Denken wir an Helena von Troja oder an Marilyn Monroe."

Charlotte machte eine Pause. Wieder mal die Schönheit ... *Ist das alles, was sie an mir sehen? Erkennt niemand etwas anderes von Wert an mir?*

„Ich glaube nicht, dass Marilyns Schönheit ein Fluch war", erwiderte sie vorsichtig. „Der Fluch war, dass niemand etwas anderes sah als ihre Schönheit und man sie nicht ernst nahm."

„Sie beziehen sich auf den alten Mythos: Sie ist schön, also muss sie dumm sein."

„Eine Frau hat es schwer, wenn nur ihre Schönheit gesehen wird. Ich weiß das."

„Könnte man dasselbe nicht von einer hässlichen Frau sagen?"

Das versetzte Charlotte einen Stich, und sie blickte auf ihre im Schoß gefalteten Hände. „Ich bin sicher", begann sie zögernd, „dass jede hässliche Frau davon träumt, jemand möge ihre inneren Werte erkennen und einen Ausgleich durch Liebe schaffen. Ist das nicht der Kern aller Märchen?"

„Aber das Leben ist kein Märchen."

„Leider", bestätigte sie ohne Bitterkeit. „Die Realität lehrt uns, dass Männer als Beweis ihrer Macht und zur Hebung des Selbstwertgefühls schöne Frauen bevorzugen. Eine hässliche Frau kann kaum darauf hoffen, dass ihre Wünsche und Träume in Erfüllung gehen."

„Aber vergeht mit der Zeit nicht auch die Schönheit? Was bleibt dann?"

Charlotte schluckte trocken. „Verzweiflung."

„Also ist Schönheit doch ein Fluch?"

„Ich ..." Sie dachte wieder an Michael und seufzte resigniert. „Ja, vielleicht ist es das. Genau wie Hässlichkeit."

„Ich weiß nicht, ob ich das glauben soll. Ich meine, sind Frauen nicht gerade dabei, sich zu verändern? Wir reden von den Stärken der Frauen, ihrer Intelligenz, ihrer Güte. Machen diese Attribute nicht die eigentliche Schönheit eines Menschen aus?"

Charlotte wollte zustimmen, von Herzen sogar. Sie dachte an die Zeit, als sie daran geglaubt und ihre ganze Hoffnung darauf gesetzt hatte. Doch Michael hatte diesen Glauben zerstört. Sie hatte erfahren, dass niemand sie wegen ihrer Intelligenz oder ihrer Güte lieben würde. Ohne ihre Schönheit war kein Mann bereit, diesen Qualitäten eine Chance zu geben.

„Plus ça change, plus c'est la même chose."

„Stehen Sie hinter dieser Haltung?" fragte Vicki Ray tadelnd. Trotz des scharfen Tons erkannte Charlotte in ihrem Blick die stumme Panik einer Frau, die nichts gegen den unvermeidlichen Verlust des guten Aussehens und des damit nahenden Endes ihrer Karriere als Talkshow-Moderatorin tun konnte. „Glauben Sie, dass Frauen von heute alles tun sollten, so attraktiv wie möglich zu sein?"

Charlottes Lider flatterten kaum merklich, als sie an ihre persönliche Geschichte dachte, ehe sie die Frage beantwortete. *Alles tun für Schönheit?* „Ja, das glaube ich", sagte sie entschieden, und jede Silbe klang wie eine Totenglocke in ihren Ohren. „Ja, absolut."

Sie hörte das missbilligende Raunen im Publikum. Etliche Frauen hoben jetzt wild gestikulierend die Hände. Vicki eilte erfreut hin und reichte ihnen das Mikrofon.

„Und was haben Sie getan, um so großartig auszusehen?" wollte eine der Zuschauerinnen wissen.

Charlotte atmete langsam aus und lächelte. Sie wollte antworten, dass sie ihre Seele dem Teufel verkauft hatte, aber nein, das konnte sie nicht tun.

„Ich habe gar nichts gemacht", log sie geheuchelt lässig. Mit einem zarten Hinweis auf die Wahrheit fügte sie jedoch hinzu: „Vergessen Sie nicht, dass eine Legion von Experten stundenlang daran arbeitet, mich so gut aussehen zu lassen." Die Frau lachte und schien Charlotte ihre Schönheit zu verzeihen.

„Waren Sie immer so schön?" fragte Vicki und verengte leicht die Augen. Sie schwang das Mikro von rechts nach links wie eine Keule. „Zeit zu beichten!"

Charlotte hielt sich an den Armlehnen fest. „Nun ja ..."

„Erwachen Sie nie mit Tränensäcken unter den Augen und einem Pickel auf der Nase?" Das Publikum lachte.

Charlotte legte die Hände gegeneinander und blickte zur Decke. Sie war soeben einer Kugel ausgewichen. Sollte sie ihnen sagen, dass sie jeden Morgen mit entsetzlichen Schmerzen erwachte und mit dem Wissen, dass diese wunderbare Fassade unter der Oberfläche bröckelte?

„Ich unterscheide mich nicht von anderen Menschen", antwortete sie und wünschte, es wäre so.

„Waren Sie ein hübsches kleines Mädchen?"

Die Frage schmerzte und brachte sie leicht aus dem Gleichgewicht. Ihr wurde schwindelig, als sie vor ihrem geistigen Auge das kleine Mädchen mit den traurigen Augen, der dürren, schlaksigen Gestalt und dem komischen Gesicht sah. Die Erinnerung an die

Einsamkeit ihrer Kindheit drückte ihr wie ein bleiernes Gewicht aufs Herz. Sie dachte daran, wie sie durch die wohlhabenderen Viertel spaziert war und darauf gewartet hatte, dass ihre Mutter mit Putzen fertig wurde. Das Warten hatte ihr nichts ausgemacht. Diese Häuser lagen weit weg von ihrer lauten kleinen Wohnung, und sie sah gern durch die Fenster auf Menschen in schöner Umgebung. Sie mussten glücklich sein, in all dem Luxus leben zu dürfen.

„Miss Godfrey?“ drängte Vicki.

Charlotte schreckte auf. „Wie bitte? O ja, ich versuchte mich zu erinnern“, entschuldigte sie sich, um Konzentration bemüht. Herrgott, diese zusätzliche Tablette zeigte Wirkung. Ihr Hirn war wie benebelt. „Ich ... ich erinnere mich nicht sehr gut an meine Kindheit. Zumindest weiß ich nicht mehr, wie ich aussah.“ Die Lügen ließen ihren Kopf noch heftiger schmerzen. Wie lange musste sie das noch durchhalten?

„An was erinnern Sie sich denn?“ bohrte Vicki weiter.

Charlotte seufzte tief. „An triviale Dinge.“ Sie rieb sich die Schläfen. „Ich war beispielsweise ein Bücherwurm. Besonders Charles Dickens habe ich verschlungen. Ich wünschte mir immer einen Garten, und natürlich erinnere ich mich an die Spiele.“ Sie schluckte wieder mit trockener Kehle und erinnerte sich, wie oft sie das Opfer grausamer Spiele geworden war.

„Mit den Gerüchten, die eine Berühmtheit umgeben, ist immer schwer zu leben“, fuhr Vicki fort und wechselte das Thema. „Aber um Sie scheinen sich besonders viele Gerüchte zu ranken. Sie waren auf den Titelseiten fast aller Magazine und scheinen ein Liebling der Klatschpresse zu sein.“

„Ich weiß nicht, warum. Ich führe ein ziemlich langweiliges Leben.“

„Vielleicht weil sich die Menschen gerade vom Unbekannten

angezogen fühlen. Ihre Sucht nach Privatsphäre ist so legendär wie Ihre Schönheit."

„Ist das so? Ich bin eben gern allein. Was hoffen die Leute zu entdecken? Wenn ich nicht arbeite, jäte ich im Garten Unkraut."

Vicki lächelte flüchtig. „Nun, ist es nicht beispielsweise so, dass man Sie aus Ihrem letzten Film entließ? Am Set kursierten Gerüchte, Sie seien voll gepumpt mit Drogen gewesen, hätten sogar einen Zusammenbruch gehabt."

Charlotte atmete tief durch. Ohne hinzuschauen wusste sie, dass Freddys Lächeln verflogen war und er vorgebeugt gespannt auf ihre Antwort wartete, bereit einzuschreiten. Sie entschied sich für die Wahrheit.

„Ich war krank", gestand sie. Vickis Brauen gingen hoch in Erwartung der großen Beichte. „Ich hatte eine schreckliche Grippe verschleppt." Vickis Lächeln schwand, und Charlotte wusste, dass sie ihr das nicht abnahm. „Die Rolle bedeutete mir viel, und meine Mutter brachte mir bei, Krankheit sei eine Schwäche, die man durchstehen müsse. Leider entwickelte sich die Grippe zu einer Lungenentzündung." Sie zuckte leicht die Achseln. „Man sagte mir, es sei ernst. Und ich muss zugeben, ich hatte Angst."

„Sie verschwanden." Vickis Blick wurde hart.

„Ja." Wieder tauchte eine flüchtige Erinnerung an Michael auf. Seine Berührungen, sein Blick, seine Liebe waren für sie gewesen, was Sonne, Erde und Luft für den Garten waren.

Sie hob eine zitternde Hand ans Gesicht, doch ein warnender Blick von Freddy mahnte sie, nichts zu verraten. Mit einer geschickten Drehung der Hand legte sie die schlanken Finger unter das Kinn.

Vicki wartete mit der Geduld des Profis.

„Ich bin nicht wirklich verschwunden", erklärte Charlotte. „Das klingt so geheimnisvoll. Ich habe lediglich einige Zeit allein auf dem Land verbracht, um meine Gesundheit wieder herzustellen."

„Wie *Camille*? Sie bekamen einen Oscar für diese Rolle."

Charlotte lachte leicht, entschlossen, die Kontrolle über das Interview zurückzuerlangen. „Ja, vermutlich. Das Leben imitiert die Kunst ... und umgekehrt." Sie lächelte überzeugend. „Ich habe aus Gesundheitsgründen darum gebeten, mich aus meinem letzten Film zu entlassen", betonte sie. „Die Tabletten, die ich nahm, waren mir verschrieben worden. Es ist allgemein bekannt, dass ich mich sonst strikt auf Vitamine und Kräuter verlasse." Sie hob eine Hand. „Ich schwöre, ich kann keine Vitaminpille mehr schlucken, ohne als drogensüchtig zu gelten."

Vicki lächelte verschlagen, und Charlotte wurde klar, dass ihre Gastgeberin die Samthandschuhe auszog. Sie fühlte sich betrogen, in die Falle gelockt. Zum pochenden Schmerz in den Schläfen kamen die ersten Schüttelfröste. Sie ballte die Hände auf dem Schoß, dass sich die Fingernägel halbmondförmig in die Handflächen bohrten. Wie sollte sie das durchstehen? Sie hatte Freddy gewarnt. Lieber Gott, flehte sie im Stillen, lass mich nicht vor laufender Kamera umkippen!

„Können Sie etwas zu den Gerüchten über einen Zusammenbruch sagen?"

Charlotte lächelte mit eiserner Disziplin. „Ich dachte, das hätte ich soeben getan."

„Oh, natürlich können Sie so tun, als hätte Sie der Bruch mit Brad Sommers nicht mitgenommen."

Diesmal war Charlottes Erheiterung echt. Freddys Pressearbeit tat ihre Wirkung. „Vicki, wirklich, machen Sie halblang. Brad und ich, wir sind Freunde", log sie.

„Wenn nicht Brad, dann ..." Vicki überflog rasch ihre Notizen. „Was ist dann mit Michael Mondragon?" Sie hob triumphierend den Blick. „Es gibt Gerüchte, dass Sie hinter Ihren efeubewachsenen Mauern tatsächlich eine heiße Liebesaffäre mit Ihrem Gärtner verbargen."

Charlotte lehnte sich erschüttert zurück. Woher wusste Vicki von Michael? Wie konnte sie es wagen, ihn einen Gärtner zu nennen? Übelkeit zwang sie, trocken zu schlucken. Für die Kamera sah das aus, als habe die Frage sie überwältigt. Schuldig durch Schweigen.

Ihr flehender Blick glitt in die Kulissen zu Freddy. Bitte schreite ein, sagten ihre Augen. Du hast das hier eingefädelt. Oder willst du mich vorführen?

Ihr Freund, der Kameramann, gehorchte und schwenkte kurz auf Freddy, der die Arme jetzt vor der Brust verschränkt hatte. Sein Lächeln war hart, die Augen funkelten zornig. Freddy schwieg jedoch und machte eine abwinkende Geste zur Kamera. Vicki gab dem Kameramann ein Zeichen, und sofort war sie wieder im Bild.

„Michael wer?" fragte Charlotte schließlich und richtete sich auf, zornig auf Vicki, weil sie in ihrem Privatleben herumgeschnüffelt hatte, zornig auf Freddy, weil er die Information hatte durchsickern lassen, und zornig auf sich, weil sie nicht den Mut aufbrachte, von der Bühne zu gehen. „Ich und mein Gärtner? Also wirklich, das ist doch wohl die Höhe!" Sie konnte nicht anders, sie bedeckte die Augen mit der Hand. Ihr Zittern wurde heftiger, sie fühlte sich schwach und schwindelig. Armer Michael. Falls er das gehört hatte, musste er tief verletzt sein.

„Eben wegen solcher Gerüchte halte ich mein Privatleben geheim." Sie hob den Blick. Zorn gab ihr Kraft. Sie merkte nicht, dass ihre Hände die Armlehnen umklammerten. „Nach der Hochzeit werden Freddy und ich eine lange Reise antreten, damit sich meine Gesundheit wieder stabilisiert. Wenn ich zurückkomme, werde ich so gut wie neu sein und bereit für neue Aufgaben.“

Vicki zog sich ins Publikum zurück. Eine Frau mit einem lieben Gesicht, offenbar ein Fan, hielt sie auf. „Gibt es einen neuen Film, auf den wir uns freuen dürfen?“

Charlotte dankte der älteren Dame insgeheim. „Aber natürlich“, erwiderte sie mit einem strahlenden Lächeln. „Ich freue mich sehr auf mein neues Projekt. Ich wollte schon immer die Hauptrolle in *Tess of the D'Urbervilles* spielen.“

„Wieder eine fordernde Rolle“, meinte Vicki. „Angeblich verwandeln Sie sich in den Charakter, den Sie gerade spielen. Aber Sie werden nicht sterben wie die arme Tess, hoffe ich.“

Während das Publikum kicherte, hielt Charlotte kurz den Atem an. Ahnte Vicki etwas? Hatte Dr. Harmon Recht und Freddy Unrecht? Wem sollte sie glauben? Ihr Zustand verschlechterte sich eindeutig. Sie überstand kaum noch einen Tag ohne Kollaps.

Trotz Schwindels und verschwommener Sicht konzentrierte sie sich mit ganzer Kraft auf die Antwort. „Liebe Güte, das will ich doch nicht hoffen!“ Sie lächelte unbefangen in die Kamera. „Ich hoffe, Sie gehen alle in die Kinos, um meinen neuen Film anzuschauen.“

Vicki schien zufrieden, und das Publikum zeigte seine Zustimmung durch Applaus. Freddy nickte aus den Kulissen mit väterlichem Wohlwollen. Alle lächelten. Charlotte lehnte sich zurück und sah auf ihre Uhr. Es war vorüber. Sie hatte das Interview überstanden, ohne sich zu verraten. Ein paar heikle Momente lang hatte sie befürchtet, Vicki sei auf Sensation aus und versuche ihr wie einem schuldigen Zeugen vor Gericht ein Geständnis zu entlocken. Was für ein tolles Fernsehereignis das gewesen wäre – und das Ende einer Karriere.

Egal, dachte sie und ignorierte ihren Magenkrampf. In wenigen

Minuten konnte sie heimfahren, sich in ihrem großen Himmelbett unter der Daunendecke zusammenrollen, noch ein paar Kräuterpillen nehmen und beten, dass es ihr bald besser ging.

„Wir haben nur noch Zeit für eine Frage."

Im Publikum erhob sich ein Mann. Es lag etwas Vertrautes in der großen breitschultrigen Gestalt und dem zurückgekämmten schwarzen Haar. Geblendet durch die Lichter versuchte Charlotte nervös, den Mann genauer zu erkennen. Er kam näher, die Treppe herunter bis zum Bühnenrand. Mit jedem seiner Schritte atmete sie heftiger und verzweifelter.

Vicki, die eine Sensation ahnte, sah den Mann sich kühn der Bühne nähern. Sie öffnete den Mund, etwas zu sagen, doch entweder Instinkt oder eine plötzliche Erinnerung ließen sie schweigen. Mit einer raschen Handbewegung gebot sie dem Sicherheitsdienst Einhalt und ließ zu, dass sich Spannung im Publikum ausbreitete. Während die Kamera schwenkte, sanken die erhobenen Hände ringsum, und alle Augen richteten sich auf den gut aussehenden Mann am Bühnenrand, der die versteinerte Schauspielerin durchdringend ansah. Stille im Saal.

„Charlotte Godfrey", sagte er mit klarer, vorwurfsvoller Stimme. „Du bist eine Betrügerin."

Ein Raunen ging durch die Menge, und von weit her hörte Charlotte Freddys Aufforderung, diesen Irren zu entfernen.

Sprachlos starrte Charlotte in die undurchdringlichen dunklen Augen. Sie fand keine Worte, sie hatte kein Skript. Sie blieb stumm aus Verwirrung, aber mehr noch, weil sie überwältigt wurde von dem Schmerz, den dieser Mann ihr zugefügt hatte. Denn sie liebte niemanden mehr als Michael Mondragon.

Vicki beendete mit wenigen Worten rasch die Show und versprach einem verblüfften Publikum, sie werde für einen zweiten Interview-Termin sorgen.

Freddy musste gewaltsam zurückgehalten werden, doch Charlotte hörte trotz des allgemeinen Tumults sein wüstes Schimpfen. Mit letzter Kraft erhob sie sich würdevoll, stützte sich kurz am Sessel ab, drehte sich um und ging aus dem Scheinwerferlicht, weg von Freddy und vor allem weg von Michael Mondragon. Er rief ihr etwas nach. Es klang wie ein Befehl. Sie ignorierte ihn und ging schneller, lief fast, zurück in die Einsamkeit des grünen Raumes.

„Lassen Sie niemand ein", befahl sie dem Wachmann. Der nickte und straffte die Schultern, als sie an ihm vorbeiging und die Tür hinter sich schloss.

Was mache ich nur? fragte sie sich immer wieder und ging auf und ab, die Hände am fiebrigen Gesicht.

„Charlotte!" rief Michael vor ihrer Tür. Er schlug dagegen, dass das Holz vibrierte. „Mach auf! Wir müssen miteinander reden. Ich lasse nicht zu, dass du dein Leben wegwirfst!" Die Tür bebte. „Charlotte!"

Dann Freddys Stimme. Jetzt riefen beide Männer ihren Namen. Sie warf sich aufs Sofa und bedeckte die Ohren. Die zwei keiften sich an wie Hunde, die ihren Besitz verteidigen. O Gott, schlugen sie sich etwa? Sie hörte entsprechende Geräusche und entsetzte Ausrufe von Vicki.

„Haut ab!" rief Charlotte ihnen zu. „Lasst mich einfach in Ruhe!"

Sie rollte sich auf dem Sofa zusammen und zog zitternd die Knie an. Jeder Knochen in ihrem Körper schmerzte, jeder Muskel zitterte. „Geht weg!" jammerte sie immer wieder, von Fieber geschüttelt. Sie konnte und wollte so nicht weitermachen. Sie würde weder auf Michael noch auf Freddy hören.

Hier ging es um ihr Gesicht, um ihr Leben. Sie musste diese Entscheidung allein treffen. Sie musste nachdenken, sich erinnern, dahin zurückkehren, wo alles begonnen hatte. Sobald sie den Widerstand aufgab, schien eine schützende Dunkelheit sie zu umfangen, und im Geist sah sie das Kind, an das sie während des Interviews erinnert worden war. Und sie hörte die hohe Stimme eines kleinen Mädchens, das immer wieder sagte: „Ich mache nicht mehr mit, okay?"

September 1976

Charlotte saß am Rande des Spielplatzes. Ihr gelbes Kleid hing lose um die Knie, und ihre Füße baumelten von der Bank. Sie summte vor sich hin und sah den anderen Kindern zu, die sich lachend in die vielen albernen und aufregenden Spiele stürzten, die ihr so vertraut waren. Doch niemand forderte sie auf mitzumachen.

Plötzlich sausten zwei kleine Mädchen, die sie gut kannte, an ihr vorbei und versteckten sich hinter der Bank. Charlotte saß aufrecht vor Anspannung. Die Wangen der hübschen Mädchen waren vor Aufregung gerötet, ihre Stimmen klangen schrill in gespieltem Alarm.

„Komm hier herunter, Charlotte", flüsterte eine. „Sie werden dich sehen und unser Versteck erraten. Beeil dich!"

Charlotte sprang freudig auf. „Ich? Ich soll mitspielen?"

„Beeil dich!"

Sie wollten tatsächlich mit ihr spielen. Rasch kletterte sie hinter die grüne Holzbank und kauerte sich zu den beiden, die Hände aufgeregt gegen die Brust gepresst. Sie stellte sich vor, ihre eigenen Wangen seien so hübsch und rosig wie ihre. Als die Jungen sie entdeckten, kamen sie auf sie zu. Die Mädchen sprangen auf und rannten quiekend davon.

Charlottes Herz schlug fröhlich, während ihre kleinen Füße über den harten Grasboden flitzten. Sie lief mit ihnen, und sie war schnell! Sie spürte den Wind im Gesicht, der ihr das Kleid gegen die Beine presste. Sie hörte Schritte hinter sich und blickte sich kess um. Sie war eine der Klügsten in der Vorschule und zweifellos eine der Schnellsten. Der Junge, der sie verfolgte, lief vor Wut rot an.

Charlotte lachte auf und sprintete noch schneller. Während sie müder wurde, spürte sie jedoch eine Veränderung im Verhalten der Jungen. Die drei rotteten sich, offenbar frustriert, gegen sie zusammen. Wo waren die Mädchen?

„He, du bist schnell“, rief einer voller Zorn.

„Wie ein Pferd“, rief ein anderer.

„Ja, sie sieht auch aus wie ein Pferd!“

„He, Charley, du Pferd!“

Die Jungen platzten schier vor Lachen, hielten sich die Seiten und stießen mit den Schultern aneinander, während sie langsamer wurden. Der spontane Spitzname wurde zum Schlachtruf. „Fangt Charley, das Pferd!“

Die kleine Charlotte Godowski lief schneller, um das Lästern nicht hören zu müssen. Es war gemein, furchtbar gemein.

Sie hieß nicht Charley, sondern Charlotte, und das war ein schöner Name. Sah sie wirklich aus wie ein Pferd? Sie konnte doch nichts für ihr Aussehen. Warum sagten die das? Der Spitzname war verletzend, und das wussten sie. Sie schleuderten ihn ihr nach wie Steine. Charlotte bekam Angst, doch sie mobilisierte letzte Kräfte und lief weiter. Als sie die Tribünenbänke sah, rannte sie darauf zu. Sie würde sich verstecken wie vorhin.

Das war dumm, wie sie sofort feststellte, denn sie war von hinten durch einen Maschendrahtzaun gefangen. Wie eine Hundemeute kamen die Jungen von drei Seiten auf sie zu.

Instinktiv entfernte sich Charlotte vom Zaun. Die Jungen rotteten sich keuchend zusammen, Bosheit im Blick.

Sie kamen näher. Sie roch Süßigkeiten in ihrem Atem. Billys Turnschuhe waren verschmiert. Er hatte in einen Hundehaufen getreten. Der Wind trieb ihr den Gestank entgegen. Zitternd rümpfte Charlotte die Nase und blickte durch die Schlitze in den Bankreihen, zu den anderen spielenden Kindern. Deren hohen Schreie stiegen wie Vogelgezwitscher in den Himmel. Doch sie waren sehr weit weg.

Plötzlich fühlte sie sich schrecklich allein gelassen. Sie wollte zu ihrer Mutter, zu ihren Lehrern. Wo waren die anderen Mädchen? Sie mochte dieses Spiel nicht mehr, und sie wollte nicht mehr mitmachen.

„Okay", sagte sie und streckte die Hände aus. „Jungs, ihr habt gewonnen." Sie lachte, doch es klang seltsam hoch.

Die Jungen sahen sich an und verlagerten nervös das Gewicht von einem Bein auf das andere. Einer ergriff das Wort, Billy. „Wenn wir dich fangen, dürfen wir dir die Hose runterziehen."

Charlotte erbleichte und schnappte nach Luft. Von dieser Regel hatte sie noch nie gehört. Sie hätte nicht mitgemacht, wenn sie das gewusst hätte.

„Nee, nee, du Hundehaufenfuß", wehrte sie kopfschüttelnd ab und wich mit vorgestreckten Händen zurück. Ihn so zu necken, war ein großer Fehler, wie sie an Billys wütendem Blick erkannte. „Ich habe es nicht so gemeint, Billy. Tut mir Leid. Ich mache nicht mehr mit, okay? Bitte."

Billy übernahm die Führung, entschlossen, Stärke zu zeigen.

„Gucken wir mal, ob sie da unten auch so hässlich ist."

Ihr stockte der Atem. Sicher hatte sie nicht richtig gehört. Sie starrte Billy verständnislos an. Hässlich? Wie konnte das sein? Ihre Mama sagte immer, sie sei hübsch. Erst gestern Abend an ihrem Bett hatte Mama für ihre Schönheit gebetet. Niemand hatte sie je hässlich genannt. Nein! Die wollten nur gemein sein.

Und doch wusste sie tief im Innern, dass es stimmte. Mit fünf Jahren musste sie sich das erste Mal im Leben ihrer Hässlichkeit stellen. Sie ließ die Arme sinken und starrte die Jungen gekränkt an.

Sobald die ihre Schwäche spürten, stürzten sie sich auf sie und zerrten sie zu Boden. In Panik trat sie nach allen Seiten aus und hörte zufrieden einige Schmerzlaute. Doch die drei waren ihr überlegen. Mit ihren klebrigen Händen hielten sie sie nieder. Sie begann zu weinen und flehte: „Nein, bitte nein!"

Mit ihren kurzen Nägeln zerkratzten sie ihr die Hüften, als sie ihr die geblümte Baumwollhose über die Schenkel herabzogen. Dann starrten sie mit offenen Mündern, erschrocken, dass sie es tatsächlich getan hatten.

Die Schulglocke läutete, und alle drei sprangen auf. Charlotte schluchzte, das Gesicht im Schmutz, und schmeckte ihre salzigen Tränen. Sie verabscheute diese Jungen und schrie im heftigsten Tadel einer Fünfjähringen: „Ihr seid böse!"

Schuldbewusst stießen die Jungen in betretenem Schweigen die Schuhspitzen in den Boden. In Augenhöhe sah Charlotte noch den verschmierten Hundedreck an Billys Schuhen. Im Aufschauen fing sie kurz seinen Blick auf, ehe Billy sich abwandte und zu den anderen Kindern rannte, die ins Schulgebäude strömten. Er hatte entsetzt ausgesehen. Der Verstand einer Fünfjährigen interpretierte das nicht als Entsetzen über die eigene Freveltat, sondern als Entsetzen über ihre Hässlichkeit – sogar da unten.

Gekränkt weinte Charlotte hemmungslos, und die Tränen liefen über ihr fliehendes Kinn in den Schmutz. Sie hasste Jungen. Sie waren gemein. Man durfte ihnen nicht trauen. Und sie mochte auch die Mädchen nicht mehr. Warum hatten die ihr nicht geholfen? Sie hätte ihnen geholfen. Das mussten sie doch wissen.

Sie richtete sich auf und entdeckte ein Gänseblümchen, das von den Jungen zertreten worden war. Behutsam richtete sie es auf und stützte die geknickte Blüte mit einem kleinen Erdhaufen. „Armes Blümchen."

Sie ging nicht ins Schulgebäude, bis die Lehrerin sie holte und mit ihr schimpfte, weil sie das Läuten der Glocke ignoriert hatte. Sie sagte der Lehrerin, sie sei krank und wolle heim. Die Lehrerin sah ihr tränenüberströmtes Gesicht und glaubte ihr. Es war eigentlich nicht gelogen, aber Charlotte entschuldigte sich trotzdem bei Gott.

2. KAPITEL

Dezember 1991

Charlotte schloss, müde nach einer fünfstündigen Kostümprobe von *A Christmas Carol*, die Tür der Vierzimmerwohnung auf, die sie sich mit ihrer Mutter teilte. Um den Türgriff war die Farbe abgeblättert, und die einzige Lampe im Flur warf nur Dämmerlicht. Ein Heim für Scrooge, dachte sie mit unterdrücktem Lachen. Was für ein hektischer Tag. Ihre Stimme war rau vom Rufen, wenn sie dem gehetzten Regisseur antworten und Schauspielern Stichworte geben musste, die unfähig zu sein schienen, sich eine einzige Dialogzeile zu merken. Sie verstand nicht, wie man so nachlässig sein konnte. Sie kannte den gesamten Text. Ihr Gedächtnis war tadellos, und alle verließen sich auf die Hilfe der guten alten Charlotte, wenn sie stecken blieben. Vielleicht lag darin das Problem. Als Bühnenmanagerin musste sie es allen leicht machen – und darin war sie sehr gut.

Nicht dass sie hoffen konnte, selbst einmal eine Rolle zu übernehmen, obwohl sie das gern getan hätte. Sie würde hinter der Bühne bleiben müssen. Sie hatte ihr Schicksal und damit ihre Entstellung vor Jahren schon akzeptiert. Theater war jedoch ihr Leben, wenn auch nur als Teilzeit-Bühnenmanager der örtlichen Theatertruppe.

Ihr oblag es, sich um alles zu kümmern, was sonst niemand machen wollte. Eine lohnende Aufgabe für einen detailverliebten Menschen wie sie. Sie sorgte für Ordnung in den Garderoben und bei den Drehbüchern, sprang bei Proben ein, wenn ein Schauspieler fehlte, und machte allgemein gut Wetter, damit alle glücklich waren. Es machte ihr nichts aus, im Hintergrund zu bleiben. Bei ihrem Aussehen war das nicht anders möglich. Ihren größten geheimen Triumph feierte sie bei der aktuellen Inszenierung, als sie hinter der Bühne stehend, das Gesicht in die Scheinwerfer gereckt, den Text mit all dem Einfühlungsvermögen gesprochen hatte, das den Schauspielern fehlte.

„Mama, ich bin zu Hause!" rief sie und ließ den Mantel auf die Bank bei der Tür fallen. Sie ging in ihr Zimmer, schloss die Tür und schaltete Musik ein, um ein paar Minuten allein zu entspannen, ohne dass jemand nach ihr rief. Nachdem sie sich ausgezogen hatte, fiel sie aufs Bett, genoss die kuschelige Wärme und wollte dort bleiben bis morgen, Sonntag, zur Frühmesse.

„Charlotte, du kommst spät!" rief Helena, als sie eintrat. Die große, breitschultrige Polin, deren Rücken vom jahrelangen Putzen in fremden Häusern bereits leicht krumm war, sackte noch ein wenig mehr zusammen vor Erleichterung, weil ihr einziges Kind sicher heimgekehrt war. Mit siebenundvierzig war Helena Godowskis Gesicht so blass, durchscheinend und von Linien durchzogen wie altes Porzellan. Allerdings war sie stark genug, einen großen Porzellanschrank zu heben. Und ihre Körperkräfte verblassten noch im Vergleich zu ihrem eisernen Willen.

„Ich weiß, ich weiß. Tut mir Leid." Charlotte beeilte sich, ihre Mutter zu beschwichtigen. „Die Proben heute waren verrückt, und ich musste bleiben, bis alle den Text konnten. Vor einer Premiere ist das immer so." Sie fuhr sich mit einer Hand durch das Haar und schüttelte es aus. „Ich bin erledigt. Ich glaube, ich gehe früh zu Bett."

„Zu Bett? Unmöglich!" Helena hob den blau-rosa Plastikbehälter, den sie unter dem Arm trug. „Heute Abend ist eine schöne Party!" Ihre Augen strahlten. „Ich habe mein Make-up geholt. Wir werden etwas Schönes ausprobieren."

„O nein!" stöhnte Charlotte und kniff entsetzt die Augen zusammen. Ihr Magen rebellierte, und sie hatte keinen Appetit mehr.

„Die Büroparty. Die hatte ich total vergessen. Mom, ich bleibe lieber zu Hause. Heute läuft *A Christmas Carol* im Fernsehen, die alte Verfilmung mit Alastair Sim. Die beste. Und ich bin so müde."

„Filme!" grummelte Helena. „Immer nur Filme und Theaterstücke. Du bist nur Zuschauer, Tag und Nacht. Nie gehst du aus. Nur in dieses alberne Theater, das dir nicht genug bezahlt für das Fahrgeld. Das ist nicht gut für dich. Du musst leben in richtiger Welt. Du kannst dich nicht immer verstecken in deine Zimmer. So findest du nie eine Mann." Helena beugte sich herab, hob Charlottes Sachen auf, faltete sie und stapelte sie ordentlich auf dem Bett.

„Ach Mama, ich finde auch auf der Weihnachtsparty vom Büro keinen Mann. Da findet man höchstens Betrunkene." Schaudernd rieb sie sich die Arme bei der Aussicht auf eine weitere endlose Party mit spitzen Bemerkungen. „Also gut, ich gehe", gab sie nach, als sie Helenas Enttäuschung bemerkte. „Aber nur, weil Mr. Kopp ein Memo geschickt hat, das uns alle zur Anwesenheit verpflichtet."

„Dein Boss wird nicht zulassen, dass Party wird zu wild. Du wirst dich amüsieren. Mach dir keine Sorgen."

Gerade ihr Boss, Lou Kopp mit den „flinken Händen", war bei allen Frauen Anlass zur Sorge. „Ich versuche mich zu amüsieren", versprach sie resigniert. „Falls ich etwas zum Anziehen finde." Sie suchte im Schrank, der voll gestopft war mit alten Schuhen, abgetragenen Kostümen und einer Sammlung staubiger Hüte. Ihre Mutter warf nie etwas weg. In allem steckte noch ein wenig Leben.

Sich begnügen war das Lebensmotto für Charlotte und ihre Mutter. Ihre Wohnung war klein und ohne jeden Charme. Aber sie lag bequem an einer Buslinie, und die Miete war gering. Also begnügte man sich damit.

Wenn die Wohnung auch nicht schön war, so war sie doch zumindest sauber. Das alte Linoleum glänzte, und der schlichte braune Teppichboden war makellos. Auch Charlottes alte Röcke waren tadellos, und an ihren Blusen fehlte nie ein Knopf. Das blassgrüne Resopal in der Küche war hässlich, aber strahlend wie Charlottes polierte Schuhe. Und jeder, der den schmalen Flur an der Harlem Avenue betrat, hob den Kopf und schnupperte mit geschlossenen Augen nach den delikaten Düften, die aus Apartment 2B kamen.

„Ich habe ein gutes Gefühl bei dieser Party. Du lernst vielleicht jemand kennen", sagte Helena zufrieden lächelnd. „Ich habe dafür gebetet."

Charlotte verdrehte die Augen und wandte ihr den Rücken zu, um in ein altes rotes Wollkleid zu steigen.

„Eine Frau braucht eine Mann, der auf sie aufpasst", setzte ihre Mutter eifrig ihren Monolog fort. „Und sie muss für ihn und sein Heim sorgen. Und für seine Kinder. Die Ehe ist ein heiliger Stand, ein Sakrament. Ja, dafür bete ich." Ihre Stimme bebte vor Rührung. „Ich möchte nicht, dass du allein und unglücklich bist."

Charlotte verharrte und hielt den Kleiderbügel fester. Im Spiegel sah sie sich, wie ihre Mutter sie nicht sehen wollte: eine dünne Zwanzigjährige, eine Hinterzimmerbuchhalterin, dazu verdammt, bis an ihr Lebensende mit ihrer Mutter in einer schäbigen Wohnung zu leben.

„Mom." Charlotte legte ihrer Mutter einen Arm um die Schultern. Sie wollte Trost spenden, obwohl sie ihn eigentlich selbst brauchte. „Mach dir um mich keine Gedanken. Ich kann für mich sorgen – und für dich. Wir werden nicht allein sein. Ich liebe dich." Sie küsste ihrer Mutter die eingefallenen Wangen.

Helena straffte sich, tätschelte ihr den Arm und schob sie sacht von sich. „Zieh dich besser an. Hübsch, ja?"

Charlotte wich rasch zurück. „Hübsch ...", wiederholte sie, gekränkt von dem Wort. Sie zog das Kleid über den Kopf und stöhnte, als die enge Taille ihr die Brüste quetschte. Entweder war das

Kleid eingelaufen, oder ihr Busen war üppiger geworden, denn der Stoff presste ihn zusammen.

„Das kannst du nicht tragen zu Party!“ entschied ihre Mutter missbilligend.

„Scheint ein bisschen eng zu sein, ich weiß ...“ Charlotte versuchte den Stoff über der Brust zu weiten.

„Ein bisschen? Ich kann sehen deine ... du weißt schon.“

„Was?“ Charlotte drehte sich um und betrachtete sich im großen Spiegel. Das Kleid umschloss ihren großen schlanken Körper wie eine zweite Haut und hob ihre vollen Brüste üppig hervor.

Ihre Mutter zeigte errötend auf sie. „Da, die Spitzen. Sie stehen vor – wie Kleiderhaken!“

Charlotte lief rot an. Ihre Brustspitzen malten sich tatsächlich deutlich durch den Stoff ab. Sie zog die Schultern ein, doch das half nichts. Ihre Brüste ließen sich nicht verbergen. Charlotte seufzte. Warum musste sie so üppig ausgestattet sein? Der Busen war voll und die Taille schmal, eigentlich eine Traumfigur, um die sie von vielen beneidet wurde.

„Zieh was anderes an.“

„Ich habe nichts anderes, außer meinem Kirchenkleid. Und das alte braune Ding werde ich nicht zu einer fröhlichen Party tragen. Ich gehe nicht hin.“

„Du gehst. Eine Jacke vielleicht, um dich zu bedecken. Es ist Sünde zu provozieren.“

Provozieren war das Letzte, was sie wollte. Sobald sie eine schwarze Jacke über das anstößige Kleid gezogen hatte, entspannte sich ihre Mutter sichtlich und nickte zufrieden.

„Das geht. Du kannst gut Jacke tragen wie dein Vater.“

„Ich hoffe, er hatte nicht solche Brüste“, murmelte sie.

„Sprich nicht so von deinem Vater. Er war ein feiner Mann, ein feiner Mann“, wiederholte sie und strich sich den Pullover glatt wie gesträubtes Gefieder. „Er stammt aus einer vornehmen Familie in Warschau. Was für ein großes Haus sie hatten! Und Diener. Und seine Mutter, was für eine Lady. Diese Frau musste nie einen Finger rühren."

Charlotte wandte sich ab und schlüpfte aus der Jacke. Sie passte nicht zum Kleid, aber wie immer würde sie sich damit begnügen. Sie hatte sonst nichts. Sie waren arm und waren es immer gewesen. Was hatte es für einen Wert, einer Familie zu entstammen, die mal reich gewesen war? Es war nur ein Märchen.

„Du ähnelst deinem Vater sehr", fügte ihre Mutter wehmütig hinzu, glücklich in ihren Erinnerungen.

„Aber ich sehe nicht aus wie er."

„Woher weißt du, wie er aussah?"

Charlotte zuckte die Achseln. Schon als Kind hatte sie es merkwürdig gefunden, dass es keine Fotos ihres Vaters gab. Alle Mitschüler hatten Alben mit Familienbildern. Sie hatte nichts.

„Du hast mir gesagt, er sah gut aus." Das war eine Herausforderung.

„Du bist so klug wie er", lenkte ihre Mutter ein und zupfte sich den Pullover zurecht. „Und du hast seine Nase. Eine kräftige, noble Nase. Und du hast meine Augen, die Augen deiner Großmutter Sophie."

Charlotte hörte zu und ließ den Blick im Spiegel von den vollen Brüsten über schmale Schultern und einen schlanken Hals zum Gesicht wandern. Sie litt oft unter ihrem Anblick und war einen Moment verblüfft. Sie hatte die großen, strahlend blauen Augen ihrer Mutter unter fein geschwungenen Brauen und die lange schmale Nase des Vaters. „Aber von wem", fragte sie bitter, „habe ich dieses extrem fliehende Kinn und die hängenden Lippen? Wem darf ich für diese feinen Merkmale danken?"

„Schsch, Charlotte!“ flehte Helena mit fahlem Gesicht. „Du hast dein Aussehen von Gott.“

Charlotte schluckte ihre Erwiderung und senkte den Kopf, beschämt über ihren Zorn auf Gott. Außerdem wollte sie ihre Mutter nicht mit nutzlosem Ärger aufregen. Welche andere Wahl blieb ihr schon, als die Hässlichkeit der einzigen Tochter als gottgewollt hinzunehmen? Sie selbst betete jeden Tag darum, ihre Hässlichkeit akzeptieren zu können.

„Eines Tages“, begann ihre Mutter den Satz, der in diesem polnisch katholischen Haushalt geradezu ein Gebet war, „wirst du jemand kennen lernen. Einen netten Mann, der dich für all deine guten Eigenschaften liebt. Denn du bist ein gutes Mädchen, Charlotte.“

Charlotte presste die Lippen zusammen und wandte sich vom Spiegel ab. Diesen Jemand würde es nicht geben. Nicht für sie. „Die Jacke passt nicht unter meinen Mantel“, sagte sie mit bebender Stimme. „Ich nehme sie über den Arm.“

Ihre Mutter blickte müde auf die im Schoß gefalteten Hände. „Ja“, stimmte sie leise zu und spielte das Theater mit. „Mit der Jacke wird es gehen. Nette Mädchen brauchen sich nicht zur Schau zu stellen.“

Charlotte vergaß die Jacke. Vor ihrem geistigen Auge sah sie sie auf der Bank neben der Eingangstür liegen. Wie konnte sie so vergesslich sein? Sie hätte sich ohrfeigen mögen. Eine Sekunde Nachlässigkeit bedeutete stundenlange Qual.

Sie wollte so schnell wie möglich nach Hause zurück. Sie würde sich kurz blicken lassen, damit ihr Boss sie sah, und sich dann entfernen. Charlotte blickte von der Tür in den Bankettsaal. Auf einer riesigen Drehbühne standen runde Tische, dekoriert mit künstlichen silbernen Weihnachtssternen und grünen und roten Bändern.

„Komm rein!“ rief jemand aus der Menge. Charlotte machte einen kleinen Schritt über die Schwelle und hielt sich den Mantel am Hals zusammen. Zur Melodie von „A Holly Jolly Christmas“ genossen die Feiernden dank langsamer 360-Grad-Drehung einen Rundumblick über Chicagos Skyline und Lake Michigan.

Alle waren da, von der Geschäftsleitung bis zum kleinsten Angestellten. McNally und Kopp war eine kleine Buchhaltungsfirma. Doch wenn man die Zahl der Angestellten mit zwei multiplizierte, brauchte man kein mathematisches Genie, um auf über hundert Leute zu kommen, die heute Abend hier Weihnachten feiern wollten. Und wie es klang, hatten die meisten bereits mehrere Gläser Alkohol intus.

In einer Ecke hatte sich eine Gruppe Männer in Anzügen an der Bar versammelt. Zwischen Lachen und Trinken suchten sie mit Blicken den Raum ab wie hungrige Tiere.

„Charley!“

Bei dem verhassten Namen zuckte Charlotte zusammen. Judy Riker, die Büroleiterin, kam auf sie zu. Ihr freizügiges rotes Paillettenkleid mit Spaghettiträgern hielt ihre Figur kaum zusammen. Mann, o Mann, dachte Charlotte schmunzelnd. Ihre Mutter wäre schockiert, so viel von Judys „du weißt schon“ zu sehen. Die Männer an der Bar bemerkten Judy auch, und Charlotte sah, wie sie sich einander zuneigten und über sie tuschelten.

„Ich wollte gerade gehen“, sagte Charlotte, als Judy sie erreichte.

„Gehen? Blödsinn. Du bist gerade erst gekommen. Komm schon, sei kein Mauerblümchen. Es wird Zeit, dass du dich ein bisschen amüsierst.“ Judy überredete die zögernde Charlotte, den Mantel abzulegen. „Junge, was für ein tolles Kleid“, sagte sie und konnte ihre Überraschung nicht verbergen. „Rot steht dir gut, Charley. Du solltest es häufiger tragen, nicht immer dieses fürchterliche Schwarz und Grau. Die Leute fragen schon, ob du in Trauer bist. Bei deinem langen blonden Haar ist Rot eindeutig deine Farbe."

„Schließlich ist Weihnachten", erwiderte sie errötend.

„Nun denn, fröhliche Weihnachten, Charley! Komm, holen wir uns etwas zu trinken. Getränke muss man bar bezahlen, diese Geizhälse. Man hätte meinen sollen, dass sie für Weihnachten was springen lassen. Ach, was soll's, ich lade dich ein. Heben wir einen auf den guten alten Nikolaus."

Judy spendierte Charlotte einen Weißwein und deutete in die Richtung des ihr zugewiesenen Platzes. Damit war ihr Job als Hostess getan, und sie verschwand in der Menge. Wieder allein, umklammerte Charlotte den Stiel ihres Weinglases wie einen Rettungsanker und suchte sich ihren Weg zum Tisch. Um dorthin zu gelangen, musste sie an der Bar vorbei. Ihr Mut sank.

Sie hatte früh gelernt, dass ein hässliches Gesicht ebenso viele Kommentare heraufbeschwor wie ein hübsches. Vielleicht sogar mehr. Die Schultern leicht eingezogen, ließ sie das Haar in geübter Tarnung nach vorn fallen. Sie stellte sich vor, auf der Bühne zu sein, suchte sich einen Punkt in der Ferne und ging zur Hintergrundmusik von „Babes in Toyland" darauf zu.

Als sie an der Bar vorbeikam, verstummten die rowdyhaften Männer. Sie hielt den Atem an und flehte zum heiligen Antonius, sie vor Schweinen zu schützen. Das Weinglas umklammernd fand sie ihren Platz und schlüpfte rasch auf die Vinylpolsterung. Sie wollte soeben dem heiligen Antonius danken, als sie einen Mann auf sich zusteuern sah, und wandte das Gesicht ab.

„Entschuldigen Sie", sagte er neben ihr, „sind wir uns schon begegnet?"

Es war ihr Boss, Lou Kopp. Fröstelnd drückte sie sich tiefer in den Sitz und legte eine Hand ans Gesicht. Von der Bar kamen Anfeuerungsrufe: „Nur zu, Lou!“

Sie fühlte sich wie ein Tier in der Falle. Jahre der Demütigung hatten sie jedoch gelehrt, nie Angst zu zeigen. Sie atmete tief durch und drehte ihm langsam das Gesicht zu. Ihr Haar fiel zurück. Lou Kopps Miene verriet Verwirrung, dann Fassungslosigkeit, und sein Lächeln erstarb.

„Was zum Teufel ...“

Sie fühlte sich wie geohrfeigt. „Ich heiße Charlotte Godowski“, sagte sie scheinbar ungerührt. „Sie erinnern sich vielleicht an mich. Ich bin Buchhalterin in Ihrer Firma.“

Dröhnendes Gelächter von der Bar. „Mann, heute ist deine Glücksnacht! He, wir haben Weihnachten und nicht Halloween!“

Nach jeder Gemeinheit erklang wieder lautes, verletzendes Gelächter. Charlottes Verteidigung bestand darin, das ebenso zu ignorieren wie die mitfühlenden Kommentare der Frauen in Hörweite. Doch im Innern war sie tief gekränkt.

Als sie Lou Kopp an die Bar zurücktorkeln sah, wo er mit aufmunterndem Rückenklopfen empfangen wurde, wusste sie, dass dieser Abend so verlaufen würde wie viele andere. Die bösen Jungs hatten endlich ein Opfer, an dem sie ihre Frustrationen auslassen konnten, weil sie bei den hübschen Frauen nicht ankamen.

Charlotte stand auf und drängte sich an den Betrunkenen vorbei. Die stießen sich kichernd an. Judy Riker eilte ihr an der Tür entgegen.

„Charlotte, ich weiß nicht, was ich sagen soll. Wenn wir vielleicht ...“

„Bitte.“ Sie hob die Hand, um Judys Gestammel zu unterbinden. „Frohe Weihnachten, Judy. Gute Nacht.“

Zu einem Lächeln konnte sie sich nicht durchringen. Sie nahm rasch ihren Mantel, bedeckte damit das verhasste rote Kleid und drückte den Fahrstuhlknopf. Die Glocke ertönte prompt, und sie betrat die Kabine. Nachdem sie den Knopf für das Erdgeschoss betätigt hatte, schloss sie die Augen, erleichtert, allein zu sein. Die Türen wollten sich gerade schließen, als sich noch ein Mann hineindrängte. Die Türen prallten gegen seine Schultern und sprangen wieder auf.

Sie öffnete die Augen und sah Lou Kopp.

„Wollen Sie in die Garage?" fragte er und drückte den G-Knopf.

Sie schwieg. Ihr Herz pochte wild, und sie atmete rascher. Jetzt saß sie wirklich in der Falle und begann ein stilles Gebet.

„Hören Sie, was da eben passiert ist ..."

Sie betete weiter.

„Es tut mir Leid."

Sie hielt im Gebet inne. Hatte er sich wirklich entschuldigt?

„Was wir da eben abgezogen haben, war schrecklich. Ein paar von den Jungs waren betrunken. Nicht dass das eine Entschuldigung wäre", räumte er schnell ein. „Als ihr Chef übernehme ich die volle Verantwortung. Bitte, Miss Goz... Nehmen Sie meine Entschuldigung an."

Charlotte versuchte seine Miene zu deuten. Lou Kopp war kein gut aussehender Mann. Glatt war das Wort, das ihn am ehesten beschrieb. Seine Augen sprachen jedoch für ihn, himmelblau und strahlend, wenn er lächelte wie jetzt. Du bist die Letzte, die jemand nach dem Äußeren beurteilen sollte, schalt sie sich und akzeptierte seine Entschuldigung mit einem Nicken.

„Wie kann ich es wieder gutmachen?"

„Sie haben sich entschuldigt", erwiderte sie und blickte geradeaus. „Das genügt."

„Nein, tut es nicht. Darf ich Sie zu einem Drink einladen?"

„Nein, danke."

„Wie kommen Sie nach Haus?“

„Ich nehme ein Taxi. Es ist nicht weit.“ Sie hatte vor, die Bahn zu nehmen.

„Sie werden nie ein Taxi bekommen. Es ist Weihnachten, ein Freitagabend. Ausgeschlossen. He, ich sag Ihnen was. Ich fahre Sie heim. Was halten Sie davon? Es ist das Wenigste, was ich tun kann.“

„Das ist nicht nötig“, wehrte sie ab.

„Natürlich ist es das. Ich fahre Sie heim. Es ist keine große Sache. Außerdem bin ich Ihr Chef. Ich sollte mich um meine Angestellten kümmern.“

Sie hatte keine Zeit zu antworten. Im vierten Stock öffneten sich die Fahrstuhltüren, und ein großer Mann in einem konservativen blauen Wollmantel trat ein. Die Kabine schien zu schrumpfen. Sie musterte den Fremden verstohlen und fasziniert.

Er hatte einen wunderbar gebräunten Teint, hohe Wangenknochen und eine Maya-Nase, die ihm etwas Strenges verlieh. Das dichte schwarze Haar war relativ lang und berührte den weißen Hemdkragen. Das Fesselndste an ihm war jedoch diese Aura des Gentleman, die augenblicklich beruhigend auf Frauen wirkt, weil sie wissen, dass von ihm keine Gefahr droht. Ein Duft nach Sandelholz erfüllte die kleine Kabine.

Während sie weiter hinabfuhren, hielt er die schmalen, unberingten Hände vor sich gefaltet. Im Gegensatz dazu fingerte Lou Kopp in seiner Tasche an Münzen herum. Im Erdgeschoss angelangt, hielt der Fremde ihr in einer ritterlichen Geste die Tür auf. Geschmeichelt wollte sie an ihm vorbeigehen. Plötzlich spürte sie Lou Kopps Hand auf ihrem Arm und verharrte befangen. Der Blick des Mannes wanderte von Lous Hand auf ihrem Arm zu ihren Augen. „Wollten Sie hinaus?“ fragte er höflich mit tiefer Stimme und dem deutlichen Unterton, dass er ihr wenn nötig helfen würde.

„Ich sagte, ich fahre Sie heim“, beharrte Lou und griff fester zu. Er war ihr Chef, und sie fügte sich seiner Autorität.

„Danke“, antwortete sie dem Fremden. „Alles in Ordnung.“

Der Mann wirkte skeptisch, nickte aber wortlos und stieg aus. Die Türen glitten hinter ihm zu.

„Lausiger Latino!“ schimpfte Lou. „Für was hält der sich?“

Für einen Gentleman, dachte sie und blickte mit dem Gefühl, völlig verlassen zu sein, auf ihre Schuhspitzen.

Schweigend fuhren sie eine weitere Etage hinab. Wortlos führte Lou Kopp sie in die dämmerig beleuchtete Garage. Die schmutzigen Zementwände waren mit allerlei Schmierereien verunziert, und die kalte Luft war mit Abgasen gefüllt. In einer Ecke erreichten sie einen großen grauen Oldsmobile. Lou öffnete die Türen, und sie stiegen ein.

Lou ließ den Motor an, doch der keuchte, spuckte und erstarb in der bitteren Kälte. „Verdammt, ist das kalt. Man kann kaum das Metall anfassen.“

Charlotte antwortete nicht, sondern krümmte die Zehen in ihren Schuhen. Schließlich sprang der Motor an, lief jedoch so ungleichmäßig, dass der ganze Wagen vibrierte. „Guter alter amerikanischer Wagen“, triumphierte Lou und rieb sich die Hände. Sein Atem kondensierte zu Dampfwolken, und ein Geruch nach Brandy hing in der Luft. Charlotte drückte die Nase in ihren Mantelkragen und steckte die eisigen Finger unter die Arme. Heute war eine jener arktischen Chicagoer Nächte, wo einem die Nase zufror.

„Ja, saukalt ist das“, wiederholte er und sah sie mit einem Funkeln in den Augen an. „Und der Wind macht es noch eisiger.“

„Scheint so“, bestätigte sie scheu und zitterte. Die schwache Beleuchtung in der Garage ließ die Haut blass und kränklich erscheinen. „Vielleicht sollten wir warten, bis der Motor warm gelaufen ist.

Lou holte einen kleinen Flachmann aus seiner Westentasche, der silbern im Licht aufblitzte. „Immer vorbereitet sein", sagte er und schraubte zwinkernd die Kappe ab. „Das wird uns ein bisschen wärmen, was?"

Charlotte schüttelte den Kopf, als er ihr davon anbot. Sie mochte jetzt keinen Alkohol.

Stirnrunzelnd setzte er die kleine Flasche an die Lippen und trank einen Schluck. Danach seufzte er behaglich und sah sie forschend an. „Sie denken doch nicht etwa, dass ich Sie betrunken machen will, oder?"

„Natürlich nicht, Mr. Kopp", versicherte sie rasch, peinlich berührt, weil er sie für eine prüde Gans hielt.

„Ich wollte Sie nur ein wenig aufwärmen und etwas weihnachtliche Fröhlichkeit verbreiten." Er nahm den Flachmann wieder an die Lippen und trank. „Wie wäre es mit etwas Musik?" Er langte hinüber und schaltete das Radio ein. Wieder erklang „A Holly Jolly Christmas".

„Ist der Motor noch nicht so weit?" fragte sie mit hoher, angespannter Stimme.

„Nein, der läuft noch nicht rund genug. Draußen ist es kälter als 'ne Hexentitte." Sein Blick wanderte zu ihren Brüsten. „Wo wir gerade davon reden. Sie hatten heute Abend ein sehr schönes Kleid an. Sie sind ein richtiger Wolf im Schafspelz, wenn Sie verstehen, was ich meine."

Charlotte drückte sich tiefer in den Sitz.

„Sie sind mir vorher nie aufgefallen", fuhr er fort. „Sie sind ein richtig nettes Mädchen, richtig nett, wissen Sie? Wie heißen Sie noch mal?"

„Charlotte. Charlotte Godowski."

„Charlotte ..." Er sagte den Namen langsam. „Charl..." Er hielt inne und lächelte erstaunt. „Charley?"

Sie sah aus dem Fenster und erkannte ihr pferdeähnliches Spiegelbild in der Scheibe.

„Wie kommt es, dass Sie von allen Charley gerufen werden, wo Sie einen so schönen Namen haben? Charlotte klingt so, ich weiß nicht, elegant."

„Der Name passt nicht richtig zum Gesicht", erwiderte sie.

„He, was reden Sie denn da?"

Sie war verblüfft, dass er sie verteidigte, und sog sein unterschwelliges Kompliment begierig auf.

„Erzählen Sie, wie kam es zu dem Spitznamen?"

„Ein Junge gab ihn mir, und er blieb an mir haften." *Fangt Charley, das Pferd!* Sie erinnerte sich, wie oft sie, begleitet von Gekicher und Gelächter, den Pultdeckel gehoben und Karotten oder Zuckerstücke darunter gefunden hatte.

„Na ja, ich denke, Charley ist ein anständiger Name. Hier." Er schenkte eine Kappe Brandy ein und reichte sie ihr. „Frohe Weihnachten, Charley."

Er lächelte sie an und war richtig nett. Sie begann sich zu fragen, ob sie ihn nicht falsch eingeschätzt hatte. Vielleicht litt er wie sie unter Spott und Mobbing und suchte nur eine freundliche Seele, seine Einsamkeit zu vertreiben. Wie sie wusste, war er nicht mehr verheiratet.

„Vielleicht sollte ich wirklich", sagte sie in einem Anflug von Abenteuerlust und nahm ihm scheu lächelnd die kleine Kappe aus der Hand.

„Sie haben ein richtig nettes Lächeln, Charley."

Das erste echte Kompliment ihres Lebens trieb ihr die Röte ins Gesicht. Sie führte die eisige Kappe an die Lippen und trank. Der Brandy war mild und erzeugte Wärme im Bauch und im ganzen Körper.

„Sehen Sie? Ich hatte Recht. Er wärmt das Blut." Lächelnd füllte er die Kappe wieder auf. „Bringt die Säfte in Wallung."

Charlotte lächelte tapfer und schluckte noch einen Brandy mit geschlossenen Augen. Es gefiel ihr. Der feurige Geschmack nach fermentierten Pflaumen kitzelte Nase und Bauch. Als sie die Augen wieder öffnete, lächelte Lou sie immer noch an. Sie betrachtete sein unebenmäßiges Gesicht mit Nachsicht und suchte wohlwollend nach Hinweisen auf Integrität und Güte, die ihr bisher entgangen waren. Nein, ein gut aussehender Mann war er wirklich nicht. Aber die Aufmerksamkeit eines gut aussehenden Mannes hätte sie auch niemals erwartet. Reichte es nicht, wenn er ein gütiges Herz hatte?

„Wird Ihnen nicht langsam warm hier drin? Warum ziehen Sie den dicken Mantel nicht aus? Dann feiern wir hier eine kleine Party."

„Nein!" stieß sie hervor. „Mir ist immer noch kalt."

„Ich wärme dich." Lou beugte sich hinüber und presste seinen Mund auf ihren.

Charlotte war so überrascht, dass sie einfach stillhielt. Dann dämmerte ihr: *Mein Gott, ich werde tatsächlich geküsst!* Jahrelang hatte sie es sich nur vorgestellt, und jetzt erlebte sie es entgegen aller Erwartung. Sie müsste ihn zurück- und zurechtweisen, doch wem schadete schon ein kleiner Kuss?

In der Kälte der Nacht analysierte sie distanziert, was sie empfand. Seine Lippen fühlten sich trocken und spröde an und schmeckten nach Brandy. Trotzdem war es nicht übel. Sie entspannte sich und spürte ein eigenartiges Kribbeln, das sich in ihr ausbreitete, wie die Wirkung des Alkohols. Eine kleine Flamme züngelte in ihrem Bauch und tiefer, an ihrem geheimsten Ort. Ihren ersten Kuss zu erleben, machte sie geradezu übermütig.

„Na bitte", murmelte er zufrieden, schob ihr den Mantel von den Schultern, beugte sich über sie und lächelte lieb. Sie erwiderte das Lächeln zögernd. „Du solltest solche Kleider häufiger tragen,

Charley. Sie stehen dir und zeigen die da." Sein Blick wanderte zu ihren Brüsten. Er umschloss sie mit den Händen, wog ihre Fülle und seufzte lustvoll. „Die sind groß, und alles echt. Wir waren nicht sicher, ob die echt sind."

Er presste die Lippen wieder auf ihre, und sie wusste, warum er „flinke Hände" genannt wurde. Während sie ein neuerliches Kribbeln durchströmte, fragte sie sich, ob sie das Ganze nicht lieber beenden sollte. Aber sicher war das alles harmlos. Sie hörte die Mädchen im Büro dauernd über Knutschereien reden. Warum sollte sie das nicht auch erleben?

Plötzlich wich Lou zurück und öffnete seinen Gürtel. Als sie ihn zum Hosenreißverschluss greifen sah, wusste sie, dass sie zu weit gegangen war. Sie wollte sich auf nichts einlassen, was mit geöffneten Hosen zu tun hatte.

„Ich denke, wir sollten aufhören." Sie stemmte sich mit den Ellbogen gegen ihn.

„Nein ... noch nicht. Der Spaß fängt doch gerade erst an." Das Öffnen des Reißverschlusses klang laut in der Dunkelheit.

„Ich sagte, es reicht!" Ihre Stimme war so klar und kalt wie die Nacht.

„He, Baby, nicht so schnell! Du bist eine ganz Wilde, was? Ich bin bereit für dich." Er schnappte sich ihre Hand und legte sie an seine Erektion. „Spürst du das? Was meinst du? Ich bin hart wie Stein, Baby. Ich gebe dir ein richtig schönes Weihnachtsgeschenk."

Entsetzt riss sie die Hand zurück. Wo war der Funken Güte geblieben, den sie bei ihm entdeckt zu haben glaubte? Wie hatte sie sich entgegen besserem Wissen dazu verleiten lassen, ihm zu trauen? Ihre Illusion zerstob, und Lou Kopp verwandelte sich wieder in das gierige Monster, das er war. Angstvoll setzte sie sich gegen ihn zur Wehr. Doch er spreizte ihr die Beine, und als er eine Hand unter das Taillenband ihres Slips schob, fühlte sie sich verloren.

Sie schrie, aber er bedeckte ihren Mund mit der Hand. „Ich wette, ich bin der Erste." Als er das Entsetzen in ihren Augen las, lachte er auf. „Dachte ich mir. War mir klar, dass die Jungs nicht gerade Schlange stehen bei dir. Du hast einen tollen Körper, Kleines, aber ich schwöre, man sollte dir einen Sack über den Kopf stülpen."

Tränen der Verzweiflung kamen ihr.

„Nicht weinen, Baby. Es wird dir gefallen." Er öffnete die Hose und zog sein hartes Glied heraus. Über ihr Entsetzen lachte er vulgär.

Charlotte biss ihm in die Hand, warf den Kopf zurück und schrie laut: „Nein!"

Er schlug sie, hart und unerwartet.

„Halt den Mund!" knurrte er wütend. „Du spielst besser mit, oder du verlierst deinen Job. Außerdem bist du so hässlich, dass du mich dafür bezahlen müsstest."

Sie lag da und spürte, wie ihr der Stoff über Hüften und Schenkel gezogen wurde. In hilflosem Entsetzen schien sie sich von ihrem Körper zu entfernen. Sie dachte an damals im Kindergarten, als ihr etwas Ähnliches zugestoßen war. Und jetzt lag sie hier, auf einem stinkenden Autositz, in einer schmutzigen Garage und ließ zu, dass Lou Kopp ihr das antat.

Ein Ruck durchfuhr sie. Der aufgestaute Zorn von fünfzehn Jahren, in denen sie sich gewünscht hatte, sich damals heftiger gewehrt zu haben, mobilisierte ungeahnte Kräfte.

Lou Kopp lehnte sich zurück und spuckte sich in die Hand. „Das macht es leichter."

Wütend ballte sie entschlossen eine Hand zur Faust. „Nein!" schrie sie und schlug ihm mit aller Kraft gegen das Kinn.

Lou schrie auf, fiel zurück und schlug sich die speichelbedeckte Hand gegen das Kinn. Sie nutzte ihre Chance, hob das rechte

Bein und trat wie ein Pferd gegen das, worauf er eben noch so stolz gewesen war. Lou heulte auf vor Schmerz und klappte zusammen.

Sie vergeudete keine Sekunde, riss mit einer Hand die Tür auf, stieß sich ab, fiel rückwärts aus dem Wagen, verlor ihre Schuhe und landete auf dem harten kalten Boden. Sie rappelte sich auf, zog die Strumpfhose hoch, schnappte sich ihre Tasche und rannte barfuß zur Treppe. Ein kurzer Blick zurück zeigte ihr einen stöhnend und fluchend auf dem Vordersitz zusammengekauerten Lou Kopp. Ein verwundeter Wolf, der den Mond anheulte.

Ich habe mich gewehrt! triumphierte sie voller Rachegelüste und lief zur Treppe. Sie würde sich nie mehr ducken und nie mehr feige sein. Sie hatte sich lange genug in Selbstmitleid gesuhlt.

Draußen auf dem Bürgersteig sog sie die frische, kräftigende Luft ein. Die eisige Kälte brannte ihr in den Lungen, reinigte sie. Barfuß, Mantel und Tasche in den Händen, hob sie das Gesicht zum sternenklaren Himmel.

„Ich bin jemand!“ rief sie den Sternen zu und an Gott gerichtet: „Ich akzeptiere das Schicksal nicht, das du mir zugedacht hast. Ich schwöre bei allem, was mir heilig ist, ich werde es ändern. Und wenn du so etwas wie Gnade kennst, hältst du mich nicht davon ab.“ Sie holte tief Luft, leicht erschrocken über die plötzliche Stärke. „Und wenn du versuchst, mich aufzuhalten“, drohte sie Fäuste schwingend dem Himmel, „werde ich dir trotzen!“

3. KAPITEL

Michael Mondragon blieb in der Hotellobby stehen. Blick und Haltung der Frau aus dem Fahrstuhl gingen ihm nicht aus dem Sinn. Sie hatte die Schultern eingezogen, wie jemand, der schüchtern oder unsicher ist. Ein Instinkt sagte ihm, dass er hätte beharrlicher nachfragen müssen, ob alles in Ordnung war. Aber sie hatte seine Hilfe abgelehnt. Weitere Einmischung hätte als aufdringlich gelten können.

Der säuerliche Blick des Mannes hatte ihm zweifellos signalisiert, sich zurückzuziehen. Er verzog die Lippen. Er kannte diese Typen, echte Schleimbeutel, die auf ein Abenteuer aus waren. Noch ein Grund, warum er sich nicht gut dabei fühlte, ein offensichtlich naives Mädchen mit ihm allein gelassen zu haben. Sie war nicht schön gewesen, aber sie hatte die ausdrucksvollen Augen eines Stummfilmstars gehabt, die beredt von einer Unschuld sprachen, auf die Männer wie der Kerl neben ihr abfuhren.

Michael atmete langsam aus und versuchte das nagende Schuldgefühl loszuwerden. Sie hatte seine Einmischung abgelehnt. Heutzutage wussten Frauen, was sie wollten, und legten keinen Wert auf unverlangte ritterliche Gesten.

„Keine gute Tat bleibt ungestraft“, raunte er spöttisch vor sich hin, schloss in Gedanken den Fall ab und schob die Glastüren auf.

Der eisige Wind vom Michigan See nahm ihm den Atem und wehte sein Haar zurück.

„Verdammtes Wetter“, fluchte er leise. Chicago hieß nicht umsonst die windige Stadt. So nah am See waren die Böen stark genug, auch einen großen Mann wie ihn umzuwerfen. Er würde sich nie daran gewöhnen. Die Schultern eingezogen, schlug er den Mantelkragen hoch, schob die Hände in die Taschen und gesellte sich zu den Passanten, die töricht genug waren, in dieser arktischen

Nacht den Bürgersteig zu bevölkern. Er dachte an das milde Klima Kaliforniens und ertastete den Umschlag in seiner Tasche.

Michael beschleunigte die Schritte zur Michigan Avenue, wo er mit Glück und einem schrillen Pfiff vielleicht ein Taxi ergatterte. Er kam gerade vom Hochzeitsempfang eines Kollegen. Frank und seine Braut waren sehr glücklich gewesen und absolut sicher, den Rest des Lebens miteinander verbringen zu wollen. Ihr Glück hinterließ ein Gefühl der Leere bei ihm und machte ihm klar, dass seinem Leben etwas fehlte. Als ihn der Wind erneut peitschte, beschäftigte ihn ein anderes Problem.

Heute Morgen hatte er einen Brief seines Vaters erhalten. Er hatte ihn mitgenommen und mehrfach gelesen. Sein Vater hatte ihm im ganzen Leben vielleicht drei Briefe geschrieben. Briefe der Familie stammten in der Regel von seiner Mutter. Ihr Englisch war besser, und sie schloss stets freundlich die Ansichten seines Vaters mit ein. „Dein Vater und ich sind stolz auf deine guten schulischen Leistungen ... Dein Vater grüßt dich herzlich ... Dein Vater und ich fragen uns, warum du nicht öfter heimkommst."

Luis, sein Vater, griff so gut wie nie zur Feder. Das nahm er ihm nicht übel. Wer den ganzen Tag hart gearbeitet hatte, setzte sich abends nicht hin, um mit schwieligen Händen zu schreiben.

Den ersten Brief von Luis hatte er erhalten, als sein Aufsatz über die Verfassung in einer örtlichen Zeitung veröffentlicht worden war. Den zweiten zum Abschluss seines Studiums an der University of California. „Ein Hochschulabsolvent!" hatte seine Mutter stolz verkündet und sich geplustert wie eine Henne. „Der Erste aus der Familie." Seine ganze umfangreiche Verwandtschaft hatte sich zu einer lauten Fiesta eingefunden und singend und lachend gefeiert. Die argwöhnischen Blicke der „Gringos" aus der Nachbarschaft wurmten ihn noch heute. Und nun das hier. In seinem dritten Brief beorderte sein Vater ihn nach Hause zurück.

„Meine Hände", hatte er geschrieben, „sie werden schlechter. Sie mir nicht mehr so gehorchen. Und die Kunden, sie sind nicht glücklich. So viele junge Männer kommen mit neuen Ideen. Ha, die wissen nichts vom Boden und von den Pflanzen. Aber sie malen schöne Bilder für *los gringos*, die noch weniger wissen als sie. Ich brauche dich jetzt", schrieb er weiter und unterstrich das letzte Wort. „Du musst helfen der Familie. Du kannst zeichnen die Entwürfe. Du kannst gut Englisch reden. Aber vor allem kennst du den Boden. Ich brauche dich. Miguel, mein Sohn."

Michael fröstelte. *Mi padre*. Er liebte seinen Vater, und er vermisste ihn. Doch sein Vater bat um nicht weniger, als dass er seine Karriere als Architekt aufgab und in den Gartenbaubetrieb einstieg, den er vor dreißig Jahren gegründet hatte. Er bat darum, dass er zu seinen Wurzeln zurückkehrte.

Wurzeln? Schwarze Erde unter den Nägeln? Was sollte er mit seinen Wurzeln? Er war Architekt. Er baute Wolkenkratzer. *Madre de Dios*. Er baute sie hinauf in den Himmel, weit vom Boden entfernt. Hatte er nicht gerade deshalb Kalifornien verlassen, weil er seine Wurzeln kappen wollte? Weil er mit der Kultur brechen wollte, die ihn dort festhielt?

Michael lachte leise. Was für ein Narr er war. Solche Wurzeln konnte man nicht kappen. Er wusste das. Den Wurzeln seiner Familie entkam man nicht, sie hielten zu fest. So sehr er sich auch bemühte, es zu leugnen, er war Mexikaner, mehr noch ein mexikanischer Mann. Das bedeutete *machismo*. Das wiederum hieß, keine Schwäche zeigen. *Machismo* verlangte aber auch, dass er seinen Vater und seine Familie ehrte.

Die Praxis von Dr. Jacob Harmon war so beeindruckend wie sein Ruf. Sein Wartezimmer verströmte die kühle Eleganz von Kristall. Charlotte wagte nicht, etwas anzurühren. Nur mit den Augen nahm sie alles auf: die gläsernen Briefbeschwerer in einem Korb, die hübsche Gobelinpolsterung und den duftenden, silbrigen Eukalyptuskranz über der Tür. Selbst die Bilder an den Wänden waren Originale, nicht die billigen Kunstdrucke und sich wellenden Poster wie bei McNally und Kopp. Sie hatte das Gefühl, hier richtig zu sein.

Hände an die Schenkel gepresst, wagte sie nicht mal, eines der ordentlich ausgerichteten Magazine aus seiner Plastikschutzhülle zu nehmen. Ihr schäbiger blauer Wollmantel an der Garderobe bildete einen starken Kontrast zu alledem. Es war ihr peinlich, ihn nur anzusehen.

„Miss Godowski? Kommen Sie bitte hier entlang."

Die bildhübsche Schwester führte sie in einen kleinen blassrosa Untersuchungsraum und nahm gründlich ihre medizinische Vorgeschichte auf. Dann wurde sie über den taubenblauen Teppich in Dr. Harmons Büro geleitet, wo sie wartend schmorte. Glas und schimmernder Chrom wirkten ziemlich kalt und reflektierten hoffentlich nicht die Persönlichkeit des Arztes. Charlotte wurde zunehmend nervöser. Ob sie für einen Eingriff geeignet war, hing ebenso von einem psychologischen Test ab wie von ihrem Gesundheitszustand. Sie wollte diesen Eingriff jedoch unbedingt vornehmen lassen.

Nach schier endloser Wartezeit ging die Tür auf, und Dr. Harmon eilte mit wehendem Kittel herein, gefolgt von einer weiteren makellos hübschen Schwester. Charlotte war verblüfft. Der Doktor sah aus wie ein Junge. Er war klein und zart mit erstaunlich glatter Haut für einen erwachsenen Mann. Wie alt mochte er sein? Noch wichtiger, wie viele Operationen hatte er bereits durchgeführt?

Dr. Harmon warf ihr im Vorbeigehen einen raschen, durchdringenden Blick zu und setzte sich hinter seinen riesigen Schreibtisch, was ihn noch zwergenhafter machte. Die aufmerksame Schwester himmelte ihn geradezu an, als sie ihm mit kokettem Lächeln die Patientenkarte reichte. Dann ging sie, ohne Charlotte auch nur eines Blickes zu würdigen.

Charlottes Herz schlug schneller. Sie sank tiefer in ihren Sitz und blickte Dr. Harmon skeptisch an. Er schien ihre Anwesenheit nicht zu bemerken, lehnte sich in seinem Sessel zurück, vertiefte sich in die Patientenkartei und blätterte mit raschen, präzisen Bewegungen die Seiten um.

Schließlich senkte er die Kartei und sah sie an. Sein forschender Blick glitt über Augen, Nase, Lippen zu ihrem merkwürdigen Kinn. Diese Musterung hatte nichts Unangenehmes, da sie mit dem nüchternen Blick des Mediziners geschah.

Plötzlich änderte sich sein Mienenspiel, und er lächelte freundlich. Charlotte straffte sich und wusste, dass die Befragung begann.

„Guten Morgen, Miss ...“ Er sah auf die Kartei.

„Godowski.“

„Ja, natürlich. Danke, Miss Godowski. Sie scheinen allgemein in guter gesundheitlicher Verfassung zu sein. Ich werde Sie noch genau untersuchen, erwarte jedoch keine Probleme.“ Er sah sie wieder wohlwollend an. „Ich schlage vor, Sie erzählen mir, wie ich Ihnen helfen soll.“ Dr. Harmon faltete seine Hände auf dem Tisch und sah sie erwartungsvoll an.

Beim Betrachten seines glatten Babygesichtes fragte sie sich, ob ihm jemals Barthaare wuchsen. „Ich ...“, stammelte sie und wandte, nach Worten suchend, den Blick ab. „Ich denke, das ist offensichtlich.“

Der Doktor lächelte schwach.

Sie faltete die Hände im Schoß. Was konnte sie ihm sagen, das er nicht selbst sah? Er neigte abwartend den Kopf zur Seite, und Charlotte stieß hervor: „Ich möchte hübsch sein!“

Er zog die Stirn kraus und schürzte die Lippen. „Verstehe."

Charlotte errötete. Natürlich verstand er und hielt sie wahrscheinlich für überdreht. Unsicher rückte sie sich im Sessel zurecht und zupfte an ihrem Kleid. „Vielleicht nur ein wenig hübscher", schwächte sie ihren Wunsch ab und hörte ihre Mutter sagen: „Wir werden dich hübsch machen, ja?"

Dr. Harmons Miene verriet Mitgefühl. „Vielleicht. Das ist vielleicht möglich." Er studierte ihr Gesicht und fuhr fort: „Ich könnte Ihnen einige Änderungen vorschlagen, aber ich möchte zuerst Ihre Vorschläge hören. Was genau möchten Sie verändert haben?"

Charlotte atmete tief durch. Hatte sie richtig verstanden? Er hatte nicht gelacht. Er hatte auch nicht gesagt, das sei unmöglich, sondern möglich. Hatte er eine Ahnung, wie viel Hoffnung er ihr soeben gemacht hatte? Ihr Herz pochte wild, und der Mund wurde ihr trocken vor Aufregung. „Nun, ja ... ich meine ...", stammelte sie und hob den Blick. „Mein Kinn."

„Was ist mit Ihrem Kinn?"

„Ich möchte eines. Ein richtiges, nicht so ein fliehendes, wie ich es jetzt habe."

„Und der Rest? Augen, Nase, Wangenknochen?"

Charlotte dachte kurz nach. „Nein. Sie spiegeln meinen Vater und meine Mutter wider. Ich akzeptierte das als mein Erbe."

„Sehr gut."

Er lächelte, und Charlotte war erleichtert. Offenbar hatte sie richtig geantwortet. Sie entspannte sich ein wenig und entkrampfte die Finger. Sie bemerkte, dass es Dr. Harmon nicht entging.

„Wie lange sind Sie schon unglücklich über Ihr Kinn?"

„Schon immer. Ich fand, Gott hat mich bei meinem Kinn übers Ohr gehauen."

„Übers Ohr gehauen? Das ist eine interessante Art, es zu sehen."

„Als kleines Mädchen dachte ich immer, Gott erschaffe jeden von uns einzeln wie ein Bildhauer. Der Rest von mir ist in Ordnung." Sie lachte errötend. „Ich dachte, Gott hätte keine Zeit mehr gehabt und mich hingeschludert." Sie sah erleichtert, dass es in Dr. Harmons Augen amüsiert aufblitzte. „Kinderlogik, ich weiß. Aber bisher habe ich keine andere Entschuldigung gefunden. Es ist so unfair." Nach einer Pause fügte sie hinzu: „Ich will nicht mein ganzes Aussehen ändern, Doktor. Ich bitte Sie nur, das zu beenden, was Gott angefangen hat."

Dr. Harmon schwieg einen Moment, offenbar gerührt von ihren Worten. Zumindest hatte er ihr zugehört, denn seine Augen nahmen jenen besonderen Ausdruck an, den Menschen haben, wenn sie genau nachdenken.

Nach einer Weile erwiderte er: „Es freut mich zu hören, dass Sie sich nicht vollständig verändern wollen. Denn das wäre unrealistisch. Wir haben es hier mit einer angeborenen Deformierung zu tun. Ein seltener Fall, und die Korrektur ist eine langwierige und heikle Angelegenheit. Der Kiefer wird geteilt und wieder zusammengesetzt werden müssen. Man wird Knochenimplantate erwägen und in extremen Fällen wie in Ihrem wird man auch künstliche Implantate einsetzen müssen, um Größe und Form von Kiefer- und Kinnlinie zu modellieren. Vielleicht wird eine Nachbehandlung durch einen Kieferorthopäden notwendig. Aber es ist machbar, und offen gestanden, sind Sie zum richtigen Arzt gekommen, denn ich habe mich auf diese Art von plastischer Chirurgie spezialisiert."

„Das habe ich gehört. Und Sie sollen der Beste sein."

Ein Ausdruck der Genugtuung huschte über sein Gesicht, allerdings besaß er den Anstand, das Kompliment nicht zu bestätigen. „Was sagt Ihre Familie zu der Operation?"

„Familie?"

Er sah auf die Kartei. „Hier steht, Sie leben mit Ihrer Mutter zusammen."

„Das ist richtig."

„Gibt es sonst noch jemand Wichtiges für Sie?"

„Nein, nur meine Mutter."

Er hob die Brauen und wartete, dass sie weitersprach.

„Ich habe es ihr noch nicht gesagt."

Er zog die Brauen noch höher. „Warum nicht?"

„Weil ich nicht glaube, dass sie damit einverstanden wäre."

„Dass Angehörige nicht verstehen, wie viel einem ein spezieller Eingriff bedeutet, kommt vor. Trotzdem ist es wichtig, dass Sie die Sache mit ihr besprechen, allein schon, um auszuloten, wie viel Unterstützung Sie von ihr erwarten können."

„Ich stehe das allein durch."

„Miss Godowski, nach jeder Operation gibt es physischen und psychischen Stress, der Ihr Durchhaltevermögen und Ihre Stimmung beeinträchtigen wird. Das ist nur natürlich."

„Ich bin sehr fit, und ich habe großes Durchhaltevermögen."

„Ich meine damit, dass sich viele Menschen nach einem solchen Eingriff eine Weile depressiv fühlen. Sie werden Unterstützung brauchen. Ich ermutige Sie, offen mit Ihrer Mutter über alles zu sprechen."

Charlotte nickte. „Ich werd's versuchen."

„Und Sie teilen mir die Reaktion mit?"

Charlotte nickte wieder.

„Was werden Sie tun, falls Ihre Mutter gegen die Operation ist?"

„Ich werde sie trotzdem durchführen lassen."

Dr. Harmon verengte die Augen ein wenig. „So viel bedeutet sie Ihnen?"

„Ja, sie bedeutet mir alles." Sie zwang sich, seinem forschenden Blick standzuhalten.

„Warum? Und warum jetzt? Frauen, die mit so einem Defekt geboren werden, lassen sich in der Regel spätestens im Teenageralter operieren. Sie sind ...“ Er sah wieder auf die Kartei. „Zwanzig. Was veranlasste Sie, jetzt Hilfe zu suchen?“

Sie dachte flüchtig an Lou Kopp, aber davon konnte sie ihm nicht erzählen. Und wenn sie ehrlich war, dann hatte Kopp auch nur das Fass zum Überlaufen gebracht.

„Vielleicht habe ich nur länger gebraucht, erwachsen zu werden. Außerdem dachte ich immer, Schönheit läge im Auge des Betrachters. Ich musste mir das einreden, sonst hätte ich die Hoffnung, dass irgendwann jemand die Entstellung übersieht und mich einfach als Menschen mag, begraben müssen.“ Sie senkte den Blick und ließ die Schultern hängen. „Aber schließlich musste ich erkennen, dass man mit so einem Gesicht nie eine Chance bekommt.“

„Chance auf was?“

„Auf Liebe.“

„Verstehe.“ Dr. Harmon legte die Fingerspitzen aneinander. „Und Sie glauben, dass diese Operation jemand veranlasst, Sie zu lieben.“

„Nein“, erwiderte sie und erkannte die Falle. „Mein Gesicht allein wird niemand veranlassen, mich zu lieben. Deshalb sprach ich von Chance. Ich will nur dieselbe Chance auf Beachtung wie alle anderen.“

„Das ist eine faire Antwort. Würden Sie insgesamt sagen, dass das Leben Sie anständig behandelt?“

Sie lächelte schwach. „Um ganz ehrlich zu sein, nein. Dieses Gesicht hat es mir nicht einfach gemacht.“

„Waren Sie schon mal bei einem Psychiater oder einem anderen psychologischen Berater?“

„Ich bin hässlich, nicht verrückt.“ Charlotte ließ seufzend die Hände sinken. „Ich weiß, Sie müssen all diese Fragen stellen, Doktor. Ich bitte Sie nicht um einen kosmetischen Eingriff wie eine neue Nase oder ein Gesichtslifting. Ich habe eine echte Entstellung, das haben Sie selbst gesagt. Körperlich geht es mir gut. Ich treibe Sport, esse vernünftig und habe keine mir bekannten Krankheiten. Ich bin eine erstklassige Kandidatin. Obwohl mein Leben langweilig war, war es doch stabil. Ich habe keine Leichen im Keller, das versichere ich Ihnen. Und ich bin nicht verrückt."

„Das unterstellt auch niemand. Sie müssen jedoch bedenken, dass ein Eingriff wie bei Ihnen das Leben dramatisch verändern kann und psychische Anpassungen erfordert. Es wird Wochen, vielleicht Monate dauern, bis Sie Ihr neues Aussehen akzeptieren können. Vielleicht erleben Sie sogar einen Persönlichkeitswandel."

„Ich habe keine Angst, Doktor. Ich bin bereit für den Persönlichkeitswandel. Ich habe zwanzig Jahre darauf gewartet."

Dr. Harmon hörte aufmerksam zu. Wie er den Kopf neigte und sich über das Kinn strich, verriet ihr, dass er nicht nur oberflächliche Betrachtungen anstellte.

„Also gut, Miss Godowski." Er schloss die Kartei. Es lag Wärme in seinem Blick, aber dafür war sie nicht hergekommen. Er verströmte die Zuversicht des überragenden Chirurgen, der eine Entscheidung getroffen hatte, wusste, dass er der Aufgabe gewachsen war und sie besser erledigen würde als jeder andere.

Charlotte richtete sich auf, unfähig, ihre Erregung zu verbergen. Sie spürte, dass er die Operation durchführen wollte.

„Eine Frage noch, Miss Godowski, und wir sind fertig. Sagen Sie, glauben Sie, dass diese Operation Ihr Leben ändern wird?"

Sie sah ihn ruhig an und sagte genau das, was er hören wollte. „Ich glaube nicht, dass die Operation mein Leben ändert, aber sie wird es mir leichter machen."

Dr. Harmon lächelte, und sie wusste, dass sie die Prüfung bestanden hatte. Als das Lächeln breiter wurde und er ihr zublinzelte, war ihr klar, dass sie sogar mit Bestnote bestanden hatte.

„Nun denn“, sagte er, legte den Schreibstift beiseite und richtete sich im Sessel auf. „Ich sehe keinen Grund, warum wir die Operation nicht durchführen sollten.“

Jacob Harmon drehte sich in seinem Eames-Sessel, während er die Computerentwürfe zu Charlottes Gesicht anschaute. Auf dem Tisch neben ihm stapelten sich Dutzende Fotos ihres Gesichtes und Körpers, die er in den letzten Wochen gemacht hatte, zusammen mit Röntgenaufnahmen, Zahnmodellen und anderen diagnostischen Studien. Er vergrößerte die Computerbilder und fuhr über die Höhen und Tiefen ihrer Wangenpartie zu den Nasenöffnungen, dann nach oben zu den großen blauen Augen und der hohen breiten Stirn. Er gab die Koordinaten ein und ließ das Gesicht neu entstehen, um Kieferkontur, den Schwung der Lippen und das zarte Kinn zu betrachten.

Charlotte war eine Herausforderung. Ihr Körper war fast ein Wunder an Perfektion. Wenn er es nicht besser gewusst hätte, hätte er ein ganzes Team von Schönheitschirurgen für diese Idealfigur verantwortlich gemacht. Da stimmte alles: Proportionen, Symmetrie, Hautstruktur und Tönung. Sogar ihre Haut war perfekt wie polierter Alabaster.

Doch vor allem eine fast überirdische Ausstrahlung hob sie von gewöhnlichen Sterblichen ab. Und ihre Augen faszinierten ihn geradezu. Hinter dem Schleier der Schüchternheit verhießen sie ein Geheimnis.

Mit neuer Energie wandte er sich wieder seinen Entwürfen zu. Es juckte ihn in den Fingern zu arbeiten. Technisch gesehen wusste er genau, was zu tun war. Er hatte jedoch den Punkt erreicht, wo die Arbeit des Chirurgen endete und die des Künstlers begann.

Diese Linie zu überschreiten machte aus seiner Arbeit Kunst, wohingegen das Werk vieler Kollegen Handwerk blieb. Die Vorstellung vom besessenen Künstler, der an seinem Meisterwerk arbeitete, amüsierte ihn.

Ein Meisterwerk würde es wahrlich werden. Charlotte Godowski wollte schön sein, und er wollte sie schöner machen, als sie es selbst für möglich hielt.

Charlottes Besuch bei Mr. McNally eine Woche später war kurz und geschäftsmäßig. Während sie ihrem ehemaligen Arbeitgeber kühl mitteilte, warum sie ihre Stellung aufgab, sah sie McNallys sonst rosiges Gesicht blass werden. Als sie die schmutzigen Details berichtete, wurden seine Lippen schmal, und in seinem Blick lag stille Wut. Am Ende der Besprechung rief er nicht Lou Kopp herein, wie sie befürchtet hatte, sondern versicherte ihr, dass er ihr weitere Peinlichkeiten ersparen werde, und erkundigte sich, ob sie mit einem Taxi heimgefahren werden wolle.

Sobald Charlotte gegangen war, eilte McNally ans Telefon und rief seinen Anwalt an.

„George, Lou Kopp hat es wieder getan. Ich hatte hier eine Angestellte im Büro. Sie drohte, uns wegen sexueller Belästigung zu verklagen."

Am anderen Ende der Leitung ein Seufzer des Entsetzens. „Was hat er diesmal gemacht?"

McNally wiederholte kurz den Vorgang, einschließlich der Drohung, ihr den Job zu kündigen.

„Ich glaube, wir regeln das am besten schnell", riet der Anwalt finster. „Sie könnte immer noch vor Gericht gehen."

Später hörte Charlotte erfreut, dass die angebotene Summe ausreichte, die Kosten der Operation zu begleichen. Ihr Anwalt hatte eine höhere Entschädigung verlangt, doch sie war nicht gierig. Sie war so froh über den angebotenen Betrag, dass sie sich beherrschen musste, Mr. McNally nicht auch noch zu danken.

„Ich möchte eine Zusicherung von Ihnen", sagte sie, als sie sich die Hände gaben.

McNally zog fragend die Brauen hoch.

„Sichern Sie mir zu, dass Mr. Kopp so etwas nie mehr macht. Er hat die Frauen in dem Büro seit Jahren belästigt."

„Ich denke, dafür können wir sorgen."

Das genügte ihr. Sie war nicht auf Blut aus. Allerdings musste sie schmunzeln, als sie einige Monate später erfuhr, Mr. Kopp habe die Firma aus „persönlichen Gründen" verlassen.

4. KAPITEL

Michael Mondragon lenkte sein gemietetes Mustang Kabrio am Weihnachtsabend auf die Interstate 5, legte den Arm über die Lehne des Beifahrersitzes und pfiff die Weihnachtslieder aus dem Radio mit. Er musste zugeben, dass das Fest am schönsten bei der Familie war. Er würde rechtzeitig zu Mamas Weihnachtsessen zu Hause sein.

Als er vorbei an den grauen Tentakeln von Los Angeles in die grünen Hügel hinauffuhr, spürte er die Anspannung der langen Reise von sich abfallen. Chicago schien endlos weit entfernt zu sein. Nach einer Stunde bog er von der Haupt- in eine kleine Seitenstraße ab. Leute mit Geld und Verstand hielten sich an die Hauptstraßen, die zu schicken Erholungsgebieten und tollen Campingplätzen führten. Nur die Abenteuerlustigen wanden sich über schmale Nebenstrecken, durch kleine Ortschaften, vorbei an Farmen und durch Wälder mit Föhren, Zedern und Pinien. Er kannte die Namen aller Bäume und Büsche, das war schließlich Familientradition.

In Serpentinen führte die Straße hinab in das üppige Grün des vertrauten Tales, das er sein Zuhause nannte. Es hatte kürzlich geregnet. Die Straße war glatt, und dunkles Geröll verlieh einem ganzen Berghang einen bläulichen Schimmer. Der Wind, der sein Gesicht peitschte, roch nach Regen und feuchter Erde. Auf derselben Straße war er vor Jahren mit dem Lieferwagen der Mondragon-Baumschule zu den Gärten in den Vororten der Städte gefahren.

Erinnerungen kamen ihm auf den vertrauten Wegen seiner Jugend. An einem bevorzugten Aussichtspunkt hielt er an und schaltete den Motor aus. Die Abenddämmerung kam, Vogelrufe erschollen, und das fruchtbare Tal vor ihm verströmte seinen süßlichen Duft.

Die Vegetation reckte sich dem Himmel entgegen, als wolle sie die Abendwolken streicheln. „Engelsflügel" hatte er die Wolken als Kind genannt und immer das Gefühl gehabt, zu dieser besonderen Stunde an diesem besonderen Platz dem Himmel sehr nahe zu sein.

Seufzend fuhr er sich mit der Hand durch das dichte Haar. Neue Erinnerungen tauchten auf. Hier hatte er in einem Mondragon-Lieferwagen seine ersten Liebeserfahrungen gemacht. Hier hatte er die Entscheidung getroffen, sich der Familie zu widersetzen und das Harvard-Stipendium anzunehmen. Hier hatte er geschworen, dass er eines Tages die Gegend verlassen und nie mehr zurückkehren würde.

Dann war er gegangen. Sein Leben in Chicago war mehr als ein paar tausend Meilen von seiner amerikanisch-mexikanischen Familie entfernt, es war Welten entfernt. Und da lag die Ironie. Wie kam es, dass er ungeachtet seines fernen und andersartigen Lebens sofort in alte Verhaltensmuster zurückfiel, sobald er keimkehrte? Es war, als folge er dem schlechten Drehbuch eines miesen Stückes. Sobald er die Pforten des Mondragon-Anwesens passierte, war er nicht mehr Mr. Michael Mondragon, der sein Harvard-Studium magna cum laude abgeschlossen und sich einen hart umkämpften Posten in einer der besten Architekturbüros von Chicago erobert hatte, der mehr in einem Jahr verdiente als sein Vater in zehn. Nein, in wenigen Minuten war er wieder der arme kleine Miguel, der grübelnde Außenseiter, der es gewagt hatte, den Schoß der Familie zu verlassen.

Entschlossen legte er die große manikürte Hand auf den Ganghebel. Er hatte zu hart gearbeitet und zu viel erreicht, um noch irgendwelche Rollen zu spielen. Er würde Vater, Mutter, Schwester und Bruder zeigen, wer er war. Beim letzten Blick auf die untergehende Sonne verzog er das Gesicht zu einem bittersüßen Lächeln.

Genauso gut konnte er versuchen, die Engelsflügel zu fangen.

Auf dem Familienbesitz waren die Hinweise auf den Verfall des Geschäftes unübersehbar. Die Außengebäude waren in schlechtem Zustand, der Pflanzenvorrat war mager, und den Restbeständen fehlte die Kraft und Üppigkeit, die Mondragon-Pflanzen berühmt gemacht hatten. Stirnrunzelnd fuhr er an den Hängen mit Viburnum, Euonymus und Immergrünen vorbei auf das kleine Stuckhaus mit dem roten Dach und dem großen Vorhof zu. Der 89er Chevy Pick-up seines Vaters parkte neben einigen neueren amerikanischen Wagen.

Das Haus sah noch so aus wie früher. Mamas hellgelbe Tür war mit Pinien und Efeuranken geschmückt. Hinter Mamas Spitzengardinen strahlten die Lichter, und Papa spielte Mariachi-Musik.

Sein Herz schlug schneller vor Erwartung – nein, sogar vor Freude. Er hatte kaum den Wagen geparkt, als die Eingangstür aufging. Sein Vater kam heraus, die Arme ausgebreitet, ein breites Lächeln auf dem wettergegerbten Gesicht. Michael war kindlich erfreut, dass sie offenbar auf ihn gewartet hatten.

„Er ist zu Hause!“ verkündete Luis, und seine Stimme hallte über den Hof. „Alle herauskommen, Miguel ist endlich da!“

Die hohen Willkommensrufe seiner Mutter und seiner Schwester Rosa ertönten. Dann kamen Rosas Kinder heraus, zögerlicher gefolgt von seinem Bruder Bobby.

Während Michael einen nach dem anderen umarmte, nahm er die schweren Aromen mexikanischer Weihnacht in ihrer Kleidung und ihren Haaren wahr: dunkle Schokolade, Vanille und Orangen.

Im Haus fühlte er sich versucht, einen Rundgang zu machen, in Schlafräume und Schränke zu schauen und zu sehen, ob er noch ein Zimmer hatte. Er war nervös und fühlte sich fehl am Platze. Die Familie sammelte sich jedoch freundlich schwatzend um ihn und redete von vergangenen Erlebnissen, die in der Erinnerung erst richtig schön wurden. Seit seinem letzten Besuch zu Hause waren immerhin etliche Jahre vergangen. Rasch nahm er die sanften vertrauten Klänge des Spanischen wieder auf, der Sprache seiner Familie. Die Zunge machte ihm bei einigen Vokalen und Konsonanten jedoch noch Schwierigkeiten, während er antwortete.

„Der kleine Francisco spricht besser Spanisch als sein Onkel", neckte seine Mutter. Er lächelte nur. Das war ein alter Streit, der begonnen hatte, als er in der ersten Klasse und als einziger Mexikaner in seinem Jahrgang eines Abends beim Familiendinner verkündet hatte, er werde nur noch Englisch sprechen, wie die Nonnen es ihm aufgetragen hatten. Seine Mutter hatte gekränkt und verwirrt sofort aufgehört mit Spanisch und war seiner Aufforderung gefolgt. „Wenn die Nonnen es sagen ..."

Sein Vater hatte für ihn typisch reagiert. Er war zornig explodiert und hatte Michael auf sein Zimmer geschickt, wo er sowieso lieber war. Das war der Beginn der Loslösung von seiner Familie gewesen. Der erste Schritt zu immer größerer Distanz.

Heute Abend lag jedoch keine Kritik in Luis Mondragons Blick. Er strahlte seinen jüngsten Sohn geradezu an.

„Rosa", rief er seiner Tochter zu, „kümmere dich um deine Kinder. Ich möchte einen Moment allein mit Miguel reden." Damit führte er ihn in die große Wohnküche. Er schloss die Tür und seufzte theatralisch. „Wenn ich könnte zügeln die Energie von den Kindern, ich könnte leben ewig. Aber so ..." Er zog die Schultern hoch und streckte hilflos die Hände vor, „begnüge ich mich mit einem kleinen Glas Bier."

„Ah, Mama", sagte Michael, nahm ihr die Flasche ab und schnupperte in die Luft. Der vertraute Geruch mexikanischer Gerichte mischte sich mit Kinderlachen und Gesprächsfetzen auf Spanisch. Das wirkte beruhigend. Er war zu Hause, und es machte nichts, dass er seiner Familie nur wenig zu sagen hatte. „Das riecht himmlisch."

Marta schwieg, errötete jedoch erfreut und beugte sich wieder über die großen Töpfe auf dem Herd. Michael und sein Vater lehnten sich gegen den Holztresen, jeder eine Flasche in der Hand, und begannen die befangene Unterhaltung, die jeder langen Trennung folgte.

„Also", sagte Luis, und es klang eher wie ein Räuspern, „wie geht es dir?"

„Gut ... gut", versicherte Michael langsam und hoffte, es klang nicht zögerlich. Er trank von seinem Bier und bekräftigte: „Wirklich gut."

„Was machst du in Chicago?"

Er zuckte die Achseln. „Dasselbe wie immer. Bürgermeister Daley möchte, dass wir mehr Bäume pflanzen, also wenn wir mit einem Bau fertig sind, pflanzen wir mehr Bäume." Vater und Sohn sahen sich an und lachten.

„Freut mich zu hören, dass du immer noch etwas pflanzt."

Sie bemühten sich sehr, das Gespräch freundlich, unverfänglich zu halten, und die gelegentlichen Scherze, die Marta beim Umrühren einwarf, halfen. Michael spürte jedoch deutlich, dass sein Vater etwas Spezielles auf dem Herzen hatte, sich aber zurückhielt, um nicht gleich mit der Tür ins Haus zu fallen. Luis Mondragon war ein großer, breitschultriger Mann mit einer entsprechenden Stimme. Sein Versuch, sich in belangloser Plauderei zu üben, wirkte sehr unbeholfen. Michael beschloss, es ihm leichter zu machen. „Die Baumschule sieht mitgenommen aus", kam er auf den Punkt.

Luis war überrascht und dann erleichtert. Er senkte den mächtigen Kopf zwei Mal. „Ja, ja, genau!" bekräftigte er mit seiner lauten Stimme und streckte zustimmend die Arme aus. „Die Dürre im letzten Jahr, eijei! Wir haben viel verloren ... und was ist übrig ...", er hob die Hände zum Himmel, „kann kaum überleben. Verflixte Dürre. Rasen versengt wie Hölle. Leute rufen an und sagen, nicht schneiden. Wenn wir nicht schneiden, sie nicht zahlen. Kümmert sie das? Nein! Sie nur sagen, nicht schneiden." Er schüttelte den Kopf. „So viel ist vertrocknet."

„Ich hörte, wie schlimm es war. Tut mir Leid, dass es euch so hart getroffen hat."

Luis zuckte die Achseln. „Wille von Gott, *no*?"

„Vielleicht." Michael trank von seinem Bier und vermied eine religiöse Debatte. Im Haus der Mondragons waren alle Winkelzüge des Schicksals Teil des göttlichen Plans, die man zu erdulden hatte. „Wie macht sich Manuel?" Michael kannte seinen Schwager nicht besonders gut. Aber der Mann musste ein Heiliger sein, wenn er mit seiner aufbrausenden Schwester Rosa leben konnte.

Sein Vater hob gleichgültig die Schultern. „Ist okay, wenn er schneidet Rasen. Die Männer, sie mögen ihn, aber ..." Luis rieb sich das Kinn. „Es ist nicht nur die Dürre. Er kann nicht entwerfen Skizzen für Gartenplan, wie Leute heute wollen. Sie wollen Besonderes, weißt du. Und wenn du kannst zeichnen die Skizzen, du verkaufst auch Pflanzen. Manchmal wir machen Entwürfe umsonst, damit wir bekommen Auftrag."

„Ich weiß, was du meinst, Papa. Das ist heute üblich. Warum hast du nicht jemand angestellt? Einen Gartenarchitekten oder so?"

„Warum ich sollte anstellen jemand, wenn mein Sohn kann besser machen als jemand sonst?"

Michael seufzte tief. „Vielleicht weil ich Architekt in Chicago bin, Papa. Ich baue Wolkenkratzer. Ich buddele nicht mehr in der Erde."

„*Madre de Dios*. Wie kannst du ertragen, arbeiten weit weg von Boden? Warum du willst spielen mit Betonblöcken in Chicago, wenn du kannst haben all diese feine Erde in Kalifornien? Dieses wertvolle Land. Ich frage dich.“

Michael hörte das Flehen hinter den protzigen Worten, und es tat ihm weh. Sein Vater war ein stolzer Mann, der als Waise von seinen Verwandten in Mexiko mit Härte aufgezogen worden war. Mit zweiundzwanzig hatte er seine Familie nach Kalifornien gebracht. Ein unverheirateter Onkel war gestorben und hatte ihm, seinem einzigen Neffen, in Kalifornien ein kleines Stück Land hinterlassen. Sobald er das fruchtbare Tal sah, hatte Luis Mondragon ein Ziel im Leben gehabt. Alle lukrativen Kaufangebote ausschlagend, hatte er das Land für die Zukunft bewahrt. Ein riskanter Schritt für einen armen Mexikaner mit drei hungrigen Kindern.

Sobald er etwas Geld gespart hatte, war Luis mit seiner Familie in die Vororte gezogen und hatte eine kleine Firma für Gartenarbeiten gegründet. An sieben Tagen die Woche arbeitete er von Sonnenaufgang bis Sonnenuntergang wie ein Ochse im Geschirr. Er hasste die Vororte, doch Marta hatte darauf bestanden, dass ihre Kinder mit denen der Gringos in dieselben Schulen gingen und von denselben Nonnen unterrichtet wurden. Außerdem, was hätte er anderes tun sollen? In den Vororten war das Geld. Den Leuten gefielen sein Witz und seine Kräfte, und das Geschäft blühte. Sobald die Söhne größer waren, halfen sie für ein Taschengeld Rasen mähen und Hecken schneiden.

Ihr Vater war knauserig mit Geld, aber großzügig mit seinem Wissen. Er lehrte Roberto und Miguel alles über Boden und Pflanzen und sämtliche Familiengeheimnisse, wie man kräftige Pflanzen zog. Jeder verdiente Cent wurde wieder in das Land gesteckt. Anfänglich verkaufte er in der eigenen Gärtnerei nur einige ausgesuchte Pflanzen, die seine Kunden verlangten. Augenzwinkernd und mit ansteckendem Lachen überredete er seine Kundschaft jedoch mehr und mehr, auch Ungewöhnliches zu versuchen. Pflanze für Pflanze schuf Luis den guten Ruf der Mondragon-Gärtnerei.

Michael war klar, dass es seinem alten Herrn das Herz brechen musste, ein Lebenswerk durch Hitze, Dürre und Konkurrenz zerstört zu sehen. Bei genauer Betrachtung schien die Dürre auch im attraktiven Gesicht seines Vaters tiefe Spuren hinterlassen zu haben. „Was soll ich tun, Papa?“ fragte er schlicht.

Luis sah ihn forschend an und entspannte sich zufrieden lächelnd. „Ach, Miguel, du bist wahrer Sohn. Ich sehe so viel von mir in dir.“

Michael entzog sich der Umarmung und rebellierte gegen den Vergleich. Er war ganz und gar nicht wie sein Vater. „Papa ...“

„Siehst du, Marta“, unterbrach Luis ihn und drückte ihn fest, „ich habe dir gesagt: Mein Sohn hilft mir. Ich habe *einen* guten Sohn.“

Michael sah seine Mutter über den Kopf des Vaters hinweg an.

„Nein, Luis“, widersprach sie ruhig, „du hast *zwei* gute Söhne.“

Das Essen war vorbereitet, und die Familie versammelte sich um den langen dunklen Holztisch, während Marta stolz die Lieblingsgerichte auftrug. Ceviche, geröstete Schweinshaxe in Adobe-Sauce, Maispudding und grüner Reis. Das Dessert bestand aus nicht weniger als vier Kuchen mit frischen Erdbeeren und Sahne.

„Setz dich jetzt, Marta!“ kommandierte Luis. „Genug! Du rennst herum wie Kaninchen. Ich werde müde von Zugucken. Setz dich. Es ist Zeit zu essen.“

Nach einem prüfenden Blick, ob Salzstreuer, Butter oder Salsa fehlten, nahm Marta zögernd ihren Platz neben Luis ein.

Während Luis das Gebet sprach, schweifte Michaels Blick über die am Tisch versammelten Gesichter. Seine Familie spiegelte Mexikos reiche und wechselvolle Geschichte wider. Sein Vater war immer noch ein viriler, gut aussehender Mann, groß mit dichtem, grau meliertem Haar und buschigen Brauen. Seine Mutter Marta hatte so helle und zarte Haut wie die Madonnen auf den Bildern, die sie so liebte. Ihr angegrautes blondes Haar war zu einem Knoten geschlungen, was ihr zartes Patriziergesicht und ihre spanische Abstammung betonte.

Sein Bruder Bobby ähnelte ihr am meisten. Blond und hellhäutig, war er von zarter Statur. Sein keckes Lächeln schnitt Grübchen in ein ohnehin blendend geschnittenes Gesicht. Seine Schwester Rosa war ebenfalls blond, doch zu ihrem Leidwesen groß und breitschultrig wie er und sein Vater. Sie war eine kraftvolle Frau, die schwere Maschinen heben und Männerarbeit verrichten konnte. Luis hatte sich oft bei Marta beschwert, sie habe die Gene bei Bobby und Rosa vertauscht.

Michael war in dem Bewusstsein aufgewachsen, von allen Familienangehörigen der mit dem indianischsten Aussehen zu sein. Ungewöhnlich groß wie sein Vater, mit dichtem Haar, war seine Haut recht dunkel, und die Gesichtszüge wirkten gemeißelt wie die einer Maya-Statue. Von allen Mondragon-Sprösslingen hatte nur er von den Kindern in der Schule Unfreundlichkeiten zu hören bekommen.

„Wir kommen nicht jeden Weihnachten zusammen“, begann Luis, und seine dunklen Augen strahlten, als er sich am Tisch erhob und das Weinglas zum Prosit hochhielt. „Wir sind zusammen – wie es eine Familie sein sollte.“ Sein Blick wanderte über die Anwesenden und blieb auf Michael haften. *„A la familia!“*

„Auf die Familie“, wiederholte Michael auf Englisch und fing Bobbys amüsierten Blick auf.

„Du siehst gut aus“, sagte Bobby und musterte Michaels dunkles Jackett, das weiße Hemd und die Seidenkrawatte. Bobby hatte immer Wert auf sein Äußeres gelegt und Michael in der Jugend gnadenlos für seinen nachlässigen Kleidungsstil gerügt. „Armani, was? Wo sind die abgetragenen Jeans, die unpassenden Socken und Gott ... erinnerst du dich an die Lederjacke?"

„Natürlich." Er lächelte wehmütig. „Ich wünschte, ich hätte sie noch."

Als Junge hatte er immer ein Hemd getragen, auch im Sommer, damit seine ohnehin dunkle Haut nicht noch dunkler wurde. Er erinnerte sich, wie sehr er darin geschwitzt hatte, während die blasshäutigen Jungs in luftigen T-Shirts herumgelaufen waren. Er hatte jeden verdienten Cent beiseite gelegt, um sich die Lederjacke zu kaufen, und sie war seine zweite Haut geworden. „Meine Güte, wie ich diese Jacke geliebt habe."

„Mag sein, aber was du da trägst, ist auch nicht übel. *Los gringos* in Chicago haben dich endlich gelehrt, wie man sich kleidet?"

Michael lächelte, ohne den Köder zu schlucken. In Wahrheit machte er sich nicht viel aus Kleidung. Alles, was gut geschnitten und schwarz war, stellte ihn zufrieden. Ihm fiel jedoch auf, wie blass und dünn Bobby war und wie lose seine Kleidung an ihm hing. „Fühlst du dich wohl, großer Bruder?" fragte er besorgt und lehnte sich zu ihm hinüber.

Ein Schatten schien über Bobbys Gesicht zu huschen und verschwand. „Die Grippe", erklärte er lächelnd und sah zu seiner Mutter hinüber. „Sie hat die Runde gemacht."

„*Sí*, es ist schrecklich", bestätigte Marta. „Jeder kriegt sie. Einer von diese fürchterliche neue Erreger. Aus China." Sie bekreuzigte sich. „Sei vorsichtig, Miguel, dass du dich nicht ansteckst."

„Ha!" lachte Bobby plötzlich auf.

Luis starrte ihn an, den Löffel vor den fest verschlossenen Lippen. Bobby wurde ernst und zog sich in sich zurück.

Nach viel Kuchen und Kaffee versammelte sich die Familie wie jedes Jahr um den Baum, wo besondere Geschenke der Eltern an die Kinder verteilt wurden.

„Bobby, du bist der Älteste. Du hilfst Weihnachtsmann“, entschied Luis.

„Mit Vergnügen, Papa“, erwiderte Bobby.

Michael sah voller Zuneigung, wie sein älterer Bruder sich eine rote Nikolausmütze aufsetzte und mit lustigem „Ho-ho-ho“ die Geschenke verteilte. Obwohl Bobby ein bemitleidenswert dünner Nikolaus war, spielte er die Rolle für seine Nichten und Neffen mit Begeisterung, und die Kinder quiekten vor Vergnügen.

„Genug!“ bellte Luis. „Albere nicht herum.“

Bobby straffte die Schultern, lächelte und neigte den Kopf. „Gott segne uns alle“, sagte er voller Sarkasmuns, der überspielen sollte, wie gekränkt er war. „Sogar dich, du alter Miesepeter.“

Luis rückte sich brummelnd in seinem Sessel zurecht.

Bobby machte begeistert weiter, schüttelte die Päckchen und ließ die Kinder raten, was sie enthielten. Alle außer Luis lachten und klatschten, als die Kinder ihre Schätze auspackten. Luis saß mit Gönnermiene da und blickte wie ein König auf seine Untertanen.

Als die Kinder später mit ihren Geschenken spielten, warfen die Erwachsenen verstohlene Blicke auf die verbliebenen Päckchen, gespannt wie in Kindertagen.

Ehrfürchtiges Schweigen senkte sich über den Raum, als Bobby sein Geschenk öffnete und die Taschenuhr des Großonkels vorfand, desselben verehrten Onkels, der Luis das erstklassige kalifornische Land vererbt hatte. Rosa und Manuel waren gleichermaßen überrascht von einem Porzellanservice, das sich seit Generationen in Martas Familienbesitz befand. Alle machten große Augen. Das waren nicht die üblichen Geschenke wie Kameras oder neue Pullover. Heute Abend hatten die Eltern die wenigen Familienschätze weitergegeben, die sie besaßen. Jetzt richteten sich alle Blicke auf Michael. Bobby suchte unter dem Weihnachtsbaum, doch da war nichts mehr. Michael runzelte leicht die Stirn.

„Der arme Tío Miguel bekommt kein Geschenk“, sagte Maria Elena und schlang ihm tröstend die kleinen Arme um die Schultern.

„Ich fürchte, ich war ein böser Junge“, scherzte er und umarmte sie. Er lächelte zwar, war jedoch enttäuscht.

Da erhob sich Luis mit großer Geste und ging zum Kamin. Er nahm einen Umschlag vom Sims und überreichte ihn Michael nach kurzer dramatischer Pause mit sichtbarem Stolz.

Michael sah seinen Vater forschend an und suchte nach Hinweisen, was der Umschlag enthielt. Dann blickte er zu Bobby, Rosa und Manuel. Deren Mienen waren neugierig und vorsichtig abwartend. Offenbar wusste niemand etwas.

Zum Dank nickend nahm Michael den Umschlag entgegen, öffnete ihn und las die Urkunden, die er enthielt. Aus seinem Gesicht wich alle Farbe. „Das ist eine Schenkungsurkunde!“

„Ich bin ein Mann, der hält sein Wort. Ich bat ihn, zu kommen nach Kalifornien und zu helfen. Er kam!“ sagte Luis an alle gewandt. „Er hat bewiesen, dass er ist ein Sohn, jetzt er wird beweisen, dass er ist ein Mondragon. Er wird wieder herstellen Familienehre in diesem Tal. Michael wird zeichnen die Entwürfe. Wir fangen wieder an, als Familie. Ich weiß es, und es bringt meinem alten Herzen große Freude, das zu sehen.“

Er kam näher und legte seinem inzwischen sitzenden Sohn eine Hand auf die Schulter, wie ein König das Schwert auf die Schulter eines Ritters legt. „Ich verspreche dir das Land, das Geschäft, alles. Ich übertrage dir Zukunft von unsere Name Mondragon.“

Michael spürte die Bürde wie eine tatsächliche Last auf den Schultern. Mit dieser Urkunde gingen unausgesprochene und unerwünschte Forderungen einher – eine Verpflichtung zu Loyalität und Kontinuität. Die Pflicht zu heiraten, sich auf dem Land anzusiedeln und für Erben zu sorgen. Und er sah im Blick seines Vaters, dass Luis entschlossen war, die Erfüllung jeder einzelnen Verpflichtung einzufordern.

„Vater, wie kannst du so etwas tun?" begehrte Rosa auf. Sie brach als Erste das Schweigen, und ihre Bitterkeit war unüberhörbar. „Manuel und ich, wir haben all die Jahre für dich geschuftet. Jahre, in denen Miguel fort war. Für uns war immer klar ..."

„Was war klar, *Querida*?" fragte Luis warnend. Langsam drehte er sich zu seiner Tochter um, den Rücken zu Manuel. Er lächelte, doch seine Augen blitzten. „Du gehörst immer zum Geschäft. Aber dein Name nicht ist Mondragon. Dein Sohn heißt nicht Mondragon. Das war immer klar."

Manuel errötete und presste die Kiefer zusammen, die Lippen ein schmaler Strich. Wortlos stand er auf und verließ das Zimmer.

„Was ist mit dir, Roberto?" wandte sie sich ihrem älteren Bruder zu.

Bobby erbleichte, hob aber das Glas an die Lippen und zuckte weltmännisch die Achseln. „Es ist Papas Land, und er kann damit machen, was er will. Und ... Papa will es eben Michael vermachen."

„Du bist der Älteste! Es sollte dir gehören!"

Ein schmerzlicher Ausdruck glitt über Bobbys Gesicht. „Ich male Wandgemälde, Rosa. Was soll ich mit einer Gartenbaufirma?"

„Genug jetzt!" sagte Michael, stellte sich in die Mitte des enger werdenden Kreises und merkte nicht, dass er soeben geklungen hatte wie Luis. Er brachte Rosa mit einem strengen Blick zum Schweigen, wandte sich an seinen Vater und hielt ihm die Urkunde hin. „Papa, das ist eine große Ehre." Nach einer Pause fügte er hinzu: „Eine zu große Ehre."

„Du bist *fuerte*, no?“ erwiderte Luis und schob die Papiere zurück. „Stark. In Herz und Charakter.“ Er schlug seinem Sohn auf den Rücken, und es wurmte Michael, dass er sich über den Stolz des Vaters freute. „Du wirst mir nicht zeigen kalte Schulter. Du wirst helfen deine Familie, *no*?“

„Helfen, ja. Du brauchst mich, das ist richtig. Und ich tue, was ich kann, aber ich habe nichts als Gegenleistung gefordert.“

„Gefordert? Miguel, ich dir geben alles. Die Gartenbaufirma, die Gärtnerei, die Quelle, alles. Ich dir gebe Freiheit. Dein eigenes Land dich macht zu freie Mann. Niemand sagt dir, was du sollst tun, niemand dich macht klein. Ein Mann mit deine Fähigkeiten kann es bringen zu Reichtum.“

Das war übertrieben, aber in gewisser Weise auch richtig. Das Land war inzwischen sehr wertvoll. Und das Quellwasser konnte für gutes Geld verkauft werden. Die Größe des Geschenks machte ihn demütig. Doch der Preis war zu hoch!

„*Gracias*, Papa. Wirklich. Aber ich brauche Zeit, darüber nachzudenken.“

„Nachdenken? Nachdenken?“ Luis riss die Augen auf, gekränkt, dass sein wertvolles Geschenk zurückgewiesen wurde. Er ließ die Hand hinabsausen wie eine Machete. „Immer du musst nachdenken. Manchmal du denkst so viel, du hörst nicht auf deine Herz. Es wird zu Stein.“

Vater und Sohn starrten sich über die vertraute Kluft hinweg an. So war es immer zwischen ihnen: hitziges Temperament gegen kühlen Verstand. Die blinkenden Lichter am Weihnachtsbaum zauberten grüne und rote Reflexe auf Luis’ grau meliertes Haar. Er wirkte wie ein Stier, der soeben den Todesstoß erhalten hatte.

„Papa“, begann Michael.

Doch der winkte brüsk ab und sah Marta streng an. Die stand mit gesenktem Kopf da, die Hände vor der Schürze gefaltet. Mit einem Heben der breiten Schultern wandte Luis sich plötzlich ab und stürmte aus dem Raum.

„Hältst du das für fair, kleiner Bruder?“ brach Rosa giftig das beklommene Schweigen. „Bist du hergekommen, alles einzuheimsen?“

„Rosa!“ tadelte Marta entsetzt.

Michael sah sie nur ruhig an, traurig und gekränkt durch ihre offene Feindschaft. Die arme Rosa. Sie war verletzt und zornig, weil sie vom Vater übergangen wurde. Sie konnte in der traditionellen weiblichen Rolle ihres Kulturkreises trotz entsprechender Erziehung nie glücklich werden. Rosa war zu forsch und zu klug dafür. Sie verdiente eine bessere Behandlung als die hier. Aber er ebenfalls.

„Zunächst einmal“, begann er mit tiefer, mühsam beherrschter Stimme, „bin ich nur heimgekommen, weil unser Vater mich darum gebeten hat. Zum zweiten will ich das alles gar nicht haben.“ Er machte eine zornige Geste mit der Hand. „Und wenn du zuhören anstatt keifen würdest, hättest du mitbekommen, dass ich das Angebot abgelehnt habe. Und zum dritten, und jetzt hör gut zu, *hermana*, wenn du nur die halbe Energie darauf verwenden würdest, deinen Mann aufzubauen, anstatt ihn klein zu machen, wäre er vielleicht in der Lage, das Geschäft zu übernehmen.“

Nach kurzer Pause fuhr er fort: „Wie die Dinge liegen, hat Papa jedoch Recht. Ich bin der Einzige in der Familie, der die Gärtnerei wieder flottmachen kann. Falls du deine spitze Zunge lange genug im Zaum halten kannst, darüber nachzudenken, wirst du zugeben, dass es stimmt. Ich bin nicht hergekommen, irgendwem etwas wegzunehmen. Ich bin hier, um meiner Familie zu helfen. Und das werde ich tun. Aber sobald das erledigt ist, bin ich wieder weg. Offensichtlich hat sich nichts geändert. In euren Augen bin ich immer noch der *pobre negrito*, der kein Anrecht auf irgendetwas hat. Eines habe ich jedoch in der Welt da draußen gelernt: Ich habe Anrecht auf alles, wofür ich hart gearbeitet habe."

Er sah ihre Verblüffung. Da sie schwiegen, folgte er seinem Vater hinaus auf die Veranda.

Luis lehnte, einen Fuß vor den anderen gesetzt, am Geländer und blickte auf die dunkle fruchtbare Erde seiner geliebten Gärtnerei. Michael ahnte, dass sein Vater sich zurückgewiesen fühlte, weil er das Land zurückgewiesen hatte. Stimmt das etwa? fragte er sich und schaute über den Besitz. Gilt meine Ablehnung eher dem Vater als dem Land?

„Ich gebe dir ein Jahr", sagte er halblaut. „Aus Liebe zu dir und Mutter."

„Ein Jahr reicht nicht. In der Zeit können wir nichts aufbauen. Zwei. Ich brauche zwei Jahre. In der Zeit können wir viel schaffen."

Michael presste die Kiefer zusammen. Zwei Jahre Urlaub von seinem Job konnte ihn alles kosten, wofür er gearbeitet hatte. Allerdings hatte sein Vater Recht. Zwei Jahre würden ausreichen für einen Neubeginn.

„Einverstanden", erwiderte er. „Wenn du mir versprichst, dass du mich nicht dauernd zum Bleiben überreden wirst." Er drückte seinem Vater die Papiere wieder in die Hand. „Wenn die Zeit abgelaufen ist, reden wir noch mal miteinander."

Luis sah ihn an, als erwarte er einen Haken bei der Sache. Michaels Mienenspiel schien ihn jedoch zufrieden zu stellen. Er nickte und nahm die Papiere zurück.

„Wann fängst du an?"

„Im März. Rechtzeitig für die Frühlingsaufträge."

„Nicht früh genug. Ich beginne in zwei Wochen."

„Schick mir die Unterlagen, ich mache die Entwürfe von Chicago aus."

Luis lachte laut auf und legte seinem Sohn besitzergreifend einen Arm um die Schultern. „Wie ich kann untergehen?“ sagte er bewegt. „Ich kenne meine Erde, sie ist wie eine schöne, mollige Frau, fruchtbar und gut duftend. Du pflanzt den Samen, und sie tut das Ihre dazu. Und ich kenne meinen Sohn. Du kehrst nie Rücken deine Familie.“

Die Himmelfahrts-Kirche in Chicago war schön beleuchtet und hallte von den fröhlichen Gesängen der Gemeinde in der Mitternachtsmesse. Obwohl es überfüllt war, saßen Charlotte und Helena auf den reservierten Plätzen neben dem Altar. Ein Bonus, weil sie den ganzen Tag emsig gewesen waren, die Kirche zu schmücken. Stolz ließ Charlotte den Blick über das frische weiße, mit grüner Stickerei gesäumte Leinen und den im Licht glänzenden Blumenschmuck wandern. „Wunderschön“, seufzte sie.

Pater Frank zwinkerte ihnen vom Altar zustimmend zu.

Die ganze Zeit kreisten Charlottes Gedanken um Schönheit. Dr. Harmon hatte seine letzten Entwürfe vorgelegt, und sie war geradezu erschüttert gewesen von dem wunderschönen neuen Gesicht. „Ich kann nicht glauben, dass ich das sein werde“, hatte sie atemlos gesagt und auf die Bilder gestarrt.

„Glauben Sie es nur. Ich werde es machen.“

„Aber die Nase. Sie haben sie verändert. Das ist nicht meine.“

„Es wird Ihre sein.“

„Ich weiß nicht. Meiner Mutter wird das nicht gefallen, mich so verändert zu sehen.“

„Wie gefällt es Ihnen denn, Miss Godowski?“

Sie blickte auf den wunderbaren Schwung der Kinnlinie. „Ich liebe es.“ Dann legte sie ein Blatt Papier über das Gesicht, so dass nur die Augenpartie sichtbar blieb. „Ich bin es trotzdem noch.“

„Natürlich. Und wie klug von Ihnen, auf die Augen zu schauen, denn die zeigen Ihr wahres Ich."

Vielleicht, dachte sie, und hatte dem Entwurf zugestimmt, ohne ihrer Mutter von der veränderten Nase zu erzählen. Ihr neues Gesicht war ihr Geschenk an sich selbst. Ihr Geschenk an ihre Mutter war ihr neuer Job. Dr. Harmon hatte ihr freundlicherweise die Stelle als Buchhalterin in seiner Praxis angeboten, zu einem anständigen Gehalt. Endlich musste Mutter sich keine Gedanken mehr um das Einkommen machen. Nach der Messe heute Nacht wollte sie ihr die Neuigkeit mitteilen.

Als der Chor das Lied „Joy to the World" anstimmte, sang Charlotte aus vollem Herzen mit. Ihre Welt war voller Freude und Hoffnung.

5. KAPITEL

Drei Monate später entfernte Dr. Harmon methodisch die Bandagen um Charlottes Kopf, während sie reglos auf dem Krankenhausbett lag. Wie ein hoher Priester mit einer Mumie, dachte sie und blinzelte durch eine kleine freie Stelle. Eine Mumie, die zum Leben erwacht. Drei Männer und eine Frau Ende zwanzig in weißen Kitteln und mit Krankenblättern in den Händen, beugten sich vor, um ihr Gesicht zu betrachten. Es waren die Assistenzärzte in der Plastischen Chirurgie. Ihr Fall war besonders interessant, und in den letzten Wochen waren sie häufiger vorbeigekommen, sie zu untersuchen und immer dieselben Fragen zu stellen. Dr. Harmon hatte ihren Fall zu seiner persönlichen Angelegenheit gemacht, das merkte sie an den Reaktionen der Assistenten und Krankenschwestern. Im Flügel 6 West, wo Dr. Harmon seine Belegbetten hatte, fühlte sie sich wie eine Königin.

Zwei Wochen waren seit der Operation vergangen. Zwei Wochen heftiger Debatten mit ihrer Mutter, ob sie eine moralisch richtige Entscheidung getroffen hatte. Wochen, in denen sie gebetet hatte, die Operation möge gelingen, nicht sicher, ob sie noch beten durfte, da sie, wie Helena behauptete, Gottes Willen getrotzt hatte. Charlotte begehrte wieder innerlich auf. Sie war nicht so ein Opferlamm wie ihre Mutter. Für Helena war es leicht, ihre Entscheidung zu verdammen, schließlich hatte sie ein normal hübsches Gesicht.

Charlotte machte ihr jedoch keinen Vorwurf. Sie war allerdings über den Punkt hinaus, ihre Hässlichkeit als Gottes Willen zu akzeptieren. Der Augenblick der Wahrheit war gekommen. Während die Bandagen weiter abgewickelt wurden, nahm sie den seltsamen Geruch von getrocknetem Blut auf den Nähten wahr. Befreit von allem Einengenden begann ihr Kinn zu pochen und die

Nervenenden prickelten. Ihr Pulsschlag beschleunigte sich vor Anspannung.

„Gleich haben wir es ...“, sagte Dr. Harmon leise. Ihr schien es Ewigkeiten zu dauern, wie er vorsichtig die letzten Bandagen löste.

Plötzlich der Luft ausgesetzt, begann ihre Haut zu brennen. Dr. Harmon begutachtete ihr Gesicht und betastete es zuversichtlich. Jede Berührung stach. Damit fertig, nahm er ihr Gesicht zwischen seine zarten Hände und sah ihr in die Augen. Die Zeit schien stillzustehen, während sie in seiner Mimik nach Hinweisen auf Begeisterung oder Besorgnis suchte. Doch seine Miene war undurchdringlich.

„Sind Sie bereit?“ fragte er väterlich.

Sie konnte nicht sprechen. Vorsichtig betastete sie das zarte Fleisch an ihrem Kinn. Es fühlte sich aufgeschwemmt und geschwollen an. Trotzdem spürte sie eine schön geschwungene Linie.

Sie schaute Helena an, auf ihre Reaktion gespannt. Ihre Mutter betrachtete sie mit leicht verengten Augen, die Lippen bebten. Sie schien entsetzt.

Charlotte schluckte trocken.

„Spiegel!“ bat Dr. Harmon die Krankenschwester.

Charlotte versuchte zu lächeln, konnte ihr geschwollenes Gesicht jedoch nicht dazu bringen. Tief durchatmend schaffte sie es, sich aufzurichten. Ihr wurde schwindelig und übel. Sie unterdrückte beides, denn sie wollte sitzen. Sie hatte das eigenartige Gefühl, eine wichtige neue Bekanntschaft zu machen.

„Denken Sie daran, dass Ihr Gesicht noch geschwollen und blutunterlaufen ist. Das bleibt noch eine Weile. Aber nach und nach wird sich alles normalisieren.“

Sie war alarmiert. Er klang angespannt. War etwas schief gegangen? Sie wollte sprechen, doch die Schnitte im Mund und die

Schwellungen machten es schwer, die Lippen zu bewegen. „Normalisieren?“ murmelte sie.

Ein Assistenzarzt erklärte: „Dr. Harmon hat es schön modelliert, aber es ist noch zu früh, das genaue Ergebnis zu sehen.“

„Wie sehe ich aus?“

„Warum schauen Sie nicht selbst?“ Dr. Harmon reichte ihr den Spiegel.

Charlotte hielt ihn lange in der Hand und sammelte Mut. Den Spiegel schräg haltend, betrachtete sie zuerst Stirn und Augen, die unverändert waren. Langsam, zögerlich besah sie sich das ganze Gesicht.

„Charlotte?“ Dr. Harmon kam näher. „Alles in Ordnung mit Ihnen?“

Nein, nichts war in Ordnung. Sie hatte Angst. Langsam legte sie den Spiegel aufs Bett und schloss die Augen. Ihr war, als hätte sich der Geist vom Körper getrennt, wie manche Menschen eine Erfahrung in Todesnähe beschreiben. War sie in gewisser Weise gestorben? Eines stand fest: Die Charlotte, die sie gewesen war, gab es nicht mehr.

Helena kauerte neben dem Bett ihrer Tochter, einen Rosenkranz in den Händen, die Lippen bewegten sich in leisem Gebet. Es war spät. Die Lichter in dem kahlen Krankenzimmer waren bis auf eine grünliche Notbeleuchtung gelöscht. Im Nebenzimmer stöhnte jemand, ein leiser Laut, der keine Schwester alarmierte, da sich alle eifrig auf den Schichtwechsel um elf vorbereiteten. Unheimliche Schatten entstanden an den Wänden, sobald jemand an der Tür vorbeiging. In 6 West herrschte nachts Einsamkeit. Jeder versuchte schlicht, die Nacht zu überstehen.

Helena kehrte fröstelnd zu ihrem Gebet zurück. Sie hasste Krankenhäuser und würde lieber auf der Straße sterben, als in eines zu gehen. Vor dem Zimmer besprachen zwei Schwestern Charlottes Fall. Bandagen heute entfernt ... Schwellung normal ... Auf Verlangen Percodan gegen die Schmerzen. Nach den medizinischen Details wurde das Gespräch leiser und offenbar persönlich. Helena verzog ärgerlich den Mund. Zweifellos palaverten sie über Charlottes Veränderung. Auf den Fluren redete man von nichts anderem.

Den Rücken zur Tür, beugte sie sich über Charlotte. Wo steckte in diesem Gesicht noch ihre Tochter? Sie ballte die Hände. Wer hatte das Recht, sie so zu verändern? Bestimmt nicht dieser aufgeblasene Dr. Harmon. Voller Schuldgefühle dachte sie an die Unterredung mit ihm vor dem Eingriff. Sie zuckte jetzt noch zusammen, wenn sie an seinen unverhohlenen Zorn dachte.

„Warum haben Sie nicht eher einen chirurgischen Eingriff bei Charlotte vornehmen lassen?“ hatte er vorwurfsvoll gefragt. „Diese Techniken sind nicht neu. Es wäre ihr sicher erspart geblieben, jahrelang ge...“ Er winkte ab und suchte vergeblich nach einem treffenden Begriff für das, was Charlotte durchgemacht hatte.

Sie war mit den üblichen Entschuldigungen gekommen: kein Geld, keine Versicherung, Unkenntnis. Dr. Harmon hatte nur den Kopf geschüttelt.

„Ja, das stimmt alles“, sagte Helena ihrer schlafenden Tochter und legte ihr den Kopf auf die Hand. Doch der wahre Grund war ein anderer. Gott hatte von ihrer Sünde gewusst und sie mit der Deformierung ihrer Tochter bestraft.

„Ich habe gesündigt, Herr, nicht sie“, betete sie halblaut. „Ich bin schuldig. Vielleicht hätte ich es ihr sagen sollen. Aber wie?“ Sie schlug die abgearbeiteten Hände vor die Augen und weinte. „Meine Sünde ... meine und Fridrychs, vor langer Zeit.“

Als Helena Fridrych Walenski sah, wusste sie, dass sie ihn liebte.

Mit sechsundzwanzig, unverheiratet auf dem abgelegenen Bauernhof der Eltern lebend, waren ihre Zukunftsaussichten trübe. Das Leben war schwer in Polen Ende der Sechziger. Die Preise für Nahrungsmittel stiegen, und die Löhne sanken. Die Wirtschaft war in Aufruhr. Helena erinnerte sich, wie schwer sie es damals hatten, Vieh und Familie satt zu bekommen.

Ihr Hof lag am Rande der Karpaten, und an den Wochenenden kamen junge Männer und Frauen aus der Stadt zum Wandern dorthin. Helena neigte weder zum Flirten, noch suchte sie die Aufmerksamkeit der jungen Männer, die durch das Dorf kamen. Doch bei Fridrych war es anders. Eher untersetzt als groß, mit dichtem Haar und großen, kessen Augen, hatte er eine Haltung, die an Herablassung grenzte. Sein Großstadtgebaren sprach von Privilegien und einer Weltläufigkeit, die in ihrem Provinznest unbekannt war. Sie entdeckte ihn, als er sich mit Freunden über eine Landkarte beugte, Rucksack auf den Schultern. Während die anderen redeten und zeigten, welche Route sie nehmen wollten, sah dieser gut aussehende Mann zu ihr hinüber.

Helena, schockiert von der eigenen Kühnheit, schlug nicht wie sonst die Augen nieder. Er erwiderte ihren Blick mit einem zögernden, viel sagenden Lächeln. Ihr wurde heiß.

Sich in den Bergen zu verlieben war leicht. Die Luft hier oben war klar, und man war weit weg vom Industriedunst und dem revolutionären Gedankengut der Städte. Fridrych kehrte jedes Wochenende zurück und machte ihr den Hof. Schließlich widersetzte sie sich seinen Küssen nicht länger. Fridrych war so anders als die Männer, die sie kannte. Er studierte an der Universität in Warschau. Während sie politisch eher passiv war, war er ein leidenschaftlicher Antikommunist. Ein Rebell, der mit protestierenden Studenten und politischen Aktivisten gegen kommunistische Angriffe auf Kirche und intellektuelle Freiheiten protestierte.

In einer Sommernacht, nachdem sie sich in Vaters Scheune im frischen Heu geliebt hatten, machte er ihr Versprechungen über eine gemeinsame Zukunft in einem neuen Polen. Im Dezember, als sie neben dem warmen Ofen hockten, flüsterte er ihr ins Ohr, dass er sie liebe. Und Helena, glücklich wie noch nie im Leben, glaubte ihm.

Ende Dezember 1970 zerbrach ihr Traum. Sie wusste nicht genau, was passiert war. Fridrych klang gehetzt bei seinem letzten Anruf aus Warschau, und seine hastigen Erklärungen waren verworren. Etwas über Arbeiterunruhen wegen der Lebensmittelpreise, über Schüsse und eine Bombe. Er musste das Land verlassen, und zwar schnell. Seine Familie hatte Verbindungen und konnte ihn fortbringen.

„Ich muss gehen, Helena", sagte er eindringlich, während ihre Hände zitterten. „Ich muss, oder ich riskiere Gefängnis."

„Nein! Nein, Fridrych, du darfst nicht gehen!"

„Ich lasse dich nachkommen, sobald ich es aus Amerika arrangieren kann."

Helena umklammerte den Hörer, während das Herz in ihrer Brust schmerzhaft schlug. „Nein, ich komme mit dir. Ich packe sofort."

„Wiedersehen, Helena."

Es klickte. Er hatte aufgelegt.

Sie hatte so treu auf ihn gewartet wie eine Ehefrau auf den Mann im Krieg. So sah sie es. Im Herzen waren sie schließlich verheiratet, oder? Tag für Tag lief sie zum Briefkasten, und jedes Mal flossen Tränen, weil er leer war. Ein Monat verging, zwei, und kein Wort aus Amerika. Nicht mal eine Postkarte, dass er sicher angekommen war und auf sie wartete. Zuerst hatte sie sich eingeredet, er sei nur vorsichtig, damit die Behörden ihn nicht aufspürten. Als die Monate vergingen, wurde sie jedoch immer verzweifelter. Ihre

Rechtfertigungen für ihn machten das in ihr wachsende Kind nicht ungeschehen.

„Du bringst Schande über die Familie!“ jammerte ihre Mutter, als sich die Schwangerschaft nicht länger verbergen ließ. Gläubige Katholiken wie ihre Eltern wurden mit der Schande nicht fertig, und kurz darauf wurde Helena zu den Nonnen des Heiligen Sakramentes nach Warschau geschickt.

Die Nonnen waren freundlich und zeigten Mitgefühl. Ihre Augen leuchteten vor Eifer, als sie ihr versicherten, Gott werde ihr die Sünde der Fleischeslust vergeben, wenn sie inbrünstig bete, Reue zeige und Besserung gelobe. In den folgenden zwei Monaten fand sie innere Ruhe, die mit dem Baby wuchs.

Eines Tages besuchte Pater Oziemblowski aus ihrem Dorf sie. „Gute Nachrichten!“ erklärte er. Er habe eine Familie gefunden, die ihr Baby adoptieren wolle. Nach der Geburt könne sie diskret in ihr Dorf zurückkehren, und über die unglückselige Affäre werde kein Wort mehr verloren. „Du musst in dieser Sache unserem Rat folgen“, drängte der Pater. „Wenn nicht zu deinem, dann zum Wohle deines Kindes.“

Helena lauschte kleinlaut mit großen Augen, doch im Herzen rebellierte sie: Fridrychs Kind weggeben! Ausgeschlossen! Ihr Kind war kein Bastard! Wenn Fridrych hier wäre, würden sie vor Gott getraut sein! Ihr Mutterinstinkt machte sie gerissen.

Im nächsten unbewachten Augenblick schlich sie aus dem Kloster und fuhr mit dem Bus in die Altstadt von Warschau, wo verfallende vierstöckige Stadthäuser Schulter an Schulter am Rande eines Parks standen, wie eine Reihe ehrwürdiger alter Damen im Schatten eines blühenden Baumes. Die Wohnung der Walenskis lag in einem der größeren Häuser mit einer pompösen Eingangshalle. Nach kurzem Warten öffnete eine elegante, untersetzte Frau die Tür. Helena erkannte sofort dieselbe königliche Haltung, die sie an Fridrych so fasziniert hatte, und die gleiche aristokratische Nase.

„Ich bin eine Freundin von Fridrych“, erklärte sie und straffte sich in ihrem schäbigen übergroßen Mantel. „Ich hatte gehofft, Sie könnten mir helfen, ihn zu finden. Es ist dringend.“

Fridrychs Mutter war vorsichtig. „Ich weiß nicht, wo mein Sohn ist.“

„Warten Sie!“ Helena drückte eine Hand gegen die sich schließende Tür. „Nur einen Moment. Was ich Ihnen zu sagen habe, sollte unter uns bleiben.“

Die Frau betrachtete sie forschend und voller Ablehnung. „Ich gestatte Fremden nicht, meine Wohnung zu betreten. Worum geht es?“

Helena blieb auf der Schwelle stehen und öffnete ihren Mantel. Zum Vorschein kam der gerundete Leib einer Frau im fünften Monat. Sie fühlte sich billig in dieser eleganten Umgebung, aber für ihr Kind und für Fridrych würde sie nicht zurückweichen.

„Ich erwarte Fridrychs Kind.“

„Sie lügen“, flüsterte Fridrychs Mutter, führte sie jedoch rasch ins Foyer und schloss die Tür. „Glauben Sie, Sie sind die Erste, die meinen Sohn mit diesem üblen Trick einzufangen versucht?“

Während sie energisch durch die Räume schritt, folgte Helena ihr wie eine Traumwandlerin. Das Haus war großzügig und elegant und das genaue Gegenteil von dem kleinen Bauernhaus, in das sich ihre Familie quetschte. Während sie sich umsah, bemerkte sie eher Details als das große Ganze: eine Uhr mit Goldfiligran, ein dicker Teppich, Kristalllüster von majestätischen Ausmaßen. Wie fühlte man sich als Herrin eines solchen Hauses? Würde sie auch hier leben, wenn sie Fridrychs Frau wäre?

„Sagen Sie mir, wer Sie sind.“

„Ich bin Helena Godowski, Pani Walenska, und ich habe nicht

vor, Ihren Sohn mit einem Trick einzufangen. Finden Sie nicht, dass es eher umgekehrt ist? Ich trage sein Kind, Ihren Enkel. Fridrych hat mir versprochen, mich nach Amerika zu holen. Aber wie Sie sehen, kann ich nicht länger warten. Meine Familie schämt sich, ich kann nicht zu ihr zurück. Ich habe niemand, an den ich mich wenden kann. Die Nonnen wollen, dass ich das Kind weggebe. Hat Fridrych mich nie erwähnt?"

Seine Mutter rückte sich in ihrem Sessel zurecht. „Nein, niemals. Was wollen Sie?"

„Ich will Fridrych. Ich will bei ihm sein."

„Das geht nicht. Ich weiß nicht, wo er ist. Ich weiß es wirklich nicht. Er kann mir nicht schreiben, Sie kleine Närrin, die Behörden suchen ihn. Das verstehen Sie sicher. Sie wollen doch nicht, dass er ins Gefängnis kommt, oder?"

„Nein, natürlich nicht." Sie war aufgeregt und erleichtert zugleich. Wenn Fridrych nicht mal seiner Mutter schreiben konnte, konnte er natürlich auch ihr nicht schreiben. Er hatte sie nicht vergessen. Er liebte sie, dessen war sie sicher. „Ich liebe Fridrych. Ich würde nie etwas tun, das ihm schaden könnte. Das müssen Sie mir glauben."

Seine Mutter ließ traurig die Schultern hängen und nickte.

„Ich brauche Hilfe", drängte Helena, ermutigt von dem Mitgefühl, das sie spürte, und sah auf ihren Bauch. „Fridrych weiß nichts von dem Kind. Er reiste ab, ehe ich sicher war. Ehe ich es ihm sagen konnte." Sie hob den Blick und beugte sich vor. „Bitte, wenn Sie mir nur den Namen der Stadt in Amerika nennen könnten. Ich bin sicher, ich kann ihn dort finden. Bitte, Sie müssen mir glauben."

Seine Mutter starrte lange ins Leere. Sie legte eine Hand an die Wange und wirkte wie erfroren. Als sie die Hand in den Schoß zurücklegte, war ihr Blick auf Helena und die Rundung ihres Leibes gerichtet.

„Ich glaube Ihnen“, erwiderte sie nachdenklich. „Und Sie müssen mir auch glauben. Ich weiß nur, dass er nach Chicago in Illinois gegangen ist, dort gibt es eine große polnische Gemeinde.“

„Vielleicht können Sie mir die Namen Ihrer Verwandten oder Freunde nennen. Jemand, an den ich mich wenden kann, wenn ich dort ankomme. Ich kenne niemanden in Amerika, und ich bin schon im fünften Monat.“

„Ich gebe Ihnen einen Einführungsbrief an eine Freundin mit. Sie wird Ihnen helfen. Und ich gebe Ihnen das Geld für den Flug.“ Sie räusperte sich. „Und genug für einen Neuanfang drüben.“

„Vielen, vielen Dank!“ Helena legte die Hände ans Gesicht und schluchzte vor Erleichterung. So viel hatte sie nicht erwartet.

„Danken Sie mir nicht. Sie kennen meinen Sohn nicht so gut wie ich.“ Seine Mutter schien zu schrumpfen, während sie weitersprach. „Fridrych ist selbstsüchtig. Vielleicht ist das meine Schuld. Ich habe ihn verwöhnt.“ Sie fingerte einen Moment an ihren Ohrringen und ließ die Hand mit einer vagen Geste sinken. „Falls Sie ihn finden“, fuhr sie zögernd fort, „machen Sie sich darauf gefasst, dass er nicht erfreut sein wird. Ich sage das nicht, um Sie zu verletzen, aber wissen Sie ... Sie sind nicht die erste junge Frau, die er in diese Lage gebracht hat. Fridrych ist sehr zielstrebig, wenn er etwas haben möchte. Geradezu besessen. Und manchmal ... grausam. Sein Vater kann auch so sein. Das andere Mädchen stammte auch aus einem Dorf, genau wie Sie.“

Helena senkte den Blick, um ihre Besorgnis zu verbergen.

„Er hat Ihren Namen nie erwähnt“, fuhr sie fort. „Verstehen Sie, was ich Ihnen sagen will?“

„Ich muss ihn finden“, antwortete Helena mit erstickter Stimme.

„Also gut. Ich werde alles Notwendige arrangieren. Nur noch eine Bedingung. Falls es Ihnen nicht gelingt, meinen Sohn zu finden, müssen Sie mir versprechen, Ihr Kind nicht mit dem Namen Walenski in Verbindung zu bringen."

Der Affront nahm Helena den Atem. „Aber das Kind ist ein ..."

„Ich muss darauf bestehen", wurde sie unterbrochen.

Helena senkte den Kopf. „Ich verspreche es." Mit diesen geflüsterten Worten verschenkte sie das Erbe ihres Kindes.

Fridrychs Mutter hielt ihr Wort. Innerhalb eines Monats kam eine junge, hochschwangere Mrs. Helena Godowski in Chicago an. Sie lernte schnell, dass eine allein stehende Frau in einem fremden Land, noch dazu schwanger, keine Freunde hatte. So nahe am Geburtstermin und ohne Englischkenntnisse konnte sie mit ihrem Einführungsschreiben lediglich einen Job als Babysitter ergattern, der ihr genug für Essen und Unterkunft einbrachte. In jeder freien Minute suchte sie nach Fridrych und erbat die Hilfe der eng verknüpften polnischen Gemeinde. Ein Mann hatte ihn kurz nach seiner Ankunft gesehen, aber nichts mehr von ihm gehört. Man war allgemein der Ansicht, dass er die Stadt verlassen hatte.

Als die Wehen stärker wurden, war Helena klar, dass sie allein gebären musste, ohne Ehemann, ohne Mutter und ohne Freunde. Ihr Traum, Fridrych zu finden, war geplatzt. Sie musste ihr Schicksal allein schultern.

„Sprechen Sie Englisch?" fragte die Schwester im Kreiskrankenhaus laut und deutlich.

„K-kein Englisch", stammelte Helena mit vor Panik trockenem Mund.

Die Schwester verdrehte die Augen. „O Gott, ich habe hier eine Erstgebärende ohne Englischkenntnisse! Das kann heiter werden. Nur die Ruhe, Kleines. Ich passe gut auf Sie auf."

Helena starrte auf die abblätternde Decke, während sie an Räumen voller stöhnender Frauen vorbeigerollt wurde. In einem kleinen grünlichen Zimmer stellte man sie ab, wo Frauen und Männer in Krankenhauskleidung ihr abwechselnd die Beine spreizten und mit kalten Fingern in sie eindrangen. Sie fühlte sich schrecklich allein und verletzlich, und sie hatte Angst. Aber sie musste stark sein für ihr Baby.

Der Schmerz kam in Wellen, schwoll im Bauch an und prallte gegen ihren unteren Rücken. Die Anzeige auf der seltsam piependen Apparatur neben ihr schlug rhythmisch aus. Sie begann zu schwitzen. Heilige Mutter Gottes, warum hatte ihr das niemand gesagt? War es für jede Frau so? Oder war das eine besondere Strafe für sie? Sie konnte niemanden fragen.

Plötzlich spürte sie den starken Drang zu pressen. Sie rief auf Polnisch: „Mein Baby kommt! Beeilt euch. Es kommt!"

Drei Leute in weißen Kitteln umringten sie und gaben Anweisungen, die sie nicht verstand. Sie biss die Zähne zusammen und presste, bis der Atem aus ihr wich und kleine graue Punkte ihr die Sicht nahmen. Wieder und wieder. „Fridrych!" schrie sie.

Plötzlich hörte der Schmerz auf, und über dem Stimmengewirr hörte sie ihr Kind schreien. Sie wollte sich auf den Ellbogen abstützen, rutschte jedoch erschöpft zurück. Tränen der Freude kamen ihr, als sie die Leute im weißen Kittel sich über das Neugeborene beugen und aufgeregt reden sah. Sie schienen sich gar nicht beruhigen zu können über das Baby. Schließlich legten sie ihr das kleine Bündel in den Arm. Ihr stockte der Atem beim Anblick der Kleinen in der rosa Decke. Die Haut war rotfleckig, und die großen blauen Augen blinzelten verwundert in die Welt. Doch etwas stimmte nicht. Ihr Blick fiel auf Kiefer und Kinnpartie. Sie waren kaum ausgebildet und verliefen extrem fliehend zum Hals.

Sie warf den Schwestern am Bett einen fragenden Blick zu und las Mitgefühl in ihren Mienen. Ohne ein weiteres Wort verstand sie, dass ihr Kind eine Anomalie hatte. Wie eine Wahnsinnige riss sie die Decke auf, um zu prüfen, ob der Rest des Kindes in Ordnung war. Der Kälte ausgesetzt, schrie und strampelte die Kleine protestierend. Helena verschlang sie geradezu mit Blicken. Alles war normal, zehn Finger, zehn Zehen, und es war ein Mädchen.

Sie sah wieder auf das deformierte Kinn. Das würde sich nicht auswachsen wie die kleinen Falten in dem winzigen Gesicht oder die gedrückte Nase, die vermutlich wie Fridrychs werden würde.

Helena wandte den Kopf ab und weinte leise. Gott hatte ihr also nicht vergeben. Sie hasste die Schwestern, die ihr mitfühlend den Arm tätschelten und Trostworte murmelten. Warum ließ man sie nicht in Ruhe? Verstanden die denn nicht? Das hier war ihre Strafe, das Kreuz, das sie zu tragen hatte. Ihr Schmerz nährte sich nicht nur aus Hoffnungslosigkeit und Verzweiflung. Resigniert nahm sie ihr Schicksal an. Ein Trost war immerhin, dass sie durch Fridrychs Kind nicht mehr allein war.

Zwanzig Jahre später saß Helena nun wieder in einem Krankenzimmer und betrachtete das Gesicht ihrer Tochter. Das neue Gesicht, das einer Fremden, ein Trugbild. Ihr tat das Herz weh.

Wo ist Fridrych, fragte sie sich. Die Narben waren geschickt verborgen und würden bald nicht mehr sichtbar sein. Niemand würde noch erkennen, welcher Betrug hier vonstatten ging. Unnatürlich! Fridrychs Nase ... es war nichts mehr von ihr da.

Jetzt, dachte sie bitter, bin ich wirklich allein.

In Kalifornien brannte Michael die Frühlingssonne in den Nacken, während er die zweiundzwanzig Männer sah, die die Mondragons für die neue Saison eingestellt hatten. Es waren hauptsächlich Amerikaner zwischen zwanzig bis fünfzig. Die meisten verheiratet mit Kindern. Von ihnen getrennt durch Sprache und auf eigenen Wunsch hockte eine Gruppe Mexikaner beisammen. Die kamen jeden Frühling speziell zu Luis, um hier zu arbeiten, und reisten immer zusammen in einem altersschwachen, stinkenden LKW an.

Michael wusste, dass einige Männer in diesem Geschäft erfahrener waren als er selbst. Sie arbeiteten bereits für seinen Vater, so lange er denken konnte. Ein paar Neulinge mussten noch eingearbeitet werden, wie Cisco, sein Neffe. Er war erst neun und machte auf Michaels Einladung hin mit, für gutes Geld. Luis freute es, eine weitere Generation im Geschäft zu sehen.

Jung oder alt, erfahren oder nicht, Einheimischer oder Fremder, das spielte keine Rolle. Wer anständig arbeitete, bekam anständigen Lohn. Das hatten alle begriffen, als Michael ihnen die neuen Pläne und die damit verbundenen Änderungen erläuterte. Ebenso begriffen alle, dass er jetzt das Sagen hatte.

Während Michael redete, sah er, wie Bobby seine Worte der abseits stehenden Gruppe von Mexikanern übersetzte. Sie lauschten Bobby, sahen jedoch ihn an. Er bedauerte, dass er die Sprache seiner Familie nicht mehr gut genug beherrschte, die Ansprache auf Spanisch zu wiederholen.

„War gut, was du gesagt hast", gratulierte ihm sein Vater, als er fertig war und die Mannschaft sich entfernt hatte. „Du bist jetzt *el patron*." Sein Gesicht war gerötet vor Freude und Stolz. „Aber jetzt kommt richtiger Test. Du musst gehen hinaus mit deine Männer. Lass die zarten Hände arbeiten. Schaufel, Rechen, richtige Arbeit." Er schlug ihm lachend auf den Rücken. Dann eilte er davon, rief seinen Vormann und prahlte von seinem Sohn.

„Du genießt das so richtig, was?" sagte Michael zu Bobby, der sich das Lachen kaum verkneifen konnte.

„He, besser du als ich."

Michael sah seinen großen, spindeldürren Bruder an, dessen Leinenhose ihm um die Beine flatterte, und erkannte, dass seine Antwort in mehr als einer Hinsicht zutraf.

„Ich mache die Entwürfe und leite den Laden", entgegnete er schroff. „Papa wird sich umgucken, wenn er glaubt, dass ich auch noch die Schaufel schwinge. Ich habe genug von schmutzigen Fingernägeln." Er rieb sich den Nacken, merkte, dass er einen Sonnenbrand bekam, und ärgerte sich, dass er keinen Hut aufgesetzt hatte.

„Was immer du sagst, *bracero*." Bobby setzte ihm lachend seinen breitkrempigen Panama auf.

Am Abend hinkte Michael ins Büro der Mondragons, hielt sich den Rücken und bewegte sich wie ein alter Mann.

Bobby sah von seinen Unterlagen auf und lächelte heiter. „He, *el patron*, ich dachte, du wolltest keine harte Arbeit machen", neckte er und ließ seinen Stuhl auf zwei Beinen nach hinten kippen.

„Da war diese Baumwurzel ..." Michael winkte ab. „Egal, gib mir ein Bier."

Die kühle Flüssigkeit in der Kehle war wie Frühlingsregen auf verdorrtem Land.

„Ich hatte vergessen, wie es hier zugeht." Er wischte sich mit dem Ärmel die Stirn ab. „Trotzdem war es ein schönes Gefühl, mal wieder den ganzen Körper zu benutzen." Er warf sich auf das alte Sofa und streckte die langen Beine aus. „Sieh dir meine Hände an!" stöhnte er und streckte die Handflächen aus, auf denen sich Blasen bildeten. Lächelnd erinnerte er sich, wie einer von den alten Hasen zu ihm gekommen war und ihm gezeigt hatte, dass der mit Hacke und Schaufel so ziemlich alles falsch machte. Dann hatte er ihm eine Lektion in energiesparendem, rückenschonendem Arbeiten erteilt.

Michael trank das Bier in tiefen Zügen und ließ die Hand mit der Flasche sinken, die fast den Boden berührte.

„Warum gehst du nicht nach Haus und nimmst ein heißes

Bad?" fragte Bobby. „Du hast es verdient, *bracero*. Und du kannst es gebrauchen. Puh!"

„Ja, ja, schon gut. Ich mache nur eine Minute die Augen zu. Nur eine Minute." Im selben Moment entspannte er sich, ließ die Flasche los, und sie rollte über den Boden. Michael schlief fest.

Bobby stand auf und ging zu ihm. Er hob die Flasche auf und legte dem Bruder die herabhängende Hand auf den Bauch. Ein Lächeln huschte über sein Gesicht, als er den Schmutz unter Michaels Nägeln bemerkte.

„Willkommen daheim, *el patron*."

2. Teil

In ihrer Schönheit wandelt sie
Wie wolkenlose Sternennacht
Vermählt auf ihrem Antlitz, sieh
Des Dunkels Reiz, des Lichtes Pracht:
Der Dämmrung zarte Harmonie,
Die hinstirbt, wenn der Tag erwacht.

– George Gordon Byron, Lord Byron –

6. KAPITEL

Es war ein langes Jahr der Erholung für Charlotte geworden mit langsamen und qualvoll schmerzhaften Fortschritten, vielen Medikamenten, Untersuchungen und monatelangen kieferorthopädischen Anpassungen. Kurz nach dem Eingriff hatte es einen kleinen Rückschlag gegeben, als sie eine Abwehrreaktion auf das Nahtmaterial entwickelte. Doch sie hatte alles klaglos ertragen und vom nächsten Schritt in ihrem Lebensplan geträumt.

Und der Zeitpunkt war gekommen, ihn zu tun.

„Du ziehst wohin?"

Charlottes Hand verharrte über dem Spülbecken. Seifenwasser lief in kleinen Rinnsalen ihren Unterarm entlang und durchweichte die aufgerollten Ärmel ihrer gestärkten weißen Bluse. Sie blickte über die Schulter und sah ihre Mutter in straffer Haltung und mit wütendem Blick dastehen. Charlotte presste das Wasser aus dem Spülschwamm. „K ... Kalifornien", stammelte sie.

„Weißt du, wie weit das von Chicago, von allen Bekannten und von mir entfernt ist?"

Helena schlug sich das blau-weiß gestreifte Küchentuch gegen den Schenkel. Charlotte wandte den Kopf ab und senkte den Blick auf den kleinen Schaumberg, der im Spülbecken über das weiße Frühstücksgeschirr schwamm.

„Was weißt du schon, wie es ist, von zu Hause wegzugehen? Es ist schwer und grausam für junge Frauen, allein zu leben. Man wird nur ausgenutzt." Helenas Augen glitzerten feucht. „Du weißt nicht, wovon du sprichst."

„Ich ... ich bin nicht allein. Dr. Harmon hat mir Namen und Adresse eines großen Agenten in Hollywood gegeben. Außerdem schreibt er mir einen Empfehlungsbrief."

„Wieder dieser Dr. Harmon!" Helena sprach den Namen hasserfüllt aus. „Alles dreht sich bei dir um Dr. Harmon."

„Mutter, bitte! Fang nicht wieder damit an ..." Charlotte sah die Miene ihrer Mutter so hart werden, dass es ihr Angst machte.

„Du glaubst ihm mehr als mir. Was ich sage, ist nicht mehr wichtig. Ich bin ja nur deine Mutter. Ich habe dir ja nur das Leben geschenkt, gebe dir Dach über Kopf und etwas zu essen in Bauch. Welches Recht habe ich schon auf Meinung? Du änderst dein Gesicht, deine Arbeit und jetzt auch noch, wie und wo du lebst. Kalifornien!" Kopfschüttelnd stemmte sie die Hände auf die Hüften, als dächte sie an etwas Bestimmtes. „Ein Empfehlungsschreiben! Ha!"

Charlotte fühlte sich eingeengt, fast erstickt vom starken Willen ihrer Mutter. „Ich wollte immer Schauspielerin werden."

Helena schnitt ihr mit einer Geste das Wort ab. „Du bist keine Schauspielerin, Charlotte. Du hast nur kleine Hilfsjob bei Theater gehabt. Hör auf zu träumen. Warum bist du nicht zufrieden als Buchhalterin? Es ist gute Arbeit. Das genügt für Leute wie uns. Du kannst nicht einfach Schauspielerin werden."

„Mama, ich kann es schaffen. Warum sagst du mir immer, was ich nicht kann?"

„Weil ich es besser weiß. Und ich will nicht, dass man dir wehtut."

„Ich möchte es versuchen."

Helena straffte sich und warf das Handtuch auf die blitzblanke Arbeitsplatte. „Nein!" erklärte sie scharf und traf die Entscheidung für beide. Sie nahm die breiten Schultern zurück und faltete die Hände vor dem Bauch. „Du ziehst nicht nach Kalifornien, wo man macht Filme und führt wildes Leben." Sie wischte sich die großen Hände an der Schürze ab, als sei allein die Vorstellung schmutzig. Mit einem vorwurfsvollen Blick fuhr sie fort: „Und du wirfst alberne Liste weg, die du in deinem Zimmer versteckst. Ja, ja, ich habe sie gesehen. Du schreibst auf, was du alles verändern willst."

Charlotte erbleichte bei dem Gedanken an ihre Wunschliste, auf der sie Ziele und Träume notiert hatte. Der kleine Raum der verhassten Wohnung schien noch kleiner zu werden, erdrückte sie geradezu. „Du durchwühlst meine Sachen, in meinem Zimmer? Das ... das ist meine Privatsphäre! Das ist unverzeihlich. Ich bin kein Kind mehr! Wie kannst du so etwas tun?"

„Wage nicht, Stimme zu heben gegen mich! Ich bin deine Mutter! Das hier ist meine Wohnung und darin ich mache, was ich will!"

Charlotte sah rot. Sie hatte nicht jahrelang freiwillig ihren Lohnscheck an die Mutter abgegeben, um sich jetzt sagen zu lassen, dass sie nicht mal in ihrem Zimmer ein Recht auf Privatsphäre hatte! Von einem Recht auf eigene Entscheidungen ganz zu schweigen. Das schmerzte. Sie fühlte sich bloßgestellt, nackt. Die Liste war ihr größtes Geheimnis, außer ...

Errötend dachte sie daran, dass auch ihr Tagebuch in der Schublade lag. Sie nahm die Hände aus dem Spülwasser und sah ihre Mutter vorwurfsvoll an. „Du hast mein Tagebuch gelesen?"

Helena verriet sich. Schuldgefühle trieben ihr die Schamröte ins Gesicht, und sie trommelte nervös mit den Fingern.

Charlotte konnte sie nicht länger ansehen. Sie trocknete sich die Hände und fragte stakkatoartig. „Du weißt, was mir zugestoßen ist? Die Sache mit Lou Kopp?"

„Schmutzig. Dieser schmierige Mann. Hoffentlich hast du daraus gelernt."

„Ob ich gelernt habe?" schrie sie gekränkt. „Das Einzige, was ich gelernt habe, war, mich nie mehr benutzen zu lassen! Von niemandem!"

Helenas blassblaue Augen wirkten eisig.

„Ich kann so nicht weitermachen", erklärte Charlotte. „Mein Entschluss steht fest, ich gehe nach Kalifornien."

„Undankbare Schlampe!" stieß ihre Mutter mit solcher Vehemenz hervor, dass Charlotte unwillkürlich gegen den Küchenschrank zurückwich. „Du kehrst mir Rücken zu, nach allem, was ich für dich durchgemacht habe? Du warst Strafe für mich, das wusste ich, als ich dein Gesicht sah. Habe ich dir Rücken gekehrt? Nein!"

„Deine Strafe? Wie konnte mein Gesicht deine Strafe sein? Ich habe gelitten, nicht du!"

„Du weißt gar nichts!" spie Helena aus. Sie atmete tief durch und erwog, es dabei bewenden zu lassen. Doch in ihrer Wut kannte sie keine Selbstbeherrschung mehr. Aggressiv machte sie zwei Schritte auf Charlotte zu und blieb vor ihr stehen.

„Du glaubst, du weißt alles. Du willst dein Leben ändern? Dann du sollst wissen alles." Die Augen leicht verengt, zeigte sie vorwurfsvoll mit dem Finger auf sie.

Charlotte wich zurück und wusste instinktiv, dass eine Kränkung folgte.

„Dein Vater hat mich nicht geheiratet. Wegen dir musste ich

verlassen meine Familie und mein Land. Ich habe alles zurückgelassen, um herzukommen und allein zu leben. Um dich zu bekommen. Dich! Ich hatte auch nur lausiges Empfehlungsschreiben. Es hat mir nicht geholfen. Ja, ich habe gelitten!“ Sie schlug die Hände vors Gesicht und weinte voller Selbstmitleid. „Dein Gesicht war Strafe für meine Sünde. Weil ich Kind bekommen habe außerhalb von Sakrament der Ehe.“

Charlotte kam sich vor wie auf einem verrückten Karussell. Jemand schien zu rufen: „Bastard! Bastard!“ Sie konnte keinen klaren Gedanken mehr fassen.

„Darum war ich gegen Operation“, jammerte Helena. „Gottes Wille sollte geschehen.“

„Gottes Wille? Was ist mit deinem Willen oder meinem?“ Charlotte stieß sich vom Schrank ab, drehte sich um und wollte hinauslaufen.

„Wenn du nach Kalifornien gehst“, rief Helena ihr nach, „du bist hier nicht mehr willkommen. Wenn du gehst, du bist keine Godowski mehr!“

Charlotte blieb stehen, drehte sich langsam um und trotzte dem harten Blick ihrer Mutter. „Offenbar bin ich ohnehin keine Godowski“, erwiderte sie leise. „Ich weiß nicht, wer ich bin. Aber ich versichere dir, Mutter, ich werde es herausfinden.“

Zwei Tage später kam Charlotte in Los Angeles an. Als sie, die Tasche in der Hand, aus dem Taxi stieg, hoffte sie, dass kein Passant ihr Herzklopfen hören oder ihre Verzagtheit merken konnte. Ein flüchtiger Blick auf die verknickte Visitenkarte in ihrer Hand, ja, das war die richtige Adresse: Freddy Walen, Talent-Agentur.

Sie dachte an das kleine schüchterne Mädchen, das sie gewesen war, und hatte plötzlich Angst vor der eigenen Courage. *Was glaubst du eigentlich, wer du bist?* Nervös legte sie den Kopf weit in den Nacken, um an dem riesigen Granitgebäude hinaufzusehen. Nun ja, war das nicht genau die Frage, die sie beantworten wollte?

Sie verdrängte die Erinnerung an das kleine Mädchen, betrat energisch das Gebäude, eilte durch die Marmorhalle und ließ sich vom Fahrstuhl in die obere Etage bringen, wo ein poliertes Messingschild sie informierte, dass sich hier die Büros von Freddy Walen befanden. Eine junge Frau mit ebenso üppigen Brüsten wie Lippen maß sie mit einem forschenden Blick.

„Ich möchte Mr. Walen sprechen. Er erwartet mich."

„Ihr Name?"

Charlotte wappnete sich vor Gelächter oder geringschätzigen Gesten, als sie ihren neuen Namen nannte. „Charlotte Godfrey."

„Sie können hineingehen", sagte die Sekretärin, ohne aufzublicken. „Er erwartet Sie."

Mit Herzklopfen und Magenschmerzen mahnte sie sich zur Ruhe. Du bist vorbereitet. Du schaffst das. Sie zog ihre Jacke zurecht und ging erhobenen Hauptes an der Sekretärin vorbei. Nach kurzem Anklopfen betrat sie das Büro von Freddy Walen.

Der Raum war entschieden maskulin mit einer Sitzgarnitur aus braunem Leder sowie Schreib- und Ecktisch in dunklem Holz. Über dem Sofa hing ein spektakulärer Marlin. An strategisch günstigen Plätzen waren Golftrophäen verteilt. Freddy Walen hatte offenbar ein großes Ego.

Charlottes Blick huschte über die schwarz gerahmten Fotos an der gegenüberliegenden Wand. Einige Stars kannte sie, große Namen, viele längst vergessen oder verstorben. Wäre sie nicht ein alter Filmfan gewesen, sie hätte die meisten nicht gekannt. Sie entdeckte die vertrauten Gesichter einiger Charakterdarsteller, an deren Namen sie sich aber nicht erinnerte. Keine Wynona Rider, kein Brad Pitt, und auch sonst niemand aus der aktuellen neuen Schauspielerriege.

Charlotte verzog die Lippen und bemerkte weitere, verräterische Details. Das abgewetzte Leder, die Staubmäuse in den Ecken und die sterbende Dieffenbachia am Fenster. Das hier war das Büro eines Absteigers. Schließlich war es schwer, eine Dieffenbachia umzubringen.

„Willkommen in Kalifornien", sagte eine Stimme aus der Ecke.

Sie drehte den Kopf und entdeckte einen Mann mit breiter Brust, in den Fünfzigern. Er lehnte an der Wand und musterte sie. Auf eine geschniegelte, altmodische Art sah er gut aus. Die Sorte Mann, die Slipper an den Füßen trägt, weite, maßgeschneiderte Hosen und Kaschmirpullover, die die Muskulatur an Armen und Brust betonen.

„Setzen Sie sich."

Erschrocken über den schroffen Ton, spürte sie sich erbleichen. Nicht nervös werden, sagte sie sich, spiel deine Rolle. Sie schritt mit einer Eleganz zum Sofa, die Grace Kelly neidisch gemacht hätte. Vor ihrem geistigen Auge sah sie, was er sah: die zu breiten Revers ihrer Jacke und die altmodischen Pumps. Sie hatte erwogen, sich neue Schuhe zu kaufen, stattdessen jedoch lieber anständig gegessen. Trotzdem bewegte sie sich, als trüge sie Haute Couture. Es kommt nicht darauf an, was du trägst, sondern wie du es trägst, hatte sie mal in einer Zeitschrift gelesen.

Das Ledersofa seufzte, als sie Platz nahm und den Rock ordentlich unter die Schenkel stopfte. Man musste es ja nicht übertreiben.

Ein Lächeln umspielte Freddy Walens Mund, dass sich der dunkle Schnauzbart hob. Sie argwöhnte, dass er sie durchschaute, jedoch mitspielte. Warum bloß? Er hatte dunkelblondes, grau meliertes Haar, das er zurückgekämmt trug. Vor allem die Gesichtsbehaarung verlieh seinem Aussehen jedoch etwas Einschüchterndes. Die dichten dunklen Brauen und der Bart waren ein deutlicher

Kontrast zu den blassblauen Augen. Als er so auf sie herabsah, hatte sie das Gefühl zu schrumpfen.

„Sie sehen gut aus, haben ein hübsches Gesicht und schöne Zähne", sagte er zur Eröffnung und durchquerte den Raum. Er setzte sich auf das Sofa ihr gegenüber, lehnte sich zurück und breitete in einer besitzergreifenden Geste beide Arme über der Lehne aus. „Aber Ihre Füße sind zu groß, und Sie gehen wie ein Mann." Er drehte die Handflächen nach oben. „Alles in allem würde ich sagen, Harmon hat Recht. Aus Ihnen kann man was machen."

Verblüfft starrte sie auf ihre großen Füße.

„Sie sind aus Chicago, richtig? Gute Theater dort. Im Brief steht, dass Sie in einer Art Off-Broadway-Produktion mitgewirkt haben."

„Ja, das stimmt." Irgendwie, fügte sie im Stillen hinzu und faltete die Hände auf dem Schoß.

„Unterricht? Studioarbeit?"

„Natürlich, steht alles in meinen Unterlagen." Charlotte beugte sich vor und holte sie aus ihrer Tasche.

„Legen Sie alles auf den Tisch, ich sehe es mir später an." Er strich sich übers Kinn und betrachtete sie versonnen. Dann stellte er ihr ein paar Fragen nach Rollen, die sie gespielt hatte, sowie Umfang und Methode ihrer Arbeit. Auf dem langen Flug von Chicago hatte sie sich darauf vorbereitet und antwortete mit Bedacht. Sie war sich mit Dr. Harmon einig gewesen, die chirurgische Veränderung ihres Gesichtes zu verschweigen. Keinesfalls wollte sie als eine weitere auf Hollywoodgeschmack Getrimmte oder gar als Betrügerin dastehen. Dr. Harmon hatte sie gewarnt, sollten die Klatschmäuler etwas herausbekommen, würde man sie als Schauspielerin nicht mehr ernst nehmen, sondern nur noch nach ihren Narben suchen.

„Kommen Sie, Sie brauchen hier nicht nervös zu sein", machte

Freddy Walen ihr Mut und missverstand ihr Zögern als Schüchternheit. Schwach lächelnd fügte er mit leuchtenden Augen hinzu: „Ihre Stimme ist auch gut. Sehr sexy."

Sie rückte sich zurecht, eine kleine Bewegung, die Distanz schaffte. Versuchte er sie anzubaggern? Seit Neuestem widerfuhr ihr das häufiger, bei jungen wie alten Männern. Allerdings starrte Freddy Walen weder auf ihre Brüste, noch rückte er ihr auf die Pelle. Er betrachtete sie, wie Dr. Harmon es getan hatte, klinisch, professionell.

„Das sagte man mir bereits", erwiderte sie ruhig.

„Darauf möchte ich wetten. Das und vermutlich noch einiges mehr." Er wurde ernst. „Es ist jedoch unwichtig, ob Ihr Freund daheim oder der örtliche Priester Sie für das Größte seit Erfindung des Wagenrades halten. In dieser Stadt ist ausschlaggebend, dass die richtigen Leute – die mit Beziehungen – Sie für etwas Besonderes halten und Sie mit anderen wichtigen Leuten bekannt machen. Hier läuft alles über Beziehungen. Und ...", er lehnte sich zurück und überkreuzte die Beine an den Knöcheln, „... Talent schadet nicht."

Charlotte lehnte sich ebenfalls zurück. In diesem Punkt nahm sie die Herausforderung an. „Ich habe Talent."

Sekundenlang sahen sie sich in die Augen.

Er war sehr interessiert.

Sie war eifrig.

Er hatte die Möglichkeiten.

Sie die Fähigkeiten.

Die Würfel fielen.

Er strich sich noch einmal über das Kinn, griff nach dem Telefonhörer und fragte seine Sekretärin: „Hat Melanie Ward schon eine neue Mitbewohnerin gefunden? Nein? Dann pass auf, ruf sie an und sag ihr, dass ich jemanden für sie habe. Charlotte Godfrey.

Ja, die Lady, die bei mir ist. Sag Mel, dass ich sie gleich bei ihr vorbeibringe."

Charlotte hörte all das mit großen Augen. Auch wenn er sie nicht als Klientin nahm, so hatte Dr. Harmons Brief ihr doch zumindest eine Bleibe verschafft.

„Ich habe eine hübsche Wohnung für Sie", erklärte Freddy und legte auf. „Es ist ein kleines gemietetes Haus oben im Norden. Sie werden allerdings ein Auto brauchen, aber trotzdem, willkommmen in L.A. Melanie hat zwar eine kleine Schraube locker, ist aber ganz okay. Sie ist eine meiner Klientinnen und schon lange hier. Sehr gebildet ist sie gerade nicht, dafür sehr bewandert in allem, was man in dieser Stadt wissen muss: Publicity, Werbung, wer die wichtigen Leute sind. Ihre Karriere läuft nicht besonders." Er zuckte die Achseln. „Für ältere Starlets gibt es nicht viel zu tun. Sie könnte eine Mitbewohnerin gebrauchen. Das ist zu beiderseitigem Nutzen."

„Verstehe. Vielen Dank." Sie räusperte sich, beschämt über die Frage, die sie jetzt stellen musste. „Entschuldigung, aber wie hoch ist die Miete?"

„Machen Sie sich darum keine Gedanken. Jacob zahlt."

„Dr. Harmon?" Davon hörte sie zum ersten Mal. Ihr Stolz ließ ein solches Arrangement nicht zu. „Nein", widersprach sie entschieden. „Das ist nicht in Ordnung."

„Schauen Sie, Kleines, so was wird ständig gemacht."

„Nicht mit mir", entgegnete sie scharf und beendete damit jegliche Spekulation über ihre Beziehung zu Dr. Harmon, oder was ihm sonst durch den Kopf ging. „Ich zahle meine Miete selbst, danke."

Freddy neigte den Kopf zur Seite und maß sie mit einem interessierten Blick. In seinen Augen lag ein besonderer Ausdruck, eine Art Belustigung und etwas anderes, das sie nicht recht deuten konnte. „Kein Problem“, erwiderte er leichthin. „Dann machen Sie das mit Melanie aus.“

Sie nickte und wirkte selbstsicherer, als sie war. „Danke, Mr. Walen. Wenn ich Sie noch um einen Gefallen bitten dürfte. Ich ... ich brauche einen Job. Sofort. Ich nehme jede anständige Arbeit an, die einigermaßen bezahlt wird. Ich bin ausgebildete Buchhalterin und kann Ihnen beste Referenzen geben. Inzwischen könnte ich jede Sekretariatsarbeit machen ...“

„Was soll das Gerede über Buchhaltung? Für was halten Sie das hier? Eine Arbeitsvermittlung? Sie kamen als Schauspielerin zu mir. Sind Sie eine oder nicht?“

„Natürlich! Es ist nur so ... ich dachte ... Ich mache mir keine Illusionen.“

Ein selbstzufriedenes Lächeln huschte über sein Gesicht. „Illusionen sind meine Spezialität.“

Er beugte sich vor und betrachtete sie, als habe er auf das richtige Pferd gesetzt. Nein, korrigierte sie sich, Freddy Walen ist keiner, der wettet. Er ist der Besitzer des Pferdes. Sie erkannte seine vermeintliche Belustigung als Vorfreude auf die Möglichkeiten, die sie ihm bot.

„Sagen Sie, Miss Godfrey, arbeiten Sie gern? Und hart?“

„Ich bin ein sehr harter Arbeiter“, erwiderte sie wahrheitsgemäß.

„Gut, denn was mir vorschwebt, bedeutet viele Stunden harte Arbeit und völlige Hingabe an die Sache. Sind Sie dazu bereit?“

Sie nickte.

„Dann geben Sie mir Ihre Hände.“ Er beugte sich vor und streckte die Arme aus. Nach kurzem Zögern reichte sie ihm über den kleinen Tisch hinweg ihre Hände. Seine langen, eleganten Finger schlossen sich besitzergreifend um ihre. Sie spürte eine starke, eigenartige Verbindung zu diesem Mann.

„Sie haben das gewisse Etwas“, schwärmte er und fügte eifrig hinzu: „Sie müssen lernen, wie man geht und spricht, wie man sich kleidet und wie man lächelt. Ja, besonders das. Sie brauchen ein verführerisches Lächeln, das zu Ihrer Stimme passt. Ich kann etwas Besonderes aus Ihnen machen.“ Ihre Skepsis brachte ihn zum Lachen. „Ihre Hände zittern. Haben Sie Angst? Wie alt sind Sie?“ Er ließ ihre Hände los.

„Einundzwanzig.“

„Wunderbar. Ich bin alt genug, Ihr Vater zu sein. Aber das bin ich nicht. Ich bin Geschäftsmann. Ich vermarkte Menschen. Sie sind eine Investition für mich. Nach meinem Tod wird man mich als den Mann in Erinnerung behalten, der Sie der Welt geschenkt hat. Glauben Sie, dass ich das schaffe?“

Sie glaubte es. Warum sollte nicht noch ein Wunder geschehen, nachdem Dr. Harmon bereits eines bewirkt hatte. Sie nickte aufgeregt.

Er sah sie durchdringend an. „Sie müssen mir versprechen, dass Sie von heute an tun, was ich Ihnen sage. Schwören Sie.“

„Ich schwöre“, erwiderte sie ehrfurchtsvoll. Natürlich machte Freddy Walen dieses Angebot nicht der hässlichen, schüchternen Charlotte Godowski aus Chicago. Die wollte keiner. Solche Angebote bekamen nur hübsche, willensstarke Frauen wie Charlotte Godfrey.

„Unser Abkommen geht über einen puren Vertrag hinaus. Es ist eine Verpflichtung mit Leib und Seele.“

Sie wäre gern begeistert und impulsiv darauf eingegangen, doch inzwischen war sie vorsichtig geworden. Ihre natürliche Zurückhaltung war ein nützlicher Schutzschild für ihr sentimentales, romantisches Naturell. „Sie verlangen absolutes Vertrauen, Mr. Walen. Aber ich bin nicht mehr blauäugig. Schließlich geht es hier ums Geschäft.“

Freddy lächelte, angetan von ihrer Intelligenz und Offenheit. „Miss Godfrey, hat man Sie jemals übers Ohr gehauen?“

„Sogar über den ganzen Kopf, Mr. Walen. Sagen wir, unser Arrangement ist eine stillschweigende Übereinkunft.“

Er lachte herzhaft und reichte ihr die Hand. „Also abgemacht?“

„Mr. Walen“, erwiderte sie und schüttelte die Hand fest, „der Handel gilt.“

„Kleines, Handel ist sozusagen mein zweiter Vorname“, scherzte er mit schiefem Lächeln.

Freddy Walen fuhr Charlotte über den verstopften Freeway aus der Stadt, einen unwirtlichen Berg hinauf, zu ihrem neuen Zuhause. Der kraftvolle Mercedes meisterte die zahllosen Serpentinen zwischen Zypressen und Pinien mühelos. Gegen Ende der vierzigminütigen Fahrt bogen sie scharf in einen schmalen Weg ein, der kaum breit genug war für den schwarzen Wagen. Steine knirschten unter den Rädern, als sie einen letzten steilen Anstieg erklommen. Charlotte sah sich um und atmete tief durch, um ihren Puls zu beruhigen.

Das Grundstück war vornehmlich mit hohem Gras bewachsen. In einiger Entfernung stand am Rande eines Hangs ein lang gestrecktes Haus aus den Sechzigern mit bröckelndem hellen Verputz. Den Eingang zierte eine breite, dicht von Blauregen umschlungene, verrottende Pergola.

„Da wären wir“, erklärte Freddy und zog auf der steilen Zufahrt die Handbremse an. „Sieht nicht berühmt aus, ich weiß, aber es ist ein schöner Platz. Sehen wir’s uns an.“

Während sie über den Kiesweg gingen, sah Charlotte, in welch schlechtem Zustand das Haus war. Die gelbliche Farbe an den kleinen Fenstern blätterte ab. In den Ecken der vorderen Terrasse lagen Schmutz und Abfall, und der Fliegendraht in der Tür war eingerissen und an den Ecken aufgebogen. Wenn sie große Erwartungen gehabt hätte, wäre sie über die Schäbigkeit ihrer neuen Bleibe enttäuscht gewesen. Doch sie hatte nichts erwartet.

Für jemanden, der sein Leben in einer mickerigen Wohnung an einer Buslinie verbracht hatte, war das hier ein richtiges Haus. Sie schnupperte. Frühlingsduft lag in der Luft. In den austreibenden Bäumen sangen die Vögel, und Charlotte fühlte sich willkommen. Den Koffer in der Rechten, presste sie mit der Linken einen kleinen Margaritenstrauß ans Herz.

Freddy schlug dreimal mit der Faust gegen die Eingangstür und wartete. Nach kurzer Zeit öffnete eine hübsche kleine Sexbombe mit rötlich blondem Haar und braunen Augen. Als sie Freddy sah, lehnte sie sich aufreizend gegen den Türrahmen. Unter dem übergroßen T-Shirt kam eine schmale Taille zum Vorschein.

„Freddy ... lange nicht gesehen."

„Melanie Ward, ich möchte dir Charlotte Godfrey vorstellen."

Charlotte lächelte höflich und fand Freddys Art stilvoll, wenn nicht gar galant.

„Sie sind also meine neue Mitbewohnerin", sagte Melanie und musterte sie ungeniert. Ihre Stimme klang unnatürlich, sehr hoch und hingehaucht. „Die hatte ich seit der Schulzeit nicht mehr. Jedenfalls keine weiblichen. Und fragen Sie nicht, wie lange das her ist. Ich bin kein Freund von Altersangaben." Mit dieser Erklärung stieß sie sich vom Türrahmen ab und reichte ihr eine zarte, üppig beringte Hand mit rosa Nägeln. „Also, Charlotte Godfrey, willkommen in L.A.."

Charlotte merkte gleich, dass Melanie älter und welterfahrener war als sie. Ihr Alter ließ sich allerdings nur erahnen. Sie war angezogen, als sei sie bei Aerobicübungen gestört worden. Ihr hinreißender Körper war so straff wie der eines jungen Mädchens. In den von kleinen Fältchen umgebenen Augen las Charlotte jedoch eine Wärme, die nur einem großen Herzen entspringen konnte.

Sie schüttelte ihr kräftig die Hand, dankbar für die herzliche Aufnahme.

Melanie schien überrascht von Charlottes Überschwang. Sie schürzte die vollen Lippen und sah sie forschend an. „Ich muss unbedingt Ihr Horoskop erstellen. Sie wissen schon, Zwillinge, Wassermann, Schütze, die Stellung von Mond und Planeten. Sterne lügen nie, im Gegensatz zu Männern“, fügte sie hinzu und bedachte Freddy mit einem viel sagenden Blick.

„Nun ja, ich kriege Hautkrebs hier in der Sonne“, entgegnete der. „Also, könntet ihr Mädels mit diesem Esoterikkram weitermachen, nachdem ich weg bin? Ich habe noch ein paar wichtige Telefonate zu erledigen.“ Er wandte sich an Charlotte und ignorierte die sichtlich gereizte Melanie. Sie schien für Freddy nicht mehr wichtig zu sein, ein Umstand, dessen sie sich wohl bewusst war. „Ich möchte einige Dinge für Sie ausloten, Charlotte. In einigen Tagen bin ich zurück und sage Ihnen Genaueres. Bis dahin wird Melanie Ihnen alles zeigen und Ihnen helfen, sich zurechtzufinden. Nicht wahr, Mel?“

„Sicher, Freddy.“

„Sie kommen groß raus, das verspreche ich Ihnen. Pass gut auf sie auf!“ rief er Melanie über die Schulter hinweg zu und marschierte zu seiner Luxuskarosse.

Melanie stieß kopfschüttelnd einen leisen Pfiff aus und betrachtete Charlotte mit einer Mischung aus Bewunderung und Neid. „Junge, Junge, Mädel. Der alte Jagdhund hat seine Fährte aufgenommen.“

Charlotte konnte nur verständnislos müde blinzeln. Der lange

Flug, die Aufregungen des Tages und die Stunden ohne Schlaf verlangten plötzlich ihren Tribut.

„Macht nichts, Kleine. Mit der Zeit wirst du schon kapieren. Komm herein, und mach es dir gemütlich." Sie trat beiseite und ließ Charlotte eintreten.

„Hier, die sind für dich." Charlotte übergab ihr im Vorbeigehen den kleinen Margaritenstrauß. „Ich konnte nicht viel ausgeben, aber ich wollte auch nicht mit leeren Händen kommen. Ich fürchte, sie sind schon ein wenig angewelkt."

Melanie ging das Herz auf. Sie zupfte an den schlaffen Blättern. „Ich kann mich nicht erinnern, wann ich das letzte Mal Blumen geschenkt bekommen habe."

Sie hielt sie an die Nase. Charlotte wusste, dass sie nicht dufteten, und wünschte, sie hätte sich Rosen leisten können.

„Weißt du, Charlotte Godfrey", begann Melanie mit einem schwachen Lächeln, „ich glaube, wir kommen miteinander aus."

7. KAPITEL

Die Zeit verging wie im Flug. Frühling, Sommer, Herbst und Winter arbeitete Charlotte hart für Freddy Walen, um ihm ihre Hingabe zu beweisen. Jahrelang hatte sie Fehlschläge und Unzulänglichkeiten ihrer Hässlichkeit zugeschrieben. Das funktionierte nun nicht mehr. Wenn sie heute versagte, lag es an ihr, an mangelnden Fähigkeiten oder mangelnder Intelligenz.

Sie stand jeden Morgen um sechs auf, trank eine Tasse Kaffee und fuhr in ihrem Mietwagen zu verschiedenen Schauspiel-, Sprech- oder Modelkursen nach Los Angeles, dann zu Freddys Büro, oder, wenn sie Glück hatte, zu einem kurzen Schauspielauftritt. Auch Freddy arbeitete hart für sie. Sie gewann viel Erfahrung und wurde relativ bekannt, indem sie für kleine Gagen in kleinen Filmen mitwirkte, bei unabhängigen Filmemachern, in Low-Budget- und Dokumentarfilmen. Zudem sicherte er ihr Nebenrollen in zwei großen Spielfilmen. Sie verdiente genug, um ihre Rechnungen zu bezahlen, und konnte noch etwas auf die hohe Kante legen.

Ihre Freundschaft mit Melanie festigte sich von Tag zu Tag. Das erklärte jedoch nicht, warum sie lieber zu Hause blieb, anstatt auf Partys und in Bars zu gehen. Im Umgang mit Fremden, besonders mit Männern, war sie immer noch gehemmt, da vor gar nicht langer Zeit dieselben Männer vielleicht abfällige Bemerkungen über sie gemacht hätten. Allein zu sein war ihr angenehmer, damit kannte sie sich aus. Ein Zuhause, Bücher, Einsamkeit und ein Ziel vor Augen – das waren die vertrauten Freunde, die sie nach einem anstrengenden Tag brauchte.

Trotzdem dankte sie ihrem Schöpfer jeden Tag für ihre neue Freundin. Melanie war der Sonnenstrahl, der durch dunkle Wolken fiel. Sie lachte über ihre Witze, brachte ihr die neuesten Tanzschritte bei oder lackierte ihr die Nägel. Kurzum, sie half ihr in jeder Weise, in die neue Rolle zu schlüpfen.

Die Monate vergingen, und Charlotte konzentrierte sich auf ihre Ausbildung, um die körperliche und geistige Energie zu bekommen, die für die große Chance nötig war, die Freddy ihr in Aussicht stellte.

Nach zehn Monaten in Kalifornien landete Freddy den großen Coup.

„Es ist alles arrangiert", erklärte er ihr aufgeregt am Telefon. „Eine richtige Rolle, kein kurzes Auftauchen in einer Szene. Die Vorproduktion war schon gelaufen, aber es gab Schwierigkeiten mit der Besetzung. Plötzlich ist eine große Rolle frei, die schnell umbesetzt werden muss. Ich sage dir, jeder Agent, der sein Geld wert ist, war hinter der Sache her. Mein Freund Dave Dolezal hat bei Miramax das Sagen. Er ist ein alter Kumpel aus meiner Zeit bei CAA. Er will dich kennen lernen." Sie stellte sich vor, wie er am Telefon grinste. „Ich möchte, dass er dich genau anschaut. Und das will er morgen beim Dinner tun."

Charlotte war wie benommen. „Wie ... ich meine, das geht so schnell."

„In dieser Stadt, Baby, sind Beziehungen alles."

„Aber was soll ich machen? Was soll ich anziehen?"

„Lass das meine Sorge sein. Ich habe dich schon für die ganze Prozedur angemeldet. Wir kaufen dir was Hübsches zum Anziehen bei Giorgio's. Ich muss los. Ich wollte dir nur schnell die gute Nachricht übermitteln. Und jetzt mach den Mund zu, damit die Fliegen nicht reinkommen. Sei morgen früh abmarschbereit. Ich lasse dich mit dem Wagen abholen. Und keinen Schnaps oder anderen Alkohol heute Abend, nicht mal zum Feiern. Ich will kein aufgedunsenes Gesicht morgen. Morgen ist dein großer Tag."

„Dinner mit Dave Dolezal?“ quiekte Melanie in ihrer unnatürlichen, gehauchten Stimme.

Sie standen in ihrem Badezimmer, wo sie Charlotte beibrachte, mit einem scherenartigen Gerät, das mehr wie ein Folterwerkzeug aussah, die Wimpern nach oben zu biegen. Melanies Bad war ein Warenhaus an Schönheitsutensilien – Cremes, Lippenstifte, Pinsel in allen Größen, Lidschattenstifte, Brauenzupfer und eine ganze Batterie an Vitamin- und anderen Pillen. Es war ein Schrein der kosmetischen Schönheit.

„Süße, er zieht die Sache groß auf“, erklärte sie Charlotte. „Ich weiß nicht, was er gesagt hat, aber wie ich Freddy kenne, werden sie dich sicher bitten, für eine Rolle vorzusprechen.“

Charlotte wurde schwindelig, und sie hielt sich am Beckenrand fest.

Melanie zog ihr einen Hocker heran. Sie setzte sich, schob die Hände zwischen die Knie und atmete tief durch.

„Beruhige dich, Kleines, du bist ganz blass. Atme tief ein und aus. Ich mache dir einen Kräutertee zur Beruhigung.“ Nach wenigen Minuten kehrte sie mit Kamillentee zurück, der mit Honig gesüßt war. „Hier, trink das. Dann legen wir ein wenig Rouge auf. Du siehst aus wie eine Wasserleiche.“

Charlotte trank dankbar. Die Wärme des Tees tat ihr bereits gut.

„Du musst entschieden ruhiger werden. Du versuchst immer alles mit deinem rationalen Hirn zu organisieren. Das funktioniert hier nicht. Hier ist Hollywood, das bedeutet freier Fall.“

„Ich weiß gern, was mich erwartet. Ich möchte vorbereitet sein. Ich habe auf diese Chance gewartet. Und jetzt, wo sie da ist, wird mir ganz schlecht.“ Sie lachte nervös. „Ich komme mir vor wie in der Schule, wenn ich unvorbereitet in eine Klassenarbeit ging.“

„O ja, das kenne ich." Melanie verdrehte die Augen. „Ich war in der Schule ständig unvorbereitet. Und im späteren Leben leider auch."

„Ich nicht. Ich war ein Streber."

Melanie klopfte ihr auf den Rücken. „Das habe ich mir schon gedacht. Na ja, für dich wird jedenfalls ein Traum wahr. Willkommen in der Glitzerwelt, wo nichts so ist, wie es zu sein scheint."

Charlotte trank schweigend ihren Tee.

„Wenn ich die Chance bekäme, vor den Studiobossen zu paradieren", fuhr Melanie fort und legte Rouge auf, „würde ich mir zusätzliche Pfunde abhungern und mir Gedanken um meine Haare machen. Wahrscheinlich würde ich sogar meinen plastischen Chirurgen anrufen, damit er hier und da noch ein bisschen zupft."

Charlotte merkte auf, als sie den plastischen Chirurgen erwähnte. „Wieso? Hast du eine Schönheitsoperation hinter dir?"

Lachend suchte Melanie nach dem richtigen Rougeton. „Ich? Klar. Was der liebe Gott mir nicht gegeben hat, habe ich mir gekauft. Außerdem glaube ich, in meinem Alter, das du nie erfahren wirst, braucht man gewisse Verteidigungsstrategien gegen die Erdanziehung." Sie nahm den Rougepinsel und gab einen zartrosa Strich auf den Wangenknochen. „Ich erinnere mich, als ich das erste Mal Aufsehen erregte ..." Ein Schatten huschte über ihr Gesicht und sie winkte ab. „Ach, das willst du gar nicht wissen."

„Natürlich will ich." Charlotte lehnte sich gegen den Badezimmerschrank. Sie wusste nicht viel über Melanies Karriere, außer, dass sie sich auf dem absteigenden Ast befand. Wie Freddy mit Nachdruck betonte: „Ihre fünfzehn Minuten Ruhm sind vorüber."

„Nein, nicht jetzt. Ich will die alten Geschichten nicht aufwärmen." Da schwangen Bitterkeit und Zorn in ihrer Stimme mit. „Bleiben wir locker. Im Moment habe ich schon genug damit zu tun, dich nicht vor Neid zu hassen."

Charlotte sah auf ihre Hände. „Tut mir Leid, ich wollte nicht neugierig sein."

Melanie nahm, ernst geworden, ein Lidschattendöschen und tupfte das Bürstchen hinein. „Es muss dir nicht Leid tun. Meine Geschichte ist hier alltäglich. Ich kann es dir ruhig erzählen. Als ich herkam, hatte ich jede Menge Arbeit. Doch mit dem Älterwerden wurden die Rollenangebote dünner." Sie beugte sich vor und legte eine Lage Kakaobraun auf ihr Lid. „Und jetzt bin ich nicht mehr gefragt. Die meisten von uns schlagen sich Jahr für Jahr gerade so durch und nehmen hier und da eine Rolle an, was gerade geboten wird. Scheiße, Freddy ist es völlig egal, welche Rolle ich annehme. Und ich nehme alles, für jedes Geld. Freddy weiß das."

Melanie zuckte die Schultern und strich sich das Haar zurück. Die feinen Fältchen um die Augen kamen zum Vorschein. „Auf und Ab, Euphorie und Depression. Das einzig Beständige hier ist die Arbeitslosigkeit. Meistens ergibt sich aber doch hier und da etwas, um durchzukommen."

Charlotte bedauerte, das Thema angeschnitten zu haben. Sie wollte Melanie nicht traurig machen. „Ich bin voreilig. Freddy hat zwar diese vielen schönen Pläne für mich, aber das heißt nicht, dass sie wahr werden."

„Sie werden." Melanie atmete zittrig tief durch und sah Charlotte mit stark geschminkten Augen an. „Ich wusste es in dem Moment, als ich dich mit diesem seelenvollen Blick vor meiner Tür stehen sah. Freddy hat es auch erkannt. Alle werden es erkennen."

Charlotte wand sich vor Verlegenheit.

Melanie betrachtete sie forschend. „Sei dir nur über eines klar, liebste Freundin. Ab jetzt werden dich die Männer anhimmeln und die Frauen von hinten erdolchen. Schönheit ist Macht, besonders in dieser Stadt. Also nutze sie, solange du kannst. Sie hält nicht ewig."

„Du siehst aus wie eine Göttin aus Elfenbein“, begeisterte sich Freddy, als er am folgenden Nachmittag in den Salon kam. Mehrere Stylisten umringten Charlotte, zupften Strähnen zurecht und tätschelten ihr die Wange.

Freddy beobachtete sie abfällig. Sobald er mit Charlotte den Laden verlassen hatte, würden sie übereinander herfallen und sich streiten, wem das Lob gebührte, ein schlaksiges Mädchen in eine Göttin verwandelt zu haben. Gerüchte würden in Umlauf kommen, dass es eine viel versprechende Neue gab und dass sie zu Freddy Walen gehörte.

Zugegeben, sie hatten ein kleines Wunder bewirkt. Charlottes feines blassgoldenes Haar war etwas gekürzt worden und hing leicht gewellt herab. Das weckte Erinnerungen an die junge Lauren Bacall oder Greta Garbo. Freddy gefiel das. Nicht nur, weil es zu Hollywood passte, sondern weil es ihr diese distanzierte Eleganz verlieh, die er suchte. Natürlich konnte nur jemand mit der absolut makellosen Schönheit einer Charlotte Godfrey diesen Look verkörpern.

„Echt Klasse. Nimm deine Schultern zurück und hebe dein Kinn ein wenig. Geh wie ein Star, damit die Leute dich für einen halten. Wenn du die Schultern hängen lässt, hält man dich für einen Versager ohne Selbstvertrauen. Geh ein bisschen hin und her. So ist es gut, Kinn hoch“, mahnte er, als sie mit langen Schritten einherstolzierte. Sie verfügte über die natürliche Grazie eines Vollblüters. „Großartig“, erwiderte er und winkte ab. „Du begreifst schnell, das gefällt mir.“

Er führte sie am Ellbogen in den Pausenraum der Angestellten hinter dem Salon. Charlotte sah sich in dem voll gestopften, schmuddeligen Zimmer mit dem alten Mobiliar um. Warum sich Angestellte, selbst eines so noblen Salons, mit solchen Bedingungen abfinden mussten, war ihr schleierhaft.

„Wir müssen uns beeilen“, drängte Freddy. „Wir hinken unserem Zeitplan hinterher, und das Dinner ist auf sieben vorverlegt worden. Dolezal bringt ein paar von seinen Freunden mit.“ Nach einem raschen Blick auf die große Rolex an seinem Handgelenk runzelte er die Stirn. „Uns bleibt nicht genug Zeit, quer durch die Stadt und zurück zu fahren. Also zieh die Schuhe aus und leg die Beine ein bisschen hoch. Ich habe mit André vereinbart, dass wir den Raum benutzen dürfen. Und ich habe uns etwas zu essen bestellt.“

„Essen? Aber du sagtest doch, wir würden zum Essen ausgehen.“

„Nein. Wir gehen zu einem Interview aus. Das Essen ist nebensächlich. Ich will nicht, dass du auch nur einen Gedanken daran verschwendest. Konzentriere dich auf die Beantwortung der Fragen, die man dir stellt, und spiel deine Rolle. Denk daran, gleichgültig, wo du auftrittst, du spielst immer eine Rolle.“

Freddy ging gewohnt lebhaft gestikulierend vor ihr auf und ab. Sie zog die Schuhe aus, da sie erkannte, dass jetzt eine seiner längeren Lektionen folgte, und lehnte sich gemütlich zurück.

„Ich werde daran denken, Freddy.“

„Wenn wir in einem Restaurant sind, nicht essen und schon gar nicht trinken. Schieb das Essen über den Teller und nasche ein wenig, wenn es nicht anders geht. Wenn du in einem Kreis von Frauen bist, iss keinesfalls. Mach ihnen Komplimente, sag ihnen, wie toll sie aussehen.“ Er zeigte mit dem Finger auf sie. „Und flirte niemals mit ihren Ehemännern. Glaube mir, es lohnt sich nicht.“

Charlotte hatte versonnen aus dem Fenster geblickt und drehte ihm das Gesicht zu. „Das ist alles so künstlich, so unnatürlich. Warum kann ich nicht einfach ich selbst sein?“

„Weil sie dich natürlich beneiden werden, mein Engel. Deshalb darfst du keine Feindseligkeit aufkommen lassen. Makellose Schönheit wie deine macht Frauen nervös."

Sie nickte und trommelte sich gedankenverloren mit den Fingern auf die Lippen. Wenn Melanie Recht hatte, dass Schönheit Macht war in dieser Stadt, dann war sie besser auf der Hut. Sie hatte nicht schön sein wollen, um Macht auszuüben. Eigentlich wusste sie gar nicht, zu was die neue Schönheit sie qualifizierte. Alles war neu und anders, sie wurde bemerkt, sogar verehrt und war plötzlich jemand. Jedoch verschaffte ihr diese neue ungewohnte Verehrung weder Selbstsicherheit noch Genugtuung, vielmehr zog sie ihr den Boden unter den Füßen weg. Sie hatte das Gefühl, ohne Anker dahinzutreiben.

Freddy war momentan ihr Halt. Deshalb versuchte sie genau zu beachten, was er riet.

„Als generelle Regel gilt: Halte Distanz zu den Leuten", setzte er seine Ratschläge fort. „Halte dich an mich. Vertraue niemandem und schließ keine engen Freundschaften."

„Was ist mit Melanie?"

„Melanie ist okay. Sie ist verschwiegen und kann dir bei kleineren Schwierigkeiten helfen. Aber bei Problemen und großen Entscheidungen kommst du zu mir."

„Dir kann ich vertrauen?"

„Wenn nicht mir, wem dann?"

Damit hatte er Recht. „Okay, weiter. Aber zunächst mal, wann kommt das Essen? Ich bin am Verhungern."

„Kommt sofort. Also, wo war ich? Ach ja, halte Distanz und nimm nicht aus jeder Ecke Hilfe an. Ich besorge dir, was du brauchst. Sei unabhängig. Sei emsig. Rollende Flusskiesel setzen kein Moos an. Wenn du eine Einladung erhältst, sag es mir. Ich rate dir, zu welchen Partys du gehen sollst und zu welchen nicht."

Schaudernd dachte sie an frühere Partys, auf denen sie verspottet und gedemütigt worden war. „Versprich mir, dass du mich begleitest."

Er drückte seine Zigarette aus, kam zu ihr und nahm ihre Hände. „Baby, Baby, du hast doch nicht etwa Angst, oder?"

Als sie ihn ansah, fühlte er sich durch ihre strahlend blauen Augen an die klaren Himmel seiner Kindheit erinnert, an unschuldige Spiele und vieles mehr.

Stirnrunzelnd fragte er sich, was los war mit ihm. War er besessen von diesem Mädchen? Und wenn schon. Er konnte es nicht ändern. Sie würden den eingeschlagenen Weg gemeinsam zu Ende gehen.

„Keine Sorge", tröstete er, erstaunt über seine zärtlichen Gefühle. „Ich werde immer bei dir sein."

Fünf Tage später saß Charlotte ruhig auf einem Hocker im hinteren Teil eines sehr großen Aufnahmestudios von Universal, um für den Film *American Homestead* vorzusprechen. Trotz Klimaanlage war ihr unter dem dickem Make-up und dem einengenden viktorianischen Kostüm sehr heiß. Mitten im Raum standen Scheinwerfer und Kameras. Dahinter schlängelten sich dicke Kabel wie Pythons. Von den meisten Ausrüstungsgegenständen kannte sie weder Namen noch Verwendungszweck.

Ganz im Gegensatz zu Freddy, der in der Mitte stand und sich angeregt mit dem Kameramann Josef Werner unterhielt. Vorhin hatte er sie mit ihm bekannt gemacht und ihr zugeflüstert, dass man den Kameramann immer auf seiner Seite haben sollte. Jetzt besprach er mit ihm den Aufnahmewinkel, damit sie ins beste Licht gerückt wurde.

Charlotte hatte feuchte Hände. Sie atmete flach, und ihre Kehle war wie ausgedörrt. Die Szene, die sie vortragen sollte, war nicht die, die sie ursprünglich vorbereitet hatte. Freddy war begeistert gewesen, weil sie die Studiobosse so von sich eingenommen hatte, dass sie sie für eine größere Rolle vorsprechen ließen. Dave Dolezal mit seiner Alkoholfahne und den sexuellen Annäherungsversuchen war ekelhaft gewesen. Es war ihr leicht gefallen, Freddys Rat zu befolgen, das Essen nur auf dem Teller herumzuschieben. Schwieriger war es gewesen, Daves Wurstfinger nicht mit der Gabel zu durchstechen, sobald er nach ihrer Hand griff.

Freddy freute sich, wie Dave auf sie reagierte, und flüsterte ihr nach dem Dinner zu: „Es ist gut, einen solchen Mann auf deiner Seite zu haben."

Auf welcher Seite des Bettes? hatte sie sich gefragt.

Das neue Drehbuch war ihr gestern Abend mit Sonderboten zugestellt worden. Obwohl es schwer gewesen war, die Szene rechtzeitig für heute vorzubereiten, hatte sie sich in ihre Heldin eingefühlt. Sie hieß Celeste und war die schöne, leicht neurotische Braut eines besitzergreifenden brutalen Mannes, der sie auf seinem Anwesen gefangen hielt.

Es war eine kleine, aber bedeutende Rolle. Freddy nannte es ein „Filetstück". Eine Rolle neben großen, hoch bezahlten Stars, was den Bekanntheitsgrad erhöhte.

„Okay, dann los!" rief der Regisseur.

Charlotte rutschte mit Herzklopfen vom Hocker und begab sich auf die Bühne. Arme und Beine fühlten sich steif an, und ihr Kopf schien auf dem Hals zu wackeln. Im Kameralicht fand sie ihre Position nicht. Die Knie wurden ihr weich. Sie sah sich fragend, verunsichert um. Scheinwerfer und Kameras verschwammen vor ihren Augen.

Fredddy spürte ihre Panik, eilte zu ihr und führte sie sacht weiter. Dabei flüsterte er ihr aufmunternd zu: „Denk nur an zwei Dinge." Er packte sie bei den Schultern, damit sie ihn ansah. „An die Zeit, in der die Heldin lebt, New York im Jahre 1897. Es herrscht viktorianische Moral, und du bist sehr, sehr reich. Zweitens, sei dir bewusst, wer diese Person ist. Ganz einfach, die Person bist du."

„Ich weiß nicht, wer das ist."

Er schüttelte sie leicht. „Du bist Celeste."

Sie sah ihn mit heraufdämmerndem Verständnis an.

„Raus aus dem Set. Anfang!" rief der Regisseur.

„Du schaffst das." Freddy sah sie durchdringend an. „Du kannst das." Damit ließ er sie los und entfernte sich.

Charlotte schloss die Augen und schottete sich von ihrer Umgebung ab, von Scheinwerfern, Kameras, Josef und Freddy. Sie zog sich auf jenen Punkt in ihrem Innern zurück, wo sie alle Erinnerungen bewahrte, die ihr lieb und teuer waren: Bücher, Musik, Erfahrungen. Von dort hatte sie Kraft geschöpft, wenn sie verspottet und gedemütigt worden war. Und plötzlich erkannte sie, dass sie von dort ihre Stärke und Inspiration als Schauspielerin schöpfen konnte.

Ja, ich werde es schaffen, dachte sie leicht lächelnd. Frisur und elegante Aufmachung waren zweitrangig. Wenn die Scheinwerfer brannten und der Film lief, kam es nur auf sie an.

Charlotte zog sich tief in sich zurück, wie sie es viele Male schon als Kind getan hatte. Dann, ganz langsam und vorsichtig, tauchte die Person Celeste auf. Sie öffnete die Augen, wie aus tiefem Schlaf erwacht, und ging geschmeidig auf ihre Position im Scheinwerferlicht. Gestik, Stimmlage und Betonung, all das war Celeste.

Und Celeste wusste genau, was sie zu tun hatte.

Es herrschte absolute Stille am Set. Alle schienen zu spüren, dass sie Zeugen einer bemerkenswerten Verwandlung wurden. Der Regisseur gab das Zeichen, die Kameras surrten, und Celeste begann mit ihrer schönen klaren Stimme zu sprechen.

Freddy sah sich die Aufnahmen unter anderem mit Regisseur Sam Bonnard, Dave Dolezal und Josef Werner an, der darauf bestand, die Tagesarbeit zu sichten. Als die Szene begann, gab es ein Raunen, dann völlige Stille. Charlotte wirkte im Film noch strahlender als in Natur. Es musste an ihrer schimmernden Haut liegen. So etwas gab es nur selten, früher bei Greta Garbo und Marilyn Monroe, heute bei Uma Thurman. Die Kamera liebte Charlotte, und Charlotte brachte die Leinwand zum Leuchten. Ihre Stimme war leise und verführerisch mit natürlicher Kadenz. Sie hatte eine erotische Ausstrahlung – gepaart mit ihrer Unschuld war das eine hinreißende Mischung. Er beobachtete die Männer im Raum und merkte, dass Charlotte auf alle dieselbe Wirkung hatte. Einige rutschten unruhig auf ihren Sitzen.

Erfreut sah Freddy wieder auf die Szene und hätte am liebsten laut gejubelt. Charlotte war die Chance, auf die er gewartet hatte. Er hatte den richtigen Instinkt gehabt. Mit ihrer Schönheit und dem Talent würde sie eine der ganz Großen werden.

Und niemand würde sie bekommen – außer über ihn.

Freddy Walen kehrte in sein großes, im mediterranen Stil erbautes Haus zurück, schloss die Tür auf und ließ die Aktentasche auf den Boden fallen. Das Geräusch hallte in den leeren Räumen wider. In der großen, sterilen Küche schob er ein Diätgericht in die Mikrowelle, schenkte sich einen Scotch mit Wasser ein und griff zum Telefon. Eines hatte er in diesem Geschäft gelernt: Sei schnell! Er ließ es einige Male klingeln und erreichte John LaMonica, einen Produzenten.

„Ich habe sie gesehen“, sagte LaMonica. „Ich will sie haben.“

Freddy schwenkte lächelnd das Eis im Glas. „Das will jeder, John.“

„Ich habe Optionen für ein neues Buch“, sagte er aufgeregt.

„Ich lasse dir per Eilboten Abzüge zukommen. Lies es, dann treffen wir uns zum Lunch im La Scala. Das Interesse an dem Projekt ist groß. Riesenbudget. Michael Bay führt Regie. Und stell dir vor – Schwarzenegger übernimmt die Hauptrolle. Die Probeaufnahmen laufen, und wir sind uns einig. Wir wollen Charlotte als Nancy."

„Nancy? Wer zum Teufel ist Nancy? Ich weiß nicht, was das soll, John."

„Nancy ist die Hauptrolle", antwortete er blasiert.

Freddy setzte sich auf den kleinen Eisenstuhl neben dem Eisentisch in der Küche, zwei der wenigen Möbelstücke, die ihm seine Frau nach der Scheidung gelassen hatte. Sie hatte ihn ganz schön ausgenommen, aber es hätte noch schlimmer kommen können.

Sie bekam das meiste von seinem Geld, das Mobiliar, das Sommerhaus im Norden und jedes Stück Porzellan und Kristall, das sie während ihrer zehnjährigen Ehe angesammelt hatten. Er hatte das Haus und seinen Verstand behalten.

Freddy wischte sich mit einer Hand über das Gesicht. Zum Teufel, wen kümmerte das noch? Er hatte Charlotte Godfrey.

„Du hast Unterstützung?"

„Wie gesagt, richtig tiefe Taschen aus Korea und Deutschland. Lies das Buch. Dann weißt du, warum sie ideal ist für die Rolle. Wenn Garbo noch leben würde und in dem richtigen Alter wäre, hätten wir sie vielleicht gewollt. Aber dieses Mädchen, verdammt, sie ist möglicherweise noch besser."

John schmeichelte ihm, indem er seine Klientin hochjubelte. Ein bisschen Speichelleckerei wurde in diesem Geschäft erwartet. Lächelnd gestand er sich ein, dass es ihm gefiel. Lange hatte sich niemand mehr die Mühe gemacht, ihn zu umgarnen.

„Klar, ich sehe es mir an, John. Wenn es dir und Arnold gefällt, ist es bestimmt großartig. Ich rufe dich an, sobald ich es durch habe."

Freddy legte auf. Müde wie nach einem Marathonlauf streckte er die Arme vor, nahm die Sonnenbrille ab und rieb sich den Nasenrücken. LaMonica war an Charlotte interessiert, er hätte heulen können vor Freude.

Mit dem linken Fuß trat er gegen den zweiten Eisenstuhl – Bistrostühle hatte Ali sie genannt –, dass er durch den Raum flog. Verdammtes billiges Zeug, dachte er übermütig. Verdammte Ex-Frau. Zum Teufel mit ihrem neuen Mann. Andererseits war er ihm dankbar, weil er keinen Unterhalt zahlen musste. Ali hatte wieder geheiratet und war schwanger mit ihrem zweiten Kind. Freddy schluckte seinen Scotch, der ihm in der Kehle brannte. Ja, sie hatte immer Kinder gewollt.

Aber die hatte er ihr nicht geben können. Ein Unfall vor langer Zeit als junger Mann hatte ihn impotent gemacht. „Ein Schrapnel in die Lenden schafft das jederzeit", hatte der Doktor lachend gesagt. Ihm war der Witz dabei entgangen.

Ali war fair gewesen, das musste er ihr lassen. Sie hatte wirklich versucht, die Ehe zu retten. In seltenen Momenten wie heute Nacht, wenn er seine Verbitterung überwinden konnte, verzieh er ihr, dass sie ihn hatte fallen lassen.

Das Piepsen der Mikrowelle verriet, dass seine Pasta Alfredo fertig waren. Er zog das kleine orangerote Kästchen mit einem Handschuh heraus und trug es zum einzigen Sessel im Wohnraum. Er nahm eine Gabel voll und noch eine. Doch die faden, matschigen Nudeln wurden der Bedeutung dieses Tages nicht gerecht. Er stellte das Kästchen auf den Boden und hielt sich an seinen Scotch.

Charlotte mit ihren klaren blauen Augen machte ihm wieder Hoffnung für die Zukunft. Nach einer langen Pechsträhne hatte er wieder Träume. Vor zehn Jahren war dieses Haus luxuriös und elegant gewesen. Er und Ali hatten hier ein paar tolle Partys gegeben. Jetzt könnte das ganze Haus, wie die meisten seiner Klientinnen, ein gutes Facelifting vertragen. Der Teppich wölbte sich auf, das Parkett musste neu lackiert werden, und hier und da bröckelte Putz. Das Haus von der Größe eines kleinen Palastes verschlang bereits jeden verdienten Cent, wenn er es nur im jetzigen Zustand erhielt.

Wenn alles so lief, wie er hoffte, knallten hier bald wieder die Champagnerkorken. Er musste nur lange genug durchhalten, seinen neuen Dukatenesel abzuschöpfen. Dann ade, ihr beharrlichen Rechnungseintreiber. Kein festes Zudrehen der Wasserhähne mehr, kein ständiges Ausknipsen der Lampen, um Kosten zu sparen. Geräte würden nicht mehr repariert werden, sondern erneuert. Und er würde sich neue Möbel gönnen. Vielleicht zog er sogar einen dieser Innenarchitekten zu Rate, die Ali so gut gefunden hatte.

Er lehnte sich in dem abgewetzten Ohrensessel zurück, schwenkte zu den getragenen Klängen von Chopin das Eis im Glas und sah aus dem Fenster. Unten auf der Straße schob eines dieser Superkindermädchen einen antiken englischen Kinderwagen, während neben ihr ein kleines Mädchen auf einem Dreirad strampelte. Ein süßes kleines Ding mit blonden Rattenschwänzen und einem Hängerchen, das ihr um die strammen Beinchen flatterte. Es versetzte ihm einen Stich durchs Herz, dass er und Ali keine Kinder hatten haben können. Ein vertrauter Schmerz, den er lange nicht gespürt hatte. Er mochte Kinder, und er glaubte, ein guter Vater geworden zu sein, wenn er die Chance dazu gehabt hätte. Ihre Tochter wäre der Kleinen dort unten vielleicht sehr ähnlich gewesen, mit Alis deutschem und seinem polnischen Blut. Doch eine Explosion hatte gereicht, und er war der Letzte seiner Linie.

Er leerte sein Glas, beugte sich vor und zog die Vorhänge zu. Nicht wieder in Selbstmitleid versinken, in dieser Stadt überleben nur die Starken. Er hatte den Verstand, die Kontakte und die Energie dazu. Und vor allem hatte er die süße Charlotte Godfrey.

8. KAPITEL

Kann noch mehr passieren im Leben? fragte Charlotte sich glücklich lächelnd. Jedenfalls nicht heute. Heute hatte sie frei. Zum ersten Mal seit langer Zeit kein Unterricht, keine Anproben, kein Make-up, kein gar nichts. Diesen Tag wollte sie genießen und nur Dinge für sich tun.

Heute würde sie anfangen, den Garten anzulegen.

Sie trat das Gaspedal ihres neuen Wagens durch und hatte es eilig auf dem Weg zur Gärtnerei. Eine willkommene Gelegenheit, Distanz zu ihrem seltsamen neuen Leben herzustellen.

Ihre erste größere Rolle in *American Homestead* war im Kasten, wie Freddy zu sagen pflegte, und sie war geschmeichelt gewesen über die Komplimente von Regisseur und Kollegen. Obwohl es bis zur Filmpremiere noch Monate dauerte, sagte Freddy, dass ihr Name in aller Munde war. Und er hatte einen Anschlussvertrag für sie als weiblicher Co-Star in einem großen unabhängigen Film.

Die Probeaufnahmen liefen, wie Freddy es vorausgesagt hatte. Dann wurden in einem riesigen Büro die Unterschriften geleistet. Gelächter, Händeschütteln und das Ploppen von Champagnerkorken. Alles geschah so schnell, plötzlich hatte sie Geld.

Nicht furchtbar viel, aber immerhin genug, sich das Leben zu gönnen, das sie sich wünschte.

Sie lachte wieder, fühlte sich so frei wie selten und trat aufs Gas. Ihr blauer Sportwagen schoss durch die Stadt und trug sie fort von ihrer Arbeit, von Freddy und dem neuen Film. Für eine Weile wollte sie all das hinter sich lassen. Heute war ein Tag, an Blumen zu denken, die Sonne zu genießen und die Arien aus *La Traviata* zu schmettern, die aus dem CD-Player kamen.

Melanie hatte sie für verrückt erklärt, Geld für einen Blumengarten auszugeben. Warum einen Garten gestalten, hatte sie argumentiert, der dir nicht mal gehört? Das führt nur zu höherer Miete. Was macht das schon, hatte sie widersprochen, dann zahle ich eben die Differenz. Danach hatte sie sich aus den Gelben Seiten eine Gärtnerei herausgesucht, die der Mondragons, weil ihr der Name gefiel. Kleine frisch gestrichene, grün-weiße Schilder wiesen den Weg.

Nachdem sie geparkt hatte und ausgestiegen war, schlenderte sie durch die zahllosen Reihen blühender Pflanzen. Die Sorten kannte sie zwar nicht, ließ sich aber nicht beirren. Sie lernte schnell, besonders bei Dingen, die sie interessierten. Die zum Gärtnern notwendigen Kenntnisse würde sie sich mühelos aneignen. Sie berührte gerade die fleischigen Blätter einer Begonie, als sie ihn entdeckte.

Er stand umgeben von drei Frauen mit Topfblumen in den Händen und lauschte ihnen freundlich lächelnd. Das rabenschwarze Haar, die gebräunte Haut, ein weißes Hemd, an all das erinnerte sie sich nur zu gut.

Er sah kurz in ihre Richtung und widmete sich wieder den Ladys. Langsam, als habe ihn etwas stutzig gemacht, drehte er den Kopf wieder zu ihr hin und runzelte leicht die Stirn, als versuche er sie einzuordnen.

Charlotte war wie erstarrt. Es war der Fremde aus dem Fahrstuhl in jener kalten schicksalhaften Nacht in Chicago. Ihr war plötzlich, als hätten alle Ereignisse seither sie zielstrebig an diesen Ort geführt.

Er schien sie nicht zu erkennen, jedoch kam sie ihm offenbar bekannt vor. Jedenfalls straffte er sich und betrachtete sie ebenso verblüfft wie sie ihn.

Er neigte den Kopf zur Seite. *Wer bist du?*

Sie lächelte. *Ja, ich bin es.*

Die drei Frauen merkten, dass er abgelenkt war, und sahen

ebenfalls zu ihr hin. Er entschuldigte sich bei ihnen ungeachtet ihrer offenkundigen Enttäuschung, gab einem Assistenten das Zeichen zu übernehmen und kam auf Charlotte zu.

Sie bewegte sich nicht und betrachtete ihn beim Näherkommen. Er trug das Haar jetzt länger und hatte es im Nacken zusammengebunden. Dunkle Brauen wölbten sich über durchdringenden dunklen Augen.

„Kenne ich Sie?“ fragte er und blieb vor ihr stehen.

Sie erkannte die tiefe Stimme, als wären sie sich erst gestern begegnet. Charlotte senkte kurz den Blick und überlegte, wie sie reagieren sollte. Es bestätigen und die ganze Geschichte erzählen, oder leugnen und von Neuem anfangen?

„Nein“, erwiderte sie schwach lächelnd.

Er sah sie nachdenklich an. „Ich dachte schon, Sie kamen mir irgendwie bekannt vor.“ Er stellte sich leicht verlegen vor. „Ich heiße Michael. Michael Modragon.“ Er streckte ihr die Hand hin.

Sie nickte und nahm sie. „Ich heiße Charlotte. Charlotte Godfrey.“

Seine Hand war kräftig und leicht schwielig. Sie zu berühren war prickelnd.

Er schob die Hände in die Gesäßtaschen seiner Jeans. „Nun, Miss Godfrey, kann ich Ihnen helfen?“

Sein Verhalten war höflich und dezent, nur sein Blick verriet Interesse. Sie erinnerte sich an seine ritterliche Geste im Fahrstuhl. Damals war sie leider nicht darauf eingegangen.

„Ja, danke.“ Sie nahm eine weiße Lilie und betrachtete sie eingehend. „Ich könnte Ihre Hilfe gebrauchen.“

„Möchten Sie sich erst umsehen?“ Er machte eine einladende Geste.

Gemeinsam gingen sie noch einmal die Pflanzreihen entlang, jeder mit dem Gefühl, einen besonderen Moment zu erleben.

Michael deutete auf einige Pflanzen, berührte die Blätter und erklärte alles Wissenswerte über sie. Seine Kenntnisse über Boden- und Pflegeansprüche beeindruckten sie sehr. Als sie ihm das sagte, deutete er lachend auf die weißen Plastikschildchen neben jeder Pflanze.

„Ich mogele", gestand er und zog eines heraus. Auf dem Schild standen Pflanzenname und Pflegeanleitung.

„Dem Himmel sei Dank für die Symbole. Sogar ein Anfänger wie ich erkennt den Unterschied zwischen einer vollen Sonne und einer halben."

„Dann haben Sie noch nicht viel Erfahrung mit Gartenarbeit?"

„Kein bisschen. Aber ich lerne schnell. Und ich habe ein schönes sonniges Grundstück zur Verfügung. Es könnte etwas Besonderes daraus werden. Für mich sowieso. Es ist das erste Stück Land, auf dem ich lebe."

„Ich helfe gern. Was für Pflanzen hätten Sie gern? Einjährige oder Stauden?"

„Hat das etwas mit voller Sonne oder Halbschatten zu tun?"

Er lachte. „Nein. Einjährige Sommerblumen sterben im Herbst ab. Stauden kommen jedes Jahr wieder. Für Ihre erste Gartensaison empfehle ich Sommerblumen. Das bringt Farbe, und Sie haben Zeit, den Boden besser kennen zu lernen."

„Ich muss noch viel lernen", gestand sie, nachdem ihr Rundgang beendet war. „Ich dachte, ich fahre in die Gärtnerei, suche mir ein paar Pflanzen aus und setze sie zu Hause ein. Wahrscheinlich bin ich als Gärtner ein Albtraum."

Er fand eher, dass sie die Erfüllung eines Traumes war. „Es ist gar nicht so schwer. Sie müssen sich nur entscheiden, womit Sie anfangen wollen."

„Und wo fange ich an?"

Er lächelte. Sie machte es ihm zu einfach. „Bei Ihrem Grundstück. Wo leben Sie?"

Sie kamen überein, dass Michael sich am nächsten Tag ihren Garten ansah. Charlotte konnte es kaum erwarten. Von der Gärtnerei fuhr sie zur Bibliothek und holte einen Stapel Gartenbücher. Damit setzte sie sich zu Hause bei Kaffee und Tunfischsandwiches an den Küchentisch und büffelte Blumennamen. Michael Mondragon sollte nicht den Eindruck gewinnen, sie könne eine Petunie nicht von einer Begonie unterscheiden.

In dieser Nacht schlief sie kaum. Noch nie in zweiundzwanzig Jahren hatte ein Mann sie zu Hause besucht. Eine Schande. Und wenn sie ehrlich war, dann war ja auch dies nur ein geschäftlicher, kein privater Besuch.

Bei Sonnenaufgang am nächsten Morgen hielt sie es vor Spannung kaum noch aus.

„Was bist du so aufgekratzt?“ fragte Melanie gereizt, als sie im Garten auf Charlotte traf. Sie trug einen knappen Tangabikini in fluoreszierendem Pink. Eine Flasche Sonnenlotion in der einen Hand, ein Glas Eistee in der anderen und ein Taschenbuch unter dem Arm, hatte sie ihren Morgen offensichtlich verplant.

„Ich will nur einiges in Ordnung bringen“, erwiderte Charlotte und strich sich das Haar zurück.

„Deshalb warst du vermutlich Buchhalterin.“ Melanie verzog das Gesicht und ging auf die Terrasse zu ihrem Liegestuhl. Sobald sie sich niedergelassen hatte, begann sie sich einzucremen. „Das ist dein Tick, nicht meiner. Ich werde keinen Schweißtropfen vergießen, um einen Gärtner zu beeindrucken.“

Melanies gehässiger Ton wurmte Charlotte. Michael Mondragon konnte man kaum als irgendeinen Gärtner bezeichnen. Melanie war in letzter Zeit ohnehin ziemlich schnippisch.

Charlotte beobachtete sie beim Eincremen ihrer ohnehin tiefbraunen Haut. Im Morgenlicht wirkte ihr Haar noch messingfarbener. Sie hatte die Haarfarbe von Rot nach Blond gewechselt, ihrem eigenen Ton sehr ähnlich. Außerdem borgte sie sich in letzter Zeit ihre Kleidung aus. Und wenn sie sich etwas Neues kaufte, dann in dem dezent eleganten Stil, den sie bevorzugte, und nicht mehr so schrill und hauteng, wie es eigentlich ihr Markenzeichen war.

Charlotte rieb sich den Nacken und spürte die Hitze der Morgensonne. Vielleicht stimmten ihre Befürchtungen, und Melanie neidete ihr den jüngsten Erfolg. Dass sie die Karriereleiter hoch- und Melanie abstieg, belastete ihr Zusammenleben eindeutig.

„Du bist doch nicht sauer, weil ich das durchziehe, oder? Ich möchte dich nicht in deinem Haus bevormunden."

„Nein, nein, sei nicht albern. Es ist auch dein Haus. Sogar mehr, wenn ich überlege, wie viel du geputzt und organisiert hast. Kleines, wenn du schöne Blumen pflanzen möchtest, dann mach nur. Ich werde nur sauer, wenn ich Unkraut jäten soll. Blumen und Käfer sind einfach nicht mein Ding. Kochen andererseits ..." Sie drehte den Kopf, lauschte und zog sich den Hut ins Gesicht. „Die Türglocke. Das muss dein Gärtner sein."

Charlotte blieb weder Zeit sich umzuziehen, noch sich zu kämmen oder die Hände zu waschen. Es klingelte wieder. Na schön, dachte sie und trottete durch den Wohnraum zur Haustür, schließlich ist das kein Rendezvous.

Nach tiefem Durchatmen öffnete sie und hoffte, trotz alter Jeans und altem Oxford-Hemd einen einigermaßen guten Eindruck zu machen.

Das Wiedersehen verschlug ihr schier den Atem. Sie fühlte sich wie ein Kind, das unter dem Weihnachtsbaum das sehnlich gewünschte Geschenk öffnet. Michael Mondragon sah gut aus in Jeans und weißem Hemd, was für ihn eine Art Uniform zu sein schien.

Er begrüßte sie amüsiert lächelnd.

„Was ist?“ Sie griff sich an die Stirn.

„Darf ich?“ Er wischte ihr etwas Erde ab.

„Ich war im Garten.“ Sie rieb sich die Stirn.

„Ein Schmutzstreifen ist in unserem Gewerbe ein Ehrenzeichen“, erwiderte er freundlich. „Und Sie tragen es mit Würde.“

Ihr wurden die Wangen warm. „Sie kommen früh.“

„Ich hoffe, wir kommen nicht ungelegen. Wir wussten nicht genau, wie lange die Fahrt dauern würde.“ Außerdem konnten wir es nicht abwarten, dachte er.

„Nein, natürlich nicht. Ich habe schon gewartet.“ Ach herrje, war das zu unverblümt?

„Mein Bruder ist mitgekommen, um alles auszumessen. Er ist bereits im seitlichen Garten.“ Michael drehte sich zum Hof um.

Charlotte war enttäuscht, dass sie nicht zuerst bei einer Tasse Kaffee und den Doughnuts, die sie für ihn gekauft hatte, ihre Pläne besprachen. Sie wollte ihm ihre Pflanzenbücher zeigen, und wer weiß, vielleicht wären sie sich näher gekommen. Warum habe ich immer so hohe Erwartungen, schalt sie sich, als sie hinter ihm her in den Garten ging. Warum bin ich eine solche Romantikerin? Dies ist nichts weiter als ein Geschäftsbesuch.

Sie folgte Michael um die Hausecke und sah einen großen, sehr dünnen jungen Mann mit breitkrempigem Hut im Schatten einer Zypresse ein Taschenbuch lesen. Michael rief ihn, als sie auf ihn zugingen. Er blickte auf, winkte kurz und steckte das Buch ein. Im Näherkommen bemerkte Charlotte, dass seine Haut wesentlich heller war als Michaels und eine gräuliche, ungesunde Farbe aufwies. Dunkle Schatten lagen unter seinen Augen, doch sein Lächeln war warm und offen.

„Das ist mein Bruder, Bobby Mondragon“, stellte Michael ihn vor und fügte an ihn gewandt hinzu: „Unsere neue Kundin, Charlotte Godfrey.“

Sie begrüßten sich mit Handschlag. Charlotte fiel auf, wie erstaunlich weich Bobbys Hand war für jemand, der Gartenarbeit verrichtete. „Ah ja, Miss Godfrey“, sagte er in einem Ton, der andeutete, dass er bereits eine Menge über sie gehört hatte. Er warf seinem Bruder einen viel sagenden Blick zu. „Ist mir ein Vergnügen.“

Charlotte antwortete mit einer Floskel und fragte sich, ob die beiden auf der Fahrt über sie gesprochen hatten. Michaels leichtes Stirnrunzeln bestätigte ihren Verdacht.

„Helfen Sie auch bei der Anlage von Gärten?“ fragte sie Bobby.

„Himmel, nein, das überlasse ich Michael. Ich nutze gewöhnlich das, was die Nonnen mein angeborenes Talent nannten, und werfe Farbe auf die Wände verlassener Gebäude in der Stadt.“

„Hören Sie nicht auf ihn. Er ist ziemlich stolz darauf, Wandmaler zu sein.“ Michael sah seinen Bruder liebevoll an. „Und ich bin stolz, sagen zu können, er ist einer der Besten. Die Parkkommission hat ihn beauftragt, in diesem Sommer zwei neue Gebäude in der Stadt zu bemalen.“

„Was für Bilder malen Sie?“

„Keine Kakteen oder Kojoten“, scherzte er. „Ich stehe nur eine Stufe höher als Graffitti-Künstler.“

Michael schüttelte lachend den Kopf. „Wir sollten uns an die Arbeit machen.“

In der nächsten halben Stunde gingen Michael und Bobby das Grundstück ab, nahmen Maß, besprachen, wo Schatten spendende Bäume stehen sollten, wo der beste Platz für zukünftige Blumenrabatten war und wie man Sichtschutz zur Straße herstellte. Charlotte spürte Michaels Begeisterung, etwas Neues zu entwerfen. Bobby hingegen wirkte gelangweilt.

Später arbeitete Michael allein weiter. Er machte sich Notizen über die Sonneneinstrahlung, nahm Bodenproben und verschaffte sich einen Eindruck, wie das Haus auf dem Grundstück stand. Von einer Anhöhe aus blickte er auf das Anwesen: ein wenig schroffer Fels, ein Grasplateau und darüber der weite blaue Himmel. Das kleine, trotzig am Hang klebende Haus regte seine Fantasie an. Die Landschaft ringsum interessierte ihn nur im Hinblick darauf, wie er das Gebäude erweitern könnte.

Ihm fehlte die architektonische Arbeit an Gebäuden. Zement, Mörtel, Holz und Fliesen, das waren seine Werkstoffe. Doch sein Vater hatte nicht locker gelassen. Nun, nach inzwischen zwei Jahren hier, fühlte er sich immer mehr ins Familienunternehmen integriert. Sein Vater hatte ihm ein weiteres Jahr abgeluchst. „Baue dir ein Haus hier", hatte er gedrängt. „Heirate, ziehe hübsche kleine Mexikaner auf." Er sah zu Charlotte, die Bobby half, ein Stück Garten auszumessen. Gelegentlich hatte der Gedanke, in Kalifornien zu bleiben, etwas Verlockendes.

Er blickte wieder zum Haus und entschied, dass er seinem Vater noch diese Saison gab, dann war Schluss. Er musste nach Chicago in das Architekturbüro zurück, dem er seinen rasanten Aufstieg verdankte.

Charlotte sah von ihrem Maßband auf und entdeckte Michael allein auf der Anhöhe. Wie er dastand, die Hände auf den Hüften, das Haar im Wind wehend, schien er Teil der Landschaft zu sein. „Er muss seinen Beruf sehr lieben", sagte sie zu Bobby.

Der folgte ihrer Blickrichtung und lächelte ironisch. „Seinen Beruf? Allerdings, den liebt er sehr. Ein Jammer."

Charlotte sah ihn verständnislos an.

Bobby rollte das Maßband auf und steckte den Schreibstift ein. „Hier sind wir fertig. Gehen wir hinüber zu dem verlorenen Sohn. Mal sehen, was er plant. Hallo!" rief er, und über ihnen kreischten Möwen eine Antwort.

„Sie haben ein fürchterliches Haus und ein wunderschönes Grundstück", stellte Michael fest, als sie zu ihm kamen. „Aus dem Haus könnten Sie eine Menge machen."

Charlotte betrachtete das rechteckige Gebäude voller Skepsis. „Ich kann leider gar nichts daraus machen", korrigierte sie in. „Es gehört nicht mir, sondern einer alten Witwe, die weder Reparaturen ausführen noch es streichen lassen möchte. Ich bezweifle, dass wir ihr Interesse für Umbauten wecken könnten."

„Ein Jammer. Es gibt nicht mehr so viele Gelegenheiten wie diese."

„Vergiss das Haus", riet Bobby. „Die Lady braucht keinen Architekten, sie möchte einen Garten."

„Das ist mir klar", erwiderte Michael. „Trotzdem muss ich das Offensichtliche erwähnen. Ich mache ja nur Vorschläge." Er lächelte Charlotte fast kokett an. „Kostenlos natürlich."

„Mein Bruder ist verrückt nach Häusern", vertraute Bobby ihr so laut an, dass Michael es mithören musste. „Er ist Architekt, wissen Sie?"

„Architekt?" wiederholte sie und sah Michael verblüfft an. „Ich dachte ..."

„Jetzt entwerfe ich Gärten", fiel Michael ihr ins Wort und beendete mit einem warnenden Blick zu Bobby dieses Thema.

„Und er ist hartnäckig", fügte Bobby lachend hinzu. Michaels Unbehagen schien seine Spottlust zu verstärken.

„Ich werd's mir merken", sagte sie zu Bobby. Sie mochte diesen Spitzbuben.

Lachend erreichten sie die vordere Terrasse. „Darf ich Ihnen einen Kaffee, Wasser oder etwas anderes anbieten?"

„Ein Wasser wäre nett."

Sie führte die Männer durch das Haus in die Küche und blieb wie angewurzelt stehen. Melanie zupfte an der Spüle Salat, immer noch im Tanga, der ihren unglaublichen vom Sonnenöl glänzenden braunen Körper wie ein Festmahl zur Schau stellte. Michael hüstelte beim Eintreten.

Melanie drehte sich lächelnd um, völlig ungeniert in ihrem Aufzug.

„Tut mir Leid, dich zu stören, Melanie", sagte Charlotte leicht verlegen. „Wir gehen nur durch."

Melanie jedoch hatte nur Augen für die zwei großen, gut aussehenden Männer, die sie stumm betrachteten, und nickte lächelnd zur Begrüßung.

„Die zwei hier sind von der Gärtnerei. Michael und Bobby Mondragon."

Melanies Blick glitt über Bobby hinweg und blieb auf Michael haften. „Aber hallo", säuselte sie mit ihrer sinnlichen Stimme. „Sie sind also der Gärtner?"

Charlotte sah, dass Michael sich leicht straffte und offenbar etwas erwidern wollte.

Bobby mit seinem feinen Sinn fürs Absurde verneigte sich nur leicht.

Melanie, in puncto Männer ihrerseits mit feinem Instinkt ausgestattet, drückte den Rücken durch, wandte sich vom Spülbecken ab und gewährte ungehinderten Blick auf ihren üppigen Busen und die kurvigen Hüften und Schenkel. Charlotte sah verlegen, dass Michaels Miene unbewegt blieb. Bobby hingegen lächelte amüsiert.

„Ich habe Charlotte davon abgeraten, Sie herkommen zu lassen, damit Sie Entwürfe für ein paar Blumenbeete machen. Sie hat diese grandiosen Ideen, aber sie hat keine Ahnung, auf was sie sich einlässt."

„Und Sie haben das?" fragte Bobby schmunzelnd.

„Aber sicher. Habe ich erwähnt, dass ich mal einen großen Garten mit Pool hatte?"

„Wie schön für Sie", erwiderte Bobby höflich. „Wir können ein paar sehr renommierte Poolfirmen empfehlen."

„Was? Nein", wehrte sie rasch ab. „So was Großes wollen wir hier nicht. Wir sind beide, wie soll ich sagen, auf der Durchreise. Hoffentlich hat Charlotte nicht den falschen Eindruck vermittelt? Wir befinden uns zwischen zwei Filmengagements."

„Sie sind Schauspielerin?" fragte Michael Charlotte.

„Ich bin Melanie Ward. Sie erkennen mich nicht?" Das klang beleidigt.

„Sie kamen mir bekannt vor", beeilte sich Bobby zu versichern. „Aber ich sehe nicht oft Filme."

„Melanie hat in vielen Filmen mitgewirkt, aber sie ist Charakterdarstellerin", versuchte Charlotte die Situation zu retten. „Jeder kennt ihr Gesicht. Haben Sie nicht *Crazy Girls* gesehen?"

„Ja, natürlich", bestätigte Bobby schwach lächelnd. Alle wussten, er hatte es nicht gesehen. Betretenes Schweigen folgte.

Da Michael Charlotte fragend ansah, erklärte sie: „Ich stehe erst am Anfang. Ich habe erst in ein paar kleinen Filmen mitgewirkt. Ich bin noch ein Niemand, Sie können mich nicht kennen." Ihre Wangen schmerzten, da sie ihr Lächeln krampfhaft beibehielt.

„Ihre erste große Rolle spielt sie in einem Monat", verkündete Melanie stolz.

„Nächsten Monat? Dann wollen Sie die Entwürfe sicher schnell haben. Ich mache mich sofort an die Arbeit und rufe Sie morgen an."

„Morgen wäre toll."

Melanie schnaubte undamenhaft und setzte ihre Sonnenbrille wieder auf. „Ich wiederhole: Ich verstehe nicht, warum du dir all die Mühe machst. Es ist nur ein gemietetes Haus."

„Das sagte man mir", erwiderte Michael ungerührt. „Ich kann sicher einen Garten entwerfen, der Miss Godfreys Budget nicht übersteigt." Er wandte sich wieder an Charlotte und ignorierte Melanie. Lächelnd fügte er hinzu: „Und es macht keine Mühe."

Charlotte kehrte ins Haus zurück, um zu hören, was Melanie von Michael hielt. Ihr war nicht entgangen, dass sie ihn attraktiv gefunden hatte. Das gefiel ihr. Sie freute sich darauf, kichernd mit Melanie auf dem Bett zu liegen und wie gute Freundinnen oder Schwestern alles zu bereden.

Sie wollte die Tür zum Schlafzimmer aufdrücken und verharrte.

Melanie stand vor ihrem Frisierspiegel und betrachtete sich kritisch. Sie fuhr mit den Händen die Taille entlang, zog den Bauch ein und streckte den Busen vor. Dann drehte sie sich von rechts nach links, eine Schulter gehoben, die andere gesenkt, sog die Wangen ein und schürzte die Lippen in einer sinnlichen Pin-up-Pose.

Verlegen trat Charlotte zurück. Das war peinlich, sie kam sich vor wie ein Spanner. Sie machte noch einen Schritt zurück und sah, wie Melanie ausatmete. Es war bemitleidenswert zu sehen, wie Schultern, Bauch, Brüste und Gesicht nach unten sackten. Melanie stand still vor dem Spiegel, und ihr Busen hob und senkte sich im Rhythmus ihrer Atmung. Plötzlich schlug sie die Hände vors Gesicht und weinte bitterlich.

Lautlos zog sich Charlotte zurück. Sie fühlte mit Melanie, denn sie kannte den Schmerz, das eigene Spiegelbild nicht zu ertragen.

Auf der Rückfahrt im Lieferwagen ließ Bobby seinen jüngeren Bruder nicht vom Haken. Gnadenlos pries er Charlottes Schönheit, Haltung und Liebreiz und alles, was ihm einfiel. Je überschwänglicher er wurde, umso mehr versteinerte Michael. Dieses Spiel hatten sie schon auf der High School getrieben.

„*Madre de Dios*, sie hat ein Engelsgesicht. Diese schönen großen Augen. Ich würde sie gern in einem meiner Wandgemälde verewigen. Ich würde es *Venus aus der Taco Muschel* nennen." Er beugte sich lachend über das Steuer. „Glaubst du, sie würde nackt posieren?"

Michael zog die Stirn kraus. „Pass auf, wo du hinfährst! Und pass auf, was du sagst! Halt besser an, ich fahre."

„Von wegen, Gringo. Du bist in Gedanken bei der hübschen kleinen Gringa. Und ich werde mein Leben nicht in deine fiebrigen Hände legen. Wer weiß, nach was du grabschst, wenn du runterschaltest. Aber diese Melanie." Er pfiff leise. „Was war denn das für eine? Wenn ich wetten würde, hätte ich fünf Dollar darauf gesetzt, dass all die guten Sachen aus ihrem Bikini fallen, ehe wir weg sind."

„An Versuchen hat es jedenfalls nicht gemangelt."

Bobby lachte laut auf.

Michael schüttelte angewidert den Kopf. „Ich kann aufreizende Frauen nicht ausstehen. Da bleibt nichts der Fantasie überlassen."

„Ich weiß nicht recht, die Fantasie hatte doch ganz schön zu tun. Verbotenerweise natürlich. Oder hast du dir etwa nicht vorgestellt, wie die herrliche Charlotte Godfrey im Bikini aussieht?"

Michael sah seinen Bruder nur finster an.

„O verstehe", erwiderte Bobby verblüfft und bedauernd. „Keine Scherze über die Lady. Hat dich Amors Pfeil endlich durchs Herz getroffen? Nun denn." Er dachte einen Moment nach. „Papa wird das nicht gefallen. Er erwartet eine mexikanische Schwiegertochter und viele kleine mexikanische Babys."

„Nein, nein", widersprach Michael lachend. „Du bist der älteste Sohn der Mondragons. Diesen Ansprüchen gerecht zu werden, ist deine Aufgabe."

Bobby wurde sehr schweigsam. Michael merkte, wie angespannt er hinter dem Steuer saß. Sie fuhren einige Meilen in betretenem Schweigen. Bobby zündete sich eine Zigarette an und streifte Michael immer wieder mit Seitenblicken. Dabei wechselte sein Ausdruck von vorsichtig über abwägend zu resigniert.

„Die Zeugung von Mondragon-Babys wirst du übernehmen müssen, *hermano*“, begann er gespielt lässig, machte eine Pause und schnippte die Asche ab. „Ich bin schwul.“

Michael verschlug es die Sprache. Er starrte auf die Straße und konnte nicht begreifen, was er gehört hatte. Nicht Bobby. Nicht ein Mondragon.

Insgeheim musste er jedoch zugeben, nicht wirklich erstaunt zu sein. Bobby hatte ihm immer Rätsel aufgegeben. Er war exzentrisch, hatte Stil und guten Geschmack, war eben kultiviert. Was machte es da schon, wenn er mit einunddreißig noch keine Freundin hatte. Er war eben nicht an Sex interessiert. Besser asexuell als homosexuell. Das dachten wohl alle in der Familie, ohne es auszusprechen. Über derlei diskutierte man daheim nicht.

Michael war wie benommen, während sie schweigend Meile um Meile fuhren. Wie hatte er die Hinweise alle missdeuten können? Bobbys Manierismus, seine Sprechweise, die Tatsache, dass er mit vielen Frauen befreundet war, ohne eine Freundin zu haben. Er kleidete sich sorgfältig, aber niemals grell. Auch ihrem Vater war das aufgefallen. Luis spottete über Bobbys Westenanzüge, die feinen Lederschuhe und seine Detailverliebtheit in modischen Dingen.

Wie nannte Papa ihn? Einen Lebemann. Und da schwwang immer Stolz mit, dass sein Sohn so gut aussah. Ein Mexikaner, der es den Gringos zeigte. Besonders gefiel Papa der Schal um Bobbys Hals. Er hielt das für mexikanisch. Welch ein Narr, das war kein Nickituch, sondern ein Schal von Hermès.

Die Anzeichen waren vorhanden gewesen, doch er hatte sie nicht gedeutet oder sich vor Deutung gescheut. „Weiß Papa es?“

„Was glaubst du wohl?“ Bobby machte einen tiefen Zug an der Zigarette. „Ist dir nicht aufgefallen, dass Papa und ich ...“ Er suchte nach dem richtigen Wort „... *incommunicado* sind?“

Michael nickte und räusperte sich. Seine Kehle war wie ausgedörrt. „Klar. Es war nie leicht, mit ihm auszukommen. Ich dachte, er wäre sauer, weil du das Geschäft nicht übernommen hast.“

„Das war er allerdings“, bestätigte Bobby verbittert. „Und er ist es immer noch ... zumal du auch abgehauen bist. Es ist traurig.“ Wieder ein tiefer Zug an der Zigarette. „Papa und ich, wir standen uns mal sehr nahe. Früher war er stolz auf meine Wandgemälde, besonders auf die mit mexikanischen Themen. Er zeigte sie stolz seinen Freunden und gab mir das Gefühl, meine Arbeit sei etwas wert, auch wenn ich nicht im Familienunternehmen mitmischte.“ Er zuckte die Schultern. „Vermutlich dachte er, meine Malerei wäre ein Kinderhobby, das sich irgendwann auswächst.“

„Du hast es ihm nicht gesagt?“

„Was? Dass ich homosexuell bin? Ich bin doch nicht verrückt.“

„Er sollte es wissen. Es ist nichts, dessen man sich schämen müsste.“

Bobby lachte laut auf. „Du denkst, ich hätte geschwiegen, weil ich mich schäme, schwul zu sein? Mein Gott, bist du naiv. Ich habe kein Problem mit dem Schwulsein, aber Papa. Du bist im selben Haushalt aufgewachsen wie ich. Was glaubst du, würde passieren, wenn ich es ihm sagte?“

„Das kann ich mir nicht recht vorstellen.“

„Ich schon. Zuerst würde er mir nicht glauben. Er würde sich taub stellen. Und wenn er es nicht mehr leugnen könnte, würde er mich zusammenschlagen, um die Dämonen auszutreiben.“

„Ich würde nicht zulassen, dass er dich schlägt", entgegnete Michael.

„Verdammt, Miguel!" schrie Bobby. „Ich will nicht, dass du für mich eintrittst! Ich bin selbst ein Mann. Ich will nicht, dass du mich vor meinem Vater verteidigst!" Der Wagen schlingerte ein wenig, kam auf Kies und fand wieder zur Fahrbahn.

„Beruhige dich."

Bobby atmete heftig, hochrot im Gesicht. Er rang eine Minute um Fassung und sagte ruhig, aber entschieden: *„Ich will nicht, dass du es ihm sagst."*

„In Ordnung."

„Schwöre."

„Ich sagte, in Ordnung."

„Versprich es mir."

Michael legte seufzend den Kopf zurück. *„Sí, Roberto, Yo te promeso."* Er rieb sich den Nasenrücken. „Die Entscheidung liegt bei dir. Es ist nur verdammt schade, dass du nicht mit deinem eigenen Vater reden kannst."

„Konnten wir das je?"

Bobby nahm die übliche Abfahrt vom Highway. Sobald sie auf der Nebenstrecke waren, zog er noch eine von seinen geliebten starken Zigaretten hervor.

„Weiß Mama es?" fragte Michael leise.

Bobby wirkte eingefallen und zuckte nur die Schultern. „Natürlich haben wir nie darüber gesprochen. Aber bei Familienfestlichkeiten fragt sie mich nicht mehr nach meinen Freundinnen. Sie ahnt etwas, würde jedoch nie nachforschen. Sie fürchtet sich vor der Wahrheit. Nein, kleiner Bruder, *Mamacita* will nur wissen, ob ich zur Kirche gehe und zur Beichte." Kurz auflachend warf er Michael einen Seitenblick zu. „Sodomie ist eine Sünde, wie du weißt, eine Todsünde."

Michael konnte nichts Lustiges daran entdecken.

„Sie verdrängen die Wahrheit, damit sie sich nicht damit auseinander setzen müssen, geschweige denn sie akzeptieren. Es ist einfacher für sie, mich für eine verrückte, nichtsnutzige Künstlertype zu halten."

„Roberto ..."

„Nein, es ist so. Sie haben mich nie in meiner Wohnung besucht. Nicht ein einziges Mal." Er zündete die Zigarette mit eckigen zornigen Bewegungen an, sog den Rauch tief ein und atmete langsam aus. „Es ist eine schöne Wohnung, mit hübschen Fenstern", fügte er traurig hinzu.

Michael merkte, dass Bobby mühsam die Tränen zurückhielt, um es ihnen beiden nicht zu schwer zu machen.

Schweigend hielten sie vor der Gärtnerei an. Michael fühlte sich, als hätte er Bobby im Stich gelassen. Er hätte hier sein und ihn beschützen müssen, wie er es immer getan hatte. Beschämt stellte er sich vor, was Bobby in den letzten Jahren alles erlebt hatte: Diskriminierung, Spott und Schlimmeres. Oft genug wurden Schwule zusammengeschlagen.

Voller Mitgefühl und Zuneigung sah er Bobby durch die Windschutzscheibe starren, das Gesicht zur Maske versteinert. Er nahm sich vor, ihn in seiner Wohnung zu besuchen, seine Freunde kennen zu lernen und sich die schönen Fenster anzusehen.

Bobby drehte sich zu ihm um und schien seine Gedanken zu erraten. Ein schwaches Lächeln hellte seine Miene auf. In der von ihrem Vater bevorzugten Geste legte er Michael einen Arm um die Schultern.

Michael zuckte zurück. Es geschah im Bruchteil einer Sekunde, ein reiner Reflex, eine unwillkürliche Bewegung. Ein Zucken nur, doch beide hatten es bemerkt. Bobby zog sich zurück, das Gesicht aschfahl, als wäre er geohrfeigt worden.

Entsetzt wollte Michael die Geste ungeschehen machen. Er hatte das nicht gewollt. „Bobby ...", begann er und streckte eine Hand nach ihm aus.

Bobby öffnete die Tür und stieg aus, sodass die Hand nur seine Schulter berührte, und er schüttelte sie ab. „Tut mir Leid, wenn ich dich ekele."

Michael rieb sich die Stirn und verfluchte seine Dummheit. „Bobby!" rief er, sprang aus dem Wagen und schlug die Tür zu.

„Lass mich in Ruhe!" fauchte der und winkte ab.

„Verdammt, warte!" Michael folgte ihm auf den Fersen. Da Bobby nicht stehen blieb, packte Michael ihn am Arm und zog ihn zu sich herum. Bobby presste die Kiefer zusammen, seine Augen funkelten feindselig.

„Was zum Teufel hast du erwartet!" fuhr Michael ihn an. „Du lädst das bei mir ab und erwartest, dass ich lächelnd sage: ‚Schön für dich, gehen wir ein Bier trinken'?"

„Ja, genau!"

„Scheißdreck! Du wusstest, dass es anders kommen würde!"

„Ja, leider Gottes. Aber ich hoffnungsloser Optimist habe gedacht, du hättest Verständnis. Ich konnte ja nicht ahnen, dass du so eine Scheißangst vor Homos hast!"

Michael blickte beschämt auf seine Schuhspitzen. Aufblickend merkte er, dass Bobby mehr gekränkt als zornig war. „Ich habe keine Angst", beteuerte er ruhig. „Das hoffe ich wenigstens. Ich bin nur jemand, der vom Geständnis meines Bruders überrumpelt wurde."

Bobby schien darauf etwas erwidern zu wollen, schüttelte aber nur langsam den Kopf. „Und ich bin nur jemand, der zufälligerweise schwul ist. Wie du damit umgehst, ist dein Problem, lieber Bruder, nicht meines." Damit ließ er ihn stehen, ging den Kiesweg entlang und verschwand in der Dunkelheit.

9. KAPITEL

Als Charlotte zwei Tage später erwachte, sah sie Michael Mondragon vor ihrem Schlafzimmerfenster die Breite des Grundstücks abschreiten. Sie hatte gerade zwischen den Vorhängen ins Wetter schauen wollen, wich zurück und schob die Gardine wieder vor. Zwar sagte sie sich, dass es völlig gleichgültig war, was sie anzog, trotzdem suchte sie ein schickes mintgrünes Etuikleid heraus, zog Sandalen an und ging hinaus, ihn zu begrüßen.

Michael lächelte, als er sie sah, und fand den Tag noch sonniger. Sie war ein toller Anblick mit dem langen blonden Haar und den langen schlanken Beinen, die unter dem kurzen Sommerkleid hervorsahen. Mit geschmeidigen Schritten kam sie offenbar erfreut auf ihn zu.

„Hallo“, grüßte sie und strich sich das wehende Haar zurück. „Sind Sie etwa schon mit den Entwürfen fertig?“

Bei einer anderen Frau hätte das vielleicht kokett geklungen, bei Charlotte nicht.

„Doch, bin ich. Da Sie bald abreisen, wollte ich mich beeilen. Ich hätte anrufen sollen, aber da ich die halbe Nacht an den Plänen gearbeitet habe, bin ich gleich im Morgengrauen los. Ich habe nicht erwartet, Sie schon so früh auf den Beinen zu finden.“

„Ich bin auch gerade erst wach geworden.“

Er hielt die Hände hinter den Rücken, und seine jungenhafte Begeisterung wirkte ansteckend.

„Also, dann zeigen Sie her! Ich sterbe vor Neugier.“

Er entrollte die Entwürfe, doch der Wind zerrte an dem dünnen Papier.

„Das geht so nicht“, rief sie und hechtete hinter einem davonwehenden Blatt her. „Gehen wir ins Haus. Außerdem brauche ich dringend einen Kaffee. Was ist mit Ihnen?“

„Sie sind ein Gnadenengel."

„Wie trinken Sie Ihren Kaffee?"

„Stark und schwarz, bitte."

Klar, wie auch sonst, dachte sie mit einem Seitenblick auf ihn. Er trug das lange Haar heute wieder zum Pferdeschwanz gebunden. Froh, Melanies Lasagnereste gestern Abend noch weggeräumt zu haben, führte sie ihn in die Küche. Er breitete die Entwürfe auf dem Küchentisch aus und beschwerte sie mit verschiedenen Utensilien. Die Zuckerdose stand auf dem Magnolienbaum, eine Gabel begleitete eine Reihe Rhododendron, ein Löffel lag auf dem Staudenbeet, und der Salzstreuer hielt ein paar australische Pinien nieder. Charlotte setzte sich, stützte das Kinn in die Hände und betrachtete den Plan wie ein Kind ein Bilderbuch.

In blauer Tinte gezeichnet, war aus dem felsigen Terrain ein lebendiger Garten mit blühenden Büschen, wenigen ausgewählten Bäumen, Staudenrabatten, Bodendeckern und Sommerblumenbeeten geworden.

„Das ist umfangreicher, als Sie es verlangt haben. Aber machen Sie sich darüber keine Gedanken. Ich stelle mir gern ein Gesamtbild vor. Dann können wir es gemeinsam auf das zusammenstreichen, was Sie sich leisten können und wollen. Das ist nicht der Versuch, möglichst viel zu verkaufen, glauben Sie mir. Es geht eher darum, Ihnen eine Auswahl anzubieten."

„Wer sagt, dass ich mir Gedanken mache? Ich bin nur sprachlos. Kaum zu glauben, dass es dasselbe Grundstück ist. Es ist ... wunderbar."

Erfreut erklärte er: „Der Trick ist, den Raum bestmöglich zu nutzen. Man braucht nicht viel Fläche, um einen schönen Ort zu schaffen, an den man gerne heimkommt."

Genau das hatte sie sich gewünscht, einen Ort, an den sie gerne heimkam. „Was ist das?“ fragte sie, als sie bei der Durchsicht der Skizzen eine vom Haus entdeckte.

„Die sollten Sie gar nicht sehen“, erwiderte er und zog sie aus dem Stapel.

„Bitte, ich möchte aber. Auch wenn Umbauten jenseits meiner Möglichkeiten liegen.“

Er fuhr mit dem Zeigefinger die blaue Linie entlang, welche die linke Seite des Hauses über die geplattete Terrasse zum Hang hin ausdehnte. Sein gebräunter Unterarm war mit Kratzern übersät. „Ich konnte nicht anders. Für mich war offensichtlich, was diesem Haus fehlt. Ich weiß, dass es gemietet ist. Ich habe es rein zum Vergnügen gezeichnet, weil ich lange keine Architekturzeichnung mehr angefertigt habe.“

Eindeutig galt sein eigentliches Interesse dem Haus und nicht dem Garten. „Warum haben Sie die Architektur aufgegeben?“

Mit ernster Miene legte er eine Gartenskizze über die Hausskizze. „Das habe ich gar nicht. Ich arbeite nur vorübergehend in der Gärtnerei mit, um meiner Familie zu helfen.“ Nach einer kurzen Pause fügte er hinzu: „Manchmal geht die Familie eben vor.“

Die Loyalität zu seiner Familie und seine Zurückhaltung, über Privates zu sprechen, machten ihn ihr noch sympathischer. Michael Mondragon war von einer ruhigen Reserviertheit, die ihr sehr gefiel.

„Bauen Sie Wohnhäuser?“

„Auch. Aber meine Liebe gilt Wolkenkratzern. Etwas zu bauen, das buchstäblich an den Wolken kratzt, ist aufregend. Erhebend.“ Seine Begeisterung war unverkennbar.

„Von der Erde zum Himmel, das ist ein weiter Sprung.“

Er lächelte, da sie ihn zu verstehen schien. Mit Blick auf die Entwürfe fragte er. „Und was ist mit Ihnen?“

„Mit mir?“

„Sie haben gerade einen Sprung in die Filmwelt gemacht. Auch nicht übel."

„Wenn Sie wüssten", erwiderte sie leise und fingerte an einer Skizzenecke herum. „Ich hatte sehr viel Glück. Ich wollte immer schauspielern, aber ich habe nicht geglaubt, dass ich tatsächlich die Chance dazu bekommen würde." Als er sie fragend ansah, fügte sie hinzu: „Sagen wir einfach, ich war ein unbeholfenes Kind."

Er legte seinen Schreibstift beiseite und setzte sich neben sie. „Schöne Frauen sagen immer, wie hässlich sie als Kinder waren. Warum? Das klingt mir ein bisschen unehrlich." Er lehnte sich zurück. „Ich kann nicht glauben, dass Sie jemals hässlich waren. Wahrscheinlich sind Sie schon perfekt auf die Welt gekommen."

Charlotte rang sich ein Lächeln ab und senkte den Blick. Ihr Magen brannte vom Kaffee. „Glauben Sie mir, ich war hässlich."

Er blieb skeptisch. „Die Geschichte vom hässlichen Entlein, das sich in einen Schwan verwandelt?"

Sie runzelte leicht die Stirn. „Etwas in der Art. Warum ist das so schwer zu glauben? Sie behaupten ja auch, dieses hässliche Grundstück in einen wunderschönen Garten verwandeln zu können, und erwarten, dass ich es glaube."

Er gab sich mit erhobenen Händen geschlagen. „Sie gewinnen. Ich glaube, Sie waren ein hässliches Kind."

In diesem Moment war sie geneigt, ihm alles zu beichten, ihre Deformation, die Demütigungen der Kindheit und die Operation. Vielleicht hätte sie ihn an ihre erste Begegnung im Fahrstuhl erinnert, an das hässliche Mädchen. Erinnerte er sich überhaupt an sie?

Unmöglich. Sie konnte ihm das nicht erzählen, er würde sie für verrückt halten. Sie hatte ihre Entscheidung bereits in Chicago getroffen. Charlotte Godowski war tot, sie war Charlotte Godfrey, und nur die kannte Michael Mondragon. Sie widmete sich wieder der Skizze. „Ich hätte die Magnolie gern in der Nähe des Schlafzimmers, damit ich die Blüten sehen kann. Meine Mutter liebte Magnolien."

Eine Hand auf den Tisch gestützt, veränderte er die Skizze mit wenigen Strichen. Dabei berührte sein Hemd ihre Wange, und ihr Puls schlug schneller.

„Erledigt. Die Sommerblumen sollten Sie behalten, hier und da."

Seine Nähe machte sie unruhig, und sie wunderte sich, dass er es nicht merkte. „Bei Ihnen sieht das alles so einfach aus", sagte sie mit belegter Stimme. „Ich bin kaum in der Lage, eine gerade Linie zu zeichnen."

„Das verdanke ich alles den Nonnen und der Palmer-Methode des Schreibens."

Lachend erinnerte sie sich an die Palmer-Methode, nach der auch sie reihenweise Schlingen gemalt hatte.

„Wo sind Sie aufgewachsen?" fragte er, um eine Unterhaltung in Gang zu bringen.

Sie lehnte sich ernst im Stuhl zurück. „Chicago", erklärte sie vorsichtig.

„Ohne Scherz? Die Welt ist doch klein. Wo?"

„Ach ..." Sie suchte rasch nach Orten, die vage genug und hübsch genug waren. Irgendwo, wo ihre Mutter geputzt hatte. „In den westlichen Vororten."

„In welchem?"

Der Mann war beharrlich. Was würde wohl passieren, wenn sie sagte: eigentlich im Westteil der Stadt, an der Harlem Avenue. In einem der Wohnblocks, die Architekten Ihres Schlages hassen. Zwischen Burger King und dem Büro der Wahrsagerin, die für zehn Dollar die Zukunft prophezeit. Ob eine solche Antwort sie wohl weniger begehrlich gemacht hätte? Und falls ja, würde sie ihn dann noch anziehend finden? „Oak Park", erklärte sie und hüstelte wegen der Lüge. „Eigentlich ist es eine Stadt, etwas abseits vom Eisenhower Expressway."

„Ich weiß, wo das liegt. Das Frank Lloyd Wright Museum und ein paar tolle Häuser, die er gebaut hat, sind dort." Wie beiläufig erkundigte er sich: „Haben Sie dort allein gelebt?"

„Nein." Sie unterdrückte ein Schmunzeln, da er die Stirn leicht furchte. „Ich habe mit meiner Mutter gelebt. Sie brauchte mich, und ich fand, ich sollte bei ihr bleiben."

Die Antwort freute ihn offenkundig.

„Und Sie?"

„Ich lebe in der Innenstadt von Chicago, in einer Loftwohnung in Printer's Row."

„Das ist eine schöne Gegend, sehr chic."

„Und angenehm nah bei den Museen und der Bibliothek. Das gefällt mir."

Das konnte sie sich vorstellen. „Das fehlt Ihnen sicher."

Er zuckte die Achseln. „Ihre Mutter fehlt Ihnen sicher auch."

„Ja, das tut sie." Sie dachte kurz nach. „Aber sie ist sehr aktiv und hat viele Freunde. Sie hatte ein schönes altes Haus, in dem sie seit Ewigkeiten lebte, aber das war ihr zu groß. Besonders, seit ich in Kalifornien bin. Also hat sie es verkauft. Jetzt lebt sie in einer hübschen Eigentumswohnung. Dort hat sie alles, was sie braucht. Einen Lift im Haus, Einkaufsmöglichkeiten und eine Kirche. Und alle Freunde leben in der Nähe. Sie führt ein unauffälliges, aber aktives Leben. Ich bin sicher, sie vermisst mich nicht." Sie wischte sich die Stirn und spürte Kopfschmerzen aufziehen.

„Das kann ich kaum glauben. Ich bin sicher, Sie werden schmerzlich vermisst."

Sie wandte den Blick ab, da ihr die Tränen kamen. Sie mochte nicht über ihre Mutter reden. „Sprechen wir über den Garten", bat sie und beugte sich mit geschürzten Lippen über den Plan. „Wenn ich es richtig verstehe, sind die Sommerblumen hier und dort an der Haustür. Die Magnolie ist da. Auf die Bodendecker kann ich vorerst verzichten. Ein paar Wacholder dort, und oh ja, ich muss dieses Lilienbeet haben. Abgemacht. Wie viel kostet das?“ Sie sah ihn an, ganz Geschäftsfrau. „Einschließlich Arbeitslohn und was notwendig ist, den Boden zu verbessern, Kompost, Torf, was auch immer. Ich möchte ja, dass die gesetzten Pflanzen gedeihen. Ich fange lieber klein an, aber mit einer guten Grundlage.“

Michael fragte sich, was er gesagt hatte, dass sie plötzlich so kühl und distanziert reagierte. Er hatte nicht neugierig sein wollen. Ihre Entschlusskraft und rasche Urteilsfähigkeit beeindruckten ihn allerdings. Er hätte dieselbe Wahl getroffen.

„‚Ein Drei-Dollar-Loch für eine Ein-Dollar-Pflanze‘, sagt mein Vater immer.“ Er notierte etwas auf der Skizze, sein Gesicht nur Zentimeter von ihrem entfernt. Ihr Haar roch süßlich nach Shampoo, und er inhalierte den Duft mit geschlossenen Augen. „Soll ich Ihnen den Plan hier lassen, damit Sie ihn in Ruhe studieren können? Wenn Sie Fragen haben, können Sie mich in der Gärtnerei anrufen. Oder wäre es Ihnen lieber, wenn Bobby sich bei Ihnen meldet?“

„Nein“, versicherte sie rasch und lehnte sich zurück. „Es wäre mir lieber, wenn Sie blieben.“ Als sich ihre Blicke begegneten, merkte Charlotte verblüfft, dass nicht nur sie nervös war. Sie hätte nicht für möglich gehalten, dass ein Mann wie er ihr gegenüber Verunsicherung zeigte. Sie berührte seinen Arm. „Bitte bleiben Sie. Ich weiß doch gar nicht, welche Fragen ich stellen soll. Am besten, Sie erklären mir alles sehr genau und in Ruhe. Ich mache uns Kaffee, und ich habe Hörnchen. Haben Sie schon gefrühstückt?“

Der Morgen zog sich hin. Sie wählte Sommerblumen aus und zusätzliche Stauden und verlegte die Rhododendren in die Nähe des Eingangs. Michael hatte bereits beschlossen, einen Großteil der Arbeiten selbst und auf eigene Kosten zu erledigen. Ein guter Vorwand, bei ihr zu sein. Charlotte hatte noch eine Bitte. „Ich hätte gern einen kleinen Küchengarten für Melanie. Tomaten, Kräuter und solche Dinge."

Michael neigte den Kopf zur Seite. „Reden wir von derselben Melanie? Sie hat deutlich zu verstehen gegeben, dass sie mit dem Garten nichts zu tun haben will."

„Nicht mit Blumen oder Büschen, aber sie kocht sehr gern, und ich möchte etwas für sie tun. Nichts, was viel Arbeit macht", fügte sie hinzu und dachte an Melanies manikürte Hände.

„Ihr Wunsch sei mir Befehl." Er veränderte die Skizze. „Sie beide sind ein eigenartiges Paar, sehr verschieden."

„Ja, das sind wir wohl. Aber sie ist sehr lieb und weiß im Gegensatz zu mir eine Menge über das Filmgeschäft. Sie haben sie neulich nicht von ihrer besten Seite kennen gelernt."

„Ich weiß nicht recht, das schienen doch tadellose Seiten zu sein." Froh über ihr Lachen, beugte er sich wieder über den Plan und klopfte mit dem Stift auf den Tisch. „Ich überlege gerade, wie wäre es mit Pflanzkästen auf der Terrasse. Die sind schnell aufgestellt, einfach zu pflegen und sehen gut aus. Vermutlich ist Melanie damit einverstanden."

„Genial! Man könnte gleich vor der Küche mit Messer oder Schere Kräuter schneiden, ohne sich schmutzig zu machen."

„Ich müsste jetzt noch einiges erledigen", sagte er zögernd und wagte einen Vorstoß. „Wie wäre es, wenn wir die Besprechung später beenden? Beim Dinner, so gegen sechs?"

Sie mochte ihren Ohren kaum trauen, griff nach ihrem Kaffee und trank. „Sie müssen das nicht tun." Sie starrte in ihre Tasse. „Sie müssen keine Überstunden machen, nur weil ich es eilig habe."

Er nahm ihre schmale Hand mit den unlackierten Nägeln und streichelte sie mit dem Daumen. „Es wird mir ein Vergnügen sein." Spitzbübisch lächelnd fügte er hinzu: „Und ich hoffe, es wird nicht nur Arbeit."

Michael holte sie am Abend nicht im Lieferwagen der Mondragons ab, sondern in einem rassigen dunklen Kabrio. Seine einzige Belohnung dafür, erklärte er ihr auf dem Weg in die Stadt, dass er seine Karriere für seine Familie unterbrochen hatte. Die Nacht war lau, und sie hatten das Verdeck heruntergelassen. Einen Seidenschal ums Haar gewickelt, genoss Charlotte den warmen Fahrtwind und das Streicheln der weichen Seide. Ihr Ziel war ein charmantes italienisches Restaurant am Pazifik mit herrlichem Blick auf den Sonnenuntergang.

Der Oberkellner im La Luna begrüßte Michael breit lächelnd mit Namen. Als er Charlotte bemerkte, spitzte er die Lippen in einem stummen Pfiff und schwenkte eine Hand, als hätte er sie verbrannt. Michael runzelte leicht die Stirn und schüttelte kaum merklich den Kopf, doch das nützte nichts. Sobald sie an seinem Lieblingstisch am Fenster saßen, umschwirrten zwei Pagen Charlotte wie Bienen einen Honigtopf. Sie füllten ihr Wasserglas auf und gaben ihr Butter auf den Teller. Als ein hingerissener Achtzehnjähriger ihr auch noch die Serviette auf dem Schoß glatt streichen wollte, entriss Michael sie ihm mit finsterer Miene.

„Tut mir Leid", entschuldigte er sich und reichte ihr die Serviette. „Die sehen nicht oft eine so hinreißende Schönheit."

„Ist nicht Ihre Schuld", erwiderte sie verunsichert. „Man sagte mir schon, ich müsste mich daran gewöhnen."

Er zog die Brauen hoch. „Ach ja, das hässliche Entlein." Er sah, wie sie die Stirn kraus zog, und winkte dem Kellner, der eine Flasche Pinot Grigio auf den Tisch stellte. Nachdem er probiert hatte, nahm er die Flasche und schenkte Charlotte ein. Sie trank langsam, die schmalen Finger um das Glas gelegt. Ihre Haut schimmerte im Kerzenlicht.

Er begehrte diese Frau, war sich jedoch klar, dass er vorsichtig vorgehen musste.

Die emsigen Kellner brachten Pasta, marinierte Gemüse, würzige Würste und duftenden, cremigen Käse. Charlotte aß hemmungslos und genoss die Köstlichkeiten, während sie Michael Geschichten aus ihrem Leben erzählte.

Geschichten waren es in der Tat. Alles erfunden, gewürzt mit kleinen Wahrheiten. Ihre Mutter war Witwe und lebte bequem von dem Geld, das der Vater ihr hinterlassen hatte. In ihrer Freizeit malte sie und war bei Kollegen sehr angesehen. Nein, er würde ihre Werke nicht kennen. Ihre Mutter stellte nicht mehr aus. Ihr Vater starb, als sie noch klein war, doch sie erinnerte sich gut an ihn. Er sah blendend aus, ein gütiger freundlicher Mann. Sie hatte ihn sehr geliebt. Vom Vermögen des Vaters war nicht mehr viel übrig, deshalb lebte die Mutter bescheiden.

Sie erzählte, wie sehr sie an der High School und auf dem College die Schauspielerei geliebt hatte. Mochte er Shakespeare? Sie hatte viele Rollen gespielt, Julia, Ophelia, Portia.

Während die Kerzen herunterbrannten, plauderte sie über ihr erfundenes Leben. Sie erzählte, wie wild sie als Kind getanzt hatte, wenn ihr Vater die Ungarische Rhapsodie spielte – auf dem alten Steinway der Familie. Charlotte Godowski wäre vor Angst vergangen, doch Charlotte Godfrey wurde immer lebendiger beim Erzählen und füllte die Lücken ihrer Biografie mit Anekdoten, die sie selbst glaubte.

Was waren schon Erinnerungen? Diese sentimentalen Geschichten, die sie heute Abend erfand, würden ihre Erinnerungen werden.

Michael lauschte zurückgelehnt, verliebt in den Klang ihrer Stimme und die unbewussten kleinen Gesten, wenn sie sprach. Es gefiel ihm, wie sie mit ihrem Haar spielte oder gelegentlich seine Hand berührte, wenn sie etwas betonen wollte. Besonders mochte er, wenn sie über seinen Ärmel strich, während sie sich an ein Detail zu erinnern versuchte. Sie war sich ihrer eindrucksvollen Gestik beim Sprechen offenbar nicht bewusst. Manchmal entdeckte er einen traurigen Ausdruck in ihren Augen, wenn sie über eine Antwort nachdachte. Doch sobald sie wieder redete, richtete sie den lebhaften Blick auf ihn, als versuche sie, seine Reaktion auf ihre Erwiderung einzuschätzen.

Er fühlte sich geschmeichelt durch ihre Aufmerksamkeit und begehrte sie mehr denn je. Ohne sich dessen bewusst zu sein, hatte sie nicht nur die Aufmerksamkeit aller Kellner auf sich gelenkt, sondern auch die aller heißblütigen Männer im Lokal.

Als Obst und Pralinen zum Dessert gereicht wurden, war es draußen fast dunkel, und die Kerzen waren zu Stummeln heruntergebrannt.

„Keinen Bissen mehr“, seufzte Charlotte, lehnte sich zurück und klopfte sich auf den flachen Bauch.

„Vielleicht eine Pflaume?“

Zögernd nahm sie ihm die Frucht ab, biss hinein und leckte sich den Saft von den Lippen, ohne zu ahnen, welche Wirkung das auf ihn hatte.

Michael straffte sich, winkte dem Kellner und beglich die Rechnung. Er reichte ihr die Hand. „Sollen wir gehen?“

Sie nickte, betupfte sich mit der Serviette den Mund und legte sie auf den Tisch. Danach erhob sie sich graziös.

Den Heimweg legten sie in angenehmem Schweigen zurück, nur von der Musik aus dem Radio unterhalten. Die feuchte kalifornische Luft duftete nach Pinien und wildem Lonicera. Über den dichten Baumwipfeln glitzerten Sterne, und die Nachtinsekten begleiteten ihre Fahrt auf den gewundenen Straßen mit einer Serenade.

Michael parkte vor ihrem Haus und stellte den Motor ab. Er merkte, dass sie sich nervös zurechtrückte, und wandte sich ihr zu. Charlotte starrte geradeaus durch die Windschutzscheibe. Ihre Haut schimmerte im Mondschein, und ihre Lippen ließen ihn an die pralle Frucht denken, die sie gegessen hatten. Sie hatte die Arme fest um sich geschlungen, sodass die Brüste hochgeschoben wurden. Unter ihrem schmalen Kleid konnte er die Konturen langer Beine und schmaler Hüften ausmachen. Er sehnte sich nach einer Umarmung.

Instinktiv spürte er jedoch ihre Angst und Verunsicherung. Sie erwartete einen Annäherungsversuch, und ihr graute davor. Er langte hinüber und legte eine Hand über ihre. Sie zuckte zurück. Er straffte sich, öffnete die Tür und stieg aus. Charlotte war spürbar erleichtert, als er sie vom Wagen zum Haus begleitete.

Vor der Tür blieb er stehen und betrachtete ihr Gesicht. In ihrer Mimik lag nichts Aufforderndes. Es gab keinen Hinweis, dass sie sich überreden ließe, ihn mit hineinzunehmen.

„Das Haus ist dunkel. Schläft Melanie?"

„Vielleicht sollten wir uns hier verabschieden", schlug sie nervös vor. „Damit wir sie nicht wecken." Sie reichte ihm die Hand, ein Muster an Höflichkeit. „Danke für ein schönes Dinner."

Seine Enttäuschung war kaum zu überbieten. Er sehnte sich nach ihr und war froh, dass die Dunkelheit den Beweis seines Verlangens verbarg. „Ihnen ist schon klar", begann er und hielt ihre Hand fest, „dass ich morgen zurückkommen muss, um mit der Gartenarbeit zu beginnen."

„Das ist, wie Sie schon sagten, Ihr Job", erwiderte sie schwach lächelnd.

Touché. Er war befangen, verunsichert und wusste nicht mehr, was er sagen sollte. Seine Chancen, wenigstens einen Gutenachtkuss zu bekommen, schwanden zusehends.

Charlotte räusperte sich. „Nun ja, dann brauchen Sie Ihren Schlaf umso nötiger."

Er beugte sich vor, die Lippen nah an ihren. „Ich bin überhaupt nicht müde." Sein jungenhafter Übereifer hätte ihn zum Lachen gebracht, wenn sein Verlangen nicht so heftig gewesen wäre.

Wie in Panik blickte Charlotte hektisch nach rechts und links und bekam kein Wort mehr heraus. Er konnte nicht ertragen zu sehen, wie unbehaglich sie sich fühlte.

„Charlotte", sagte er leise und streichelte ihr die Wange. „Warum hast du Angst vor mir?"

Sie senkte den Kopf, doch er hob ihr Kinn an, sodass sie ihn ansehen musste. „Schsch", machte er beruhigend, „ich würde dir nie wehtun."

Sie wich zurück gegen die Tür, doch Michael kam langsam näher. Ihr Atem ging heftiger, und Michael zögerte kurz, ehe er die Lippen sacht auf ihre drückte. Ein zarter Kuss auf trockenen Lippen, ein sanftes Necken. Keine Reaktion, jedoch spürte er, dass er allmählich ihre eisige Abwehr überwand.

Er verstärkte den Druck ein wenig. Welche Lippen bebten mehr, seine oder ihre? Vorsichtig hob er ihr Gesicht an, und plötzlich ging Charlotte leise seufzend auf den Kuss ein.

Erregung durchströmte ihn heiß und machte ihn benommen, als sie die Lippen öffnete. Er zog sie leidenschaftlich an sich. Sie erschauerte in seinen Armen, oder zitterte er? Er konnte es nicht sagen. Seine Hände strichen ihren Rücken hinab, zu dem kleinen Po und wieder hinauf zu den Schultern, ihre Körper, Brust, Bauch, Hüften, eng aneinander geschmiegt.

Ein Laut wie ein leises Wimmern ließ ihn zurückweichen. Er

lockerte die Umarmung, lauschte einen Moment ihrer heftigen Atmung, lehnte sich leicht zurück und betrachtete ihr im Halbdunkel kaum erkennbares Gesicht.

Ihre Lippen waren geschwollen. Sie senkte so verlegen den Blick, dass er sich fragte, ob sie das spielte. „Charlotte? Ist etwas nicht in Ordnung?"

Als sie ihn ansah, merkte er erstaunt und mit einem heißen Gefühl der Zuneigung, dass ihre Scheu echt war. Der Blick aus diesen großen Augen verriet alles. Sie hatte Angst und misstraute seiner Leidenschaft. In dem Moment begehrte er sie wie nie eine Frau zuvor. Da seine Gefühle für sie jedoch weit über reine Lust hinausgingen, zog er sich zurück. „Es ist spät. Ich sollte heimfahren."

Sie senkte den Kopf und nickte.

„Wir sehen uns morgen, Charlotte."

„Ja, bitte. Ich freue mich darauf."

„Ich komme früh", sagte er erleichtert. „Gegen neun."

„Ich warte."

Sie wird warten, dachte er, aber wohl nicht so sehnsüchtig wie ich. Vermutlich bekam er heute Nacht kein Auge zu. Es sah ihm nicht ähnlich, so verunsichert aufzugeben. Sie hingegen blickte jetzt ruhig und gelassen auf ihre Hände in der Sicherheit ihrer unglaublichen Schönheit.

Ihm kamen Zweifel. Wurde er zum Narren gehalten? Konnte jemand wie sie überhaupt so naiv sein? Vielleicht hatte er sich geirrt, und sie war eine geschickte Verführerein, eine Circe. Wie viele Männer hatte sie schon so hereingelegt und gequält? Der Gedanke war mit einem Stich der Eifersucht verbunden. Er fühlte sich wie ein Süchtiger. Der Abend sollte noch nicht enden, jedoch wusste er nicht, wie er das verhindern konnte. Das Schweigen dauerte an und wurde unbehaglich. Charlotte runzelte leicht die Stirn.

„Gute Nacht dann." Er wandte sich zum Gehen.

„Michael“, sagte sie so leise, dass er nicht sicher war, es richtig gehört zu haben. Er sah auf seinen Arm. Sie hatte die Hand darauf gelegt. „Hattest du jemals das Gefühl ...“ Sie machte eine Pause und betrachtete die Falte, die sie in seinen Ärmel machte. „Hattest du jemals das Gefühl, dass eine Kleinigkeit etwas grundlegend verändert und dir plötzlich alles klar wird. Dass plötzlich alles ... anders ist?“

„Ja“, bestätigte er verwundert. Konnte sie wissen, dass es ihm an jenem Tag, als er sie in der Gärtnerei gesehen hatte, so ergangen war? Vielleicht war alles vorbestimmt gewesen, der Hilferuf seines Vaters, seine Mitarbeit in der Gärtnerei. Vielleicht hatten alle Ereignisse der letzten Jahre ihn an diesen Punkt geführt, um ihr zu begegnen? „Ja“, bekräftigte er, „das Gefühl kenne ich.“

Lächelnd schob sie ihm die Hand aufs Herz, und er bedeckte sie mit seiner. „Ich hatte gehofft, dass du das sagen würdest. Bitte, ich möchte, dass du bleibst.“

10. KAPITEL

Sie führte ihn durch das Haus, das bis auf die Küche unbeleuchtet war.

„Melanie?“ fragte er.

„Sie ist nicht da.“

Er drückte ihr nur stumm die Hand.

Es schien ein langer Weg zu sein zu ihrem Schlafzimmer, für sie ein Lebensweg von zweiundzwanzig Jahren. Doch Michael war der Richtige, kein Zweifel. Die bewundernden Blicke anderer Männer bedeuteten ihr nichts. Michael faszinierte sie, aber es waren vor allem Kleinigkeiten, die ihr das Gefühl gaben, ihm sehr nahe zu sein. Beispielsweise seine Art, ihr entspannt und aufmerksam, auch amüsiert zu lauschen und das Aufleuchten der Augen bei manchen Bemerkungen. Zu sehen, wie er mit den Fingern das beschlagene Weinglas entlanggefahren war, hatte sie geradezu erregt.

Auch wenn sie ihre Hemmungen nicht ganz ablegen konnte, sehnte sie sich nach seiner Umarmung. Der Kuss hatte ihr schon ein wenig ihre Angst genommen.

In ihrem dunklen Zimmer angelangt, tastete sie automatisch nach dem Lichtschalter. Doch Michael hielt ihre Hand fest und küsste ihr jeden Finger einzeln.

„Deine Hände sind eiskalt. Frierst du?“

Sie schüttelte den Kopf.

„Warte.“ Er ging zum Fenster und zog die Vorhänge zurück. Blasses Mondlicht erhellte den Raum und ließ sein weißes Hemd aufleuchten, dass es einen deutlichen Kontrast zur gebräunten Haut bildete. Überhaupt war er von Gegensätzen gekennzeichnet: hell und dunkel, sanft und stark. Sie hingegen schien nur aus Schatten und Geheimnissen zu bestehen. Es wird alles gut, beschwichtigte sie sich und dachte schuldbewusst an die Lügen, die sie ihm aufgetischt hatte. Sie würde ihm bald die Wahrheit sagen.

Erschrocken hörte sie das Aufziehen eines Reißverschlusses. Blitzartig tauchte das Bild von Lou Kopp vor ihr auf. Schaudernd wandte sie sich ab.

Michael streckte die Arme nach ihr aus, doch sie wich zurück. „Charlotte", flüsterte er und wartete mit offenen Armen. Nackt, schlank und breitschultrig, die Haut tiefbraun, das lange wellige Haar auf die Schultern fallend, sah er fabelhaft aus. „Charlotte, du zitterst. Komm her, *Querida*."

Seine zärtliche Aufforderung ließ die Erinnerung an Lou Kopp verblassen. Sie kam in Michaels Arme und umschlang ihn fest.

„Michael", begann sie langsam. Die Lippen auf seiner Brust, spürte sie seinen Herzschlag. „Du solltest wissen ..."

„Was, meine Süße?" Er küsste ihr Stirn und Wangen.

Sie genoss die prickelnden Zärtlichkeiten und legte seufzend den Kopf zurück. „Ich habe es noch nie gemacht."

Er wich leicht zurück und sah sie forschend an. „Was sagst du da? Du hast noch nie ..."

„Nein, ich habe noch nie mit einem Mann geschlafen."

Er betrachtete sie einen Moment und konnte es offenbar nicht fassen. Ein Lächeln breitete sich auf seinem Gesicht aus. „Darling, das hätte ich nie für möglich gehalten. Bist du sicher?"

Sie kicherte. „Allerdings."

„Nein, so war das nicht gemeint", erwiderte er leise lachend. „Bist du sicher, dass du heute Nacht mit mir schlafen willst?"

Sie nahm sein Gesicht zwischen beide Hände und sah ihm in die Augen. „Ja, ich bin mir sicher. Es ist nur ... ich weiß nicht, was ich tun soll ... was du erwartest." Sie lachte leise. „Ich möchte, aber ich bin furchtbar nervös."

Er presste ihren Kopf an seine Brust, drückte die Lippen auf ihren Scheitel und hielt sie einen Moment nur fest. Charlotte fühlte sich geliebt und geborgen.

„Lassen wir uns Zeit", sagte er nur, doch seine Hände zitterten, als er ihr über Haare und Wange strich. Er öffnete die vielen kleinen Knöpfe ihres Kleides und schob es herunter. Liebevoll entkleidete er sie ganz. Sie senkte den Kopf, als er sie zum Bett führte.

„Sei nicht schüchtern", bat er leise, „weißt du nicht, wie schön du bist?" Sie hatte den zarten und doch üppigen Körper einer Verführerin, gepaart mit der Unschuld eines Mädchens, und Michael fragte sich, womit er so viel Glück verdient hatte.

Sie lag abwartend da, die Arme an den Seiten und merkte, dass er sich ihr zuliebe zurückhielt, während er ihren Körper mit sanften Küssen bedeckte. Sie flüsterte seinen Namen und entspannte sich, während er sie mit Händen und Lippen erkundete. Als er die empfindliche Region zwischen ihren Schenkeln berührte, sog sie scharf die Luft ein.

„Entspann dich, Liebes", flüsterte er, „ich tue dir nicht weh." Er streichelte sie sanft und beantwortete ihr leises Stöhnen mit Küssen. Mit einem Gefühl, als rinne flüssiges Feuer durch ihre Adern, begann sie unwillkürlich die Hüften im Rhythmus gegen seine Hand zu bewegen, bis sie mit einem leisen, hohen Stöhnen ihren ersten leidenschaftlichen Höhepunkt erlebte.

Michael rang um Selbstbeherrschung, und sein Körper gehorchte widerwillig. Er hatte seine Erfahrungen in der Liebe gemacht, aber das hier war nicht bloßer Sex, und er war bei keiner Frau der Erste gewesen. Es sollte wunderbar für Charlotte werden und unvergesslich.

Er küsste sie sanft auf den Mund und ließ die Lippen hinabstreichen zu ihren Brüsten. „Sag mir, dass du mich willst", flüsterte er und stützte sich auf einen Ellbogen.

Sie schlug die Augen auf und sah ihn fragend an.

„Sag es bitte."

„Ich will dich", flüsterte sie und schlang ihm die Arme um den Nacken.

Als er sich zwischen ihre Schenkel schob, spürte er ihre Anspannung, doch sie umschlang ihn mit ihren langen Beinen. Er bewegte sich nur vorsichtig und hielt inne, sobald er Widerstand bemerkte. Auf die Ellenbogen gestützt, sah er sie fragend an und wartete. Sobald sie ihm schwach lächelnd ihre Bereitschaft anzeigte, drang er weiter vor. Sie sog scharf den Atem ein und presste das Gesicht an seine Schulter.

„*Querida*", raunte er und küsste sie tröstend. Nach einem Moment entspannte sie sich wieder, und er begann sich vorsichtig zu bewegen.

Charlotte umschlang ihn geradezu triumphierend. Sie hatte sich ihm bereitwillig gegeben und würde es nie bereuen. Es war richtig, es zu tun. Ihn zu spüren war ein unbeschreibliches Gefühl, das ihr allmählich die Fähigkeit zum klaren Denken raubte. Ganz auf ihre Empfindungen konzentriert, schmeckte sie das Salz auf seiner Haut und spürte seine raue Wange gegen ihre reiben. In dem leidenschaftlichen Feuer, das er schürte, schien ein Teil ihrer Vergangenheit – die Erinnerungen an die Demütigungen des hässlichen Mädchens – zu verbrennen.

Ihr war, als würde sie in diesem Feuer emporgehoben, etwas sehnsüchtig Erwartetem entgegen. Als der Punkt erreicht war, bäumte sie sich auf und stieß Michaels Namen aus.

Auch Michael hielt sich nicht länger zurück und gab der Glut seines Körpers nach. Auf dem Höhepunkt der Leidenschaft hatte auch er das Gefühl, es sei das erste Mal. So intensiv hatte er Liebe noch nie erlebt.

Erschöpft und glücklich sank er zusammen. Nach einer Weile

spürte er Charlotte lächeln, sagte jedoch nichts. Als sich ihre Atmung normalisierte, richtete er sich ein wenig auf, strich ihr das feuchte Haar aus der Stirn und sah sie an.

„Michael“, begann sie leise und schob ihm eine Strähne aus den Augen. „Ich komme mir vor wie gerade getauft.“

„In einer Feuertaufe“, erwiderte er lachend, rollte sich auf die Seite und zog sie an sich. Er legte ihr das zerknautschte Laken um, nahm sie in die Arme und flüsterte: „Schlaf jetzt.“

Charlotte erwachte, als ihr die Sonne durchs Fenster in die Augen schien. Jeder Muskel tat ihr weh, doch es war ein angenehmer Schmerz. Sie fühlte sich wunderbar, streckte sich gähnend und schlug leicht desorientiert die Augen auf.

Plötzlich erinnerte sie sich. „Michael ...“

Seine Bettseite war leer. Das konnte doch nicht wahr sein! Er konnte unmöglich einfach verschwinden. Sie hatte schon davon gehört, dass Männer nicht gern neben Frauen aufwachten, mit denen sie bedeutungslosen Sex gehabt hatten. Großer Gott, nein, dachte sie und fuhr sich mit der Hand durch das wirre Haar. Hatten sie heute Nacht bedeutungslosen Sex miteinander gehabt? Auf seinem Kissen war der Abdruck seines Kopfes zu sehen. Den Laken haftete sein Geruch an, doch sie waren kalt.

„Michael!“ rief sie. Keine Antwort.

Sie stand auf und entdeckte die roten Flecken auf dem Betttuch. Die Wangen gerötet, warf sie sich den Bademantel über und lief hinaus in den Hof. Sein Wagen war fort, und Michael mit ihm.

Fröstelnd schlang sie die Arme um sich und stieß mit dem Fuß einen Kieselstein fort. Letzte Nacht in seinen Armen hatte sie sich geliebt und geborgen gefühlt. Was war nur los mit ihr, dass niemand sie wirklich lieben konnte? Lag es daran, dass sie nur eine schöne Hülle war? Er musste das instinktiv gespürt haben, wie hätte er sonst ohne ein Wort gehen können?

Sie wischte sich die Augen und ging zum Haus. Als sie die Tür erreichte, hörte sie das Knirschen von Rädern auf Kies und zwei kurze Huptöne.

Michael kam mit dem roten Lieferwagen, der aussah wie ein Blumenkarren. Über die Seiten hingen die dicken rosa Blüten des Magnolienbaumes und mehrere blühende Büsche. Die Ladefläche quoll über von Sommerblumen und Stauden. Ihm folgten zwei weitere Lieferwagen mit Erde und Männern in grünen T-Shirts mit dem Mondragon-Schriftzug darauf.

Michael sprang aus dem Wagen, lief auf sie zu, umarmte sie und gab ihr einen festen Kuss auf den Mund. Als er zurückwich, überreichte er ihr einen großen Blumenstrauß.

„Schade, dass du schon wach bist. Ich wollte dich überraschen, wenn du die Augen aufmachst. Schau, was ich dir mitgebracht habe." Er zog sie in jungenhaftem Eifer zum Lieferwagen. Offenbar gewöhnt, Befehle zu erteilen, gab Michael den Männern Anweisungen, die sie umgehend und respektvoll ausführten.

Charlotte sah, wie palettenweise Blumen abgeladen wurden, und legte lachend die Hände an die Wangen. „Mein Gott, so viel!"

„Und das ist erst der Anfang. Warte hier."

Er führte seine Männer in den Garten und besprach die Skizzen mit ihnen. Die Mannschaft war gut organisiert, und bald wurden die ersten Schaufeln Erde hochgeworfen.

„Du hast viel mehr mitgebracht, als ich bestellt habe", sagte Charlotte, als er zu ihr zurückkehrte.

„Ich hoffe, du erlaubst mir ein Geschenk."

„Aber so viel ... das habe ich kaum verdient."

Er umarmte sie, fuhr ihr mit einer Hand den Rücken hinab und spürte, dass sie unter dem Morgenmantel nackt war. Er presste die

Lippen auf ihren Kopf und raunte: „Du hast mir letzte Nacht das schönste Geschenk meines Lebens gemacht."

Lächelnd erwiderte sie nah an seinem Ohr: „Das Vergnügen war ganz meinerseits."

Er küsste sie auf den Mund und drückte sie an sich. „Du lernst schnell, *Querida*. Gestern noch Jungfrau und heute schon Verführerin."

„Ich hatte einen guten Lehrer."

„Dann bekommst du heute Nacht noch eine Lektion. Aber jetzt ...", er gab ihr einen Klaps auf den Po, „... muss ich mich mit meinen Männern an die Arbeit machen. Ich habe die Mannschaften von anderen Aufträgen abgezogen. Wird 'ne ziemliche Rechnung. Also, wenn wir deinen Garten fertig bekommen wollen, ehe du zu deinen Dreharbeiten abreist, dann heute. Außerdem solltest du wirklich hineingehen und dich anziehen. Es wäre ein Jammer, wenn ich meine Leute entlassen müsste, weil sie dich mit Blicken verschlingen."

An derlei Neckereien nicht gewöhnt, errötete sie heftig. Er liebte ihre Scheu. In mancher Hinsicht war sie immer noch wie ein Teenager, mit ihren langen schmalen Gliedmaßen und dem schüchternen Erröten. Und dann wieder überraschte sie ihn mit einer Reife und Weisheit, die weit über ihr Alter hinausgingen. Sie war ein vielschichtiges Wesen, mit dem ihm wohl nie langweilig werden würde. Er zog sie wieder in die Arme, legte die Hände auf ihren kleinen Po und presste sie an sich.

„Okay, hört auf damit, oder ihr riskiert da hinten einen Aufstand." Bobby schlenderte heran. Sein breiter Panamahut beschattete das lächelnde Gesicht. Zur hellen Leinenhose trug er ein mintfarbenes Hemd.

Kaum der geeignete Aufzug für Gartenarbeit, dachte Charlotte. Allerdings war er nach eigener Aussage ja nur als Berater tätig.

„Den Männern läuft bei Ihrem Anblick das Wasser im Mund zusammen", neckte er sie.

Sie lachte.

„Nett, dass du kommst", sagte Michael distanziert und ließ sie los. Sie neigte den Kopf leicht zur Seite, verwundert über die plötzliche Spannung. „Geh zu ihnen und sag ihnen, sie sollen sich um ihre Arbeit kümmern. Ich komme gleich."

Bobbys Lächeln wurde härter. „Du bist der Boss." Er verneigte sich zwinkernd vor Charlotte und ging wieder.

„Mist." Michael stemmte finster die Hände auf die Hüften.

„Was ist los?"

„Nichts. Ich muss nach den Arbeitern sehen." Er gab ihr einen flüchtigen Kuss. „Wir reden später noch über deinen appetitanregenden Aufzug."

Sie sah ihm nach, als er mit energischen Schritten zu seinen Männern und zu Bobby ging, der sich über die Skizzen beugte. Was mochte geschehen sein, dass sich die beiden Brüder so entfremdet hatten?

Ehe die Sonne sank, packten die Männer ihre Sachen zusammen und fuhren davon. Sie hatten einen ganzen Tag angestrengt gearbeitet. Bobby ging als Letzter und ließ ihr eine Hybrid-Teerose als Geschenk da.

„Gelbe Rosen stehen für Freundschaft", erklärte er und drückte ihr die Rose mit dem rosa Blütenrand in die Hand. „Die roten Rosen überlasse ich unserem Romeo hier. Ich habe mir die Freiheit genommen, ein kleines Rosenbeet in der Ecke der Terrasse anzulegen. Der Platz ist ideal. Der Duft wird zu Ihnen hinüberwehen, wenn Sie dort sitzen." Er küsste sie auf beide Wangen. „Willkommen in Kalifornien."

„Sie müssen nicht gehen", sagte sie rasch. „Ich wollte gerade

Wein anbieten. Möchten Sie nicht auf ein Glas bleiben?" Sie sah Michael an, damit er ihre Einladung unterstützte, doch der hielt sich eigenartig zurück.

Bobby warf seinem Bruder einen raschen Blick zu und erwiderte: „Danke für die Einladung, aber es ist Freitagabend, und ich habe eigene Pläne. Ich bringe nächste Woche eine Wagenladung Mulch. Falls mein Bruder mir nicht zuvorkommt. Und irgendwie habe ich das Gefühl, er tut das." Michael ignorierte die Neckerei und blickte auf seine Schuhspitzen.

Nachdem Bobby fort war, brachte sie gekühlten Weißwein und frische Erdbeeren hinaus auf die Terrasse. Das Abendrot leuchtete um die Wette mit den Farben ihres neuen Gartens. Vorhin hatten sie einen Rundgang gemacht. Sie war begeistert gewesen über die asymmetrische, informelle Gartenanlage mit Blumen, Kräutern, Büschen und ausgesuchten Bäumen, die die harten Konturen der Landschaft milderten und dem Haus schmeichelten. Eine Oase der Ruhe und Entspannung.

Auf der Terrasse standen einige große Terrakottatöpfe für Melanies Kräuter. Dann und wann wehte der Wind Düfte von Rosmarin, Lavendel oder Rosen herüber.

„Du hast zu viel Aufwand getrieben", sagte sie mit einem Blick auf ihren Garten im letzten Tageslicht. „Übertreibst du immer so?

„Nur bei dir. Ich will dich so verwöhnen, dass du für andere Männer verdorben bist."

„Das ist dir bereits gelungen. Du darfst dich auf deinen Lorbeeren ausruhen."

„Hm. Einen Lorbeerbusch muss ich noch pflanzen."

„Hör auf, das reicht. Sonst gelte ich noch als ausgehaltene Frau, und Mrs. Delaney erhöht die Miete."

Er zuckte die Achseln und schwenkte den Wein im Glas. „Dann sag ihr, es sind alles Sommerblumen. Wenn du ausziehst, verrotten sie. Sie sollte die Miete verringern, weil du ihr Anwesen verschönert hast."

„Egal, ich bin einfach nur glücklich."

„Ich auch", erwiderte er wahrheitsgemäß.

3. Teil

Liebe, die sich auf Schönheit gründet, stirbt mit ihr.
– John Donne –

11. KAPITEL

Einen herrlichen Sommer lang war Michael Mondragon alles für Charlotte, ihr erster Gedanke am Morgen und ihr letzter am Abend. Ihre Haut hatte eine gesunde Färbung angenommen, teils vor Glück, teils von vieler Gartenarbeit. Sie fuhr gern mit den Händen durch die gute schwarze Erde, so wie sie nachts durch Michaels dichtes schwarzes Haar fuhr, wenn sie sich liebten. Ihre Sinne schienen geschärft zu sein: Die Luft roch besser, die Vögel sangen lauter, und sie empfand intensiver.

Vor allem war die Frau, die ihr aus dem Spiegel entgegenblickte, keine Fremde mehr für sie. Michaels Liebe hatte sie selbstsicher gemacht und mit sich in Einklang gebracht. Wenn sie heute in den Spiegel schaute, gefiel ihr das Gesicht, das sie sah. Es war das Gesicht, das Michael liebte.

Er kam jeden Tag zu ihr. Meist werkelten sie ein wenig im Garten, bereiteten sich etwas zum Dinner, und er blieb bis spätnachts. Er war ein unersättlicher Liebhaber und zugleich ein unverbesserlicher Romantiker. Sie entdeckte, wie viel Sanftheit und Freundlichkeit in ihm steckte, was seine gewöhnlich strenge Miene und die zurückhaltende Art nicht gleich erkennen ließen. Vielleicht zeigt er diese Seiten aber auch nur wenigen auserwählten Menschen, überlegte sie oft, wenn sie ihm zusah, wie er professionell Gemüse putzte und dabei angeregt plauderte.

Es reizte sie zum Lachen, was für ein Plappermaul Michael

nach einer leidenschaftlichen Liebesumarmung sein konnte. Sie liebte ihn über alles, und eine Zukunft ohne ihn war unvorstellbar. Nie hätte sie für möglich gehalten, sich einem anderen Menschen einmal so nahe zu fühlen.

Weshalb es immer belastender für sie wurde, ihn weiter anzulügen. Je mehr er sich ihr öffnete, desto mehr verschloss sie sich. Nach einer Liebesumarmung zog Michael sie gewöhnlich in die Arme, stopfte sich einige Kissen in den Rücken und erzählte aus seiner Kindheit, von seiner Familie und seinen Ansichten. In solchen Momenten, wenn sie sich einander am nächsten fühlten, spürte sie am deutlichsten den Abgrund, den ihre Lügen aufgetan hatten.

Er erzählte, wie sein Vater Luis in einer sternenlosen Nacht durch den Fluss in die Staaten geschwommen war und eine Frau mit einem kleinen Kind vor dem Ertrinken gerettet hatte. Er berichtete, wie er als Kind jeden Samstag von seiner Mutter mit einer Mixtur aus Eiweiß und Zitronensaft eingerieben worden war, in dem Versuch, seine dunkle Haut aufzuhellen. Zu ihrem Kummer schlug die Behandlung nicht an.

Den Kopf auf seiner Brust, hörte sie ihn lachen, wenn er von seiner ungestümen Schwester Rosa sprach, die nur Hosen getragen hatte und nie Kochen oder Tanzen lernen wollte wie andere Mädchen. Sie war die Beste ihres Softball-Teams gewesen, liebte starken Kaffee und kubanische Zigarren, war ein Genie in Mathe und Naturwissenschaften und stärker als die meisten Männer, die er kannte. Sie hatte darum gekämpft, aufs College gehen zu dürfen. Doch ein Studium war für eine junge Mexikanerin, deren Lebensaufgabe immer noch darin bestand, eine Familie zu versorgen und Kinder aufzuziehen, undenkbar. Angeblich war es verschwendetes Geld. Also hatte Rosa gleich nach der High School ihren Manuel geheiratet und führte das Geschäft mit dem Vater. Als Charlotte nach Bobby fragte, wich Michael jedoch aus.

Dafür erzählte er von den Jahren auf dem College. Er hatte vernünftige Ansichten zu Umweltverschmutzung, Politik und Religion. Doch Charlotte hielt mit ihrer Meinung zu diesen Themen ebenfalls nicht hinter dem Berg, und er war ein aufmerksamer Zuhörer. Sie war immer stolz auf ihren Intellekt gewesen, um den man sie beneidet hatte. Heute, da ihre Schönheit ihre Klugheit überflügelte, war sie dankbar für jeden anregenden Gedankenaustausch. Sie debattierten gern und hitzig miteinander. Und meistens endeten ihre Diskussionen in einer leidenschaftlichen Umarmung auf dem Bett.

Wenn Michael sich nach ihrer Kindheit erkundigte, wehrte sie mit der Bemerkung ab, da gebe es nicht viel zu erzählen.

Eines Nachts war sie schon sehr nah daran gewesen, ihm alles zu beichten: dass ihr Gesicht von einem Chirurgen geformt war und nicht von Gott, dass sie sich mit ihrer Mutter überworfen hatte und dass ihre Kindheit schwer und traurig gewesen war. Die Geschichte vom hässlichen Entlein war genau ihre Geschichte.

Doch dann betonte Michael wieder, wie fasziniert er von ihrer Schönheit sei. Wie konnte sie ihm da die Wahrheit gestehen? Wie konnte sie sagen, dass ihr Gesicht nicht echt war?

So blieben die Lügen bestehen, und je mehr Zeit verging, desto mehr verfing sie sich in ihnen.

Das ging ihr durch den Kopf, als sie energisch in ihrem spätsommerlichen Garten grub. Morgen würde sie zu den Dreharbeiten für *Ein Tag im Herbst* nach Maine abreisen. Ihnen blieb nur noch der heutige Tag, bevor sie sich für Monate trennen mussten. Ihre Liebe war noch zu neu, um sie auf die Probe zu stellen. Sie würde Michael alles erzählen, wenn sie zurückkam.

„Du solltest Handschuhe tragen, oder du bekommst Schwielen an den Händen."

Charlotte erschrak und legte sich die schmutzige Hand aufs Hemd. Zugleich durchströmte sie heiße Freude, wie immer, wenn sie Michael Mondragon sah.

„Hast du mich erschreckt. Ich habe dich nicht gehört."

„Du warst in Gedanken meilenweit weg."

„Eigentlich nicht. Ich habe an dich gedacht."

Die Antwort gefiel ihm. Mit leuchtenden Augen nahm er sie liebevoll in die Arme.

Freddy konnte es kaum erwarten, Charlotte zu sehen, den Reiseplan mit ihr zu besprechen und die gute Nachricht von dem neuen Projekt zu überbringen, das er für sie an Land gezogen hatte. Die Produktion von *Ein Tag im Herbst* lief nach Plan. Und schon hatte er ein weiteres Projekt in Arbeit. Eine große Sache mit viel Geld, weit mehr als sie erwartet hatte. Wieder etwas Historisches. Charlotte war mit ihrer klassischen Schönheit prädestiniert für solche Rollen. In Verbindung mit ihrem bemerkenswert guten Ohr für Akzente, stand ihr ein Repertoire offen, das weniger talentierten Schauspielerinnen verwehrt blieb.

Dann war da noch das Drehbuch, das LaMonica ihm geschickt hatte. Es hatte Biss, war voller Action, Romantik und Humor und hatte vor allem erinnerungswürdige Charaktere. Wenn der Film dem Buch gerecht wurde, konnte es ein Kultfilm werden.

Er kam gerade von einer Besprechung mit LaMonica, die bei Kaffee und Doughnuts in seinem Büro begonnen und sich über Lunch im Ma Maison und Cocktails in der Polo Lounge hingezogen hatte. Das Buch enthielt eine Rolle für Charlotte, die sie ganz nach vorne bringen konnte. Er wusste es, und LaMonica wusste es auch. Die Frage war nur, für wie viel.

LaMonica hatte wiederholt: „Wir verhandeln auch mit Uma Thurman."

Und er hatte gekontert: „Ja, und wir verhandeln mit Begelman wegen eines anderen Projektes.“

Dieses Spielchen trieben sie immer. Er wusste, dass in LaMonicas Film Drehbuch und Regisseur die Stars sein sollten. Deshalb suchte er nach einer zwar unbekannten Schauspielerin, jedoch mit einem unvergesslichen Gesicht. Und das hatte er zu bieten.

Grinsend hielt er in Charlottes Zufahrt und zog die Bremse an. Er war von Anfang an hartnäckig an dieser Sache dran geblieben und hatte sie schließlich an Land gezogen. Als er LaMonicas Büro verlassen hatte, war alles klar gewesen. Es fehlte nur noch Charlottes Unterschrift unter dem Vertrag.

Er schnappte sich die Flasche Dom Pérignon vom Beifahrersitz, schlug die Autotür zu und eilte zum Haus. Er war so guter Laune, er hätte jubeln mögen. Als auf sein Klingeln niemand öffnete, ging er ungeduldig in den Garten.

Unterwegs sah er sich verblüfft um. Das Grundstück hatte sich seit seinem letzten Besuch gründlich verändert und sah richtig gut aus. Fensterläden und Tür waren türkis gestrichen. Am Eingang standen schöne Büsche. Und er ging auf einem hübschen, offenbar neu angelegten, gewundenen Gartenweg.

Als er um die Hausecke bog, blieb er verblüfft stehen. Hände auf den Hüften, betrachtete er den Garten, der wie ein kleiner Park angelegt war. Wen, zum Teufel, hatten die Mädchen beerbt? Er hörte ein Lachen und wandte den Kopf zur hinteren Terrasse. Unter einer Pergola kniete Charlotte am Boden und setzte eine Kletterpflanze ein. Neben ihr hockte ein dunkelhaariger Mann mit gebräunter Haut, zweifellos der Gärtner. Freddys Herz hüpfte fast, als er sie mit dem lustigen kleinen Strohhut und den Gartenhandschuhen sah. Sie war wirklich ein süßes Ding.

Er wollte schon winken und herüberrufen, als er sah, wie sie sich dem Gärtner zuwandte und ihm zärtlich ein Blatt aus den

Haaren zupfte. Sie streichelte ihm die Wange und sah ihm liebevoll in die Augen. Der Mann erwiderte den zärtlichen Blick und küsste sie leicht auf den Mund.

Freddy ließ die Hand sinken und fürchtete, ihn träfe der Schlag. Was ging hier vor? Ein bisschen mit dem Gärtner zu flirten, war ja schön und gut. Bei diesen breitschultrigen, braun gebrannten Typen wurde fast jede Frau schwach. Aber Charlotte war sein heißes neues Talent mit jeder Menge Chancen. Sie durfte sich nicht an den Erstbesten wegwerfen.

Also, warum knutschten die hier im Garten herum wie zwei Teenager im Hormonrausch?

Sein Blut geriet in Wallung. Er würde nicht tatenlos zusehen, wie seine Investition den Bach runterging. Den Champagner fest in der Hand, marschierte er los.

„Charlotte!“ rief er. „Komm zu Daddy, Baby. Ich habe gute Neuigkeiten für dich.“

Charlotte sprang auf, und er sah zu seiner Freude, dass sie verlegen errötete. Ja, dachte er bitter, in flagranti ertappt. Er steuerte mit ausgestreckten Armen auf sie zu und umarmte sie bewusst lange und innig, um ihrem Romeo klar zu machen, dass er nicht nur ein flüchtiger Bekannter war.

Charlotte entzog sich seiner Umarmung und warf Michael einen verunsicherten Blick zu. Aus den Augenwinkeln bemerkte Freddy, dass der Dunkelhaarige die Schultern gestrafft hatte und die Szene stirnrunzelnd verfolgte. Er fand, dieser Gärtner sah aus wie ein Matador, und verabscheute ihn für seine männliche Ausstrahlung. Regelrecht verhasst war ihm der Mann jedoch dafür, dass er ihn in die Rolle des schnaubenden Stieres drängte.

„Freddy“, begann Charlotte mit hoher, nervöser Stimme, „ich möchte dich mit Michael Mondragon bekannt machen, von der Gärtnerei Mondragon.“

Seine Alarmglocken läuteten. Daher kamen also die ganzen Blumen. Mist. Er sah sich um. Was hatte sie tun müssen, all das zu verdienen? Freddy streifte ihn bewusst nur mit einem Seitenblick. „Hm, ja."

Charlotte errötete, und der junge Mann betrachtete ihn unverhohlen feindselig. Freddy gab noch eins drauf, indem er ihm den Rücken zukehrte und Charlotte ansprach. „Können wir irgendwo hingehen und reden? Allein." Er warf dem anderen einen abfälligen Blick zu. „Schick deinen Gärtner heim. Es ist sowieso nach Geschäftsschluss."

„Er ist nicht mein ..."

„Ich glaube, Sie missverstehen die Situation", begann der Mann mit tiefer, drohender Stimme.

Provozierend langsam drehte Freddy sich zu ihm um und maß ihn mit einem abschätzenden Blick. Ein Trick, den er vor Jahren von einem kleinen kahlköpfigen Filmmogul gelernt hatte. Straffe Schultern und verächtliche Haltung verfehlten nie ihre einschüchternde Wirkung. „Ach ja?" fragte er gedehnt. „Und woher wollen Sie wissen, was ich missverstehe?"

Der junge Mann war jedoch nicht einzuschüchtern. Vielmehr lächelte er überlegen spöttisch, was Freddy fast zur Weißglut trieb. „Ich habe nicht die Absicht zu gehen, denn ich bin gerade erst gekommen", teilte er ihm in einer weltmännischen Art mit, die für einen Gärtner erstaunlich war. „Meine Beziehung zu Miss Godfrey ist persönlicher Natur. Sie sind es wohl, der die Geschäftsstunden einhalten sollte, und es ist ...", er blickte kurz zur rot untergehenden Sonne, „... bereits ziemlich spät. Sagen Sie bitte, was Sie zu sagen haben, und gehen Sie. Wir wollten gerade zum Dinner."

Alles, was Freddy seit dem Morgen gegessen hatte, schien in seinem Magen zu rebellieren. Sein Temperament ging mit ihm durch. Er trat auf den Mann zu, stieß ihm den Zeigefinger in die Brust und schob ihn zurück. „Hören Sie zu, Sie lausiger Latino! Ich sollte ..."

Weiter kam er nicht. Eine Hand schoss blitzartig vor und packte ihn bei den Aufschlägen. Der Mann kam mit seinem Gesicht bedrohlich nah und zischte: „Nennen Sie mich nie wieder so!"

„Michael, bitte!" flehte Charlotte. Die zitternden Hände auf seinen Schultern, versuchte sie ihn zurückzuziehen. „Bitte, lass ihn los!"

Freddy schämte sich, dass sie für ihn bettelte, hielt aber klugerweise den Mund. Hochrot im Gesicht, die Kehle fast zugeschnürt, konnte er gegen den jungen Mann kaum etwas ausrichten. Insgeheim schwor er jedoch Rache.

Michael atmete tief durch und ließ Freddys Aufschläge mit jener machohaften Geste los, in der Latinos unnachahmlich waren – eine Geste, die besagte, dass er sich schmutzig machen würde, wenn er ihn weiter anfasste.

„Fordern Sie nie jemanden heraus, wenn Sie nicht auf Gegenwehr gefasst sind", riet Michael und wandte sich ab, wie ein Matador, der dem Stier den Todesstoß versetzt hat. Freddy war tief in seinem Stolz verletzt.

„Freddy?" Charlotte kam besorgt näher. „Alles in Ordnung mit dir?"

Ihr beschämendes Mitgefühl machte ihn nur noch wütender. „Ja, natürlich", entgegnete er, stieß sie mit dem Ellbogen weg und richtete sich die Krawatte. „Was glaubst du denn? Dass dein Muskelmann da irgendein Scheißheld ist?" Er ließ seine Krawatte los und rollte die Schultern. „Servier ihn ab, bevor ich die Polizei hole."

„Ich kann nicht ..."

„Servier ihn ab!" fuhr er sie wütend an.

Michael drehte sich mit geballten Händen um. Sie vertrat ihm den Weg. „Freddy, hör auf, ihn zu provozieren!“ wies sie ihn über die Schulter hinweg an. „Geh ins Haus. Ich komme gleich zu dir. Ich muss eine Minute mit Michael reden. Bitte, Freddy“, drängte sie scharf, da er sich nicht bewegte.

Er nahm die Champagnerflasche auf, die bei dem Gerangel zu Boden gefallen war, und dachte säuerlich, dass er sie jetzt nicht öffnen konnte, weil sie sonst Schaum spritzend explodierte. Das machte ihn nur noch wütender, als er mit festen Schritten ins Haus stapfte.

Vom Küchenfenster aus sah er Charlotte mit dem Mann reden. Dabei ließ sie eine Hand über die Knopfleiste seines Hemdes wandern. Mist, dachte er und schlug mit der flachen Hand auf den Tisch. Sie beschwichtigte den Kerl auch noch. Er musste diese Geschichte beenden, und zwar rasch. Versonnen rieb er sich das Kinn, das nach einem langen harten Verhandlungstag für die Zukunft dieses Mädchens stoppelig war.

Okay, okay. Zunächst mal brachte er sie für die Dreharbeiten weg von ihrem Latin Lover. Sie hatte diese kleine, aber wichtige Rolle, die sie für einige Wochen, maximal einen Monat von ihm fern hielt. Aber danach kehrte sie zurück in ihren Garten und zu ihrem Freund. Das war nicht gut. Er musste sie mit einigen großen Namen zusammenbringen, mit attraktiven Schauspielern, die sie von diesem Macho da draußen ablenkten. Ja, vielleicht mit Johnny Depp. Der ähnelte dem Typ, und was ihm an Größe fehlte, machte er durch Starruhm wett. Charlotte war groß und biegsam. Depps Typ. Vielleicht funktionierte es. Er würde sich gleich an die Arbeit machen.

Während er zusah, beugte sich dieser Mondragon vor, küsste Charlotte fest auf den Mund und ließ die Hände besitzergreifend über ihren Körper fahren. Freddy wurde der Mund trocken vor

Verzweiflung. Er schloss die Augen und stellte sich vor, die Hände über Charlottes verführerische Kurven gleiten zu lassen. Sein Verlangen war nur ein dumpfer Schmerz in seinen Lenden und ein Fluch für ihn.

Als er die Augen aufschlug, entdeckte er im Nebenzimmer etwas, das nur eine Vision sein konnte. Er blinzelte, um das Trugbild zu verscheuchen, doch eine kleinere und kurvigere Version von Charlotte Godfrey kam auf ihn zu. Sie trug eine schlichte Pullover-Rock-Kombination aus Seide in Charlottes bevorzugter Cremefarbe. Während sie durch den schattigen Wohnraum ging, merkte er, dass ihr blondes Haar zurückgekämmt war, wie André es für Charlotte kreiert hatte. An den Füßen trug sie dieselben hohen Pumps, die er bei Charles Jourdan für Charlotte ausgesucht hatte. Verblüfft blickte er in den Garten. Dort tanzte die echte Charlotte noch immer mit ihrem Mambo-König. Doch durch die Küche tänzelte die andere, kurvenreichere Imitation auf ihn zu.

„Freddy", hauchte sie und blieb scheu diesseits der hell erleuchteten Schwelle stehen.

Er zog verblüfft die Brauen hoch. Es war Melanie Ward, aber irgendwie doch nicht. Sie hatte Haarfarbe, Make-up und Kleidung verändert und sich zu Charlotte Godfrey gestylt.

Offenbar merkte sie, wie lüstern er sie anstarrte, und unternahm nichts, das zu unterbinden. Im Gegenteil, sie lehnte sich provozierend gegen die Wand, streckte die Brust heraus und schürzte die Lippen. Sie verhielt sich, wie er es von Charlotte nie erwarten würde, es sich aber insgeheim wünschte.

Wenn er genau hinsah, erkannte er, dass das Haar weniger seidig und die Haut weniger makellos war als bei Charlotte. Jedoch war die Imitation gut genug, sich für einen Moment vorzustellen, es sei das Original.

Er trat vor, riss sie an sich und küsste sie mit der Leidenschaft, die er bei Michael gesehen hatte. Melanie stöhnte leise auf, was ihn noch mehr anstachelte. Wie von Sinnen nach der durch Mondragon erlittenen Schmach, riss er ihr ein Bein hoch, schlang es sich um die Hüfte und schob sie gegen die Wand. Sie schlug mit dem Kopf dagegen, drängte sich jedoch leidenschaftlich an ihn, ohne den Kuss zu unterbrechen. Mit wachsender Heftigkeit stieß er erregt die Hüften rhythmisch gegen ihre. Keuchend suchte Melanie seine Gürtelschnalle und öffnete sie. Er stöhnte an ihrer Halsbeuge, als sie die Hand tiefer schob, um ihn zu streicheln. Verblüfft verharrte sie, sank auf die Knie und wollte ihm den Reißverschluss öffnen. „Freddy, lass mich", bat sie leise, als er sich zurückzog. „Gib mir eine Chance."

Er zog den Bauch ein und riss ihre Hand so grob weg, dass Melanie aufschrie. Dann schob er sie mit derselben verächtlichen Geste von sich, wie Michael es bei ihm gemacht hatte.

Er schloss den Gürtel und verfluchte sich, Melanie und das Schicksal allgemein. Während seine Atmung langsam ruhiger wurde, betrachtete er Melanie im grellen, gnadenlosen Neonlicht.

Ihr Pullover war über die Brüste hochgeschoben, und ihr zerknautschter Rock lag nur noch wie ein Schal um ihre runden Hüften. Ihr Gesicht war mit verlaufender Mascara und Lippenstift verschmiert. Wie hatte er sich nur einbilden können, sie sei Charlotte? Sie war eine krasse, billige Version des Originals. Er verabscheute sie dafür, dass sie ihn in Versuchung geführt hatte.

„Freddy?" Mit Tränen in den Augen zog sie ihren Pullover herunter und suchte nach einer Erklärung. Er kannte diesen Blick und hatte ihn oft genug bei Frauen gesehen. Sie hielten es immer für ihre Schuld, und es war besser, sie in dem Glauben zu lassen.

„Das hier ist nie passiert", sagte er kühl und zupfte sich seine Manschetten zurecht. „Hast du verstanden? Ich weiß nicht, was über mich gekommen ist."

Melanie wirkte gekränkt, doch dann wurde ihr Blick hart. Sie sah auf seinen Hosenschlitz, wischte sich schniefend die Tränen unter den Augen fort und straffte sich.

„Ja?“ fragte sie und schob keck eine Hüfte vor. „Das könnte dir so passen. Was ist los? Bin ich dir nicht gut genug? Bringt ihn nur das Original hoch?“

„Halt die Klappe!“ schrie er sie an. Seine Furcht drohte ihn zu ersticken.

Melanie sah ihn lange durchdringend an, bis es ihr dämmerte. Dann überzog ein boshaftes Lächeln ihr Gesicht. „Allmählich kapiere ich. Es geht weder um Charlotte noch um mich. Gleichgültig, wie wir aussehen oder uns kleiden, wir könnten uns wie rollige Katzen an dir reiben, und es würde nichts bringen, richtig? Ich habe Gerüchte gehört, aber ich habe es nicht geglaubt.“

Er stand stocksteif. „Was hast du gehört?“

„Dass du ihn nicht hochkriegst. Nichts. Tote Hose.“ Sie lachte laut auf.

Freddy wandte sich ab, damit sie seine Panik nicht bemerkte. Er hatte teuer dafür bezahlt, dass sein Geheimnis geheim blieb. Seine Exfrau Ali war zum Stillschweigen verpflichtet worden. Dafür hatte sie fast jeden sauer verdienten Cent von ihm erhalten. Wenn seine Impotenz publik wurde, machte man sich in der Branche nur noch über den Schwächling lustig. Dann gehörte er nicht mehr zum Kreis der wichtigen Leute. Das durfte nicht geschehen. Nicht gerade jetzt, da er wieder Boden unter die Füße bekam.

„Vergiss nicht, wer ich bin“, sagte er frostig. „Halt den Mund, und ich besorge dir eine Rolle in Charlottes neuem Film. Aber ein Wort über diese Sache, und deine Karriere ist beendet.“ Er sah zu Melanie, die mit hängenden Schultern geschlagen dastand und sein Angebot erwog. „Wir wissen beide, dass die Geier bereits kreisen.“

„Fahr zur Hölle, Freddy!“

Er sah abwartend aus dem Fenster. Charlotte brachte ihren Gärtner zum Tor. Der Wind wehte ihr den Strohhut vom Kopf, und sie lief lachend hinterher wie ein Schulkind.

„Okay“, antwortete Melanie eingeschnappt. „Abgemacht.“

Freddy hörte nicht mal hin. Er war geradezu besessen von der Eifersucht auf den großen, gut aussehenden Mann, der Charlotte jetzt am Tor in die Arme nahm und sie auf die Stirn küsste. Nur jemand mit so ausgeprägter Männlichkeit brachte eine Frau selbst mit einem flüchtigen Kuss zum Beben, wie ihm das bei Charlotte offenbar gelang.

Seit über zwanzig Jahren haderte Freddy mit Gott wegen des Unfalls, der ihn impotent gemacht hatte. Der Zorn darüber fraß an seiner Seele wie ein bösartiger Tumor. Plötzlich hatte dieser Zorn ein Ziel: die selbstsichere Männlichkeit des Michael Mondragon.

12. KAPITEL

Michael stapfte durch das Herbstlaub, das ihn noch vor Wochen vor der sengenden Sonne geschützt hatte. Charlotte war fort, und sie fehlte ihm. Sie hatte einen Teil von ihm mitgenommen, den besten. Über die Sommermonate war ihre Liebe gereift, und ohne sie fühlte er sich ausgedörrt und leblos wie die Blätter, die ringsum fielen.

Er sah sich um. Erdfarben beherrschten die Gärtnerei, die für den Winter geschlossen war. Die Hilfskräfte waren abgereist und kamen erst im März wieder. Neben dem provisorischen Stand an der Straße baumelten blassgelbe Maiskolben im Wind. Er hatte den Stand aufgebaut, um Wochenendtouristen auf glänzende dicke Kürbisse, getrocknete Blumen und rote Äpfel aufmerksam zu machen, die sie zusammen mit einigen Handarbeiten und Marmeladen anboten.

Vorbei an Komposthaufen und gefüllten Schuppen ging er weiter den Weg zu dem kleinen Stuckhaus auf den Hügel hinauf mit seinen hellgrünen Einfassungen und der gelben Tür. Es hatte den besten Blick ins Tal. Sein Vater hatte es vor fünfzehn Jahren gebaut, sobald die Kinder in der katholischen Schule waren und er die Vororte verlassen konnte. Es war ein bescheidenes, fröhliches Haus voller mexikanischer Musik, den Düften aus Mamas Küche und den vertrauten Klängen der spanischen Sprache.

Michael überlegte, dass sein Vater ruhiger wirkte, seit er zurückgekommen war und das Geschäft führte. Er saß jetzt häufiger entspannt vor dem Fernseher und sprach sogar davon, mit Marta einen Urlaub zu machen – ihren ersten. Die Sorgenfalten auf seiner Stirn hatten sich geglättet, und sogar Marta lächelte häufiger und nahm sich Zeit, mit ihren Enkelkindern zu spielen.

Michael wusste jedoch, dass sich seine Zeit hier dem Ende zuneigte. Er würde bald nach Chicago zurückreisen und sein altes Leben wieder aufnehmen. Das war längst überfällig. Er wollte vor dem ersten Schneefall wieder dort sein. Er musste es nur noch seinem Vater mitteilen.

Tief durchatmend wischte er sich einige Blätter von der Jacke, trat sich, mit den Füßen aufstampfend, den Schmutz ab und betrat das Haus zu fröhlichen Willkommensrufen.

Maria Elena zog ihn lachend an der Hand zum Kamin. „Schau, Tío Miguel." Ihre Wangen waren gerötet vor Aufregung oder von der Hitze der Flammen. „Abuelo Luis hat das erste Feuer gemacht."

„Mir zu Ehren", informierte ihn sein elfjähriger Neffe Cisco mit stolzgeschwellter Brust. „Weil ich Geburtstag habe." Der Duft von Kastanien durchzog den Raum. Papa und Manuel saßen am Tisch, tranken Bier und spielten Karten. In der Küche bereiteten Mama und Rosa das Essen vor. Nicht selten kamen Onkel und Tanten mit Nichten, Neffen und zahllosen Cousins zu Besuch aus Mexiko. In diesem Haus waren alle willkommen.

Bobby war noch nicht da. Michael rieb sich die Hände vor dem Kamin. Er bedauerte, dass Bobby sich während des Sommers nicht nur von ihm zurückgezogen hatte, sondern von der gesamten Familie. Vielleicht befürchtete er, dass die Wahrheit ans Licht kam, und mied das Risiko, indem er sich fern hielt. Dass Bobby seiner Verschwiegenheit offenbar nicht traute, kränkte ihn. Geradezu verärgert war er aber, weil Bobby so selten kam. Mama vermisste ihn beim Sonntagsdinner.

„Wo bleibt Roberto?" fragte seine Mutter besorgt und sah aus dem vorderen Fenster. Wieder trug sie eine Schüssel zu dem langen Holztisch. „Seit seinem letzten Besuch sind Wochen vergangen."

„Er kommt schon, Mama", rief Rosa. „Er weiß, dass Cisco Geburtstag hat. Er wird die Feier nicht versäumen."

„Meinst du?“ raunzte Luis. „Er hat kein *respeto*. Er liebt seine wilde Lebensstil mit seine Malerfreunde in Los Angeles. Durchmachen die ganze Nacht, in Bars gehen. Er ist ein Nichtsnutz. Er sollte sich besser benehmen, wenn er kommt her und ist zusammen mit den Kleinen. Manuel und Rosa, sie bringen Kindern bei, Respekt zu haben vor Familie und unsere Tradition.“ Mit einer brüsken Geste befahl er: „Geh weg von Fenster, Marta.“

„Der Seele Fenster bleibt versperrt ...“, flüsterte Michael auf Englisch.

Luis sah ihn argwöhnisch an. „Was murmelst du da in deine Englisch?“

„Bobby ist erwachsen und fähig, sich seine eigenen Freunde zu suchen“, erwiderte Michael ruhig und starrte ins Feuer. „Wenn wir schon von Respekt reden, dann sollten wir auch seine Wahl respektieren.“ Er betrat gefährliches Terrain und wusste es.

Sein Vater sah ihn durchdringend an und versuchte die Bedeutung dieser Bemerkung einzuordnen. „Er hat nicht gewählt uns, seine Familie“, polterte er und schlug sich auf die Brust. „Er ist Fremder für seine Eltern.“

„Er ist, wie er immer war“, wandte Marta leise ein, „ein guter und loyaler Sohn.“

„Loyal? Wie kannst du sagen so? Ist er jetzt hier zu Ciscos Geburtstag? Arbeitet er in Familienbetrieb wie seine Schwester und sein Bruder? Nein!“ donnerte er. „Er hat Wahl getroffen, nur zu arbeiten in Sommer. Weil er braucht das Geld, nicht weil wir brauchen ihn. Er hat Wahl getrofffen, in Stadt zu leben und Wände anzumalen mit seine Freunde, die haben blaue Haare und weiche Hände. Dazu ich habe meine Sohn nicht erzogen. Er ist der Älteste, er sollte besser sein wie der Jüngere.“

Michael schüttelte stöhnend den Kopf. „Nein, Papa, hör doch auf.“

„Was? Die Wahrheit sagen? Du bist fuerte und formal." Er hob die Hand und zählte es an den Fingern ab.

„Cisco, Maria!" sprach Michael die Kinder an. „Geht und seht euch einige Minuten das Fernsehprogramm an. Ich möchte mit eurem Großvater reden."

Er musste seinem Vater jetzt mitteilen, dass er bald abreiste. Offenbar glaubte Luis, mit seinem ständigen Drängen, er solle bleiben, Erfolg gehabt zu haben. Doch sein Entschluss zu gehen stand fest, selbst wenn das zu einem Riss durch die Familie führte, breiter als der Sankt-Andreas-Graben. Es grummelte bereits, das Erdbeben war überfällig.

„Ich will nicht Fernsehen gucken", widersprach Cisco und drängte sich mit Schmollmiene an Michael. „Ich will bei dir bleiben."

Manuel sah von den Karten auf und befahl seinem Sohn barsch auf Spanisch, seinen Onkel in Ruhe zu lassen. Cisco drängte sich rebellisch nur noch enger an Michael. „Ich kann bleiben, wenn ich will, es ist mein Geburtstag!" Das war offener Widerstand, zu Michaels Zeiten undenkbar.

Manuel sprang zornrot auf, warf den Tisch um und verstreute die Karten. Cisco duckte sich, und Michael legte ihm schützend einen Arm um die Schultern. Dabei fiel sein Blick auf Ciscos Arme, die von blauen Flecken verunziert waren.

„Ist schon in Ordnung", erwiderte er ruhig und verbarg seine Empörung. Er verabscheute Gewalt gegen Kinder. Er hatte als Junge häufig den Riemen zu spüren bekommen und duldete keine Prügelstrafen. Er wusste, dass Manuel ein hitziges Temperament und eine harte Hand hatte.

„Riskiert der Junge wieder eine Lippe?" rief Rosa aus der Küche. Ihr Zorn war unüberhörbar, und Michael spürte Cisco zittern. Wenn Rosa schlechte Laune hatte, verharrten sogar die Fliegen an der Wand.

„Lass ihn!“ rief Michael zurück. Dann wandte er sich an Manuel. „Ich lese ihm eine Geschichte vor, während ihr euer Kartenspiel beendet. Mit Papa rede ich später.“

„Wie du willst.“ Manuel warf seinem Sohn einen warnenden Blick zu. „Du musst Erwachsene respektieren“, fügte er hinzu.

„Genug“, befand Luis und forderte Manuel mit einer einladenden Handbewegung auf, sich wieder zu setzen. „Hör auf zu stören, ja? Wir spielen Karten. Marta, beeil dich mit Dinner. Ich bin hungrig. Danach wir essen großen Kuchen, ja? Ich liebe Süßes, und ich hole heraus Zigarren für Geburtstag von deine Sohn. Komm, Manuel, beenden wir Spiel. Überlass Kinder den Frauen.“

„Rosa!“ rief Manuel und imitierte im Ton seinen Schwiegervaters. „Sei zur Abwechslung eine gute Frau und leg für die Kinder noch ein paar Kastanien auf den Grill. Und mach ein bisschen Musik, ja?“

Rosa tötete ihren Mann geradezu mit Blicken, tat aber aus Respekt vor ihrem Vater, worum sie gebeten wurde.

Michael merkte, wie Cisco ihn langsam losließ, und las Triumph in seinem Blick. „Du kleiner Teufel“, flüsterte er ihm zu und umarmte ihn fest. Zu Hause würde es sicher noch Prügel setzen. Ein paar Schläge mit dem Gürtel waren das Mindeste für seine Aufsässigkeit. Aber Cisco würde den Schmerz nicht spüren, das wusste Michael. Oft genug hatte er mit seinem Vater dieselbe Szene durchexerziert. Und nachher am späten Abend würden sie wieder in die alten Rollenmuster verfallen: der unnachgiebige Vater und der widerspenstige Sohn. Doch diesmal würde der Schlagabtausch heftig sein, und sie würden den Schmerz beide spüren.

„Feliz Cumpleaños!“ Bobby riss die Tür auf, einen großen Karton auf den Armen. „Wo ist das Geburtstagskind?“

Cisco sprang auf, sein Geschenk anzunehmen. „Nintendo! Wow, danke, Tío Roberto!“

Aus den Lautsprechern erklang mexikanische Musik, Marta klatschte freudig in die Hände, und die Kinder quiekten, bis Tío Roberto das Paket öffnete. Der Augenblick der Anspannung verflog, Roberto kehrte erfolgreich in den Schoß der Famiie zurück, und das Dinner wurde serviert. Nur eine Vier auf der Richterskala, dachte Michael, ein kleineres Erdbeben.

Nach dem Dinner folgte Michael seinem Schwager hinaus und schloss die Tür hinter sich.

„Auf ein Wort, Manuel", sagte er und holte ihn an seinem roten Mercury ein.

Manuel schloss leicht vorgebeugt die Wagentür auf und blickte erstaunt über die Schulter. Sofort richtete er sich respektvoll wieder auf. Vermutlich, weil ich sein Boss bin, dachte Michael. „Ich möchte mit dir über Cisco sprechen."

„Eijei", stöhnte er, lächelte aber dabei. „Das Bürschchen ist vielleicht 'ne Hand voll. Erst elf und weiß schon alles besser. Zu allem hat er eine Meinung."

Michael betrachtete ihn. Anscheinend war Manuel stolz auf seinen Sohn. Er räusperte sich und sagte vorsichtig: „Mir scheint, er hat zu viele blaue Flecke."

Manuels Miene verfinsterte sich, doch er schwieg.

„Ich weiß, du denkst vielleicht, es geht mich nichts an, aber es geht mich etwas an. Ich will nie wieder blaue Flecke an dem Jungen oder an Maria Elena entdecken. Falls doch, ziehe ich dich zur Rechenschaft."

Manuels Gesicht lief rot an vor unterdrücktem Zorn.

„Manuel, ich weiß, die Kinder brauchen Disziplin. Wenn es denn sein muss, gib ihnen einen Klaps auf den Hintern. Aber sie mit Gürteln und Ähnlichem zu schlagen ist das Werk von Feiglingen."

Manuels Miene war hart, doch er blieb stumm. Schließlich nickte er knapp, öffnete die Wagentür und stieg ein. Michael trat zurück, da Kies und Erde aufspritzten, als der Wagen davonfuhr. Er sah ihm nach, bis die Lichter in der Zufahrt verschwanden.

Bobby kam näher, seine Schritte knirschten auf dem Kies. „Worum ging's?"

„Ach, ich habe nur versucht, ein Verhaltensmuster zu ändern."

„Apropos ... Rosa hat mir erzählt, was du vorhin zu Papa gesagt hast." Er blickte in die Dunkelheit und räusperte sich. „Danke, *hermano*."

„Nichts zu danken."

„Ach, Michael, hör dir bloß an, wie förmlich wir daherreden. Bei dir kann ich das ja verstehen, aber was ist aus mir geworden? Ich werde ja schon so stoisch wie du!"

Förmlich bedeutete in der mexikanischen Kultur, ruhig und gesetzt zu sein. Frauen durften temperamentvoll und schwatzhaft sein. Männer durften Geschichten erzählen und lachen, waren aber niemals schwatzhaft. Sie waren förmlich und gaben Acht auf ihre Wortwahl.

„Du verstehst das völlig falsch", erwiderte Michael humorvoll. „Ich spreche nur nicht so fließend Spanisch wie ihr."

Bobby kicherte, und beide wussten, das stimmte nicht. Sein Spanisch war durch ständige Übung in den letzten zweieinhalb Jahren wesentlich besser geworden.

„Scheinbar haben sie dir in deinem feinen College ja doch was beigebracht. Rosa sagte mir, du hast heute Abend Blake zitiert."

„Das hat sie dir erzählt?"

Bobbys Augen blitzten fröhlich. „Papa hat mich beiseite genommen und gefragt, was du mit diesem Zitat gemeint hast. Ich habe fast laut losgelacht. Aber stattdessen erwiderte ich, ich wüsste es nicht, und das hat er leider sofort geglaubt."

Er lachte herzhaft, und Michael stimmte ein. Dann breitete er theatralisch die Arme aus und zitierte: „*Der Seele Fenster bleibt versperrt, dass alle Himmel es verzerrt, und lässt euch einer Lüge glauben, seht ihr mit, nicht durch die Augen.*“ Nach einer Pause fügte Bobby ernst hinzu: „Wenn ich das lese, muss ich immer an Papa denken.“

„Bobby, es tut mir Leid.“

„Was, dass Papa und ich uns entfremdet haben?“

„Nein, dass wir uns entfremdet haben.“

„He, ist nicht deine Schuld.“

„Wessen dann? Es ist meine Schuld, und ich bedaure es. Ich hätte mich schon längst entschuldigen sollen, aber du musst zugeben, dass du es mir nicht leicht gemacht hast.“ Er senkte den Kopf und stieß die Schuhspitze in den Kies. „Ich wusste nicht, was ich sagen oder tun sollte. Ich kam mir vor, als hätte ich dich irgendwie im Stich gelassen. Mir kamen verrückte Gedanken wie, ich hätte mehr mit dir zusammen sein oder dich mit Mädchen verkuppeln sollen.“ Er fuhr sich mit einer Hand durchs Haar.

„Michael“, begann Bobby, legte den Kopf zurück und atmete tief durch. „Miguel, wir waren schon in der Jugend verschieden. Als du von Mädchen geträumt hast, träumte ich von Jungs.“

Schweigend sah Michael die Wolken vor dem Mond vorüberziehen und erklärte nach einem Moment: „Mama sagte heute Abend, dass du so bist, wie du immer warst. Und irgendwie stimmt das. Ich weiß nicht, warum deine Homosexualität so schwer für mich zu akzeptieren war. Aber du sollst wissen, ich akzeptiere sie. Es ändert nichts. Du bist mein Bruder, und ich liebe dich.“

Er sah Bobbys Rührung und umarmte ihn fest. Sie waren durch gemeinsame Erinnerungen und denselben Namen verbunden. Was machte es da schon aus, von wem man träumte?

„Du jedenfalls solltest von Charlotte träumen", sagte Bobby, als er sich, glücklich über die Versöhnung, von ihm löste.

Michael dachte an den sentimentalen Abschied von Charlotte am Flughafen. „Träume sind wirklich alles, was mir im Moment bleibt. Sie ist weg. Es ist ihr zweiter Film, eine historische Geschichte. *Ein Tag im Herbst.* Im letzten Film hatte sie nur eine Nebenrolle, aber das hier ist eine Hauptrolle, da kommt ihr Talent voll zur Geltung. Sie war ganz aufgeregt, und die Filmleute sind begeistert von ihr. Sie bekommt viel Geld. Ihr dritter Film ist bereits in Planung. Das wird eine noch größere Sache."

„Junge, Junge, das geht aber schnell. Wie lange wird sie fort bleiben?"

„Ich weiß nicht genau. Sie ist schon etliche Wochen weg. Vielleicht noch einen Monat."

„Ich frage das nicht gern, aber ist alles in Ordnung mit euch beiden? Ich meine, ich habe ihr Bild einige Male in den Klatschblättern gesehen, immer zusammen mit diesen tollen Filmpartnern. Der eine knutschte sie ab. Seid ihr eigentlich noch zusammen oder was?"

Michael nickte brüsk. „Das ist alles nur Publicityrummel, Bobby. Ihr Agent bringt sie mit diesen Filmgrößen zusammen, damit die Presse Notiz von ihr nimmt. Es soll ein bisschen Wirbel um sie geben. Und es funktioniert. Auch wenn sie nicht filmt, ist sie oft auf Partys, zu Dinners oder bei irgendeinem Studioboss zu Hause. In ihrem neuen Film ist der Frauenschwarm Brad Sommers der Star. Charlotte sagte mir, Walen habe arrangiert, dass sie viel mit ihm in der Öffentlichkeit gesehen wird. Das ist alles harmlos, aber ..."

Er machte eine Pause und fügte hinzu: „Es gefällt mir nicht. Ich glaube ihr, wenn sie sagt, das sei alles nur Geschäft. Sie empfindet das wohl so. Doch machen wir uns nichts vor. Wir sprechen hier von Charlotte Godfrey. Mir ist schon klar, dass diese Typen sie attraktiv finden. Ich könnte jeden umbringen, der sie anfasst."

„Nur die Ruhe, Junge. Eifersucht bringt dich nicht weiter." Bobby lehnte sich gegen die Verandabrüstung und überlegte: „Eigentlich sollte mir die Sache Spaß machen, nach den vielen Mädchen, die ich auf der High School deinetwegen trösten musste."

„Die haben mir nichts bedeutet."

„Charlotte schon?"

„Was glaubst du wohl?"

„Warum begleitest du sie dann nicht auf diese Partys? Pfundweise Kaviar und jede Menge Champagner. He, ich wäre sofort dabei."

„Dieser Freddy Walen ist ein Mistkerl. Er tut alles, Charlotte gegen mich aufzubringen. Ich weiß nicht, ob aus Eifersucht oder Voreingenommenheit. Jedenfalls stehe ich nicht auf seiner Liste akzeptabler Begleiter."

„Er will nicht, dass sein hübscher Star mit einem Latino ausgeht? Ist es das?" Er bemerkte die Zornesröte in Michaels Gesicht und ließ das heikle Thema fallen. „Wichtig ist nur, was Charlotte denkt, und sie kommt mir nicht sprunghaft oder wankelmütig vor."

„Sie lässt sich von diesem Walen sehr beeinflussen. Er hat sie irgendwie unter Kontrolle. Es ist zum Aus-der-Haut-Fahren. Sie hört auf ihn und macht, was er für richtig hält. Angeblich haben sie irgendeine Vereinbarung."

„Einen Pakt mit dem Teufel, was? Der klassische Fall, Bruder. Wenn ich du wäre, würde ich sie festhalten."

„Das habe ich vor. Aber es liegt nicht allein an mir, oder?"

„Klar doch, kämpfe um sie. Du leidest immer noch unter der verrückten Vorstellung, du müsstest dich den von dir bevorzugten blonden protestantischen Mädchen der Oberschicht würdig erweisen."

Michael schmunzelte. „Sie ist Katholikin."

„Ein Punkt für unsere Seite, aber das Problem bleibt dasselbe."

Michael fragte finster: „Wie konkurriert man mit Ruhm, Geld und Millionen verehrender Fans?"

„Durch Liebe, Bruderherz. Durch schlichte Liebe."

„Wir werden sehen."

„Wo ist sie jetzt?"

„Am Drehort, in Maine. Irgendwo an der Küste."

„Fahr zu ihr, Mann. Nimm sie in die Arme, geh mit ihr in die Koje, mach ihr klar, was euch verbindet. Gib mir fünf Minuten, kleiner Bruder, und ich kann dir tausend romantische Vorschläge machen. Frauen suchen und brauchen Romantik."

Michael war offensichtlich in Gedanken weit weg. „Danke, Bobby, aber das ist nicht mein Stil."

Bobby hüstelte. „Richtig", bestätigte er frustriert, „dein Stil, wie du es nennst, ist es, dazusitzen und abzuwarten. Und abzuwarten und abzuwarten. Du bist todlangweilig mit deiner elenden Geduld."

Michael lächelte nur. Wenn er Bobby darauf antwortete, kam der nur noch mehr in Fahrt. Nein, er war entschlossen hier zu bleiben. Charlotte sollte heimkommen zu ihm. Außerdem hatte er im Moment andere Sorgen.

„Ich habe letzte Woche mit meiner Firma in Chicago telefoniert. Sie werden mir meine Stelle nicht über das Jahresende hinaus offen halten. Ich kann es ihnen nicht verübeln, Geschäft ist Geschäft. Sie müssen ihre Termine halten. Wenn Charlotte und ich zusammenbleiben wollen, finden wir einen Weg, uns zwischen Kalifornien und Chicago zu treffen."

„Du willst weg?" fragte Bobby. „Nach Chicago? Wann hast du

denn das beschlossen? Ich dachte ... na ja, wir alle dachten, du würdest bleiben."

Michael straffte sich und sah seinen Bruder verwundert an. „Bleiben? Hier? Ich wüsste nicht, warum. Ich habe von Anfang an klar gesagt, dass ich maximal zwei Jahre bleibe. In wenigen Wochen ist die dritte Saison vorbei. Ich habe mein Versprechen mehr als erfüllt."

Er dachte an das Telefonat mit seinem Kollegen in Chicago. Todd hatte ihn ganz heiß gemacht auf den neuen Großauftrag.

„Mein Architekturbüro hat einen Aufrag für ein neues Wohnprojekt im Gebiet von River North", erklärte er. „Eine riesige Sache, und sie wollen mich dabeihaben." Seine Augen strahlten vor Begeisterung. „Das konnte ich nicht ablehnen. Ich bleibe noch über Weihnachten. Vielleicht aber auch nicht, je nachdem, wie Papa reagiert."

Bobby schwieg, und Michael wunderte sich über seine besorgte Miene. „Was ist? Es kann dir doch nicht Leid tun, dass ich abreise. Du bist im Winter sowieso kaum hier. Und Rosa ... Ha, sie zählt die Tage, bis ich weg bin."

Bobby ließ die Bierflasche zwischen zwei Fingern baumeln. „Ich hatte gehofft, du würdest bleiben. Ich habe dich gern als Boss. Ich ... ich wollte schon anfragen, ob du mich auch über die Winterzeit anheuerst."

Michael zog verwundert die Brauen hoch. „Für den Winter? Du hältst es doch schon im Sommer kaum hier aus, geschweige denn im Winter. Und im Sommer arbeitest du auch nur wegen des zusätzlichen Geldes. Was ist los? Keine Wandmalereien mehr?"

Bobby lächelte traurig. „Kannst du noch mehr Geheimnisse verkraften?"

Michael wurde unbehaglich zu Mute. „Habe ich eine Wahl?"

„Ja, hast du."

Eigentlich wollte er keine Geheimnisse mehr hören, doch er spürte Bobbys Kummer und kam näher. „*Dígame, Roberto*“, forderte er ihn in ihrer Muttersprache auf.

Bobby nahm seinen Mut zusammen. „Ich bin HIV-positiv.“

Michael war wie benommen. Vielleicht fühlte man sich so, wenn man von einer Kugel getroffen wurde: ein Schlag, ein Brennen, Schock.

„Aids“, wiederholte er. „Ehrlich gesagt, weiß ich nicht genau, was das heutzutage bedeutet.“ Er sah auf seine Hände.

„He, lass uns nicht so tun, als wäre es die Grippe. Was ich mir eingefangen habe, bekommt man nicht durch Schnupfen oder Husten. Oder hast du je erlebt, dass die Grippe gesunde junge Männer zum Skelett abmagern und dahinsiechen lässt?“

„Du hast Aids“, wiederholte Michael, ohne auf Bobbys Scherz einzugehen. Er wollte das richtig verstehen. „Aber du hast noch keine Symptome.“

„Doch, habe ich.“

Michael atmete langsam aus mit dem Gefühl, ein Teil seines Herzens sterbe ab. „Ich habe es irgendwie geahnt“, gestand er traurig, „aber gehofft, ich würde mich irren.“

Bobbys Verfall in den letzten Monaten war unübersehbar gewesen. Sein Haar war dünn geworden, er war kurzatmig, und die Mutter riet ihm ständig, mehr zu essen. Über den Sommer war Bobby um Jahre gealtert.

„Da draußen grassiert eine Seuche, Michael. Mein Partner starb letzten Frühling. Viele Freunde sind bereits tot. Leute, die ich von Partys kannte, verschwanden einfach. Ich redete mir ein, sie seien fortgezogen, aber ich weiß, es gibt sie nicht mehr.“

Michael unterdrückte die aufsteigende Panik. „Aber ich habe von neuen Therapien gehört. Von Forschung.“

„Ja, gut, es gibt experimentelle Behandlungen und Gerüchte über Wunderkuren."

„Dann machen wir sie. Wir versuchen alles. Geld spielt keine Rolle."

Bobby lächelte schwach und nahm das Wir dankbar zur Kenntnis. „Ich brauchte eine Weile zu akzeptieren, dass Aids nicht zwangsweise ein sofortiges Todesurteil bedeutet. Ich habe Freunde, die verschiedene Medikationen versuchen und händeweise Pillen schlucken, die bei ihnen nicht anschlagen. Sie werden immer kränker und haben Angst, dass sie nicht überleben. Bei mir ist das anders, ich habe Angst, dass ich überlebe."

Michael atmete nur tief durch, unfähig, etwas zu erwidern. Er hatte keine Erfahrung mit dieser Art von Schmerz und Angst. Was wusste er als normaler Mann schon von den Sorgen und Nöten eines aidskranken Homosexuellen? Er merkte plötzlich, wie wenig er über Bobby und sein Leben wusste.

„Wie hieß er?" fragte er. „Dein Partner?"

„Scott", erwiderte er leise. „Und danke, dass du fragst." Er räusperte sich. Als er wieder sprach, war seine Stimme brüchig vor Rührung. „Er war sehr lange krank. Als er starb, war er zu einer hundertdreißig Pfund schweren Hülle abgemagert, kahlköpfig und schwach. Du hättest ihn sehen sollen, als er gesund war. Mein Gott, sah er gut aus. Ein Bodybuilder, der sich gesund ernährte und Nächte durchtanzen konnte."

Michael legte ihm eine Hand auf die Schulter. Bobby ließ den Kopf sinken. „Ich habe mein Bestes getan, ihn zu pflegen", sagte er mit tränenerstickter Stimme. Nach einem Moment straffte er sich, unwillig, mehr von dieser privaten Tragödie preiszugeben. Michael nahm die Hand fort, und Bobby wischte sich rasch die Augen. Leise fügte er hinzu: „Weißt du, was seine letzten Worte waren? ‚Sag meinem Vater, dass ich ihn hasse.'"

Michael erkannte an Bobbys unnachgiebiger Haltung, dass er ihren Vater niemals um Hilfe angehen würde. „Was kann ich tun?“

„Nichts.“ Die Antwort kam rasch. Er war gut in Selbstschutz. „Du kehrst nach Chicago zurück.“

„Komm mit. Ich kann dir Jobs besorgen. Du kannst dort Wände bemalen.“

„Ach, Miguel.“ Plötzlich wirkte er sehr alt und müde. Seine knochigen Schultern sanken, die großen braunen Augen waren rot gerändert, und das einst dichte Haar war jetzt struppig und schütter und stand in alle Richtungen ab. „Ich kann nicht mehr malen. Ich bin zu schwach. Du hast keine Vorstellung, wie anstrengend Wandmalerei ist.“ Er sah auf seine langen skelettartigen Finger mit den brüchigen Nägeln. Traurig erinnerte Michael sich, wie eitel Bobby immer wegen seiner Hände gewesen war, und hatte große Angst um ihn.

„Es geht mir nicht so gut“, gestand Bobby und blinzelte in die Ferne, als blicke er in einen dunklen Tunnel. „Alles entgleitet mir. Ich habe die meisten Aufträge verloren. In letzter Zeit bringe ich kaum noch die Energie auf, etwas zu tun. Das Essen bekommt mir nicht mehr. Mir, dem großen Gourmet. Ich ernähre mich von Tomatensuppe und trockenem Toast. Meine Zähne sind schlecht, und mein Atem ist noch schlechter. Meine Kleidung sitzt miserabel, und ich habe nicht das Geld für neue.“ Er schüttelte den Kopf. „Ich bin ein Wrack ...“

„Ich will gar nicht so tun, als könnte ich das alles nachempfinden“, erwiderte Michael, besorgt über Bobbys Verzweiflung. Eindringlich fügte er hinzu: „Aber du darfst nicht aufgeben. Wir besorgen dir alle notwendigen Medikamente. Du beginnst mit dieser experimentellen Therapie. Du musst hoffen. Ich werde für dich da sein. Du musst das nicht allein durchstehen.“

Bobby winkte ab. „Ich komme schon klar. Ich habe Freunde

und meine Unterstützergruppe. Wirklich, ich komme zurecht. Mach dir um mich keine Sorgen."

„Natürlich mache ich mir Sorgen. Wie bezahlst du die Medikamente? Sie sind teuer."

„Sehr sogar. Das ist der Punkt. Ich habe fast alles verkauft, was ich besitze. Meine Wohnung steht zum Verkauf."

„Mama wird dich aufnehmen. Und ich kann dir Geld schicken."

„Mit Papa leben? So stark bin ich nicht, das würde ich nicht überstehen."

„Aber wohin willst du gehen?" Bobbys Schicksal belastete ihn sehr.

„Vergiss es einfach. Es ist nicht dein Problem. Du kehrst nach Chicago zurück. Ich komme schon zurecht. Es war nur so eine Idee."

Michael lehnte sich nachdenklich an die Brüstung. Die Entscheidung, die er treffen musste, war nicht leicht. Er konnte Bobby jedoch unmöglich allein lassen. Er würde bleiben, ihm einen Job geben und für ihn sorgen, wenn er kränker wurde.

Ich Idiot, dachte er und begann zu Bobbys Verwunderung zu lachen. Ich treffe gar keine Entscheidung, das Schicksal gibt sie mir vor. Wo ich meine Zeit verbringe, ist völlig unwichtig, entscheidend ist das Wie.

Er umarmte seinen Bruder und gab ihm einen Klaps auf den Rücken. Bobbys Erkrankung hatte ihre Bindung nicht geschwächt, sondern gestärkt. „Bobby", sagte er nach einem zweiten festen Klaps, „du hast deinen Vater gerade zu einem sehr glücklichen Mann gemacht."

„Meine Söhne!" rief Luis und breitete die Arme aus, um Michael und Bobby zu umschließen. „Kann das wahr sein? Welt, nimm dich in Acht, die Mondragons nicht sind zu schlagen. Wir sind vereint!“ Er umarmte sie, und der konsumierte Champagner machte ihn sentimental. „Siehst du, Marta, deine Gebete an Jungfrau, sie wurden erhört. Erst ein Sohn kehrt zurück“, er schlang einen Arm um Michael, „dann der andere.“ Er legte den anderen Arm um Bobby und zog ihn an sich. „Und Rückkehr von verlorene Sohn bringt Vater große Freude, no? Steht in Bibel, seht nach.“

Bobbys Augen glitzerten feucht. Und Luis, überwältigt von Neuigkeiten und Alkohol, schluchzte lächelnd.

Marta stand neben ihnen, nickte und schwieg. Tränen liefen ihr über die schmalen Wangen, als sie die Männer sich umarmen sah. Manuel trank sein Bier aus und knallte die Karten auf den Tisch. Rosa sah ihren Mann den Raum verlassen, warf das Küchentuch zu Boden und ging ebenfalls.

Michael folgte ihr in die Küche, wo sie ihren Mantel und die Spielsachen der Kinder holte.

„Du glaubst, du würdest wieder übergangen, nicht wahr?“

„Ich glaube es nicht, ich weiß es. Hier ändert sich nie etwas!“ Sie funkelte ihn zornig an. „In dieser Familie hat es immer nur zwei Kinder gegeben: Roberto und Miguel, die wertvollen Söhne. Ich wurde geboren, um Mama in der Küche zu helfen.“

„So ist das nicht.“

„Warum bleibst du?“ schrie sie voller Zorn und Kummer. „Du wolltest abreisen. Zwei Jahre hattest du gesagt. Du hast es versprochen! Was ist passiert, das zu ändern? Warum musst du bleiben und mein Leben und das von Manuel ruinieren?“

„Es gibt gewisse Umstände, das kannst du jetzt nicht verstehen. Aber ich verspreche dir, ich bleibe nicht, um dir oder Manuel zu schaden.“

„Was weißt du schon, was uns schadet?“ Sie wischte sich

schniefend die Augen. „Fahr zur Hölle, Miguel! Und nimm Bobby und Papa mit. Lasst mich einfach in Frieden."

„Rosa ..."

„Ich sagte, lass mich in Ruhe!" keifte sie und schlug ihm auf die Hand. „Sorge nur dafür, dass du die Lohnschecks rechtzeitig ausschreibst."

Großer Gott, dachte er und wischte sich mit einer Hand über das Gesicht. Was sind wir doch für eine große, glückliche Familie. Hände auf den Hüften, überlegte er weiter, dass er vorläufig in jedem Fall bleiben musste. Es gab einiges zu regeln. Dazu brauchte er Stärkung.

Seine Miene hellte sich auf, als ihm Bobbys Vorschlag einfiel. Ja, warum eigentlich nicht? Wenn ihm ein paar Monate Hölle bevorstanden, hatte er ein paar Tage Himmel verdient.

13. KAPITEL

Charlotte starb mehrmals an diesem Tag.

„Schnitt!“ Der Regisseur riss sich die Baseballkappe vom Lockenkopf und wischte sich mit dem Arm die Schweißperlen von der Stirn. „Gut, Charlotte, mach eine Pause. Wir versuchen es in einigen Minuten noch mal.“ Er sprach leise, als versuche er, einen Zornausbruch zu unterdrücken.

Dann ging er wie ein wütender Stier auf Melanie los, die nervös auf ihren hohen Hacken neben Charlotte auf und ab trippelte. Dank der ungewöhnlich warmen Oktobersonne schwitzten sie beide in ihren Hausmädchenuniformen des neunzehnten Jahrhunderts aus schwarzer Wolle und weißer Baumwolle.

„Melanie, du bist eine Idiotin!“ schnauzte er sie, für ihn untypisch, an. Normalerweise war George Berman ein freundlicher, angenehmer Regisseur, der seine Schauspieler ermutigte, ihren eigenen Weg durch die Szene zu finden. Melanie jedoch hatte seine Geduld mit ihrem täppischen Auftritt überstrapaziert. Seine und die aller Kameraleute, Schminkkünstler und Kostümdesigner, ganz zu schweigen von den Leuten für die Spezialeffekte.

Sie hatte nur eine sehr kleine Rolle mit ein paar Zeilen Text in einer früheren Szene und vier Zeilen in dieser Todesszene, doch das schien sie zu überfordern. Charlotte glaubte zwar nicht, dass George es Melanie einfacher machte, indem er sie nach der letzten geschmissenen Szene eine Idiotin schimpfte, aber sie konnte ihn verstehen. Melanie hatte nichts weiter zu tun, als zu ihr zu eilen, nachdem sie von ihrem Liebhaber niedergeschossen worden war, und sie zu halten, während sie anmutig ihr Leben aushauchte. In der letzten Stunde war sie bereits fünf Mal zu Boden gegangen. Bei den letzten drei Malen war dabei jeweils eine kleine Phiole mit Kunstblut aufgegangen und hatte ihr Kleid getränkt.

George rief die Kostümbildner herbei und zeigte auf Melanie. „Sie sieht wie eine kokette Nutte aus, wenn sie aus dem Haus rennt. Zieht ihr diese verdammten Schuhe aus. Was? Es ist mir egal, ob sie barfuß geht. Hindert sie nur daran, herumzuhopsen, als wäre das eine verdammte Tanznummer!"

Rot vor Scham, ließ Melanie sich von zwei Kostümassistenten fortführen und entschuldigte sich bei George, Charlotte und allen Anwesenden.

Charlotte begab sich seufzend in den Schatten eines alten, herbstlich leuchtenden Ahornbaumes. Gegen die raue Rinde gelehnt, rieb sie sich die neuen blauen Flecke auf Armen und Beinen. Ein leichter Kopfschmerz begann in ihren Schläfen zu pochen. Einer von der Sorte, der dann tagelang nicht nachlässt. In letzter Zeit wurde sie häufiger von diesem seltsamen Schmerz geplagt. Ihr fehlten ihr Zuhause, Michael und die Ruhe, die sie in seinen Armen fand.

Hier hatte sie kaum einen Moment für sich. Ständig wurde sie von Assistenten umringt, die ihr Kostüm, Haare und Make-up richteten. Dann war da noch der schmalhüftige Junge, dessen einzige Aufgabe es war, dafür zu sorgen, dass sie genügend trank. Das war Freddys Anweisung, seit ihre Kopfschmerzen begonnen hatten.

„Also wirklich", bemerkte der zwergenhafte Maskenbildner und tupfte noch mehr Puder auf ihren Arm, „das wird ein fürchterlicher Bluterguss. Kannst du nicht verlangen, dass sie dich wenigstens auf Gras fallen lassen? Bevor diese Tussi die Szene richtig hinkriegt, bist du schwarz und blau."

Charlotte schloss die Augen und hatte Mitgefühl mit Melanie. Seit sie hier waren, beklagte sie sich über die Winzigkeit ihrer Rolle und dass sie nur in wenigen Szenen auftrat. Zugleich sparte sie nicht mit scharfzüngiger Kritik an ihr, weil ihre Rolle an Umfang zunahm.

Die Dreharbeiten für *Ein Tag im Herbst* neigten sich dem Ende zu, doch diese Szene war die schlimmste bisher. Melanie verpasste ihren Einsatz, stolperte und schwang Busen und Hinterteil wie eine Cancan-Tänzerin. Sie begriff einfach nicht, dass es sich um einen ernsthaften historischen Film handelte und diese Szene der tragische Höhepunkt einer ungleichen Liebe zwischen einem Studenten aus der Oberschicht und einem leidensfähigen Stubenmädchen war und nicht irgendeine Bettgeschichte.

„Ich glaube, sie schafft das nicht", sagte George und kam mit der Mütze in der Hand zu ihr. „Ich weiß, sie ist deine Freundin, und Walen hat da irgendeinen Deal abgeschlossen, aber ich kann mir diesen Mist nicht leisten."

„Gib ihr noch eine Chance", bat Charlotte. Melanie brauchte diesen Film. Sie hatte seit über einem Jahr nicht gearbeitet.

Als Antwort warf George ihr einen hingebungsvollen Blick zu. Seit Beginn der Dreharbeiten versuchte er sie zu verführen. Um Melanies Willen kam sie näher und legte ihm vertraulich eine Hand auf die Brust. „Bitte, George, lass uns noch einen Versuch machen."

Er beugte sich vor und legte seine Hand über ihre. „Du bist nicht zu müde?"

Sie schüttelte den Kopf und ignorierte die schmerzende Stelle am Bein, wo sie beim letzten Sturz aufgeschlagen war. Melanie hatte Recht: Schönheit war Macht. Und die Macht ihrer Schönheit verblüffte sie immer wieder. Sie lernte gerade erst, sie einzusetzen. „Es geht mir gut. Lass mir noch eine Minute, dann bin ich bereit, wieder zu sterben. Für dich."

Er betrachtete sie verträumt. „Du bist erstaunlich, weißt du das? Nicht viele Schauspieler arbeiten von sechs Uhr morgens bis sechs Uhr abends durch, ohne zu jammern." Er tätschelte ihr die Hand und sah sie so verliebt an, dass es schon peinlich war. „Wie wäre es mit Dinner, nachdem wir hier fertig sind? Du siehst aus, als könntest du ein gutes Steak vertragen."

Die Assistenten, die sie umgaben, trollten sich und verdrehten die Augen.

„O George, nach den Dreharbeiten bin ich erledigt. Ich bestelle mir eine Suppe aus der Küche und falle ins Bett. Aber danke für die Einladung. Vielleicht morgen." Er versuchte nicht mal, seine Enttäuschung zu verbergen, und nickte nur knapp. In Hollywood waren die Egos zerbrechlich wie dünnes Glas.

„Fünf Minuten!" rief er an alle gerichtet. „Ich möchte dieses Licht ausnutzen."

Er stürmte an Melanie vorbei, die wegen der zu großen, aber flachen Schuhe, in die sie schlüpfen musste, schäumte.

„Er hasst mich", jammerte sie und kam zu Charlotte.

„Nein, aber er verabscheut, wie du läufst, Mel." Sie berührte Melanie an der Schulter. Das Wollkostüm wärmte und kratzte, und Melanie schwitzte heftig. „Stell dir vor, du wärst ein Mann, wenn du läufst. Nimm die Schultern vor und wackele nicht so mit den Hüften."

„Warum sollte ich das tun? Meine Art, mich zu bewegen, ist mein größter Vorzug."

Charlotte presste die Finger auf die Lider, den Druck zu lindern, der sich dort aufbaute, und zerstörte ihren Lidstrich. „Weil du ein Hausmädchen aus dem neunzehnten Jahrhundert bist, das soeben gesehen hat, wie seine Freundin auf der Straße niedergeschossen wurde. Da ist man nicht aufreizend, sondern entsetzt. Und da läuft man wie eine Entsetzte."

Melanie zog sich beleidigt zurück. „Das tue ich ja. Nur weil du es anders machen würdest, heißt das nicht, dass ich es falsch mache."

Charlotte seufzte und fürchtete das Schlimmste. Melanies Voreingenommenheit beschädigte ihre Urteilskraft, und sie konnte nichts dagegen tun.

„Aufnahme!“ rief George.

Zu spät. Jetzt kam es auf Melanie an. Sie begab sich bereits auf ihre Position und schwang die Hüften wie Mae West. Ihre Unbelehrbarkeit beschleunigte ihren Untergang. Es war schwer, tatenlos dabei zu stehen und das mitzuerleben. Aber Melanie hätte jeden weiteren Ratschlag als belehrend oder herablassend abgelehnt. Charlotte erkannte ihre Machtlosigkeit, wandte den Blick ab und konzentrierte sich auf ihre Rolle. Während der Maskenbildner ihr den Schweiß abtupfte und den Lidstrich reparierte, ging sie mit geschlossenen Augen in sich und verwandelte sich allmählich in das Hausmädchen Laura.

Als sie die Augen aufschlug, dachte sie nicht mehr an Melanie. Techniker und Assistenten, Hunderte starrender Augen, triviale Kommentare, das alles verschwand aus ihrer Wahrnehmung. Wie zu einer inneren Musik ging sie auf ihre Position in der Mitte des College-Platzes und blickte gelassen zu den efeubewachsenen Wänden aus dem achtzehnten Jahrhundert, die sie umgaben. Die Pferdekutschen, die langen Kleider, die Krawatten, die Spazierstöcke und die zahllosen anderen historischen Details halfen zusätzlich, sich in die Laura jener Zeit zu verwandeln.

Laura betrat die Szene. Sie verließ eilig das College, um aus der Stadt zu fliehen. Ihr Liebhaber war besessen und suchte nach ihr. Sie bangte um ihr Leben.

Stille senkte sich über den Drehort, die Kameras begannen zu surren. Und da war ihr Liebhaber, Charles, gut aussehend, vertraut und doch mit Wahnsinn im Blick. Er zog eine Waffe, sie schrie. Er schoss, und Laura fiel zu Boden. Sie unterdrückte einen Schmerzlaut, als sie wieder auf denselben Stein aufschlug wie vorhin. Reglos lag sie da, während ringsum Aufruhr entstand. Plötzlich hörte sie George gequält aufschreien: „Idiotin!“

Am Abend konnte Charlotte Melanie nicht finden, weder im Restaurant des Hotels, das die Filmgesellschaft für die Dreharbeiten belegt hatte, noch in ihrem Zimmer, noch in der Halle oder an anderen Orten, die Schauspieler und Mannschaft frequentierten. Es war bereits neun, und es gab in einer kleinen College-Stadt wie dieser mit engen Straßen und kleinen, früh schließenden Geschäften kein Lokal mehr, in das man gehen konnte.

Charlotte war besorgt. Eine innere Stimme drängte sie, nach ihrer Freundin zu suchen. George hatte Melanie völlig entnervt aus dem Team geworfen. Freddy war auf dem Weg von L.A. hierher, um die Scherben zu kitten, und sie wollte mit Melanie sprechen, ehe Freddy ihr den Marsch blies. Was Melanie jetzt brauchte, war eine Freundin und keinen wütenden Agenten.

Sie suchte weiter in dem alten Hotel, das schon bessere Tage gesehen hatte. Verunsichert durchwanderte sie die Räumlichkeiten mit den abblätternden Tapeten und fadenscheinigen Teppichen. Ein schaler Geruch wie nach altem Bier hing in der Luft. Eilig nahm sie die kleinen Räume mit Süßigkeiten und Eisautomaten in Augenschein. Fehlanzeige. Sie gelangte in einen heruntergewirtschafteten Saal mit dunkler Täfelung und Neonreklamen für verschiedene Biersorten. Die Filmcrew spielte hier Poolbillard oder Poker oder langweilte sich beim Trinken.

„Hat jemand Melanie Ward gesehen?“

Es gab ein paar sexistische Bemerkungen darüber, dass jeder Melanie irgendwann schon mal gesehen habe. Jemand durchbrach immerhin das anzügliche Lachen und erklärte, er habe sie Richtung Strand gehen sehen. Charlotte fröstelte in düsterer Vorahnung und eilte davon.

Von der hinteren Hotelveranda führten ein paar morsche Holzstufen zum Strand hinunter. Daran schloss sich ein düsterer, nach verwesendem Fisch stinkender Sandstreifen an, übersät mit Seetang und zerbrochenen Muscheln. Die Salzluft stach ihr in die Wangen und peitschte durch ihren dünnen Pullover. Frierend schlang sie die Arme um sich und starrte suchend in die Dunkelheit. Sterne glitzerten am klaren Himmel und spiegelten sich im Ozean wie Diamanten.

Charlotte blickte nach rechts und links, niemand weit und breit. Sie stieg die Stufen hinab und ging über den dunklen, verlassenen Strand. Nach etlichen Schritten glaubte sie in der Ferne eine Bewegung zu erkennen, eher einen Schatten. Sie kniff die Augen leicht zusammen und entdeckte hellblondes Haar, das im Mondlicht fast weiß schimmerte. Die Gestalt war in fließenden schwarzen Stoff gehüllt, möglicherweise das Hausmädchenkostüm. Es umgab sie wie eine Decke, da sie es weit über die Knie hinabgezogen hatte. Auf einem Stück Treibholz kauernd starrte die Gestalt auf den Ozean hinaus.

„Melanie!" rief Charlotte, stellte sich auf die Zehenspitzen und winkte mit den Armen.

Melanie drehte den Kopf in ihre Richtung und stand langsam auf.

Unendlich erleichtert, sie gefunden zu haben, ging Charlotte schneller. Sie musste schleunigst mit Melanie reden.

Melanie wandte den Kopf ab und starrte wieder auf die See hinaus. Gemessenen Schrittes ging sie darauf zu und blieb nicht stehen, als das Wasser ihre nackten Füße umspülte. Wie jemand in tiefer Trance bewegte sie sich immer weiter vorwärts. Die Wellen erreichten ihre Schenkel und hoben den Saum ihres Kostüms an.

„Melanie!" schrie Charlotte voller Panik. *Mein Gott, sie bleibt nicht stehen! Sie geht hinein!* Sie rannte los, den Blick auf Melanie geheftet, um in der Dunkelheit nicht ihr Ziel zu verfehlen.

„Ihr Name, Sir?“

„Michael Mondragon.“ Er stellte die Reisetasche ab, straffte die Schultern und sah sich in dem alten Hotel um. Er hätte nicht angenommen, dass Filmleute in solchen Absteigen hausten.

Der Empfangschef beäugte ihn argwöhnisch. „Tut mir Leid, Sir, aber das Hotel ist ausschließlich für Schauspieler und das Filmteam von *Ein Tag im Herbst* reserviert.“

Leicht stirnrunzelnd hörte Michael den Stolz des Mannes heraus, weil er, wenn auch auf dieser profanen Ebene, mit dem Film in Verbindung stand. Er erwiderte ungerührt: „Ich bin ein Freund von Miss Godfrey.“

Der Angestellte schmunzelte skeptisch. „Wiederum tut es mir Leid, Sir, aber ich kann Sie nicht aufnehmen, bis ich persönlich mit Miss Godfrey gesprochen und ihr Okay eingeholt habe.“

„Fein“, fiel Michael sofort ein, ehe der Mann ihm vorschlagen konnte, in ein anderes Hotel zu ziehen. „Können Sie mir sagen, wo sie ist?“

Das blasse Gesicht des Mannes rötete sich. „Es steht mir nicht zu, diese Auskunft zu erteilen.“

Dummer kleiner Kerl, dachte Michael. Er hasste solche Typen. „Verstehe“, erwiderte er monoton. „Übergeben Sie ihr freundlicherweise diese Mitteilung. Haben Sie eine Bar, in der ich warten kann?“

Der Empfangschef nahm die Botschaft unbewegt entgegen. Allmählich schien er zu befürchten, der Mann könne tatsächlich ein Freund von Miss Godfrey sein, den er vielleicht verärgert hatte. Er schwenkte um auf lächelnde Freundlichkeit, bot ihm an, die Reisetasche hinter dem Tresen zu verwahren, und geleitete ihn zur Bar, wo er ihm eine Marke für einen Gratisdrink gab.

Michael dankte ihm, warf einen Blick durch den rauchgeschwängerten Raum und wusste, dass ihm ein Spaziergang mehr brachte als ein Drink. Er steckte die Marke ein und verließ das Hotel durch die Hintertür.

Melanie ging weiter, obwohl das Wasser bereits Hüften und Taille umspülte. Charlottes Flehen ignorierend, bewegte sie sich weiter vorwärts. Charlotte sah, wie die Wellen sie anhoben. Eilig zog sie Schuhe und Pullover aus und warf sich in den eisigen Ozean. Die Kälte verschlug ihr für einen Moment den Atem. Dann kraulte sie in die Dunkelheit hinein, auf die im Wasser treibende Gestalt zu.

Sie erreichte Melanie, als deren Kopf gerade unter der Wasseroberfläche versank. Charlotte hielt die Luft an und tauchte. Mit einigen Beinstößen verlieh sie sich Geschwindigkeit. Dabei tastete sie mit den Händen in dem dunklen eisigen Wasser umher, um irgendetwas von Melanie zu erfassen. Ihre Lungen brannten bereits, und leichte Panik stieg in ihr auf. Es gab nur diese eine Chance für sie. In dieser Finsternis würde sie Melanie nie wieder finden. Bitte, Gott!

Plötzlich streifte ein Stück Wolle ihre Finger. Sie griff danach und hielt eine Hand voll Stoff fest. Sie zog, erwischte einen Arm und zerrte ihn samt Körper nach oben. Mit brennenden Lungen tauchte sie keuchend auf. Melanie neben ihr schlug hustend um sich und traf mit dem Handrücken ihren Kiefer. Ein heftiger Schmerz schoss Charlotte hinauf bis ins Hirn.

„Hör auf!“ schrie sie nach Atem ringend. „Ich bin es! Beruhige dich!“

Doch Melanie tobte wie eine wild gewordene Katze und schrie: „Nein, nein, nein!“

Charlotte spürte ihre Kräfte schwinden. Die Kälte betäubte sie bereits. Ihr Kiefer schmerzte. Sie hielt nicht mehr lange durch. Aber sie musste.

Michael schlug gegen die beißende Kälte den Mantelkragen hoch. Eine Kaltfront zog heran und verlieh dem Wind Schärfe. Das Wetter hier in Maine erinnerte ihn an Chicago. Er hatte ganz vergessen, wie kalt Wind sein konnte. Er wollte schon zum Hotel zurückkehren, als er aus der Ferne einen Schrei hörte. Er sah sich um, doch der Strand wirkte verlassen. Er blieb stehen und wartete ab. Ein weiterer gellender Schrei, er schien aus dem Wasser zu kommen. Michael lief los.

Kurz vor dem Wellensaum entdeckte er zwei Gestalten nicht allzu weit draußen. Bei genauerem Hinsehen erkannte er, dass es Frauen waren. Sie schienen miteinander zu kämpfen. Er wusste, dass Ertrinkende in ihrer Panik oft genug ihre Lebensretter mit in die Tiefe rissen. Genau das schien hier zu passieren. Er lief weiter. Etwas an dieser Frau kam ihm bekannt vor ...

Als er das Wasser erreichte, schlug sein Herz vor Angst im Hals. „Charlotte!" rief er. *Mein Gott, nein!*

Er riss sich Schuhe und Jackett herunter und sprang ins Wasser. Mit kräftigen Kraulzügen näherte er sich den Frauen. Es blieb nicht viel Zeit. Er griff nach Charlotte und entriss sie Melanies schlagenden Armen.

„Melanie, nein!" rief sie schwach und spuckte Wasser. „Ich bin okay. Halte sie auf ... halte ..."

Auch Melanie hustete jetzt, die Augen entsetzt geweitet.

Plötzlich verstand Michael. „Schwimm zum Strand zurück!" rief er Charlotte zu. „Sofort!" befahl er streng, da sie zögerte.

Um ihn nicht zu behindern und kaum in der Lage, den Kopf weiter über Wasser zu halten, gehorchte sie und schwamm mit tauben Gliedern durch die eisigen Wogen, die ihr die letzte Lebenskraft aus dem Körper sogen.

Michael griff nach Melanie. Als sie ihn schwächer werdend abwehren wollte, versetzte er ihr einen Kinnhaken. Dann zog er den schlaffen Körper an Nacken und Schultern Richtung Strand. Im Flachwasser ließ er sie los und übergab sie Charlottes wartenden Armen.

Melanie kam zu sich, rappelte sich hoch und taumelte aus dem Wasser auf den Strand, wo sie auf die Knie sank. Ein Bild des Jammers. Keiner sprach. Das Entsetzen über die Beinah-Katastrophe machte sie sprachlos.

Michael zog Charlotte in die Arme, die vor Kälte und Schock unkontrolliert zitterte. Als er sich klar machte, dass er sie fast verloren hätte, war er einer Ohnmacht nahe. Es war unvorstellbar für ihn, ohne sie leben zu müssen. Sie bedeutete ihm alles.

„Du bist da“, sagte Charlotte immer wieder verwundert.

„Ich bin immer für dich da“, flüsterte er und presste sie liebevoll tröstend an sich. „Immer.“

„Warum habt ihr mich nicht in Ruhe gelassen?“ stöhnte Melanie neben ihnen. Auch sie zitterte heftig vor Kälte.

Charlotte löste sich von Michael und schlang Melanie einen Arm um die schmalen Schultern. Sie wirkte so klein, fast kindlich. „Ich lasse nicht zu, dass du dein Leben so wegwirfst“, sagte sie mitfühlend. „Nicht für einen Film, Mel. Es gibt so vieles, wofür sich zu leben lohnt, auch für dich.“

„Was denn? Ich habe nichts, wofür ich leben könnte.“ Sie schwankte und verzog weinerlich das Gesicht. „Ich bin ganz allein.“

„Du hast alles, was du brauchst. Ich mag dich, Mel, ich bin deine Freundin. Und ich bin für dich da.“

Melanie schluchzte und wischte sich schroff mit den Händen

das Gesicht. Dann richtete sie sich auf, stieß Michaels helfende Hand zurück und wankte ein paar Schritte wie eine Betrunkene. Mascara lief ihr über das Gesicht, und das Haar klebte ihr an der Stirn.

Michael und Charlotte sahen besorgt, wie sie schwankend stehen blieb und nicht wusste, wohin sie sich wenden sollte.

„Ich schäme mich so“, sagte sie mit hoher Stimme. Als sie in Tränen ausbrach, geschah es nicht in Hysterie, sondern als Ausdruck tiefen Kummers. Ihr heftiges Zittern wurde zu einem Mitleid erregenden Zucken der Schultern.

Charlotte ging zu ihr und legte noch einmal den Arm um sie. „Lass uns hineingehen, damit du dich aufwärmen kannst. Da lässt sich auch besser reden.“

Sie sah zu Michael, der in der Dunkelheit abwartete, was er tun, wie er helfen könnte. Sie liebte ihn mehr denn je für sein Mitgefühl.

Ihre Blicke begegneten sich, und er verstand ohne viele Worte, was zu tun war. Er nickte kurz, sammelte die Schuhe ein, legte Melanie sein Jackett um die Schultern und nahm ihren Arm, während sie den Rückweg zum Hotel antraten. Gemeinsam brachten sie Melanie, vorbei an neugierigen Blicken und unsensiblen Kommentaren über verrückte Filmleute, die um diese Jahreszeit noch im Ozean schwammen, durch die Lobby, hinauf in Charlottes Zimmer.

Nachdem Melanie heiß gebadet und in Charlottes Nachthemd im Bett saß, brachte Charlotte ihr eine Tasse Kräutertee und setzte sich zu ihr auf die Bettkante. Melanie kuschelte sich frierend unter die Decke und sah aus wie eine zerbrechliche kleine Puppe.

„Ich komme mir vor, als wäre ich noch im Wasser“, sagte sie leise mit leerem Blick. „Ich versinke immer noch in Dunkelheit.“

„Tust du nicht“, widersprach Charlotte und hielt ihre Hand. „Ich bin hier. Ich lasse dich nicht los.“

Sie sah Charlotte fragend an. „Warum tust du das? Du hast dein Leben riskiert. So gut kennst du mich nicht. Du schuldest mir nichts.“

„Du bist meine beste Freundin.“

Tränen traten Melanie in die Augen. Sie setzte die Teetasse ab, dass das Geschirr klapperte. „Ich kann nicht glauben, was ich getan habe. Ich hätte dich mit in die Tiefe reißen können.“

„Schsch. Denk nicht darüber nach.“ Charlotte nahm ihr die Teetasse ab und stellte sie auf den Nachttisch. „Du warst außer dir. Du wusstest nicht, was du tust.“ Nach einer Pause: „Mel, Selbstmord ist keine Lösung. Das weißt du, oder?“

„Ich habe mehr Angst vor dem Alleinsein als vor dem Tod.“

„Du bist nicht allein. Ich bin immer für dich da. Deshalb hat man doch Freunde, oder?“

Melanie senkte den Blick, knüllte die Bettdecke mit den Fäusten und zog sie sich schließlich unters Kinn. „Freunde ... eine schöne Freundin bin ich.“ Sie schluchzte und bekam einen Schluckauf.

„Du bist eine wunderbare Freundin, lustig und spontan. Du hast ein großes Herz und kennst tolle Make-up-Tipps.“ Charlotte lächelte, als Melanie nur verächtlich schnaubte. „Ich war ein schreckliches Mauerblümchen, bis du mir gezeigt hast, über mich und die Welt zu lachen. Ich weiß, dass ich auf dich zählen kann. Bei dir kann ich herausplappern, was mir auf der Seele brennt, ohne mir Sorgen zu machen, dass ich es irgendwann bereue. Ich kann lachen, weinen, fluchen oder mich mit Kartoffelchips und Eisreme voll stopfen und mich dabei gut fühlen. Ich weiß, dass ich dich jederzeit um Hilfe bitten darf. Du hast mir die Bedeutung von Freundschaft beigebracht.“ Sie nahm Melanies Hand.

Melanie drückte ihr nur stumm die Hand, zu gerührt, etwas zu sagen. Nach einer Weile gestand sie: „Ich weiß, ich war in letzter Zeit ein Ekel. Es tut mir sehr Leid. Ich hatte plötzlich das Gefühl, alles zu verlieren, mein Aussehen, meine Karriere ... und dann zu sehen, wie rasant es mit dir bergauf ging ... Ich war einfach neidisch. Es war nicht deine Schuld, das weiß ich, aber ich konnte nicht anders. Du hast Michael, du hast Talent, und du bist so verdammt hübsch. Ich glaube, darauf bin ich am meisten eifersüchtig."

„Hör auf, du musst das nicht erklären."

„Doch, ich will aber. Hübsch zu sein ist für mich sehr wichtig. Ich sehe gern gut aus, und ich genieße die bewundernden Blicke von Männern, wenn ich einen Raum durchquere. Mir wurde erst bewusst, wie viel Aufmerksamkeit ich erregte, als die Aufmerksamkeit nachließ. Wenn ich jetzt in den Spiegel schaue, kann ich nicht glauben, was ich sehe. Die Haut sackt nach unten, ich bekomme Zornesfalten um die Augen. Ich sehe müde und abgearbeitet aus. Aber die größte Angst macht mir, dass ich ungeachtet von Facelifting und Bauchstraffung eine Frau in mittleren Jahren bin. Meine Karriere ist zu Ende. Ich bin allein. Ich kann mich an keine Beziehung klammern. Charlotte, ich habe Angst."

„Du bist nicht allein. Ich wünschte, du würdest das in deinen Kopf kriegen. Nur weil du älter wirst, ist dein Leben doch nicht zu Ende. Das ist verrückt. Wir altern alle. Das ist das Leben."

„Du hast leicht reden. Als ich dreiundzwanzig war, dachte ich gar nicht ans Altern. Nicht wirklich. Ich dachte, ich würde immer großartig aussehen, zumindest zehn Jahre jünger als meine gelebten Jahre. Verrate nie dein Alter, war meine Devise. Aber jetzt verrate ich dir, Freundin, ich bin vierzig. Der Tag kommt schneller, als du denkst. Irgendwann schaust du in den Spiegel und erkennst das Gesicht nicht mehr, das dich ansieht. Du betrachtest dich im grellen Licht und denkst, Mist. Was für ein Gesicht ist das bloß? Was glaubst du, was du dann machst?"

Charlotte wandte den Blick ab. Sie wusste genau, wie man sich dabei fühlte, und sie wusste, was sie dagegen getan hatte.

„O Gott, Charlotte!“ jammerte Melanie und schlug die Hände vors Gesicht. „Für was soll ich noch leben? Mein Leben war eine Serie zerbrochener Beziehungen und bedeutungsloser sexueller Kontakte.“ Sie wischte sich schniefend die Augen und lächelte verzagt. „Du bist der einzige Lichtblick, Charlotte. Du sagst, dass ich deine beste Freundin bin. Die Wahrheit ist, du bist die einzige richtige Freundin, die ich je hatte.“

Sie umarmten sich weinend und fühlten sich so eng verbunden wie Schwestern. Charlotte dachte an Dr. Harmons Warnung, niemandem von ihrer Schönheitsoperation zu erzählen. Sie wusste, wenn etwas über ihre Verwandlung herauskam, war ihre Karriere vorbei, ehe sie richtig begonnen hatte. Freddy würde sie sofort fallen lassen. Und Michael?

Er saß nebenan und wartete auf sie. Die Ironie ihres Dilemmas war quälend. Konnte sie Melanie die Wahrheit sagen und Michael weiter täuschen? Betrug war als Rolle schwer zu spielen. Sie schwor sich, ihm heute Nacht die Wahrheit zu sagen. Nachdem sie sich geliebt hatten, würde sie in Michaels Armen reinen Tisch machen.

Aber zuerst zu Melanie, die mit geschwollenen Augen verzweifelt ihr Papiertaschentuch zerpflückte. Charlotte sah keine andere Möglichkeit, als das Risiko einzugehen. Die innere Stimme ignorierend, die sie zu schweigen mahnte, setzte sie sich im Schneidersitz auf die Matratze und atmete tief durch.

„Melanie, ich möchte dir etwas über mich erzählen ...“

Stunden später deckte Charlotte Melanie warm zu, dimmte das Licht und verließ mit zusätzlichen Decken aus der Kommode das Zimmer.

Michael schlief ausgestreckt auf der Couch, ihr Drehbuch in der Hand. Er sah so gut aus, dass ihr Herz überquoll vor Liebe. Machte ihre Liebe ihn noch attraktiver? Das Haar fiel ihm ins Gesicht und betonte die sinnlich geschwungenen Lippen. Seufzend lehnte sie sich gegen die Tür und hätte gern seine Arme um sich gespürt.

In seiner Umarmung fühlte sie sich geborgen und sicher. Das brauchte sie dringend, so erschöpft, wie sie war. In wenigen Stunden, wenn die Morgendämmerung anbrach, musste sie sich jedoch am Drehort einfinden und ein paar Szenen mit Melanies Ersatz nachdrehen ... außerdem stand ihr die Liebesszene mit Brad Sommers bevor. So gern sie die Tür verriegelt, den Telefonstecker herausgezogen und sich zu Michael aufs Sofa gelegt hätte, es ging nicht.

Sie schloss die Augen, vor Müdigkeit und unter der Last ihrer Pflichten schwankend. Ihre Karriere ging vor. George würde ihr nie verzeihen, wenn er nicht morgen die restlichen Szenen in den Kasten bekam.

Müde ging sie zu Michael, nahm ihm das Drehbuch aus der Hand und breitete die Decke über ihn. Sie strich ihm das Haar aus der Stirn, küsste ihm sanft die Wange und verweilte einen Moment, den Geruch seiner Haut aufzunehmen und seinen Atem zu spüren. Gähnend, aber mit der tröstlichen Gewissheit, zwei Menschen im Leben zu haben, denen sie wichtig war – ihrer besten Freundin und ihrem geliebten Michael –, rollte sie sich, in die letzte Decke gekuschelt, im Ohrensessel zusammen und schlief ein.

In dieser Nacht träumte sie von ihrer Mutter. Und als am Morgen der Weckruf kam, damit sie ihre Arbeit begann, waren ihre Wangen feucht von Tränen.

Etwas abseits vom Set stehend, beobachtete Michael am nächsten Morgen Männer und Frauen bei den Vorarbeiten für die Liebesszene. Charlotte lag im Himmelbett, offenbar im Zimmer des reichen jungen College-Studenten, gespielt von Brad Sommers. Die Filmcrew war deutlich ausgedünnt. Alle, die nicht unbedingt dabei sein mussten, waren auf Charlottes Wunsch hin vom Set entfernt worden. Sie war keine Exhibitionistin, und diese Liebesszene machte sie nervös.

„Ich werde nicht nackt sein", hatte sie Michael versichert, als er darauf bestanden hatte, am Drehtag dabei zu sein. „Aber wird es dir nichts ausmachen, es anzusehen?"

Es war wohl eher eine seltsame Neugier, gepaart mit einem deutlichen Besitzanspruch, die ihn bewogen, hier auszuharren. Er hatte das Drehbuch gelesen und ahnte, wie schwer es ihm fallen würde zuzuschauen.

Er stand jedoch niemandem im Weg, und allein die Vorbereitungen für die Szene zu verfolgen war lohnenswert. Der Regisseur war auf achtzig und schimpfte, mit seiner Kappe wedelnd, während das Team alles Notwendige aufbaute. Eine Kaltfront war herangezogen, und es drohte früher Schneefall. Sie mussten sich beeilen. Zwei Szenen wurden heute nachgedreht, die Wiederholungen mit Melanies Ersatz. Aber zuerst kam die Liebesszene. George wollte alles fertig haben, bevor der bezogene Himmel seine Schleusen öffnete.

Michael fing den Blick des Regisseurs auf, der ihn leicht stirnrunzelnd betrachtete, was ihn wunderte. Dann ging George Berman zum Bett und gab den Schauspielern letzte Anweisungen. Dabei beugte er sich zu Brad Sommers hinunter und flüsterte ihm etwas zu. Michael bemerkte, dass Sommers sich suchend umschaute, bis er ihn entdeckte. Danach sah er den Regisseur an und nickte. Offenbar tuschelten sie über ihn. Eigenartig.

Das Stichwort kam, es wurde still, die Kameras surrten und die Aufnahme begann.

Michael verfolgte aufmerksam, was Charlotte tat. Dabei unterdrückte er den Drang, ihre nackten Schultern zu bedecken, den anderen Mann aus dem Bett zu zerren und sie vor den starrenden Blicken zu schützen. Sie trug ein weißes, mit zarten Rosen besticktes Nachthemd, das mit dünnen langen Bändern unter den Brüsten gehalten wurde. Es glitt herab, entblößte ihre Schulter, ihren langen Schwanenhals und die sanfte Wölbung einer Brust.

Die dunklen Ränder, die sie heute Morgen unter den Augen gehabt hatte, waren dank der Kunst der Maskenbildner verschwunden. Ihr Kopf ruhte auf dem Kissen, das Haar war wellenartig ausgebreitet. Die schlanken Arme waren einladend über den Kopf gereckt. Sie war so schön, dass er sie wie gebannt anstarrte.

Hier, im Licht der Kamera, sah er sie so wie in seinen Träumen der letzten Monate seit ihrer Abreise. So hätte er sie gern letzte Nacht gesehen. Leider war der nackte Mann neben ihr ein Fremder. Die Hand, die ihre Wange streichelte und hinabglitt zu ihrer Schulter, war die eines anderen. Natürlich wusste er, dass es Schauspielerei war, trotzdem war es bitter und schmerzlich für ihn, das mit anzusehen.

Der Mann – Michael weigerte sich, ihm einen Namen zu geben – sprach zärtliche Worte der Liebe. Charlottes verträumter Gesichtsausdruck besagte, dass sie ihm glaubte. Ihr Blick war sehnsüchtig, und ihre Brüste hoben und senkten sich in einer Leidenschaft, die er für sich reserviert glaubte. Sein Körper reagierte wie bei einem primitiven Voyeur, während er zusah, wie ein anderer die Frau streichelte, küsste und liebte, die ihm gehörte.

Richtig wütend machte ihn allerdings die instinktiv gespürte Gewissheit, dass der Mann dort ebenfalls erregt war. Er erkannte es am Zittern der Hände, an der Rötung der Wangen und der Inbrunst des Kusses. An einem bestimmten Punkt hatte das Schauspielern aufgehört und echte Leidenschaft eingesetzt.

Michael beobachtete die anderen am Set. Kamermann, Beleuchter und Regisseur atmeten mit offenen Mündern. Zu seinem Entsetzen hatten alle denselben hingerissenen Gesichtsausdruck, während sich die Liebesszene entwickelte.

Eifersüchtig ballte Michael die Hände. Er wollte die Kameras wegreißen und den Mann erdrosseln, der es wagte, seine geliebte Charlotte zu küssen. Danach wollte er sie wegbringen und ihr mit seiner Leidenschaft klar machen, dass sie ihm gehörte.

Die Szene nahm kein Ende. Wie erstarrt sah Michael, dass der Schauspieler plötzlich Charlottes Nachthemd zerriss. Sie wehrte sich. Als der Mann sich in einer einzigen fließenden Bewegung rittlings auf sie schwang, machte er unwillkürlich einen Schritt vor. Das Laken fiel beiseite und entblößte Charlottes volle Brüste mit den harten dunklen Spitzen.

Michael unterdrückte einen Wutschrei, wandte sich ab und floh an die frische Luft.

Die Szene endete Minuten nach Michaels Weggang. Der Regisseur rief: „Schnitt und fertig!" Das Team applaudierte erleichtert. Charlotte stieß Brad zurück, zog sich unter das Laken zurück und wickelte sich fest darin ein. Freddy Walen, der in einer dunklen Ecke stand, sah Michael davongehen und schmunzelte zufrieden. Genüsslich hatte er beobachtet, wie Michael während der Szene litt.

Das ist gut, dachte er bei sich, sehr gut sogar. Besser hätte ich es nicht planen können. Männer reagierten in solchen Situationen auf zwei Arten, entweder mit Eifersucht wie Michael, oder sie stolzierten mit geschwellter Brust einher, weil andere sich nach ihrer Frau verzehrten. Eifersucht gefiel ihm besser. Verletzte Gefühle waren leichter zu manipulieren.

Er folgte ihm hinaus und lächelte erneut, als er Michael, Hände in die Taschen gestopft, dastehen sah, das Gesicht eine gequälte Maske. „Was tun Sie denn hier?“ fragte er und kam zu ihm.

Michael streifte ihn mit einem Seitenblick und schlug den Mantelkragen hoch. „Was wollen Sie, Walen?“

„Das wollte ich Sie gerade fragen. Warum hängen Sie dauernd an Charlottes Rockzipfeln? Sie arbeitet hier. Und diese Arbeit geht Sie nichts an!“

„Alles, was mit Charlotte zu tun hat, geht mich etwas an.“

Freddy wurde wütend. Dieser Mann war von einer unverschämten Selbstsicherheit. „Ich habe jedenfalls eine Botschaft vom Regisseur für Sie. Sie gehören nicht an den Drehort. Er will Sie nicht hier haben.“

Michael kam drohend einen Schritt auf ihn zu. Freddy streckte die Brust heraus und wich nicht. Die Gesichter nah voreinander, sahen sie sich wütend an.

„Dann habe ich auch eine Botschaft für ihn“, entgegnete Michael finster. „Sagen Sie ihm, ich habe das Drehbuch gelesen. Und da steht nirgendwo, dass dieser Sommers Charlotte das Nachthemd herunterreißen soll. Richten Sie ihm aus, sein männlicher Hauptdarsteller soll sich lieber an die Rolle halten, wenn er nicht möchte, dass sein Gesicht umgeformt wird. Kapiert?“ Damit machte er kehrt und schritt energisch davon, ohne auf Freddys Erwiderung zu warten.

Freddy verkniff sich eine Antwort und lächelte zufrieden. Er ging zum Set zurück, um nach Charlotte zu sehen. Auch er war wütend über das, was Sommers getan hatte, und wollte mit George darüber reden.

Erleichtert sah er Charlotte in ein Laken gehüllt, wie sie hitzig mit dem Drehbuchautor diskutierte.

„Gute Arbeit, Baby“, sagte Freddy und überraschte sie.

„Freddy, wann bist du angekommen?“

„Rechtzeitig genug, die Szene mit anzusehen." Er nahm ihrer Garderobiere den Bademantel ab und reichte ihn Charlotte. „Hier, zieh das über, ehe du dich erkältest. Vor den nächsten beiden Szenen hast du eine Pause. Danach ist alles fertig. Ich habe mir die täglichen Aufnahmen angesehen. Du siehst einfach großartig aus. Das wird ein guter Film für dich."

Sie schlüpfte in den Bademantel, hörte kaum, was Freddy sagte, und schaute sich suchend nach Michael um.

„Er ist gegangen", informierte er sie.

Sie sah ihn verblüfft an. „Wer? Michael?"

„Ja, ich denke, er konnte es nicht länger ertragen. Ich kann es ihm nicht verdenken. Du und Brad, ihr seid ein hübsches Paar. Funkt es echt zwischen euch?"

Sie verzog angewidert das Gesicht. „Also wirklich, Freddy, mach keine Witze. Ich kann Brad Sommers nicht ausstehen. Der Mistkerl hat mich in dieser Szene überfallen."

„He, mach dir deshalb keine Gedanken. Ich kümmere mich darum."

„Das will ich hoffen."

„Beruhige dich, Kleines. Der Kerl ist in dich verknallt, und das hat nichts mit Publicity zu tun."

„Das ist mir egal, ich mag ihn nicht. In der letzten Szene hat er mich fast entkleidet. Was sollte das? Das stand nicht im Drehbuch. Sag ihm, sollte er das noch einmal versuchen, werde ich ihn vor laufender Kamera so treten, dass er Sopran singt. Was er unter den Laken versucht hat, werde ich dir gar nicht erst erzählen. Gottlob hat Michael das nicht gesehen, sonst würde er ihn glatt umbringen." Sie sah sich noch einmal besorgt um. „Was hast du gesagt, wo er ist?"

„Wer weiß? Wen interessiert das?" Er packte sie am Arm und sah sie durchdringend an. „Ich dachte, wir hätten über diesen

Mondragon geredet. Er ist nicht gut für deine Karriere. Er ist nicht gut für dich. Er ist nicht dein Typ."

Sie entriss ihm den Arm. „Und wer bitte ist deiner Meinung nach mein Typ?"

„Jemand wie Sommers. Jemand mit Klasse, mit derselben Klasse, die du hast. He, Mondragon ist ein gut aussehender Bursche. Ich verstehe, warum du ein bisschen Spaß mit ihm haben wolltest, aber genug ist genug. Lass ihn fallen. Diese Sorte können wir hier nicht gebrauchen."

Sie wandte sich Freddy mit zornig blitzenden Augen zu. „Ich wollte nicht nur ein bisschen Spaß mit Michael Mondragon haben. Er ist der Mann, den ich liebe, und ich erlaube dir nicht, ihn auf diese Art herabzusetzen! Du managst meine Karriere, Freddy, nicht mein Leben. Ich erinnere mich nicht, dich um Erlaubnis gefragt zu haben, und ich höre mir auch keinen zehnminütigen Monolog an, wie ich mein Privatleben zu führen habe. Bisher habe ich mich nach deinen Empfehlungen gerichtet und habe meinen Teil unseres Abkommens eingehalten." Sie zeigte mit dem Finger auf ihn. „Erfülle du deinen Teil. Wenn du mich jetzt bitte entschuldigen würdest, ich möchte mich umziehen und Michael suchen."

Nach einigen Schritten blieb sie noch einmal stehen und drehte sich um. „Ach, übrigens, und lass Melanie in Ruhe. Sie fühlt sich nicht gut und braucht jetzt keine Gardinenpredigt von dir."

Freddy war wütend, nicht nur wegen Mondragon, sondern wegen Charlottes Widersetzlichkeit. Ihre Auflehnung missfiel ihm außerordentlich, und ihm war danach, sie zu bestrafen. Ihre Freundschaft mit Melanie Ward bot ihm die ideale Gelegenheit dazu. „Ich habe nicht die Absicht, Melanie eine Gardinenpredigt zu halten, ich lasse sie als Klientin fallen."

Anstatt missbilligend die Stirn zu runzeln, wie er es erwartet hatte, lächelte Charlotte. „Gut“, sagte sie nur, wandte sich ab, verließ das Set und ließ einen wutschnaubenden Freddy zurück.

Charlotte zog sich rasch um, eilte hinaus und suchte Michael. Sie fand ihn nicht weit vom Hotel auf dem Kiesweg, der zu einem Wäldchen führte.

„Warum hast du nicht auf mich gewartet?“ fragte sie vorsichtig und spürte seine Anspannung. „Ich habe überall nach dir gesucht.“

Er hielt den Blick abgewandt. Seine Haltung war abweisend, sogar feindselig. „Ich brauchte frische Luft.“

„Ich habe dir gesagt, du sollst nicht zuschauen“, erwiderte sie gereizt und hatte gute Lust, wieder zu gehen.

Als er sie ansah, merkte sie jedoch, dass er nicht nur verärgert, sondern gekränkt war. Das bewog sie zu bleiben.

„Ich wusste nicht, wie sehr es mich verletzen würde, zu sehen, wie du in den Armen eines anderen liegst und auf seine Zärtlichkeiten eingehst.“

„Das habe ich nicht getan!“ begehrte sie auf.

Er packte sie fest bei den Armen. „Du hast. Ich habe es gesehen.“

Sie versuchte, sich zu entziehen, doch er hielt sie fest. „Das war nicht ich, sondern Laura, die Person, die ich gespielt habe. Ich kann meinen Körper nicht einfach abschalten, Michael. Ich bin Schauspielerin, ich muss überzeugend sein. Liebesszenen gehören zu meinem Beruf. Sei nicht so.“

Er riss sie an sich und küsste sie, wie um seinen Besitzanspruch zu betonen. Dabei presste er sie an sich, dass es ihr den Atem nahm. Sie erwiderte den Kuss.

„Du gehörst mir“, flüsterte Michael nach einer Weile.

„Ja ... ja“, bestätigte sie leise.

Er wich zurück und verschlang sie regelrecht mit seinem Blick.

Sie liebte diese gelegentlichen Ausbrüche heftiger Leidenschaft, die stets gleich endeten.

Michael sah sich um. Linker Hand war das Hotel. Menschen standen plaudernd herum und warteten auf die nächste Szene. Zur Rechten führte der Pfad in das kleine Gehölz. Er nahm Charlotte bei der Hand und zog sie dorthin.

Sie hatte Mühe, mit ihm Schritt zu halten, und musste ein Schmunzeln unterdrücken. Michael sah sich nach einem verschwiegenen Platz um, etwas abseits vom Weg, wo sie nicht gestört wurden. Rechts entdeckte er eine Ansammlung immergrüner Büsche, deren bis zum Boden reichende Blätter eine Art Zeltdach bildeten.

Unter dem Blätterdach angelangt, zog er Charlotte in die Arme und drängte sie mit dem Rücken gegen den Stamm eines alten Ahorns. Er presste die Hüften an sie, dass sie seine Erregung spürte. Sie küssten sich gierig und konnten nicht genug voneinander bekommen, während sie sich gegenseitig beim Öffnen der Kleidung halfen. Als er mit kühlen Händen unter Mantel und Pullover ihren Körper zu erkunden begann, zuckte sie leicht zusammen. Doch nicht lang, und er hörte sie leise zufrieden stöhnen. Er hob sie leicht an. Sie umschlang ihn mit Armen und Beinen und nahm ihn in sich auf.

Auf dem Höhepunkt der Leidenschaft flogen erschrocken ein paar Vögel auf, kreisten und ließen sich wieder in der Baumkrone nieder.

Allmählich wurde ihre Atmung wieder ruhiger, und Michael setzte Charlotte vorsichtig ab. Keiner sprach ein Wort.

Schließlich neigte er den Kopf und sah ihr tief in die Augen. „Ich liebe dich."

„Ich liebe dich auch."

Ihre Zusammengehörigkeit schien endgültig besiegelt zu sein.

Am Nachmittag flog Michael nach Kalifornien zurück. Über der dichten Wolkendecke ruckte die Maschine plötzlich, sodass er sich in seinem Sitz zurechtrücken musste. Dabei merkte er, dass Charlottes Geruch noch seiner Haut und seiner Kleidung anhaftete. Wenn er an die Liebesumarmung und den zärtlichen Abschied dachte, regte sich erneut Begehren in ihm. Genug. Er hoffte, dass Charlotte seinen Geruch ebenso wahrnahm, wenn sie sich auf die nächste Szene mit Sommers vorbereitete. Es machte ihm nichts mehr aus, sie auf der anderen Seite des Kontinents zurückzulassen. Er war jetzt sicher, dass Charlotte zu ihm gehörte, und flog getrost heim.

Er vertraute ihr. Kein Brad Sommers, kein Freddy Walen würde sich zwischen sie stellen. Er schaute aus dem Fenster und sah die Sonne durch die Wolken brechen.

14. KAPITEL

Charlotte flog Wochen später nach Abschluss der Dreharbeiten nicht gleich nach Kalifornien, sondern nach New York zu einem Finanzberater, den ihr der Filmproduzent empfohlen hatte.

Sie hatte noch nicht viel zu investieren. Jedenfalls an den Maßstäben des Produzenten gemessen. Nach ihren Maßstäben war es allerdings ein kleines Vermögen. Irgendwann in den letzten Wochen hatten sich ihre Lebensprioritäten herauskristallisiert. Zwischen Melanies schrecklichem Selbstmordversuch und Michaels Liebeserklärung war ihr bewusst geworden, wie wankelmütig das Schicksal und wie wertvoll die Liebe war. Sie wollte Beständigkeit in ihrem Leben und war entschlossen, danach zu streben.

Ihr Besuch beim Bessemer Trust dauerte zwei Stunden, in denen sie sich ein beachtliches Aktienpaket zulegte. Ein Teil davon waren hoch riskante Anlagen, die ihr Kapital in kürzester Zeit verdoppeln ... oder vernichten konnten. Kenneth Clark hatte sich beeindruckt gezeigt von ihrem Geschäftssinn und Durchblick im Finanzwesen. Immerhin war sie eine exzellente Buchhalterin gewesen. Dass sie jetzt ihr eigenes Geld investierte, schärfte nur ihre Fähigkeiten.

Bei der Rückkehr nach Kalifornien machte sie auf dem eingeschlagenen Weg weiter. Ihr erster Termin führte sie zu Mrs. Delaney, der älteren Witwe, der das gemietete Haus gehörte, in dem sie wohnten. Sie war eine frustrierte, gereizte alte Dame, die sich ungerecht von der Welt behandelt fühlte. Charlotte gelang es jedoch, sie schnell für sich einzunehmen. Sie half ihr, die Rosen zu wässern, und warf ihren beiden übergewichtigen Scotchterriern Stöckchen zum Apportieren.

Mrs. Delaney hatte selten Besuch, lud niemals ein und sah außer ihrer Haushälterin kaum einen Menschen. Charlotte hatte Geduld mit ihr und dachte dabei an ihre Mutter. Sie gab ihr Zeit, ihren Frust abzulassen und endlos über ihre schäbigen Verwandten herzuziehen. Schließlich lenkte sie die Unterhaltung vorsichtig auf angenehmere Themen: die Hunde, den Garten und Mrs. Delaneys Sammlung an japanischem Porzellan. Wenn man ihr die Gelegenheit dazu gab, konnte die alte Dame diese Themen durchaus angeregt diskutieren.

Nachdem sie Tee getrunken hatten, stimmte sie schließlich zu, Charlotte das kleine Haus am Hang zu verkaufen.

„Du hast was?“ Melanie legte in einer Geste größter Verblüffung beide Hände an die Wangen.

„Ich habe das Haus gekauft“, erwiderte Charlotte gespielt lässig und stellte ihre Tasche auf den Tisch im Flur. Sie warf der völlig perplexen Melanie einen Seitenblick zu, brach plötzlich in Lachen aus und umarmte sie glücklich. Sie nahmen sich bei den Händen und tanzten und sangen wie die Kinder.

„Wie hast du es angestellt, die alte Streitaxt zum Verkauf zu bewegen?“

„Abgesehen von ihrer Bärbeißigkeit ist sie eigentlich sehr nett. Sie erinnerte mich sehr an meine Mutter. Ein schweres Leben und viele Enttäuschungen können einen Menschen bitter machen. Das Haus war ihr eigentlich gleichgültig. Sie hat es nur aus Gewohnheit behalten. Geld hat sie genug. Sie ist nur einsam. Vielleicht sollten wir sie gelegentlich zum Tee oder auf eine Partie Canasta einladen. Sie spielt gern Karten, genau wie meine Mutter.“

Ein Anflug von Heimweh versetzte ihr einen kleinen Stich. Jeden Monat hatte sie Helena einen großen Scheck und einen langen Brief geschickt und ihr alles berichtet, was in ihrem Leben geschah. Sie hatte von ihren Träumen, Hoffnungen und Erfolgen geschrieben und ihre Mutter gebeten, zu ihr nach Kalifornien zu ziehen und nie mehr zu arbeiten.

Helena antwortete nicht, und die Schecks kamen uneingelöst zurück.

„Wenn du etwas haben willst, Charlotte Godfrey, bekommst du es auch“, stellte Melanie fest, die Hände auf die Hüften gestemmt. „Ich habe es gleich in deinen Sternen gelesen. Du bist ein Löwe durch und durch.“ Sie verschwieg, dass sie auch schwierige Zeiten für sie vorausgesehen hatte. Negative Prophezeiungen behielt sie immer für sich.

„Dann höre mein Brüllen.“ Sie kicherte. „Hier, ich habe noch etwas mitgebracht.“ Sie reichte Melanie ein Päckchen. „Für dich.“

„Was ist das?“ fragte sie nachdenklich, brachte den Packen Broschüren zum Tisch und ging ihn gedankenverloren durch. „Kochschule? Du glaubst doch nicht etwa, dass ich noch mal die Schulbank drücke? In meinem Alter? Sei nicht albern. Schule ist etwas für junge Leute. Man würde mich auslachen.“

„Ist das dieselbe Melanie Ward, für die Alter nie ein Thema war?“

„Nein, es ist nicht dieselbe Melanie Ward. Und das weißt du genau. Mein Körper ist strapaziert von der Plackerei, jung und knackig zu bleiben. Das Alter ist sehr wohl ein Thema.“

„Nein, das stimmt nicht. Du hast es mir bewiesen. Und es ist bestimmt kein Thema, wenn es darum geht, wieder die Schulbank zu drücken. Viele Männer und Frauen in den Vierzigern tun das. Heutzutage ist es normal, die berufliche Laufbahn zu ändern. Wie ich das sehe, hast du erst einen Beruf ausgeübt. Es wird Zeit für einen zweiten.“

„Ich kann nicht“, widersprach Melanie und wich zurück. „Du kennst mich. Ich bin ein Strohkopf, nur Körper und kein Hirn.“

„Auch das stimmt nicht. Du hast nur eine negative Einstellung. Du siehst, dass die Flasche halb leer ist, anstatt zu würdigen, dass sie noch halb voll ist. Eine positive Einstellung tut der Seele gut!"

„Und wenn ich nun keine geborene Optimistin bin wie du? Für mich ist die Flasche eben halb leer und dann wieder halb voll. Und oft auch knochentrocken."

„Oder sie fließt über. Optimisten werden gemacht, nicht geboren. Die Umstände kann man oft nicht ändern, aber die Art und Weise, wie man darauf reagiert. Depressive Leute machen dich nur traurig, also umgib dich mit fröhlichen Menschen."

„Na ja, schließlich bist du meine Mitbewohnerin. Ich dachte, das wäre fröhlich genug für ein Leben. Du und deine Listen mit guten Vorsätzen", fügte sie hinzu und blätterte die Broschüren durch.

„Genau", bestätigte Charlotte. „Deshalb liebe ich Silvester, weil ich mir dann Listen mit guten Vorsätzen machen kann. Probier es doch einfach, Melanie. Weißt du was? Heute, am 9. November, an dem Tag, an dem wir das Haus gekauft haben, ist unser privater Silvesterabend."

„Wir?"

„Natürlich wir. Lass uns eine Liste aufstellen, was wir für das Haus und für uns machen wollen. Dekorieren, Schränke ausmisten, endlich mit dem neuen Fitnessprogramm anfangen." Sie sah Melanie schelmisch lächelnd an. „Wieder zur Schule gehen."

„Ganz schön gerissen, meine Süße."

Charlotte lachte, froh dass Melanie trotz ihrer Vorbehalte das Spiel mitmachte. Sie ging in die Küche und öffnete eine Flasche Chardonnay. Von dort beobachtete sie, wie Melanie sich in die Broschüren vertiefte.

„He!" rief sie und deutete mit dem Finger auf ein Bild. „Der Typ sieht ziemlich alt aus."

Charlotte kam mit zwei vollen Gläsern zurück und blickte Melanie über die Schulter. „Fünfzig, und keinen Tag jünger." Sie gab Melanie ein Glas.

„Soll ich?"

„Mach nur. Schau dir die Sache einfach mal an. Mir zuliebe."

Melanie zog die Stirn kraus und trank einen Schluck Wein. „Selbst wenn ich es machen wollte, woher soll ich das Geld dafür nehmen?"

„Ich gebe dir ein Darlehen."

„O nein!" Melanie verdrehte die Augen. „So fangen wir gar nicht erst an."

„Das ist keine große Sache. Für meinen nächsten Film bekomme ich eine obszön hohe Gage. Wer will sagen, ob das gerechtfertigt ist? Warum soll ich mit dem ganzen Geld nicht etwas anfangen, das mir Vergnügen bereitet und meiner besten Freundin hilft? Außerdem halte ich das für eine gute Investition. Seit Jahren esse ich das, was du kochst, und ich glaube fest an dein Talent. Du hast eine Zukunft als Küchenchef, darauf wette ich, und darauf setze ich mein Geld."

„Ich weiß nicht, Charlotte. Das ist ein riskantes Spiel."

„Du kennst mich. Ich bin sehr vorsichtig mit meinem Geld. Ich habe noch nie unklug investiert, und ich werde nicht gerade jetzt damit anfangen."

„Ich danke dir für deine Hilfe, und ich muss gestehen, die Sache interessiert mich. Es wäre dumm, mir nicht zu überlegen, wie es weitergehen soll. Aber ich werde es dir nie zurückzahlen können. Wenn ich das doch nur vor Jahren schon in Angriff genommen hätte, als ich noch Geld besaß. Aber damals habe ich mein Geld verschwendet, verdammt."

„Halb leere Flasche ..."

Melanie lachte.

„Ernsthaft“, erwiderte Charlotte, „dir Geld zu leihen, ist kein Aufwand für mich. Wenn du die Ausbildung abgeschlossen hast, können wir darüber reden, wie du mir das Geld zurückzahlst.“ Sie nippte an ihrem Wein. „Ich hoffe, du machst dann was Aufregendes, ein Restaurant eröffnen oder einen Partyservice. Etwas, worauf ich die Schulden verbuchen kann.“

Melanie verzog ihren Puppenmund, und ihre Augen strahlten begeistert, was Charlotte Hoffnung gab. „Solange ich zur Schule gehe, könnte ich die Hausarbeit übernehmen, einkaufen und kochen. Großer Gott, ich glaube ja nicht, was ich da sage. Ich und putzen, ich mag gar nicht an meine Nägel denken. Aber ich kann es, du hast mir beigebracht, wie man eine Kloschüssel reinigt. Vielleicht kann ich dir noch andere Arbeiten abnehmen. Bügeln oder so.“

„Bevor du zur Hausunke mutierst, lass uns einen Darlehensvertrag austüfteln, der dich nicht zu meiner persönlichen Sklavin macht.“ Ernster fügte sie hinzu: „Ich möchte unsere Freundschaft nicht zerstören.“

„Nein, ich auch nicht.“

„In den nächsten Monaten werde ich viel zu Filmaufnahmen und Publicityzwecken unterwegs sein. Und ich möchte das Haus nicht gern unbeaufsichtigt lassen. Wie wäre es, wenn du den Job des Hausverwalters übernimmst?“

Melanie warf begeistert die Arme hoch. „Klar, warum nicht?“

„Also“, Charlotte streckte eine Hand aus. „heißt das, du gehst zur Kochschule?“

Melanie nahm die Hand. „Wenn Gott eine Tür schließt, öffnet er ein Fenster, sagte meine Großmutter immer.“ Sie gaben sich die Hände und umarmten sich. Melanie lehnte sich auf dem Stuhl zurück. „Und ich habe dich immer für geizig gehalten, dabei bist du einer der großzügigsten Menschen, die ich kenne.“

„Ich bin nur vorsichtig mit meinem Geld, damit ich es für wichtige Dinge ausgeben kann.“

Charlotte setzte sich aufs Sofa und lehnte sich in die Kissen. Ihr ganzer Körper schmerzte. Jetzt, da sie zu Hause war, verlangte jeder Muskel nach Erholung.

„Du siehst müde aus“, stellte Melanie fest und setzte sich neben sie.

„Ich bin müde.“

„Nimmst du deine Vitamine?“

„Ich gelobe Besserung.“

„Du machst mich verrückt. Was soll man da tun? Das nächste Mal packe ich sie dir höchstpersönlich ein. Und wenn du mit einem Beutel voller Vitamine zurückkommst, werde ich ungemütlich.“

„Sei nachsichtig, ich hatte so viel zu tun ...“

„Umso mehr Grund, auf die Gesundheit zu achten. Charlotte, du siehst nicht gut aus. Ich mache mir Sorgen um dich. Du verlierst Gewicht.“

„Nur ein paar Pfund.“

„Mindestens fünf. Hast du wieder Kopfschmerzen?“

„Mm“, bestätigte sie leise. „Sie treten häufiger auf. Migräne, sagt der Doktor. Ich bin mir da nicht so sicher. Meine Gelenke schmerzen auch. An bestimmten Stellen, Handgelenke, Zehen- und Hüftknochen.“ Besonders tat ihr die Stelle weh, wo Melanie sie im Wasser geschlagen hatte, aber das behielt sie für sich.

„Jetzt weiß ich, warum du so gut mit Mrs. Delaney ausgekommen bist. Ihr zwei alten Tanten habt euch eure Wehwehchen geklagt.“

„Haben wir“, bestätigte sie schmunzelnd. Sie streckte sich auf dem Sofa aus, schüttelte die Schuhe ab und deckte sich mit der verschlissenen alten Decke zu, die ihre Mutter vor Jahren für sie gestrickt hatte. „Kannst du die Lichter ein bisschen dimmen, Mel, bitte? Ich brauche ein paar Minuten Ruhe, bevor Michael kommt. Ich will ihn nach der langen Trennung nicht wie ein klapperiges altes Weib begrüßen."

Melanie betrachtete die auf dem Sofa liegende Charlotte mit geübtem Auge. Sie trug ein schlichtes schwarzes Kleid mit einem fabelhaften Schnitt. Prada vermutlich. Die Goldkette und die passenden Ohrringe waren geflochten und hatten den sanften Schimmer von achtzehn Karat. Arme und Hände waren nackt. Am schlanken Handgelenk trug sie lediglich eine schlichte schwarze Movado-Uhr mit einem dünnen Lederarmband. Ein Geschenk von Michael. Melanie seufzte und ahnte, dass Charlotte Godfrey auch mit vierzig noch auf ihre unnachahmliche Art gut aussehen würde. Um diese zeitlose Schönheit beneidete sie sie am meisten.

Charlottes charakterliche Qualitäten machten es jedoch schier unmöglich, ihr etwas zu missgönnen. Und verglichen mit ihren Kindheitsproblemen schämte sie sich der eigenen Probleme geradezu. Charlotte war weise über ihr Alter hinaus und hatte den Mut gefunden, ihr Leben grundlegend zu verändern. Da konnte sie wenigstens den Versuch wagen, etwas Neues anzufangen.

Melanie ging hinüber und zog Charlotte die Decke bis unters Kinn. Wie blass sie war, fast bleich. Freddy übte zu viel Druck aus, aber sie setzte sich auch selbst unter Druck. Charlotte Godowski ... Charlotte Godfrey ... sie blieb ihr ein Rätsel. Sie hatte Schönheit und Erfolg, was trieb sie nur so hart an?

Charlotte starrte in Michaels Armen in die rötlich blauen Flammen des Kaminfeuers. Das erste Kaminfeuer im eigenen Haus. Vor Stunden hatte sie lachend mit Michael und Melanie auf den Hauskauf angestoßen. Danach hatte Melanie sich entschuldigt, weil sie unbedingt einen bestimmten Film sehen wollte, und war mit dem deutlichen Hinweis gegangen, sie werde keinesfalls vor Mitternacht zurück sein.

Die nächsten Stunden hatte Charlotte in leidenschaftlichen Umarmungen mit Michael vor dem Kamin verbracht.

Erhitzt hielten sie sich umschlungen und teilten ihre Träume für die Zukunft in der Gewissheit, eine besonders innige Beziehung zu haben. In eine Decke gewickelt lagen sie auf dem Schaffell. Michael hatte die Beine um sie geschlungen, sein Kinn ruhte auf ihrem Kopf. Seine Beinbehaarung kitzelte ihren Schenkel, sie hörte seine tiefe Stimme unter ihrem Ohr und nahm den eigenen Geruch auf seinen Lippen wahr, wenn er sie küsste.

„Michael, glaubst du, dass wir immer so glücklich sein werden?“

„Natürlich. Ich wüsste nicht, was uns hindern sollte.“

„Diese Trennungen sind nicht leicht für uns. Für den nächsten Film muss ich einige Monate nach Frankreich.“

Er brummte missbilligend. „Im Winter haben wir nicht viel zu tun. Ich könnte dich am Drehort besuchen.“

„Nur wenn du versprichst, nicht bei den Liebesszenen zuzusehen.“

Er brummelte etwas auf Spanisch, schlang die Arme fester um sie und drückte das Gesicht in ihre Halsbeuge. Sie streichelte ihn tröstend und spürte seine Bartstoppeln an ihrer zarten Haut.

„Michael, was hast du mit den Skizzen für das Haus gemacht? Du weißt schon, die du gleich zu Anfang bei der Anlage des Gartens gezeichnet hast.“

Sie spürte ihn lächeln. „Die habe ich immer noch. Entwürfe werfe ich nie weg. Lass mich raten. Da du nun Hausbesitzerin bist, schweben dir Veränderungen vor.“

Jetzt musste sie lächeln. „Eher ein Umbau. Du nanntest das Haus eine Hütte, die du in ein Schmuckstück verwandeln könntest. Etwas, das zum Garten passt.“ Sie drehte sich in seinen Armen. „Ich möchte diese Umbauten jetzt machen lassen, Michael. Deine Skizzen haben mir schon damals gefallen, und ich hätte sie sofort umgesetzt, wenn es möglich gewesen wäre. Manchmal, wenn ich im Garten stehe und auf das Haus gucke, sehe ich deinen Entwurf vor mir. Mit einigen Änderungen natürlich.“

„Dass du Änderungen möchtest, hätte ich mir denken können.“

„Klar.“ Ein Lächeln umspielte ihren Mund. „Ich möchte ein Bad mit einem großen Spiegel, damit ich mich jeden Tag ansehen kann und nicht irgendwann Angst vor meinem Spiegelbild bekomme. Ich möchte einen Schminkplatz, wie ich ihn in Magazinen gesehen habe. Und einen für Melanie. Das sind nur Kleinigkeiten, und die möchte ich sofort haben.“

„Wie kommt's? In den nächsten Monaten bist du doch kaum zu Hause.“

Da ihn das traurig zu machen schien, nahm sie tröstend sein Gesicht zwischen beide Hände. „Umso mehr Grund, warum ich ein richtiges Zuhause brauche. Eine Basis. Ich dachte früher, Filme drehen wäre etwas Glamouröses: aufregende Drehorte, tolle Hotels, schicke Partys. Aber die meiste Zeit haust man in Wohnwagen, ernährt sich von Schnellgerichten, steht im Morgengrauen auf und fällt spätnachts todmüde ins Bett. Dann musst du noch neue Texte lernen und zwischendurch Publicity-Arbeit und Werbeinterviews machen.“

Nach einer Pause fuhr sie fort: „Ach Michael, wenn ich allein in der Welt herumgondele, brauche ich die Vorstellung von einem schönen, gemütlichen Zuhause. Und Mel wird es gut tun, daran teilzuhaben und in die Planungen einbezogen zu sein.“

„Sicher hat sie jede Menge Ideen für die Küche.“ Er erwärmte sich für ihr Vorhaben.

„Ja, Melanie soll sich die Küche nach ihren Wünschen einrichten. Das ist ideal. Sie wird sich nicht so einsam fühlen, wenn sie sich während meiner Abwesenheit mit etwas beschäftigen muss." Sie sah Michael bittend an. „Du behältst sie im Auge, während ich fort bin, ja?"

„Ja, natürlich. Typisch, dass du dir Sorgen um andere machst. Wer behält dich im Auge?"

„Freddy. Das ist sein Job. Er sitzt mir dauernd auf der Pelle, ich soll richtig essen, meine Übungen machen und mich ausruhen."

Michael zog die Stirn kraus. „Ich verabscheue den Kerl, und ich traue ihm nicht. Für ihn bist du die Gans, die goldene Eier legt, nicht etwa eine Freundin."

Sie legte ihm die Finger auf die Lippen. „Schsch. Ich brauche euch beide. Deshalb bitte ich dich um dasselbe wie ihn. Lass ihn in Ruhe. Er ist mein Agent, und er ist gut in seiner Arbeit. Ich komme nicht ohne ihn aus." Tief durchatmend fügte sie hinzu: „Meine Karriere bedeutet mir viel. Ich bin ihr verpflichtet und deshalb auch ihm. Sie kommt gerade erst in Fahrt, und ich möchte nicht, dass mir etwas dazwischen funkt."

„Oder jemand?"

„Warum sagst du das? Ich liebe dich. Ich sehe keinen Grund, warum meine Karriere unserer Liebe im Weg stehen sollte. Du musst nur Verständnis für meinen Beruf aufbringen. Du darfst nicht eifersüchtig sein, Michael."

Er wandte sich ab, nahm sein Champagnerglas und trank es auf einen Zug leer. „Eine Karriere ist vielleicht nicht alles im Leben."

Sie sah ihn an, doch seine dunklen Augen waren starr auf das Feuer gerichtet. „Was meinst du?"

Er erzählte ihr schließlich von Bobby und seinem Kampf gegen Aids. Und dann mit stockender Stimme von seiner Entscheidung, so lange in Kalifornien zu bleiben, bis Bobbys Gesundheit sich entweder stabilisiert oder er ihn in den Tod begleitet hatte. „Meine Karriere ist mir nicht mehr so wichtig, wie sie einmal war", erklärte er. „Wenn ich bei deinen Zielsetzungen unterschwellig heraushöre, dass du unsere Beziehung deiner Karriere opfern würdest, mache ich mir natürlich Sorgen. Bedeute ich dir denn so wenig?"

„Nein, natürlich nicht, Michael. Das sage ich doch gar nicht. Es ist nicht dasselbe."

„Natürlich ist es das."

„Nein. Du bist Architekt. Deine Ausbildung ist abgeschlossen. Du kannst überall und zu jeder Zeit tätig werden. In meinem Beruf ist das anders. Ich muss es jetzt schaffen oder meine Chancen für immer aufgeben. Dies ist mein Augenblick."

„Das Leben ist eine Aneinanderreihung von Augenblicken. Bilde dir nicht ein, dies wäre der einzige. Glaube mir, der Mensch denkt, und Gott lenkt." Er nahm ihre Hände in seine. „Wichtig ist unsere Beziehung: die Liebe, die Ehrlichkeit, das völlige Vertrauen. Das erlebt man nicht alle Tage. Das muss beschützt und behütet werden wie eine junge Pflanze."

„Da bin ich deiner Meinung. Aber meine Karriere bedeutet mir viel. Warum sollte ich deiner Meinung nach eine Wahl treffen müssen?"

„Ich habe geglaubt, meine Position in der Architekturfirma in Chicago bedeute mir alles. Doch was ich dafür aufgegeben hatte, merkte ich erst, als ich heimkam. Mein Bruder war mir fremd geworden. Er wandte sich nicht mal an mich, als er herausfand, dass er sterbenskrank war. Was glaubst du, wie ich mich dabei gefühlt habe? Was bedeutet Karriere angesichts einer solchen Tragödie? Ich hatte ihn im Stich gelassen, als er mich am meisten brauchte." Er presste die Augen zusammen, und Charlotte umarmte ihn.

„Am schlimmsten ist, dass er unseren Eltern eine Lüge vorlebt“, fuhr er fort. „Mein Vater und meine Mutter wollen seine Homosexualität nicht wahrhaben. Sie verschließen die Augen vor seiner Krankheit – genau wie ich es getan habe. Er kann sich nicht überwinden, offen mit ihnen zu reden, weil er Ablehnung fürchtet. Er schweigt, obwohl ihn die Krankheit vielleicht umbringt. Ich weiß als Einziger davon.“ Er schüttelte den Kopf. „Ich hasse solche Lebenslügen. Wir sind eine Familie, wir sollten ehrlich miteinander umgehen.“

Mit heftigem Herzklopfen ermahnte sie sich, Michael endlich die Wahrheit zu sagen. Jetzt oder nie.

„Michael, du hasst Bobby nicht etwa dafür, dass er es dir gesagt hat? Weil er dir damit Sorgen und Probleme bereitet?“

„Bobby hassen? Natürlich nicht. Er war ehrlich zu mir, damit kann ich leben. Ich hasse meine Eltern, weil sie Bobby das antun. Weil sie ihn zu der Lüge zwingen.“

Sie öffnete den Mund, ihm alles zu erzählen. „Michael, ich ...“

„Was?“ Er hob ihr Kinn an und sah ihr in die Augen.

Sie zögerte. „Ich liebe dich.“

Er sah sie liebevoll an. „Warte hier“, bat er, stand auf und ging zu seiner am Boden liegenden Kleidung.

Charlotte beobachtete ihn. Er war wunderbar, und sie liebten sich so sehr. Warum konnte sie es ihm dann nicht sagen?

Er suchte in den Jacketttaschen und zog ein Schmuckkästchen heraus. Er klappte den Deckel auf, entnahm ihm einen Ring und kehrte zu ihr zurück.

„So hatte ich es eigentlich nicht geplant“, begann er, sobald sie wieder in seinen Armen lag, und hielt den Ring an ihre Hand. „Damals in Maine, als ich dich fast verloren hätte, wurde mir klar, dass du mein Leben bist. Wirst du meinen Ring tragen, Charlotte? Willst du mein Leben teilen?“

Charlotte starrte den Marquis-Diamanten, der zwischen seinen Fingern glitzerte, verblüfft an. Sie hatte nicht erwartet, dass diese Entscheidung so rasch auf sie zukam. Es ging zu schnell. Er wusste noch nicht einmal genau, wer sie war. Er hatte das Recht, es zu erfahren, ehe sie ihre Entscheidung traf. Aber wie konnte sie jetzt das Risiko einer Beichte eingehen und Gefahr laufen, ihn vielleicht zu verlieren?

Entscheidend ist unsere Beziehung, Charlotte. Die Liebe, die Ehrlichkeit, das völlige Vertrauen. So etwas erlebt man nicht alle Tage.

Sie liebte ihn von Herzen. Und er liebte sie, Charlotte Godfrey, und so sollte es bleiben. Er kannte keine andere. Und Charlotte Godfrey würde ehrlich mit ihm sein. Immer. „Ja“, antwortete sie mit Tränen in den Augen. „Natürlich will ich.“

Er steckte ihr den Ring an den Finger und umarmte sie.

Sie hielt ihn fest umschlungen und wünschte sich, diesen Moment nie zu vergessen. Nach einer Weile blickte sie ihm über die Schulter, streckte die Hand aus und bewunderte den Ring.

„Mrs. Michael Mondragon“, sagte sie und testete den Klang des Namens. „Charlotte Mondragon. Mrs. Mondragon ...“ Sie machte eine Pause und lachte hell auf. „Mon dragon. Natürlich! Mein Drache. Warum bin ich nicht eher darauf gekommen? So werde ich dich nennen. Mein Drache. Du bist mein Drache, weißt du?“

„Wie das?“

„Du forderst mich heraus. Durch dich habe ich meine Einsamkeit besiegt.“ Ihre Stimme wurde sanft. „Du hast mich wieder an Träume glauben lassen.“

Er küsste ihr die Wange und drückte sie an sich.

„Ich dachte eher, ich hätte dein Feuer entfacht.“

Sie lachte herzlich, drehte sich in seinen Armen, streichelte ihm die Hüften und zeigte ihm, wie Recht er hatte.

Das Telefon läutete vier Mal, ehe sie Helenas Stimme hörte.

„Mama? Mama, ich bin es, Charlotte."

Keine Antwort, aber sie hörte ein scharfes Einatmen. Sie hielt den Hörer mit beiden Händen fest und flehte, ihre Mutter möge etwas sagen.

„Mama, ich habe gute Neuigkeiten. Ich werde heiraten! Freust du dich nicht, Mama? Ich habe schließlich *jemanden* gefunden. Er ist wunderbar. Freundlich, fleißig. Er wird gut für mich sorgen, Mama. Wir werden in der Kirche heiraten. Und ..." Sie sprach weiter, da sie keine Antwort hörte. „Ich habe ein Haus gekauft. Ist das nicht wunderbar? Du kannst bei mir leben. Bei uns."

Stille am anderen Ende. Tödliches Schweigen. Charlotte umklammerte den Hörer.

„Bitte sag etwas, Mutter. Bitte! Du fehlst mir so sehr." Ihre Augen schwammen in Tränen, und ihre Stimme brach. „Mama?"

Es klickte in der Leitung, dann kam der Summton. Charlotte legte den Hörer auf die Gabel, senkte den Kopf in die Hände und weinte.

Freddy kochte vor Wut, als Charlotte ihm den Ring zeigte und ihm von ihrer Verlobung erzählte. Diesmal war er jedoch so klug, seine Gefühle zu verbergen. Charlotte würde bald ihre erste Hauptrolle spielen, und die ersten Kritiken über ihre Arbeit in *American Homestead* waren sehr positiv. Man sprach bereits darüber, wie brillant sie im gerade abgeschlossenen *Ein Tag im Herbst* war. Sie war definitiv in aller Munde. Sie war der aufgehende Stern, und die Angebote mehrten sich.

Der größte Knüller war der neue Film, eine Neuverfilmung

von *Camille*. Der außergewöhnliche Regisseur Joel Schaeffer hatte dieses Projekt schon länger vorbereitet. Charlotte hatte die Rolle der Marguerite bekommen und Hollywoodgrößen wie Ryder, Thurman und Stone aus dem Rennen geschlagen. Es war eine Traumrolle, ein richtiges Sahnestück. Charlotte war wie geschaffen dafür, und Schaeffer war Genie genug, es zu erkennen.

Also wollte Freddy im Augenblick nur, dass Charlotte glücklich war. Es hatte wenig Sinn, jetzt im Schmutz zu wühlen – und als solchen betrachtete er Michael Mondragon.

„Hör mir zu, Baby", sagte er und streckte eine Hand aus, Handfläche nach oben. „Ich habe dir noch nie einen schlechten Rat gegeben. Du musst diese Verlobung geheim halten."

Charlotte schüttelte verneinend den Kopf.

„Es ist mir ernst. Es ist der falsche Zeitpunkt." Verärgerung und aufkommende Panik klangen in seiner Stimme an, doch er versuchte es zu verbergen. „Wir haben ein Abkommen, du und ich. Ich habe meinen Teil eingehalten. Ich sagte dir, dass es schwer werden würde. Ich sagte dir, dass du mir vertrauen musst. Du hast mir deine Hand gegeben. Du hast geschworen."

„Ja, ich weiß."

Damit hatte er sie. Sie war eine zu anständige Person, als dass sie ihr Wort brechen würde. „Nur noch eine Weile, Baby. Dieser Film wird ein Kassenschlager. Sag deinem Matador, dass er sich ein bisschen abkühlen soll. Die Verlobung ist abgeblasen."

„Nein, ist sie nicht!"

„Zumindest wird der Ring abgezogen. Herrgott, Charlotte, bei deinem Aussehen könntest du einen Ring von der dreifachen, vierfachen Größe bekommen."

Charlotte blickte auf den einkarätigen Diamanten und dachte, dass sie keinen anderen wollte. „Ich trage ihn um den Hals", erwiderte sie störrisch.

Freddy wusste, wann er aufgeben musste. Er hatte so viel herausgeholt, wie er konnte. Mondragon war der Feind. Jedoch hatte er diese Schlacht gewonnen, und er hatte vor, auch den Krieg zu gewinnen.

15. KAPITEL

Freddy saß in seinem Büro am Wilshire Boulevard, lauschte stirnrunzelnd der Stimme am Telefon und blickte in den hellen Maitag hinaus. Er ignorierte die schönen Frauen, die auf der Straße flanierten, so bunt und vielfältig wie Frühlingsblumen. Vor seinem geistigen Auge sah er nur ein Gesicht, dasselbe, das er abends und morgens sah. Charlotte Godfrey. Sie war das Gesprächsthema bei dieser internationalen Produktion in Frankreich, wo „Camille" gedreht wurde.

„Was soll das heißen, sie hat Probleme? Welcher Art? Gibt es einen neuen Mann oder was?"

Er hätte nichts dagegen, wenn Charlotte sich mit einem ihrer vielen Kollegen, mit denen er sie aus Publicitygründen zusammenbrachte, tatsächlich einließe. Eine kurze Affäre wäre ihm sehr willkommen. Schließlich sollte es im Leben jeder jungen Frau einen französischen Liebhaber gegeben haben. Ihm war jeder recht, solange es nicht dieser Mondragon war.

„*Non*, es geht nischt um eine Mann", erwiderte Jean-Luc, der Assistent, den er angeheuert hatte, auf Charlotte aufzupassen. „Schon gar nischt um diese Mann."

Freddy war unruhig, solange Charlotte zum Drehen Tausende Meilen von ihm entfernt in einem entlegenen Dorf in der Provence war. Er wusste gern, was sie tat und mit wem sie redete. Deshalb hatte er Jean-Luc angeblich als ihren persönlichen Bodyguard eingestellt. Seine Hauptaufgabe bestand jedoch darin, als Freddys Augen und Ohren zu fungieren und so viel Kontakt wie möglich zwischen Charlotte und Michael Mondragon zu unterbinden.

„Erledigen Sie Ihre Aufgabe, oder Sie sind gefeuert."

„Isch mache meinen Job." Er schniefte. „Dieser Mondragon ist beharrlisch." Jean-Luc hatte etwas Mühe mit seinem Englisch. „Er ruft an über das Telefon und schickt Briefe jeden Tag. Und jetzt Blumen. Isch gebe Blumen an Scriptgirl. Sie ist glücklisch und denkt, sie sind von mir, *oui*?"

„Mir ist egal, wer sie bekommt, Hauptsache nicht Charlotte." Er machte eine kurze Pause. „Also, was ist los?"

„Sie sieht nischt so gut aus. Sie ist krank, glaube isch."

Freddy richtete sich im Sessel auf. „Was hat sie?"

„Die Ärzte hier, sie wissen nischt. Kopfschmerzen und Magenschmerzen. Müde."

Freddy hatte gehofft, dass die Monate im Ausland, die fremde Umgebung und die Anregung durch den neuen Film ihre Leidenschaft für Michael Mondragon abkühlen würden. Krank, das klang jedoch gar nicht gut. Verdammt, sie durfte jetzt nicht krank werden – oder depressiv. Von diesem Film hing einfach alles ab.

„Bleiben Sie ihr auf den Fersen. Lassen Sie nichts an sie ran, schon gar nicht diesen Mondragon. Unterbinden Sie jeden Kontakt."

Ein neuer kalifornischer Sommer stand bevor, und ein vierter Pflanzzyklus war im Gang. Die umfangreichen Vorarbeiten waren im Frühling erledigt worden, sobald die Tage länger wurden. Der Wind war kühl, und die Bewässerungen begannen sich auszuzahlen. Die scharfen, rotierenden Scheiben der Traktoren hatten die Erde zu einer feinen Krume verarbeitet, bereit für die Setzlinge. Wenn Michael jetzt über die sanften Hügel hinwegblickte, sah er das zarte Grün der treibenden Pflanzen. Er musste daran denken, was für eine sichere Zukunft er hier durch Pflanzen, Säen und Ernten aufbaute. Und er dachte an seine persönliche Zukunft, daran, dass er gern mit Charlotte eine Familie gründen würde.

Der Frühling war auch die Zeit der Reparaturen, in jeder Hinsicht.

Er arbeitete hart daran. Seine Schwester Rosa sprach immerhin wieder mit ihm. Das war ein Anfang. Sein Vater schien insgesamt milder zu werden, was er teilweise dem fortschreitenden Alter zuschrieb und teilweise dem Umstand, dass der Vater zufrieden sah, wie die Söhne das Geschäft übernahmen.

Derzeit baute Michael eine Blockhütte für Bobby. Er wischte sich mit dem Ärmel den Schweiß von der Stirn und betrachtete die Hütte, an die er soeben letzte Hand anlegte. Sie würde einmal Bobby gehören, damit er eine eigene Bleibe hatte. Das frisch geschlagene Holz wirkte freundlich. Ein gutes Omen.

Er hörte seinen Bruder rufen und sah ihn den Weg vom Haupthaus den Hügel heraufkommen. Michael hatte bewusst diesen Platz am Quellteich für die Hütte ausgesucht, in beruhigender, aber noch akzeptabler Entfernung vom Haus der Eltern. Bobby brauchte vielleicht einmal Pflege, falls sich sein Zustand verschlimmerte. Sogar aus der Ferne war jedoch zu erkennen, dass sich sein Zustand deutlich verbessert hatte. Das gab ihm Hoffnung. Vielleicht wurde er nie zum Pflegefall. Bobbys Gesicht war voller geworden, und die Wangen hatten eine gesündere Farbe. Was Luis zu dem freudigen Ausruf veranlasste: „Er hat wieder Fleisch auf den Knochen!“

„Du siehst gut aus, Bruderherz. Wie fühlst du dich?“

„Ich weiß nicht recht.“ Bobby rieb sich den Bauch. „Mamacita hat mich gerade mit meiner morgendlichen Ration abgefüllt. Was glaubst du, wie viel Chilipfeffer man essen kann, ehe es einem ein Loch in den Bauch brennt? ‚Die Hitze tötet Keime ab.‘“

Beide lachten über Bobbys Imitation ihrer Mutter. Sie sahen sich lächelnd in die Augen und wussten natürlich, dass Bobbys Erholung auf die Behandlung mit dem neuen Medikament zurückzuführen war. Es gab bereits Anzeichen, dass sich die Anzahl der Viren im Blut verringerte. Man hoffte, dass sie weiter zurückgingen, eine atemberaubende Hoffnung, die keiner laut auszusprechen wagte.

Zusätzlich zu Mamacitas gutem Essen nahm Bobby Mengen von Vitaminen, Mineralstoffen und Kräutermitteln zu sich. Während des Winters waren Übelkeit und Müdigkeit seine ständigen Begleiter gewesen. Doch er hatte den Schein gewahrt und nur Michael gezeigt, wie sehr er litt. Seit Frühlingsbeginn wurde es jedoch besser, was ihn in geradezu euphorische Stimmung versetzte. Michael hatte ihm 15.000 Dollar für die jährliche Medikamentenration gegeben und dabei gewusst, dass Bobby es nie zurückzahlen konnte.

„Wie wäre es, wenn du mit anfasst?" fragte er Bobby. „Schließlich ist es dein verdammtes Haus."

„O nein, *hermano*. Du suchst nur wieder Hilfe für lau. Ich weigere mich zwar, dein Haus anzunehmen, aber ich werde dir helfen, es zu bauen. Also, welches der Werkzeuge ist ein Hammer?"

„Sehr witzig." Michael warf ihm den Hammer zu. „Keiner von uns kann lange mit Papa zusammenleben. Und da ich nicht vorhabe, hier Wurzeln zu schlagen ...", er sah Bobby ruhig in die Augen, „... gehört das Haus dir."

Bobby schüttelte den Kopf, kam näher und nahm sich ein Bier aus dem Kühler. „Ich dachte, du würdest dein Leben hier genießen. Es läuft doch alles wunderbar für dich. Das Geschäft fährt jetzt den Lohn deiner Mühen der letzten drei Jahre ein. In diesem Frühling steht das Telefon nicht still." Er verzog den Mund zu einem schiefen Lächeln. „Alle Hausfrauen aus den Vororten fragen nach dem attraktiven Mr. Mondragon."

„Komisch. Zu mir dringen die Anfragen nicht durch."

„Charlotte würde sich meinen Kopf auf dem Silbertablett servieren lassen, wenn ich sie an dich durchstellte. Ich gebe sie weiter an Papa. Er denkt, die Damenwelt verlangt nach ihm."

„Deshalb stolziert er mit stolzgeschwellter Brust einher."

„Nicht nur Brust."

Michael lachte laut auf, nahm das kühle Bier, das Bobby ihm reichte, und trank einen kräftigen Schluck. „Tut das gut. Meine Kehle war ausgedörrt."

„Wundert mich nicht, du arbeitest wie ein Sklave."

„Ich hatte eine Menge Zeit totzuschlagen." Er nahm noch einen Schluck und versuchte nicht daran zu denken, wie einsam er sich ohne Charlotte fühlte.

Bobby wusste das und wechselte das Thema. „Du hast selbst Grund, dich stolz in die Brust zu werfen, Miguel. Sieh dich um hier, das ist alles dein Werk."

Michael war sich dessen bewusst. „Ja, das Geschäft läuft ganz gut", bestätigte er bescheiden.

„Ganz gut? Der Laden brummt. Der Umsatz hat sich verdoppelt, und die Pflanzen auf den Feldern stehen wunderbar. Rosa und Manuel sollten dir die Füße küssen." Bobby betrachtete ihn forschend. „Was du hier erreicht hast, scheint dir kein besonderes Vergnügen zu bereiten, oder?"

„Gute Frage. Manchmal gehe ich abends über die Felder, sehe die stabilen jungen Bäume oder die sprießenden Blumen und denke, ja, das Leben ist schön. Und dann frage ich mich wieder, was tue ich eigentlich hier? Ich bin Architekt. Ich habe mich ein Leben lang auf diese berufliche Karriere vorbereitet. Ich habe hart gearbeitet, studiert und meine Flucht aus dem Familienbetrieb geplant. Ich dachte ..." Er blickte über die Schulter zum Haus der Eltern. „Ich dachte, ich könnte mehr als das hier."

Bobby schnaubte. „Du redest wie ein echter akademischer Snob."

„Was soll das denn wieder heißen?"

„Wer hat dir weisgemacht, du wärst zu gut für Gartenarbeit?"

„So klar hat das niemand gesagt, aber die Botschaft war deutlich."

„Wie alt bist du eigentlich? Und du kümmerst dich immer noch darum, was die Leute mal gesagt haben? Ich will gar nicht erst davon anfangen, was man zu mir schon alles gesagt hat."

Michael hörte da keinerlei Selbstmitleid heraus und war beschämt. „Wenn ich bleibe, habe ich versagt."

„Faszinierend. Du glaubst, dein Erfolg hier ist unter deiner Würde? Das ist ja ganz was Neues, Versagen durch Erfolg."

„Tatsächlich ist Erfolg im Versagen eine alte japanische Vorstellung. Persönlichen Erfolg – oder Ehre – zu erringen, während dich die Welt als Versager einstuft, gilt als nobel."

„Gut herausgeredet." Bobby legte den Hammer elegant in die Werkzeugkiste zurück.

Michael verzog die Lippen und ließ den Blick über die frisch bepflanzten Hügel schweifen.

„Ich habe Papa versprochen, ihn zur Melton-Farm zu bringen, damit er neue Hühnchen holen kann. Mama will mehr Eier, um mich zu mästen." Lachend ging er und legte Michael im Vorübergehen eine Hand auf die Schulter. „Ich verstehe das mit dem Erfolg im Versagen. Sieh dir mein Leben an. In gewisser Weise hat mir die Krankheit die Augen geöffnet. Ich bin nicht mehr verdammt, morgen zu sterben, aber kuriert bin ich auch nicht. Jeder Tag kann mein letzter sein. Darin unterscheide ich mich nicht von dir oder jedem anderen. Wie ich es sehe, gibt es weder Erfolg noch Versagen, sondern nur Leben, und das jeden Tag, so gut wir es vermögen." Mit einem Klaps auf Michaels

Schulter ging er den schmalen Pfad zurück zum Haus der Eltern.

Stirnrunzelnd nahm Michael noch einen Schluck aus der Flasche, lehnte sich an die Hütte und legte den Kopf gegen das kühle raue Holz. Bobby hatte Recht, er war ein akademischer Snob. Während seiner Studienjahre an den besten Universitäten – Harvard, Wharton, Oxford – hatte er Stück für Stück Wissen und damit Selbstsicherheit aufgebaut. Er hatte Gelehrtenwissen gehortet und sich in der Gemeinschaft studierter Männer und Frauen wohl gefühlt. Sie waren seine Familie geworden.

Doch seit seiner Rückkehr merkte er, dass sie nicht seine Familie waren. Das Gesicht eines Professors verströmte nicht dieselbe Freundlichkeit wie die Gesichter der Lieben daheim. Ein schlaffer Händedruck unter Kollegen verblasste gegenüber den gefühlvollen Umarmungen der Angehörigen.

Warum hielt er sich für einen Versager, wenn er nicht auf seinem akademischen Gebiet erfolgreich war? Weil man ihm ein Leben lang eingetrichtert hatte, dass die Arbeit auf akademischen Feldern der auf echten überlegen war?

Aber verschaffte ihm das eigenhändige Bauen dieses Blockhauses nicht ebenso viel Befriedigung wie das Entwerfen von Wolkenkratzern auf Papier? Dieses Haus hatte nur zwei Schlafräume, einen großen zentralen Raum mit einem massiven Kamin und eine breite Veranda vor der Tür, mit Blick über das duftende Tal. Er schaute über die wohl bestellten Felder ringsum. Verglichen mit den verdorrten Pflanzen bei seiner Ankunft standen dank des neuen Bewässerungssystems jetzt alle Büsche, Bäume und Blumen in sattem Grün. Und Bobby ... dem ging es so gut wie seit Jahren nicht mehr. War das etwa kein Erfolg?

Er wusste es nicht. Nachdem er ein Leben lang nach akademischem Wissen gestrebt hatte, erschütterte es ihn, diese Frage nicht beantworten zu können.

Vicki Ray war in Frankreich, um für „Entertainment Tonight" über die letzten Drehtage des Films *Camille* zu berichten. Soweit sie in Erfahrung bringen konnte, hatten die Dreharbeiten Charlotte Godfrey beinah umgebracht.

Joel Schaeffer, der Regisseur, unter dem Druck ein Meisterwerk abzuliefern, trieb die Schauspieler an und ließ die Szenen gnadenlos wiederholen, bis sie seinen Ansprüchen genügten. Niemand bezweifelte Joels Genie. Drehbuchautoren standen bereit, Kameraleute waren in Hab-Acht-Stellung. Einer kleinen Gruppe von Ortsansässigen gestattete man, hinter Absperrungen die Filmarbeiten zu verfolgen. Sogar die stolzen und distanzierten Bewohner der Provence gierten nach dem schönen neuen Star aus Amerika, der ihre geliebte Kameliendame verkörperte.

Vicki stand mit dem Rest der Presse am Rande des Set, als ein aufgeregtes Raunen durch die Menge ging. Alle drängten nach vorn. Die Wohnwagentür öffnete sich, und Charlotte Godfrey kam heraus.

Sogar Vicki, eine hartgesottene Showbusiness-Reporterin, blickte voller Ehrfurcht auf Charlotte in ihrem spektakulären Kleid in Lavendel und Weiß. Schwer auf den Arm ihres Bodyguards gestützt, ging sie zum Set, vorbei an einer fasziniert starrenden Menschenmenge.

Charlottes Kleid würde zweifellos einen Oscar für das beste Kostüm gewinnen. Seinen ganzen Charme verlieh ihm jedoch die Frau, die es trug. In ihr goldenes Haar waren Kamelien geflochten. Ihr Gesicht war bleich wie die Blüten, und sie wirkte unglaublich zerbrechlich. Charlotte Godfrey schien die Menge nicht zu bemerken, als sie zum Drehort geführt wurde. Sie blickte geradeaus, gelassen und konzentriert, fast hypnotisiert. Vicki Ray beschrieb es später besser in ihrem Bericht: „Wie jemand in Trance".

Die ausländischen Fans akzeptierten das als Konzentration und waren nicht beleidigt, als sie vorbeiging und die Menschen ignorierte. Sie verstummten ehrfurchtsvoll und flüsterten bestenfalls Komplimente. Im Gegensatz zum amerikanischen Publikum, das Winken und Lächeln erwartete und es übel nahm, übersehen zu werden. Vicki vermutete, dass diese Konzentration Charlotte den Ruf eingebracht hatte, ein eingebildeter Snob zu sein. In gewisser Weise machte sie das noch neugieriger auf die private Charlotte Godfrey.

Zweifellos war ihre schauspielerische Leistung genial. Entweder sie war die beste, methodischste Schauspielerin, die sie je erlebt hatte, oder die Frau war tatsächlich krank. Und Joel ließ nicht locker. Er ließ die Szene zuerst als Ganzes aufnehmen. Dann folgten mehrere Nahaufnahmen, meistens von Charlottes, aber auch von dem ausdrucksvollen Gesicht ihres Filmpartners. Joel verlangte Authentizität, und nach Charlottes Blässe zu urteilen, bekam er sie. Niemand glaubte den Mist, den ihr Agent verbreitete, sie leide unter einer Allergie. Als sie in der Todesszene hustete und keuchte, trat sogar ihr Bodyguard besorgt vor, die stechenden dunklen Augen auf sie gerichtet. Was geht hier vor? fragte sich Vicki.

„Wunderbar! Schnitt und fertig!" rief Joel strahlend. Die Mannschaft applaudierte, glücklich über die Leistung und das Ende der Szene. Es war für alle ein langer Tag gewesen. Charlotte Godfrey wurde von ihrem Bodyguard fast zum Wohnwagen getragen. Niemand bekam Zugang zu dem Star. Vicki war jedoch entschlossen, ihre Story zu bekommen. Diese Godfrey faszinierte sie.

„He, Joel!" rief sie und trottete hinter dem Regisseur her. „Vicki Ray von ‚ET'. Irgendein Kommentar zum Film oder seinem Star?"

Der geheimnisvolle Regisseur, groß und dünn, wandte sich finster blickend an seinen PR-Direktor, einen Mann mit sensiblem Gesicht, Ralph-Lauren-Brille und langen, lockigen Haaren. Vicki hatte ihn mit ihrer Entschlossenheit bereits überrumpelt. Der arme Mann wand sich regelrecht unter dem Blick des Meisters.

„Sag ihr, ich treffe mich morgen Nachmittag um vier mit ihr und allen anderen Journalisten."

„Was? Damit bleibt Ihnen genügend Zeit, Charlotte Godfrey in Paris in ein Flugzeug zu setzen!"

Die Presse wusste, dass die Produzenten von *Camille* keinen Kontakt mit dem Star wünschten, bis die Ausschnitte für die Vorabveröffentlichung herauskamen. Die Cutter arbeiteten bereits daran, ehe sie den eigentlichen Film in Angriff nahmen. Der Druck war groß, und man wollte die Erwartungshaltung schüren. *Camille* würde ein Knüller werden, das wussten alle. Produzent und Regisseuer wollten ihn vor den Feiertagen und den Oscarverleihungen herausbringen. Das war der Weg von Kassenschlagern.

„Kommen Sie schon", drängte Vicki Ray. „Ein kurzer Kommentar."

Schaeffer drehte sich um, das Gesicht angespannt. Der PR-Mann vertrat ihr den Weg. Einen Moment lang dachte Vicki, sie hätte das Interview geschmissen. Doch dann funkelten Schaeffers Augen vergnügt, und er winkte seinen PR-Mann beiseite.

„Sie dürfen mich zitieren, dass Charlotte Godfreys Leistung genial war. Sie ist besser als die Garbo." Er machte eine Pause und sah seinen PR-Mann an. Dann lächelte er breit und selbstzufrieden. „Sagen Sie dem Publikum, Garbo lebt."

Garbo lebt! lautete die Schlagzeile in *Variety*, als die ersten Presseveröffentlichungen herauskamen. Ehe Charlotte Kalifornien erreichte, sprachen bereits alle von ihrer Oscar-Nominierung.

Freddys Schutzbehauptungen und Charlottes Verlangen nach Privatsphäre galten als reine Publicitymasche, um Garbos Zurückgezogenheit zu imitieren, was die Paparazzi zu Überstunden antrieb. Die PR-Leute bei Miramax waren begeistert von dem Vergleich mit Garbo, spielten mit und wiederholten Freddys vorbereitete Presseerklärungen, Charlotte sei der geborene Einsiedler.

„Nun ja", beharrten sie, wenn die Presse weiterbohrte, „Charlotte bevorzugt ihre Privatsphäre, wie die Garbo früher."

Auf der Heimreise trug Charlotte ein schlecht sitzendes schwarzes Samttop, einen ausgebeulten schwarzen Rock mit Fransen am Saum, rote Schuhe und eine riesige Sonnenbrille. Freddy ließ sie mit dem Wagen abholen, damit sie nicht in der Öffentlichkeit warten musste.

So etwas war üblich. Ihr Aufzug brachte ihn allerdings zum Lachen, denn mit der Sonnenbrille sah sie mehr wie ein Star aus, als wäre sie in Pelz und Seidenschal dahergekommen. Charlotte verschwieg ihm, dass ihre Augen lichtempfindlich geworden waren und sie den Schutz brauchte.

Sie verabschiedete sich gleich am Flughafen von Freddy und bestand darauf, allein in der Limousine nach Haus zu fahren. Freddy maulte, doch sie blieb hart.

Ein Tross von Fotografen, die ihr gnadenlos die Kameras ins Gesicht hielten, folgte ihr. Sie war froh, bald hinter der Mauer zu verschwinden, die jetzt Haus und Grundstück umgab. Freddy hatte darauf bestanden, das Anwesen abzusichern. Elektronische Augen und Ohren, die auf Körperwärme oder Bewegung reagierten, machten es zur uneinnehmbaren Festung. Das sei nötig, hatte Freddy behauptet, bei all der verrückten Fanpost, die sie erhielt.

Wer konnte schon wissen, was einem übereifrigen Fan vielleicht einfiel. Sie hatte ihn exzentrisch gescholten, aber jetzt dankte sie ihm insgeheim.

Der Fahrer näherte sich dem verborgenen Eingang, der dank schwerer Eisentore und Sprechanlage geheimnisvoll wirkte. Charlotte achtete mehr auf die üppig blühenden Kletterhortensien als auf das blinkende rote Licht der Sensoren. Die Tore schwangen auf. Sie ließ das Fenster hinuntergleiten und roch Jasminduft aus dem Garten. Sie war zu Hause. Das kleine Haus am Hang bedeutete ihr unendlich viel. Besonders nach Michaels Umbau zu einem offenen, auf mehreren Ebenen gelegenen Refugium mit Blick über Garten und Tal. Es war eine Liebeserklärung von ihm an sie.

Sie entstieg der großen schwarzen Limousine, ohne auf die Hilfe des Chauffeurs zu warten. Sobald er ihr schweres Gepäck ins Haus getragen hatte, verabschiedete sie ihn und war froh, als sich die schweren Tore hinter ihm schlossen. Endlich allein.

Hier würde ihr niemand sagen, wo sie stehen, was sie anziehen oder sagen sollte. Sie war auch befreit von ihrem Gefolge: Freddy, ihrer persönlichen Zofe, ihrer Friseuse, ihrer Sekretärin, ihrer Presseagentin. Auch vom Drängen ihres New Yorker Finanzberaters, ihres Anwalts und ihres Geschäftsmanagers. All diese Menschen erfüllten ihre Aufgaben, ohne an ihr als Person interessiert zu sein. Keiner war ein Freund.

Ein dumpfer Schmerz pochte, vom Nacken ausgehend, in ihrem Kopf, ein sicheres Indiz, dass ein Migräneanfall lauerte. Sie würde mehr Schmerzmittel nehmen müssen. Vielleicht musste sie etwas essen. Aber hier, zu Hause, würde sie sich zweifellos bald besser fühlen. Sie brauchte nur ein bisschen Ruhe. Tief einatmend sog sie den süßen Duft ein, den der Garten im Juni verströmte. Ein schönes Gefühl, nicht mehr im Wohnwagen leben und nicht mehr im Scheinwerferlicht stehen zu müssen.

Die Veränderungen im Haus waren erstaunlich. Sie hatte seit der Renovierung so wenig Zeit hier verbracht, dass sie es kaum wiedererkannte. Gleich beim Eintreten hatte man diesen herrlichen Blick auf den von Michael gestalteten Garten.

Lächelnd rief sie: „Melanie?“ Keine Antwort. Alles war still. Sie stellte die Tasche ab, legte die weißen Handschuhe auf die Kommode im Eingang und sah kurz den Stapel ihrer Post durch. Nichts von Michael.

Sie schnupperte und nahm den Duft von Melanies Parfum wahr. Das ganze Haus duftete danach. Als sie sich genauer umsah, entdeckte sie überall ein paar von Melanies Sachen. Ihre Kristallsammlung und kleine Porzellanfigürchen. Ein Roman, den sie las, lag aufgeschlagen auf dem Sofa. Nur wenig deutete darauf hin, dass sie, Charlotte, hier lebte.

Im Bad packte sie ihre Toilettenartikel aus, wusch sich die Reisemüdigkeit aus dem Gesicht und cremte es sorgfältig ein. Morgen bestelle ich die Masseuse, dachte sie und rieb sich den schmerzenden Nacken. Massageöl mit Jasminduft und Ruths Zauberfinger, die die Verspannungen wegkneteten, das war es, was sie brauchte.

Für das luxuriöse Bad hatte Michael gewölbte Decken und große Fenster entworfen, die sich weit zum Garten hin öffnen ließen, während sie sich im Sprudelbad entspannte. Bobbys Beitrag waren amüsante pausbackige Engelchen an der Decke, die sie mit großen Augen ansahen und auf sie zeigten.

Charlotte gab einige Tropfen ihres Lieblingsparfums – ein Geschenk von Michael – ins Badewasser und konnte kaum glauben, dass es vier Monate her war, seit sie sich geküsst und geliebt hatten.

Der betörende Duft erfüllte den Raum. Plötzlich wurde ihr übel. Sie schaffte es gerade noch zur Toilette. Der Stress von vier

Monaten Filmarbeit, acht Stunden Flug, zwei Schmerztabletten und ihrer Einsamkeit ohne Michael forderte seinen Tribut.

Als Melanie das Haus betrat, wusste sie, dass Charlotte zurück war. Eine ihrer geliebten Opernarien plärrte aus dem Lautsprecher, ihre Louis-Vuitton-Koffer versperrten den Flur, und ihr Badeparfum durchzog das Haus. Erfreut warf sie Aktentasche und Handtasche zu den Koffern und eilte durch das Wohnzimmer.

„Charlotte! Willkommen zu Hause. Wo bist du, Süße?"

An der Tür zu Charlottes Schlafzimmersuite blieb sie stehen und sah niemanden. Sie wollte schon wieder gehen, als sie hörte, wie sich im Bad jemand übergab.

Sie eilte zu ihr. „O Gott, was ist los mit dir?" fragte sie mitfühlend und hielt ihre schmalen Schultern, während sie würgte. Wie dünn Charlotte geworden war, machte ihr Angst. Ihre Schultern waren nur noch Knochen unter blasser Haut. Ihr Haar hing schlaff und glanzlos herab.

Als Charlotte sich erschöpft an sie lehnte, wischte sie ihr das Gesicht mit einem feuchten Waschlappen ab und half ihr auf. Sie wickelte die fröstelnde Charlotte in einen Bademantel und führte sie zum Bett.

„Diesen Freddy bringe ich um." Bei ihrer rauchigen Stimme klang sogar eine Drohung sexy. Charlotte wollte lächeln, konnte aber nicht. Kraftlos sank sie in die Kissen und schloss die Augen, unter denen tiefe dunkle Schatten lagen. Ihre ohnehin betonten Wangenknochen traten eckig über eingefallenen Wangen hervor.

„Es ist nicht seine Schuld, Mel. Er bemuttert mich wie eine Glucke. In Frankreich hat er mir sogar einen persönlichen Bodyguard zur Seite gestellt. Hatte einen Black-out ... tat alles, was er konnte."

„Ich hole dir etwas zu essen."

„Nein!" stöhnte Charlotte. „Ich kriege nichts herunter."

„Was? Bist du magersüchtig oder was?"

„Nein, das ist es nicht."

„Warst du beim Arzt?"

„Bei mehreren. Keiner weiß, was mir fehlt. Angeblich brauche ich einen Therapeuten." Melanie war außer Michael der einzige Mensch, dem sie sich anvertrauen konnte. „Ein Psychologe meinte, ich litte unter einer emotionalen Störung." Sie kicherte halb weinend. „Mit anderen Worten, ich bin verrückt."

„Du bist der psychisch stabilste Mensch, den ich kenne. Der Mann ist ein Idiot. Jeder sieht, dass du unterernährt bist. Dir fehlen ein paar gute Mahlzeiten."

„So spricht der wahre Küchenchef." Charlotte öffnete ein Auge und lächelte ihre Freundin an.

Melanie hatte sich in den letzten Monaten sehr verändert. Keine aufreizende, enge Kleidung mehr, keine grelle Schminke, kein platinblondes Haar, keine hohen Hacken. Sie hatte sich das Haar in Kinnlänge abschneiden lassen, und die weichen braunen Locken schmeichelten ihrem runden Gesicht. Sie hatte Gewicht zugelegt, mindestens zehn Pfund, was die Hosen und Pullover in schmeichelnden Rundungen ausfüllte. Sie wirkte nicht mehr so trendy und jung wie in Leggings und gekrempelten Socken, dafür aber zufrieden mit sich, weniger aufreizend, und dafür sehr anziehend. Eine Frau, die Äußerlichkeiten nicht mehr überbetonen musste, weil sie ihre inneren Werte entdeckt hatte.

„Genug von mir. Erzähl mir, was sich seit unserem letzten Zusammensein getan hat. Wie geht es in der Schule voran?" Obwohl sie im Bett unter mehreren Decken lag, fror sie erbärmlich.

Melanie ließ sich strahlend auf die Bettkante fallen. „Es läuft großartig. Ich gehe gern zur Schule, liebe den Unterricht und wache jeden Morgen gern auf. Vielleicht ist es außer einem natürlichen Talent vor allem die Freude an der Arbeit, die mich so gut macht. Mein Freund Junichi wartet nur noch auf die Schanklizenz, dann will er ein neues japanisches Restaurant eröffnen. Es ist viel passiert, seit du weg bist. Die Docks haben sich wunderbar entwickelt. Junichi hat schöne japanische Stühle und Tische entworfen, damit die Leute draußen ihr Sushi naschen und dabei den Sonnenuntergang betrachten können."

Nach einer kurzen Pause fuhr sie fort: „Es wird bestimmt ein Erfolg. Die Sterne stehen gut, und die Kunden klopfen schon an die Fenster, während wir noch drinnen arbeiten, und fragen, wann wir eröffnen. Du bist natürlich unser erster Gast."

„Natürlich. Ich kann es kaum erwarten. Ich bin froh, dass ich die Eröffnung nicht verpasst habe."

„Was heißt ‚verpasst'? Wir hätten niemals ohne dich eröffnet. Du bist Teilhaberin."

„Eine stille."

„Wie auch immer."

„Du verbringst auch außerhalb der Arbeit eine Menge Zeit mit Junichi?"

Melanie furchte leicht die Stirn und wurde ausweichend. Sie war vorsichtiger geworden, weniger überschwänglich und arbeitete konzentriert an ihrer Ausbildung. Humor und Esoterik-Ideale waren ihr nicht abhanden gekommen, aber sie hatte auch eine neue, hart erkämpfte Selbstachtung erworben. Sie warf sich nicht mehr leichtfertig weg. Charlotte dachte daran, mit welch leuchtenden Augen Melanie im letzten Winter ihren wunderbaren Sushi-Lehrer Junichi Takamoto beschrieben hatte.

„Wir sind gute Freunde", erklärte sie und wandte den Blick ab. „Er ist sehr sexy. Keine große Sache."

Charlotte zog skeptisch die Stirn kraus.

„Na ja“, räumte sie ein, „möglicherweise ist er doch eine große Sache. Er ist etwas Besonderes. Er ist anders als die Männer, die ich kannte. Er behandelt mich anders. Du weißt schon, er öffnet mir die Türen, nimmt meinen Arm, wenn wir eine Straße überqueren, oder legt einen Arm um meine Taille, wenn wir beieinander stehen. All das, was Michael auch bei dir macht. Jeder träumt wohl davon, jemand zu finden, der dich liebevoll behandelt.“

„Und den hast du in Junichi gefunden?“

Melanie zuckte lächelnd die Schultern. „Ich möchte nicht zu viel verraten. Ich gehe die Sache langsam an. Sagen wir mal so, als ich sah, was er in seinem Einkaufswagen hatte, wusste ich, dass es Hoffnung für mich gab.“

„In seinem Einkaufswagen?“

„Der Inhalt des Einkaufswagens verrät einiges über den Menschen, der ihn schiebt. Wenn ich jemand mit jeder Menge Bier und tiefgefrorenen Hamburgern sehe, bin ich bedient. Der reine Stubenhocker. Bei Fischstäbchen laufe ich in die entgegengesetzte Richtung davon.“ Sie schauderte.

Charlotte lächelte. „Okay, du machst mich neugierig. Was hatte Junichi in seinem Wagen?“

„Lachs. Baguette. Eine Dose Hundefutter. Und eine gute Flasche Wein.“

„Ich muss noch viel lernen.“

„Zu spät für dich, Kleines. Bei dir gibt's nur noch Tortillas und Bohnen. Apropos. Hast du Michael schon angerufen?“

„Nein. Ich bin gerade erst gekommen.“

„Tu mir einen Gefallen, und ruf ihn an. Er hat sich hier fast jeden Tag gemeldet und verzweifelt versucht, dich zu erreichen. Er fragte, wann du zurück sein würdest, und fluchte sogar auf Spanisch, was ich nicht von ihm gewöhnt bin. Sonst ist er doch der ruhige starke Typ. Eigentlich überrascht es mich, dass er nicht schon hier ist.“

Ein Lächeln zuckte um Charlottes Mund. „Er hat verzweifelt versucht, mich zu erreichen?"

„Kann man wohl sagen. Wenn er dieses Haus nicht gebaut hätte, hätte er es wohl abgerissen, um zu sehen, ob du wirklich nicht da bist."

Charlotte langte nach dem Telefon und wählte mit zittrigen Fingern seine Nummer. Beim dritten Klingeln hörte sie Michaels Stimme auf dem Anrufbeantworter. Sie seufzte enttäuscht, doch allein seine Stimme zu hören, war anregend. Als die Ansage endete und der Piepton erklang, fuhr sie sich über die Lippen, nicht sicher, was sie nach all der Zeit sagen sollte.

„Michael ... ich bin's. Ich bin zurück." Ihr versagte die Stimme. Sie wollte schon auflegen, als sie es klicken hörte.

„Charlotte?" fragte er eindringlich.

„Ja."

„Ich bin unterwegs."

Als wenig später die Türglocke läutete, fühlte Charlotte sich besser. Im Seidenkleid von Versace, das Haar zu einem lockeren Knoten geschlungen und kunstvoll aufgelegtes Make-up gaben ihr Sicherheit. Ein letzter Blick in den Spiegel verriet den nackten Hals.

Mein Ring! Eilig holte sie ihn aus dem Schmuckkästchen. Es läutete wieder. Ihr blieb keine Zeit, den Ring auf die Kette zu fädeln, deshalb steckte sie ihn an den Finger und lief zur Tür. Leicht befangen, atmete sie noch einmal tief durch und öffnete.

Plötzlich vor Michael zu stehen nach all den Monaten der Sehnsucht war wie ein Traum. Das schmale nachdenkliche Gesicht, die dunklen Augen, das noch feuchte, im Nacken zusammengebundene Haar, ein weißes, langärmeliges Hemd, schwarze Hose mit einem schmalen Ledergürtel und Ledersandalen, das alles nahm sie mit einem Blick wahr.

Einen Moment standen sie sich wie hypnotisiert gegenüber. Auch Michael betrachtete sie, besorgt über ihren Gewichtsverlust. Sein Blick wanderte zu ihrem Hals, wo sie normalerweise den Ring an einer Kette trug. Kaum merklich verfinsterte sich seine Miene.

Charlotte legte ihm rasch die linke Hand auf die Brust. Er sah hinab, entdeckte den Ring und lächelte.

„Ich habe dir geschrieben", begann er und sah ihr in die Augen, „ich habe angerufen und ich habe Blumen geschickt."

„Blumen?" wiederholte sie erfreut.

„Du hast sie nicht bekommen? Das verstehe ich nicht."

„Das klären wir später. Nimm mich erst mal in die Arme."

Er kam einen Schritt näher und folgte der Bitte sofort.

„Ich bringe den Kerl um!"

„Es ist doch nicht mehr wichtig. Ich bin hier bei dir. Solange wir zusammen sind, ist alles okay."

„Es ist wichtig", widersprach Michael resolut.

„Ich möchte nicht, dass du dich mit Freddy anlegst. Ich werde ihm sehr deutlich sagen, dass er sich nie wieder in mein Privatleben einmischen soll."

„Nach alledem wirst du den Kerl doch nicht als deinen Agenten behalten?"

Charlotte saß sehr still. „Ich möchte darüber jetzt nicht reden."

„Ich aber. Er ist nicht gut für dich, und er ist zweifelsfrei schlecht für uns. Er will uns auseinander bringen, siehst du das nicht?"

„Natürlich sehe ich das. Und ich werde ihm klar machen, dass er das nicht kann. Ich werde mit Freddy fertig."

Melanie betrat den Raum, die Arme vor der Brust verschränkt. „Freut mich, das zu hören, er ist nämlich am Telefon."

Leicht beklommen stand Charlotte auf. „Ich komme." Sie wollte einige Dinge gleich klären.

Melanie und Michael tauschten einen mitfühlenden Blick, während sie telefonierte. Melanie lehnte sich mit verschränkten Armen an die Wand. Michael nahm sein Glas, ohne zu trinken. Er schwenkte die Eiswürfel, bis Charlotte auflegte und in den Raum zurückkehrte.

Melanie stieß sich von der Wand ab. „Also? Was wollte das Ekel?"

Charlotte rieb sich fröstelnd die dünnen Arme. Sie hatten wegen Michael gestritten. „Er hat ein neues Projekt, das er mit mir besprechen möchte. Es geht um viel Geld, und er sagte, es ist eine großartige Rolle."

„Wann soll es losgehen?" fragte Michael skeptisch.

„Ich bin nicht sicher. Ziemlich bald."

„Verdammt, Charlotte!" explodierte Melanie. „Er bringt dich um. Du brauchst eine Pause. Du kannst nicht gleich wieder arbeiten. Sieh dich doch an!"

„Ich weiß." Sie hatte Freddy dasselbe gesagt, doch er hatte ihre Einwände mit seinem üblichen Elan beiseite gewischt. Alles würde großartig werden, hatte er gemeint, sie solle es nur ihm überlassen.

Er war vollkommen fixiert auf den Abschluss dieses neuen Vertrages und würde ihren Widerstand gnadenlos zu brechen versuchen. Im Augenblick bezweifelte sie, genügend Kraft zu haben, um ihm Paroli bieten zu können. Sie brauchte Erholung. „Ich muss weg", sagte sie. „Er will herkommen."

„Gut!" meinte Michael ungehalten. „Ich hätte ihm einiges mitzuteilen."

„Ich will ihn nicht sehen. Ich möchte keine Szene."

Michael stand entschlossen auf. „Dann schnapp dir deine Koffer, wir gehen."

„Was? Wohin?“

Er nahm ihr Gesicht zwischen beide Hände und sah ihr in die Augen. Er wollte sie nicht bedrängen, wie Freddy es tat. Sie sollte sich frei entscheiden.

„Komm mit zu mir nach Haus. Ich habe eine kleine Blockhütte am Wald. Es ist schön dort, umgeben von Bäumen, mit Blick auf den See. In der Gärtnerei bist du sicher. Es ist abgelegen und privat. Zwischen Blumen und Büschen kannst du dich ausruhen und wieder zu Kräften kommen. Meine Mutter wird dich mit guter mexikanischer Küche aufpäppeln. Bobby bringt dich zum Lachen, und ich ...“ Er sah ihr tief in die Augen. „Ich werde dich vor allem schützen, was dich in irgendeiner Weise belasten könnte.“

„Ich ... ich kann nicht einfach verschwinden. Ich habe Verpflichtungen. Ich muss einige Leute benachrichtigen.“

„Das übernehme ich“, erbot sich Melanie. „Dafür bezahlst du schließlich Presseagenten und Sekretärinnen.“

„Charlotte, du schindest Zeit. Ja oder nein?“

„Deine Koffer sind gepackt“, drängte Melanie. „Du musst sie nur ins Auto werfen.“

Sie konnte Michaels impulsiven Vorschlag kaum fassen. Er handelte nie unüberlegt und sie auch nicht. Das machte seine Einladung umso verlockender.

„Es ist wie in *Camille*. Marguerite ist krank, und ihr Geliebter bringt sie aufs Land, damit sie sich erholt.“ Lachend fügte sie hinzu: „Es ist wohl nicht angemessen zu erwähnen, dass sie starb.“

„Schreib dein eigenes Ende“, riet Melanie. „Fahr nur und sei glücklich. Ich halte hier die Stellung.“

„Charlotte?“ Michael wurde ungeduldig.

„Bitte, Melanie, ruf Mrs. Cookson an und sag ihr, sie möchte alle informieren, dass ich auf unbestimmte Zeit verreist bin. Die

Adressen sind in meinem Rollregister.“ Charlotte überlegte, dass Freddy sie holen würde, wenn er wüsste, dass sie mit Michael zusammen war. „Wenn Freddy kommt, sag ihm, ich bin auf dem Land zur Kur und erhole mich. Der Vorschlag kam ja sogar von ihm.“ Obwohl sie mit Melanie sprach, sah sie Michael an, und der lächelte.

16. KAPITEL

Michael brachte sie in der Blockhütte unter. Charlotte fand das Haus mit den zwei Schlafzimmern bezaubernd und hörte erstaunt, dass er es selbst gebaut hatte. Mittelpunkt des großen Wohnraumes war ein massiver Kamin. Abgesehen von einem neuen Doppelbett, einem großen Eichentisch und einigen aus Ästen gezimmerten Stühlen gab es kein Mobiliar.

Gleich nach der Ankunft steckte Michael sie ins Bett, damit sie sich ausruhte. Sie fühlte sich geborgen wie in einem Kokon, murmelte noch etwas, wie schön das Haus sei, und war bereits eingeschlummert.

Sie schlief drei Tage in dem großen Himmelbett, während Michael auf einer Liege im Nebenraum nächtigte.

Später erinnerte sie sich vage, Wasser und kräftige Hühnerbrühe getrunken zu haben, die Michael ihr auf einem Tablett servierte, und ins Bad gewankt zu sein.

Am Morgen des vierten Tages erwachte sie zum Geräusch eines Sprengers, der in Intervallen den frisch gesäten Rasen vor dem Haus wässerte. Aus der Ferne hörte sie das Brummen eines Traktors, Vogelgezwitscher und gelegentliches Rufen. Ihre Knochen fühlten sich bleiern an, und ihr Mund war trocken.

„Du bist wach“, stellte Michael in der Tür stehend fest. „Möchtest du ausprobieren, ob dich deine Beine tragen?“

„Ich bin noch sehr müde.“

„Dann bleib im Bett. Du kannst es dir leisten, du hast nichts zu tun.“

Faulenzen war ihr jedoch fremd. „Ich glaube, ich stehe auf.“ Das tat sie, wenn auch auf wackeligen Beinen. Nach einem Bad in einer Wanne mit Löwenfüßen und Michaels Rücken- und Kopfmassage hüllte sie sich in einen blauen Bademantel.

Michael brachte ihr ein Glas Wasser mit Zitrone. „Du musst viel trinken, um Toxine auszuspülen. Bobby hat mir einen ganzen Maßnahmenkatalog und Vitamine für dich gegeben.“ Er verschwieg, dass er die Schmerztabletten in ihrer Kulturtasche gefunden hatte. Darüber würden sie später reden, wenn sie kräftiger war.

„Du verwöhnst mich. Ich sollte dir helfen.“

„Nein, *Querida*, ruh dich aus. Ich sorge für dich. Trink das Wasser. Ich mache uns etwas zu essen.“

Weitere zwei Tage tat sie nichts und ließ sich rundum verwöhnen. Sie schlief so gut wie nie. Michael sah mehrmals täglich nach ihr, obwohl er in der Gärtnerei eine Menge zu tun hatte. Bobby kam vorbei, um mit ihr zu plaudern. Am Abend kochte Michael für sie und las ihr später etwas vor, während sie in seinen Armen lag. Am fünften Tag fühlte sie sich fit genug, um wieder hinauszugehen, eigentlich sogar gut genug, sich ein wenig zu langweilen.

Da überbrachte Michael ihr die Einladung seiner Eltern zum Sonntagsdinner. Er erklärte, es sei Familientradition, sich jeden Sonntag bei seinen Eltern zum Essen zu treffen.

„Süß“, erwiderte sie und schlürfte ihren Tee. „Hast du viele Mädchen mit zum Essen gebracht?“

„Nein, eigentlich keine. Ich habe Mädchen ... Frauen auf einen Drink mit nach Hause gebracht oder einfach, um Hallo zu sagen. Aber eigentlich war es mir immer lieber, Familie und Freunde zu trennen. Das waren ...“, er zuckte die Achseln und blickte auf seine Hände, „... verschiedene Welten.“

Eine unerwartete Antwort. Sie hatte damit gerechnet, dass er bei seinem guten Aussehen ganze Ladungen von Freundinnen heimgeschleppt hätte. Ihrem Besuch gab das allerdings eine besondere Bedeutung.

„Vielleicht sollte ich noch warten, bis es mir besser geht“, versuchte sie es hinauszuzögern.

„Charlotte, wir haben schon viel Zeit verschwendet. Ich bin dreißig. Ich will nicht weiter so tun, als wären wir nur locker befreundet. Ich bin zu alt für solche Spielchen, und sie entsprechen nicht meinem Naturell. Ich weiß, was ich will, und ich will es jetzt. Ich war deinetwegen geduldig, aber jetzt sage ich, zur Hölle damit. Deine Karriere wird es überleben, aber ich vielleicht nicht, wenn ich mich weiter verstellen muss. Du trägst meinen Verlobungsring." Er nahm ihre beringte Hand und küsste sie. „Ich will allen sagen, dass du zu mir gehörst."

„Nun, wenn du es so darlegst", begann sie schmunzelnd, „sollten wir vielleicht bei deinen Eltern anfangen."

Er zog sie lächelnd an sich.

„Wissen deine Eltern, dass ich hier lebe?"

„Natürlich."

Sie musste daran denken, wie ihre Mutter es verdammen würde, wenn eine junge Frau vor der Ehe mit einem Mann zusammen lebte. Wenigstens sind wir verlobt, dachte sie. „Was macht eine Gringa wie ich ihrer zukünftigen Schwiegermutter für ein Geschenk?"

„Ein Enkelkind", erwiderte er und küsste sie innig.

Am Sonntag kleidete Charlotte sich besonders sorgfältig. Auf dem Bett stapelten sich bereits die Sachen, die keine Gnade gefunden hatten: alle kurzen, eng anliegenden Kleider und solche mit tiefem Ausschnitt. Kräftige Farben waren vielleicht zu auffallend, und strenge Schnitte erschienen in ländlicher Umgebung eher unangebracht. Händeringend stand sie im Slip vor ihrem Bett und dachte plötzlich an ihren kleinen Schrank in Chicago, in dem nur ein gutes Kleid für alle Anlässe gehangen hatte. Das Mädchen von damals war Welten von ihr entfernt.

Michael umarmte sie von hinten und küsste ihr den Nacken.

„Ich verstehe nicht, warum du so viel Aufwand treibst. Es ist nur die Familie."

„Du bist wirklich keine Hilfe", beklagte sie sich und lehnte sich an ihn. „Du duschst dir einfach den Tagesschmutz ab und steigst in deine Uniform aus weißem Hemd und schwarzer Hose."

„Ich mag weiße Hemden."

„Wie leicht ihr Männer es habt. Solange ihr sauber seid und euch die Nägel schneidet, sind wir schon mit euch zufrieden." Sie drehte sich halb um und sah sein weißes Hemd und die schwarze Hose. „Aha, schon fertig. Wie ich sehe, hast du die Dockers gegen Armani getauscht."

„Nun ja, schließlich ist es ein besonderer Anlass", erwiderte er schief lächelnd.

Schließlich entschied sie sich für ein schlichtes Chanelkleid, das sie bei einem ihrer Pressetermine getragen hatte. Ihre letzte Kostümbildnerin hatte behauptet, mit Chanel träfe man immer den richtigen Ton. Da Estelle zwei Oscars für ihre Entwürfe eingeheimst hatte, durfte man ihrem Urteil wohl trauen.

Obwohl Michael warnte, seine Familie seien einfache Leute, die sich nicht so förmlich kleideten, war sie zu sehr darauf aus, einen guten Eindruck zu machen, um ihm zu glauben. Ihre zukünftige Familie kennen zu lernen verlangte nach einem Oscar-reifen Auftritt. Um den Hals legte sie eine kleine Perlenkette, damit es nicht zu aufdringlich wirkte, dazu trug sie goldgefasste Perlenohrstecker und an den Händen lediglich den Diamantring.

Auf den Eingangsstufen zum farbenfroh gestrichenen Farmhaus der Mondragons wusste sie bereits, dass sie sich zu fein gemacht hatte. Am Fenstertisch saßen zwei Männer in Baumwollhosen und hellblauen, am Kragen offenen Hemden beim Kartenspiel. Auf dem Boden streckten sich zwei Kinder in Shorts und Baumwoll-T-Shirts aus und spielten Monopoly.

Es war nur eine Frau im Raum, groß, starkknochig und selbstsicher, die einem der Männer im Befehlston etwas zurief. Vermutlich war der Jüngere der beiden ihr Mann. Sie trug einen weiten, langen roten Baumwollrock und dazu ein gelbes Hemd, das die vielen Sommersprossen auf ihrer hellen Haut betonte. Ihr langes hellbraunes Haar war offen. Als einzigen Schmuck trug sie große Goldkreolen an den Ohren und einen breiten goldenen Ehering an einer großen Hand.

Charlotte krümmte die Zehen in ihren teuren Ferragamo Pumps und wünschte, es wären Sandaletten. Sie wollte schon Perlenkette und Ohrstecker in der Tasche verschwinden lassen, als Bobby sie lächelnd entdeckte.

„Sie sind da!" rief er und sprang auf. Dann eilte er mit ausgebreiteten Armen auf Charlotte zu. „Endlich. Die Truppen wurden bereits ungeduldig." Er deutete mit dem Kopf auf die Kinder, die mit großen dunklen Augen aufsahen. „Ich habe ihnen schon erklärt, dass eine Schauspielerin immer einen großen Auftritt braucht."

Charlotte errötete leicht und schüttelte ihm zur Begrüßung die Hand. Während Bobby sie mitten ins Zimmer zog, sah sie Hilfe suchend zu Michael. Der wirkte entspannt im Kreise seiner Familie, sogar amüsiert über Bobbys Auftritt. Von ihm habe ich keine Hilfe zu erwarten, dachte sie ängstlich, während sich der Kreis neugierig um sie schloss. Sie spürte, dass Michael es kaum erwarten konnte, die entscheidende Ankündigung zu machen.

Die beiden Männer am Tisch legten die Karten beiseite und erhoben sich, als Michael Charlotte zu ihnen führte. „Papa, Manuel, das ist Charlotte Godfrey. *Die* Charlotte Godfrey."

Luis, der auf Augenhöhe mit ihr war, nahm höflich lächelnd ihre Hand. Sein Lächeln erreichte jedoch nicht die Augen. Er betrachtete sie so abschätzend, wie Freddy es bei ihrer ersten Begegnung getan hatte. Charlotte erwiderte den Blick des Mannes mit dem eisgrauen Haar und wusste, dass er sich für sein Abschätzen nicht entschuldigen würde.

„Sie sind also berühmte Schauspielerin“, stellte er laut und mit starkem Akzent in einem Ton fest, als hätte sie Aussatz.

„Ich bin Schauspielerin“, bestätigte sie und hielt seinem Blick stand.

Der jüngere Mann war untersetzter. Er trug sein Hemd halb offen und die Ärmel aufgerollt. Ein gutes Stück kleiner als sie, war er offenkundig überwältigt von ihrer Schönheit oder ihrem Ruhm und bekam nur eine gemurmelte Begrüßung heraus.

„Ich bin Maria Elena“, sagte das kleine Mädchen und drängte sich selbstsicher vor.

Charlotte wandte sich ihr lächelnd zu, dankbar für die kindliche Herzlichkeit. Wie viel einfacher war es doch, mit Kindern umzugehen.

„Maria Elena, was für ein hübscher Name. Er kommt mir wie ein Lied über die Lippen.“

Die Kleine freute sich. „Ich bin Tío Miguels Nichte.“ Sie sprach forsch und in der typischen Haltung eines kessen Kindes, das gern im Mittelpunkt steht. „Wenn ich groß bin, will ich auch Schauspielerin werden. Oder Tänzerin. Oh, und das ist Francisco. Wir nennen ihn Cisco.“

Charlotte blickte zu dem Jungen, der noch neben dem Monopolybrett kniete. Er war etwa zehn, und das Mädchen nicht viel jünger. Ihm war bereits die Unsicherheit der nahen Pubertät anzumerken, an die sie sich selbst gut erinnerte.

„Hallo, Cisco.“

„Hi.“ Er sah auf das Spiel.

Charlotte gab ihr Bestes, nicht zu zeigen, wie nervös sie war. Sie wollte gern von Michaels Familie akzeptiert, ja gemocht werden. Als sie seine Schwester Rosa kennen lernte, merkte sie jedoch, dass es schwer werden würde.

Rosa nickte brüsk, als sie ihr vorgestellt wurde, was fast schon einer Abfuhr gleichkam. Sobald Rosa sich unbeobachtet glaubte, musterte sie jedoch unverhohlen neidvoll Charlottes Kleid und Schmuck, zog den Bauch ein und nestelte an ihren Kreolen herum. Charlotte seufzte nur. Neid von Frauen war ihr nicht fremd. Erst als sie Michaels Mutter kennen lernte, keimte wieder Hoffnung in ihr.

Marta, wie sie bat genannt zu werden, als Charlotte sie mit Mrs. Mondragon ansprach, trug aus der Küche ein Tablett mit warmen Tortillas und Salsa herein. Die zierliche Frau zeigte nicht den Funken Abneigung, sondern wischte sich die Hände an der weißen Schürze ab und verbreitete mit ihrem Lächeln und der ausgestreckten Hand nichts als echte mütterliche Wärme. Charlotte nahm die kleine, abgearbeitete Hand, musste sofort an ihre eigene Mutter denken und fühlte sich dieser Frau verbunden.

Marta war klein und zierlich und trug dunkle zurückhaltende Kleidung. Ihr braunes, mit Grau durchzogenes Haar war zu einem klassischen Knoten geschlungen. Die glatte Haut zeigte Charakterfalten, und in den dunklen Augen schimmerte eine stille Intelligenz.

Marta umgab die Aura des dienstbaren Geistes, allerdings nicht im negativen Sinn. Eher wie bei einem Menschen, der die Bedeutung von Höflichkeit verinnerlicht hatte, der ein leeres Glas auffüllte, jemandem einen Platz anbot oder einfach nur freundlich war. Sie hatte begriffen, dass die Wurzel aller Höflichkeit die schlichte Fürsorge für den Mitmenschen war.

Der entscheidende Unterschied zwischen ihrer Mutter und Marta bestand darin, dass Helenas Dienstbarkeit eher den Geruch der Unterwürfigkeit hatte. Sie war ein Angstbeißer, der blindwütig attackierte, sobald er sich in die Enge getrieben fühlte.

Marta hingegen, flankiert von ihrem kraftvollen, bulligen Ehemann, den sie zweifellos verehrte, ihren zwei gut aussehenden Söhnen, der Tochter und den Enkelkindern, strotzte vor Selbstsicherheit. Sie konnte es sich leisten, Liebe und Herzlichkeit auszuteilen.

„Ich möchte euch etwas sagen", erklärte Michael der versammelten Familie. „Ich habe noch nie eine Frau mit nach Hause gebracht, um sie euch offiziell vorzustellen. Bisher war mir keine wichtig genug, sie zu bitten, sich euren prüfenden Blicken zu stellen."

Höfliches Gelächter. Alle waren gespannt und ahnten, wohin diese scherzhafte Einleitung führte. Charlotte blickte auf ihre Schuhspitzen und spürte ihre Wangen warm werden.

„Ich habe Charlotte gebeten, meine Frau zu werden, und darf mit Vergnügen verkünden, dass sie eingewilligt hat."

Einen Moment Stille, dann Bobbys freudiger Ausruf. „Endlich! Endlich geht ihr an die Öffentlichkeit. Wird aber auch Zeit. Ich dachte schon, ich würde den Ring nie an deinem Finger sehen, Charlotte." Er blinzelte ihr zu. Offenbar hatte Michael ihm anvertraut, dass sie den Ring an der Kette um den Hals trug. „Mein Bruder ist deiner nicht würdig, aber da du dumm genug bist, in diese Familie einzuheiraten, komm her und lass dich von deinem Schwager anständig mexikanisch umarmen."

Er umarmte sie stürmisch, tätschelte ihr den Rücken und schwang sie leicht hin und her. Bobbys Herzlichkeit versetzte sie geradezu in ein Hochgefühl. Die Kinder warteten ungeduldig tänzelnd, um ebenfalls umarmt zu werden. Zuerst Maria Elena, dann Cisco. Über deren Köpfe hinweg bemerkte sie jedoch die skeptischen und erstaunten Blicke, die Luis und Marta tauschten.

Luis trat vor, nahm ihre Hand zwischen seine großen, schwieligen Hände und gab ihr einen festen Kuss auf die Wange. „Willkommen in der Familie", sagte er. Es waren die richtigen Worte, aber mit wenig Begeisterung gesprochen.

Charlotte zwang sich zu einem strahlenden Lächeln. „Danke."

Marta beugte sich zu ihrem Sohn hinüber und fragte Michael leise etwas auf Spanisch, er antwortete ebenso leise. Möglicherweise wollte seine Mutter wissen, ob sie schwanger war. Dann kam Marta zögernd heran, küsste sie ebenfalls auf die Wange und wiederholte Luis' Willkommensgruß. Trotz ihres Lächelns lag Besorgnis in ihrem Blick. Manuel kam näher, spitzte die trockenen Lippen und gab ihr einen flüchtigen Kuss auf den Mund. Rosa blies empört die Wangen auf und verließ den Raum.

Charlotte ließ sich nicht anmerken, wie sehr der reservierte Empfang sie verletzte, und sagte sich, dass es nur natürlich war, wenn sie zögerlich auf jemanden reagierten, den Michael gerade erst mitgebracht hatte.

Die Spannung löste sich, sobald das Dinner serviert war. Charlotte saß zu ihrer Erleichterung zwischen Michael und Bobby, der offenbar zu den Menschen gehörte, die sich unbehaglich fühlten, nur schweigend dazusitzen. In Hollywood war ihr dieser Typus häufiger begegnet. Bobby gab sich Mühe, witzige Geschichten über ihre neue Familie zu erzählen, und brachte alle zum Lachen. Michael beugte sich häufiger zu ihr hinüber, tätschelte ihr das Bein oder zwinkerte ihr aufmunternd zu.

Als Ehrengast stand sie im Mittelpunkt, und alle Fragen und Erzählungen waren an sie gerichtet. Sie antwortete stets höflich und diplomatisch.

„Wann ist die Hochzeit?" fragte Luis in seiner schroffen Art.

„Ich weiß nicht. Wir müssen noch ..."

„Bald", entschied Michael.

Charlotte sah ihn nur schweigend an.

„Heiratet ihr in der Kirche?" fragte Marta.

Michael zuckte die Achseln. „Mir ist es egal, wo ..."

„Sicher", unterbrach Charlotte ihn. Sie fing Martas Blick auf und erkannte deren Zustimmung.

„Dann sind Sie Katholikin?" fragte Luis.

„Ja, die Polen sind strenge Katholiken."

„Das ist gut. Wenigstens ist sie Katholikin." Er nickte Marta zu, wie um zu sagen, vielleicht ist dann doch noch nicht alles verloren.

Marta nickte ebenfalls.

Charlotte zog fragend die Brauen hoch.

Michael verdrehte die Augen.

Charlotte begann sich leicht die Schläfen zu massieren und bemerkte, dass Michael es mit Sorge verfolgte. Da ihr die Finger zitterten, legte sie die Hände rasch auf den Schoß zurück.

„Sie wohnen also in der Blockhütte", stellte Marta fest. „Vielleicht wäre es bequemer für Sie, hier einzuziehen, bei uns. Wir haben ein freies Gästezimmer. Natürlich ist Michael Ihr *novio*, aber ..." Offenkundig wäre es Marta lieber, wenn sie ins Farmhaus zöge. „Ich denke Michael und Bobby könnten in der Blockhütte wohnen, no?"

„Nein!" widersprach Michael entschieden. „Es ist sehr bequem für sie im Blockhaus, Mama." Er sah kurz zu Charlotte, die in ihrem Essen herumstocherte.

„Rosa blieb im Haus ihrer Eltern bis zu dem Tag, als wir sie Manuel übergaben", erklärte Luis. „Auf den Stufen der Kirche!" Er sah Rosa lobend an in offenkundigem Stolz auf ihre Tugend, als sei das ein Familienjuwel.

Rosa lächelte und warf Charlotte einen herausfordernden Blick zu.

Charlotte schluckte nur trocken, unfähig, sich zu verteidigen. Sie konnte unmöglich hervorheben, dass sie ein sehr anständiges

Mädchen und Michael ihr erster Freund und Liebhaber war. Sie streifte ihn mit einem Seitenblick. Die Meinung seiner Eltern schien ihn nicht zu kümmern. Er sah sie aufmunternd mit einem Blick an, der besagte, sie solle sich nichts daraus machen.

„Wie bist du Schauspielerin geworden?“ fragte Maria Elena. „Ich will auch Schauspielerin werden, wenn ich groß bin.“

„Schsch, sie möchte nicht darüber reden“, wies Rosa ihre Tochter scharf zurecht. „Siehst du nicht, dass sie müde ist?“

„Es macht mir nichts aus“, widersprach Charlotte und lächelte das Kind an, dankbar für den Themenwechsel. Sie fühlte sich benommen, wollte aber das kleine Mädchen, das sie anhimmelte, nicht enttäuschen. In ihrem Metier geschah es nicht selten, dass Leute, die einen gewissen Ruhm erlangt hatten, all jene nicht mehr beachteten, die sie für unwichtig hielten. In ihren Augen war das ein schlimmer Charakterfehler.

„Es ging alles sehr schnell“, erklärte sie. „Ich wollte schon als Kind Schauspielerin werden, genau wie du. Als ich erwachsen war, kam ich nach Kalifornien und hatte sehr viel Glück. Und ich habe hart gearbeitet. Ich denke, das ist das Geheimnis, Maria Elena, sich etwas sehr wünschen und hart dafür arbeiten. Ich hoffe, du hast auch Glück.“

„Ich möchte nicht, dass meine Tochter Schauspielerin wird“, wandte Rosa ein. „Mir schwebt etwas Besseres für sie vor.“

Bobby führte soeben sein Wasserglas an den Mund, verharrte in der Bewegung und warf Rosa einen warnenden Blick zu.

„Meine Mutter wollte das auch nicht“, erwiderte Charlotte lächelnd. „Und das ist dabei herausgekommen.“

„Wo ist Ihre Mutter?“ fragte Luis gebieterisch, als verlange er eine Antwort.

„Sie lebt in Chicago.“

„Ah, Chicago. Und Ihr Vater, was macht der?“

„Er starb, als ich noch ein Kind war. Ich habe ihn nicht gekannt."

Maria Elena seufzte mitfühlend.

„Ich hoffe, Ihre Mutter kennen zu lernen", erklärte Marta ruhig. „Wo wird Hochzeit sein, hier oder in Chicago?"

„Eindeutig hier." Charlotte blickte auf ihre Hände. „Meine Mutter wird wahrscheinlich nicht zur Hochzeit kommen."

Michael wandte sich ihr verblüfft zu.

„Sie wird nicht zur Hochzeit ihrer Tochter kommen?" polterte Luis. So etwas war für ihn unvorstellbar.

Charlotte errötete und wollte keine neue Runde von Lügen einläuten, nicht bei ihrer zukünftigen Familie. „Meine Mutter ist mir böse, weil ich nach Kalifornien gegangen bin", erklärte sie. „Sie war nicht einverstanden."

„Sie ist nicht einverstanden mit meinem Miguel?" donnerte Luis.

„O nein!" korrigierte Charlotte rasch. Ihr wurde klar, dass er annahm, sie hätten sich bereits in Chicago kennen gelernt. In gewisser Weise stimmte das ja auch, aber das mochte sie jetzt nicht erläutern. „Meine Mutter ist Michael nie begegnet. Ich bin sicher, er würde ihr gefallen."

Luis nickte beschwichtigt.

„Sie war nicht damit einverstanden, dass ich Schauspielerin wurde." Sie warf der aufmerksam lauschenden Rosa lächelnd einen Blick zu. „Sie hielt es für falsch, dass ich allein nach Kalifornien zog. Sie hat mir das nie verziehen und verweigert jeden Kontakt mit mir."

„*Virgencita!*" rief Marta entsetzt aus, die Hände an den Wangen. Es war klar, dass sie ihr Kind niemals so im Stich lassen würde, auch wenn sie zu höflich war, das jetzt zu betonen.

Seltsamerweise schien ihre kleine Tragödie das Eis bei den

Mondragons zu brechen. Charlotte kam sich plötzlich wie ein ausgesetzter Welpe vor, der von einer freundlichen Familie aufgenommen wird.

Den Rest der Mahlzeit überstand sie einigermaßen gut. Sie reichte Platten weiter, trank Wasser und hantierte mit dem Stiel ihres Weinglases. Nach dem Dinner begann sie jedoch zu spüren, unter welcher Anspannung sie stand.

Die Familie erhob sich schließlich, Stühle wurden gerückt, und man verfiel in die nach dem Essen üblichen Rituale.

Luis beorderte Manuel an den Spieltisch zurück, und der trottete gehorsam hin. Zu Luis' Freude gesellten sich Michael und Bobby dazu. Die Kinder widmeten sich wieder ihrem Monopoly, während ihre Mutter sich demonstrativ mit einem Magazin auf das Sofa setzte, den Rücken zum Esszimmer.

„Rosa, geh und hilf deiner Mutter in der Küche!" kommandierte Luis grob.

„Warum sollte ich? Weil ich eine Frau bin? Ich will nicht. Du hast zwei kraftvolle Söhne. Und Cisco." Sie wandte sich an ihren Sohn. „Glaubst du, weil du ein Junge bist, musst du kein Geschirr abwaschen?"

Cisco reckte trotzig das Kinn vor. „Muss ich nicht. Du kannst mich nicht zwingen!"

„Was sagst du da?" Rosa sprang hitzig auf.

Cisco zuckte sichtbar zusammen, blieb aber standhaft.

„Er hat Recht", polterte Luis. „Das ist nicht unsere Tradition. Geh, Rosa. Sei gutes Vorbild für deine Tochter."

„Ich bin ein Vorbild für meine Tochter!"

Charlotte sah, wie Bobby und Michael Blicke tauschten. Interessant, dachte sie.

„Rede nicht so mit Vater", mischte sich Manuel ein. Seine dunkle Haut rötete sich, und er warf Rosa einen warnenden Blick zu.

Seine Warnung schien sie nicht zu beeindrucken. „Es ist nichts, was er nicht schon gehört hätte.“

„Genug!“ bellte Luis. Die Kinder zuckten zusammen. „Du bist beschämend für Familie.“ Charlotte merkte, dass er ungeduldig in ihre Richtung blickte. Rosa, so dickköpfig wie ihr Vater, zuckte nur gleichmütig die Achseln und setzte sich wieder. Doch ihre Augen sprühten Funken. Die Schultern gestrafft, blätterte sie weiter ihr Magazin durch.

„Warum bittest du unseren Gast nicht, den Abwasch zu machen? Sie ist auch eine Frau.“ Sie drehte den Kopf und warf Charlotte einen abschätzenden Blick zu. „Oder sind die Filmstarhände zu zart für Küchenarbeit?“

„Rosa!“ tadelte Michael scharf. „Hast du überhaupt keine Manieren? Charlotte ist unser Gast. Gäste, ob Mann oder Frau, brauchen keinen Finger zu rühren!“

Charlotte hatte durchaus Verständnis für Rosas Haltung, doch das hier war nicht ihr Kampf. Ihr erschien es richtiger, das Angemessene zu tun, und Marta mit dem Berg Geschirr allein zu lassen, nachdem sie schon das köstliche Mahl zubereitet hatte, war einfach ungerecht.

Zu helfen war eine Frage des Anstandes und nicht mangelnder Emanzipation.

„Michael, ich würde gern helfen“, wandte sie beschwichtigend ein, ging zu Marta an den Tisch und nahm ihr eine große Platte ab. „Darf ich?“

Marta lächelte ihr warmherzig zu. „Sí, wenn Sie wollen?“

Charlotte begann eine Unterhaltung, während sie den ersten Geschirrstapel in die Küche trugen. Dass Marta, wenn auch manchmal etwas mühsam, Englisch mit ihr sprach, schmeichelte ihr. Offenbar entwickelten sie einen Draht zueinander. Auch wenn sie nur über die Verwendung der verschiedenen Sorten mexikanischen Pfeffers redeten, worin Marta eine Autorität war, diente es dem Kennenlernen.

Rosa warf ihr allerdings feindselige Blicke zu, da sie sich offenbar von ihr verraten fühlte und ihre Position in der Familie gefährdet sah. Luis verfolgte das Ganze mit einem kleinen, zufriedenen Lächeln.

Zu Charlottes Freude stand Michael auf, kam an den Esstisch und half abräumen, wobei er sich in die Unterhaltung über Pfeffer einmischte.

Es war eine Geste der Liebe.

In der Nacht, als sie in der Hütte in seinen Armen lag, fragte Michael sie nach ihrer Mutter.

„Was ist das mit deiner Mutter? Du hast mir nie gesagt, dass sie gegen deinen Umzug nach Kalifornien war."

„Nein, habe ich nicht", bestätigte sie und versuchte dem Thema auszuweichen.

„Ich wusste auch nicht, dass deine Mutter nicht mehr mit dir spricht."

„Es war mir peinlich."

„Es mir zu sagen? Ich dachte, wir würden uns alles erzählen. Genau das liebe ich so an unserer Beziehung, dass wir total ehrlich zueinander sind."

Sie schluckte trocken. „Manchmal ist die Wahrheit schwer zu ertragen. Sie tut einfach weh. Ist das denn so wichtig?" Auf einen Ellbogen gestützt, wandte sie ihm ihr Gesicht zu.

„Ob was wichtig ist, *Querida*? Dass du mir alles erzählst? Natürlich ist das wichtig. Ich möchte nicht, dass es Geheimnisse zwischen uns gibt."

„Und wenn ... ich meine, gibt es nicht Dinge in unserer Vergangenheit, die wir nicht teilen möchten? Ich möchte nichts von deinen früheren Freundinnen wissen. Und du bist sicher auch nicht erpicht darauf, mir bis ins letzte Detail davon zu erzählen, oder?"

Er dachte darüber nach und schüttelte langsam den Kopf. „Es ist ein Unterschied, ob man Teile der Vergangenheit nur Stück für Stück preisgibt, oder ob man etwas Wichtiges verschweigt. Ich werde gern beim gemeinsamen Älterwerden auf langen Spaziergängen immer mal wieder etwas Neues aus deiner Kindheit hören, was ich meinen Erinnerungen hinzufügen kann. Aber Geheimnisse?"

Er musste daran denken, dass er und Bobby mit ihrem Vater nicht offen über alles reden konnten, und wie schlecht ihre Beziehung dadurch geworden war. „Geben wir uns ein Versprechen. Wir werden uns immer die Wahrheit sagen, gleichgültig, wie schmerzlich sie ist. Das ist mir sehr wichtig."

Wie hätte sie es ihm jetzt sagen können? Er würde sie hassen. Nein, er hatte Unrecht. Es gab ein paar Geheimnisse, die man bewahren musste. Was nützte es ihm, wenn er von ihrer Operation erfuhr oder von der bedauernswerten Charlotte Godowski. Er liebte sie so, wie sie war ... wie sie jetzt war, als Charlotte Godfrey. Nein, ihr Geheimnis musste gewahrt bleiben.

17. KAPITEL

„Nein, nicht so. Du malst, wie es in Büchern steht, immer in geraden Linien."

Bobby gab Charlotte Malunterricht. Im Schatten des Gingkobaumes sitzend, die langen Beine an den Knöcheln verschränkt, auf dem Kopf den unvermeidlichen breitkrempigen Panamahut, rief er ihr Anweisungen zu. Sie stand ein Stück entfernt breitbeinig vor der Staffelei. Manchmal, so wie jetzt, sprang er theatralisch auf und stöhnte dramatisch.

„Vergiss die Bücher. Mische es. Benutze die Finger. Hab keine Angst. Siehst du? Nur weiter so. Ein bisschen mehr. So ist es gut! Wunderbar!" Er keuchte von der Anstrengung.

Charlotte entdeckte allmählich ihre Ausdrucksmöglichkeiten beim Malen, obwohl sie ständig ein waches Auge auf Bobby hatte. In letzter Zeit wirkte er erschöpfter. Der Blick war auch nicht mehr so lebhaft.

„Du musst hier keine Rolle spielen, Miss Godfrey. Male unbefangen drauflos."

„Ich versuch's ja." Wenn sie spielte, schlüpfte sie in eine Rolle. Das hier war schwieriger. Sie erforschte und entdeckte sich selbst und gab verborgene Gefühle preis, die sie in leuchtende Farben umsetzte.

„Bobby, kann das richtig sein? Das sieht so seltsam aus."

„Was hast du gemalt? Erzähl mir was darüber."

Sie neigte stirnrunzelnd den Kopf zur Seite und betrachtete das Bild. „Ich habe keine Ahnung, was das ist."

„Du weißt nicht, was all die drohenden schwarzen Linien und aufstrebenden Kringel bedeuten? Darling, Freud hätte seine Freude an dir. Aber lass dir nicht den Schneid abkaufen. Sag mir, was du glaubst, was es ist."

Sie betrachtete ihr Bild forschend. „Ich glaube, dieser schwarze Kasten da, das ist mein Leben oder das bin ich. Und dieser kleine weiße Punkt darin, das bin ich auch.“ Nervös lachend trat sie einen Schritt zurück. „Unmöglich, was?“

Er zuckte lächelnd die Achseln. „Es ist das, was du hineininterpretierst.“

Ein paar Wochen nach ihrer Ankunft traf Charlotte in dem kleinen Garten neben ihrem Blockhaus auf Marta. Die befreite in gebückter Haltung den Bereich um eine vier Fuß hohe Statue der Heiligen Jungfrau von Unkraut. Charlotte kannte solche Statuen gut. Maria im blauen Mantel mit weißem Tuch und einem Rosenkranz in der Hand stand landesweit in den meisten katholischen Grundschulen. Wehmütig dachte sie daran, wie gern sie immer auf dem Schulweg ein paar gepflückte Blumen zu Füßen der Statue gelegt hatte.

Charlotte bückte sich neben Marta und zupfte ein Gänseblümchen aus. Sie fühlte sich wohler in Martas Gegenwart, seit sie etliche Stunden gemeinsam in der Küche verbracht und mexikanisch gekocht hatten.

„Du siehst besser aus, runder, nicht mehr so eingefallen“, stellte Marta fest und betrachtete sie unter ihrem Strohhut hinweg. „Fühlst du dich gut?“

„Ein bisschen besser.“

„Manchmal“, fuhr Marta fort und zerrte an einer Wurzel, „Heilung muss kommen von innen, aus Seele genauso wie aus Körper. Ich glaube, du bist immer noch sehr traurig wegen deine Mutter, no?“

Charlotte zupfte schweigend Unkraut.

„Ich dachte vielleicht ...“ Ihre Hand verharrte an der kleinen Hacke. „Möchtest du kommen am Sonntag mit mir in Kirche?“

„Ja, das würde ich sehr gern.“

Als Charlotte das am Abend Michael erzählte, fragte er stirnrunzelnd, warum seine Mutter glaube, jeder müsse zur Kirche gehen, um gerettet zu werden.

„Ich glaube kaum, dass sie sich Sorgen um meine unsterbliche Seele macht, außer vielleicht wegen unseres sündhaften Zusammenlebens. Damit hat sie wirklich ihre Schwierigkeiten. Aber sie lässt es sich nicht anmerken."

„Dir ist hoffentlich klar, dass sie sich mit diesem Arrangement nur zufrieden gibt, weil sie Enkelkinder haben will."

„Ich glaube, es liegt ihr sehr am Herzen, dass ich ihre Enkel im katholischen Glauben erziehe."

„Mir wäre das gleichgültig", erwiderte Michael. „In meinem Haus hat übertriebene Religiosität keinen Platz. Ich habe lange gebraucht, sie abzuschütteln. Meinen Kindern möchte ich das ersparen."

„Das verstehe ich, aber ich möchte, dass unsere Kinder im Glauben erzogen werden. Ich könnte mir nichts anderes vorstellen ... die Sakramente, die Tradition. Die tollen Kopfbedeckungen ..." Sie lachte, als er schmunzelte. „Religion bindet eine Familie aneinander. Michael, du möchtest doch, dass unsere Kinder im katholischen Glauben erzogen werden, oder?"

Michael sah sie ernst an. „Ist dir eigentlich klar, dass wir von unseren Kindern sprechen?"

Sie wandte den Blick ab und stellte sich ein rosiges Baby mit Michaels schwarzem Haar und seinen dunklen Augen vor. Die Vorstellung, Mutter zu sein, war plötzlich sehr real. „Ich denke schon", gestand sie verblüfft.

Am Sonntag nahm Charlotte zusammen mit Marta und Luis in der Kirche „Unserer Jungfrau von Lourdes" an der Messe teil. Marta nach alter Tradition in schwarzer Mantille, einen Rosenkranz mit

Holzkreuz in der Hand. Luis blätterte mit seinen schwieligen Händen im Gebetbuch und bewegte dabei die Lippen.

Der Weihrauchgeruch, die strahlenden Buntglasfenster, die Statuen von Maria und Josef zu beiden Seiten des Altars und natürlich das Marmorkruzifix darüber hatten etwas sehr Bewegendes für Charlotte. Sie fühlte sich wie nach langer, schwieriger Reise heimgekehrt. Der Ablauf der Messe war ihr noch wohl vertraut, ebenso die Gebete. Als Marta bemerkte, dass ihr Tränen in die Augen getreten waren, tätschelte sie ihr mitfühlend die Hand.

Am Abend, als draußen die Grillen zirpten und Michael auf dem Sofa las, setzte sich Charlotte an den großen Eichentisch und versuchte zu Mozarts kleiner Nachtmusik ihre Gedanken zu ordnen, um einen Brief zu schreiben.

„Ist dir klar, dass du schon fast eine Stunde reglos dasitzt?" fragte Michael vom Sofa aus.

Sie blinzelte erschrocken, wie aus tiefem Traum erwacht.

„Wo bist du mit deinen Gedanken?"

„Bei meiner Mutter."

Er ließ das Buch sinken und sah sie aufmerksam an.

„Ich überlege, mit welchen Worten ich die Kluft zwischen uns überbrücken könnte. Der Besuch in der Kirche hat mich an glücklichere Zeiten mit meiner Mutter erinnert. Jeden Samstag haben wir Stunden damit zugebracht, die Kirche auf Hochglanz zu bringen. Wir haben Messingleuchter poliert, Chorgestühl abgestaubt, die Priestergewänder gelüftet und Blumen arrangiert."

„Hat dir das Spaß gemacht?"

„Spaß hat mir vor allem gemacht, wie viel Aufmerksamkeit meine Mutter mir widmete, wenn sie mir zeigte, wie man ordentlich putzt. Ich habe ihr gern und fasziniert zugesehen. Sie achtete sehr darauf, dass Gottes Haus blitzsauber war. Vielleicht haben wir über all der Putzerei ganz vergessen, den Unrat aus unserem eigenen Leben wegzuräumen."

„Warum schreibst du ihr das nicht? Sag ihr genau das."

„Was?"

„Du hast mir gerade erzählt, was du ihr eigentlich sagen möchtest. Wenn du den Unrat aus eurem Leben entfernen willst, krempel die Ärmel hoch und fang an."

„Sie denkt vielleicht, ich mache ihr Vorwürfe."

„Machst du?"

„Nein", erwiderte sie nach kurzem Zögern. „Nicht mehr. Ich möchte ihr nur wieder näher kommen. Unser Glück, unsere Gespräche über Zukunft und Kinder haben mich verändert. Meine Mutter fehlt mir."

„Das solltest du ihr vielleicht auch mitteilen."

Als Michael und Luis eine Woche später heftig gestikulierend und diskutierend um die Hausecke bogen, blieben sie wie angewurzelt stehen. In der Blockhütte saß Charlotte am Küchentisch, Kopfhörer auf den Ohren, vor sich einige Bücher. Sie lauschte mit geschlossenen Augen und antwortete dem Band auf Spanisch in bemerkenswert guter Aussprache.

Michael war überrascht und gerührt, dass sie sich für seine Familie dieser Mühe unterzog. Sie tat es ihnen zuliebe, denn er hatte seine Familie gebeten, in ihrer Gegenwart Englisch zu sprechen.

Die Männer betrachteten sie verwundert, aber auch bewundernd wie einen Kunstgegenstand. Schließlich kratzte sich Luis hinter dem Ohr.

„Ich muss zugeben, sie ist nicht das, was ich mir gewünscht hatte. Ein Filmstar, na ja." Er rieb sich das stoppelige Kinn. „Und sie ist so dünn. Aber sie hat ein gutes Herz, und sie macht gute

Mole Sauce." Er legte Michael seine große Hand auf die Schulter. „Vielleicht wird sie doch eine gute Ehefrau."

Maria Elena und Charlotte bereiteten in Martas großer, heimeliger Küche das Dinner für Maria Elenas Namenstag vor. Auf dem großen Tisch standen mehrere angewärmte Schüsseln mit aufgehendem Teig, und auf dem Herd köchelten mehrere Saucen. Es duftete nach süßlichem Teig und Gewürzen.

Marta zog den Teig für die Tortillas aus, und Maria und Charlotte buken sie auf dem Grill.

„Nehmt sie herunter, wenn sich die ersten Blasen zeigen", erinnerte Marta sie.

„*Sí, yo sé*", erwiderte Charlotte lächelnd.

Marta brummelte etwas Zustimmendes. „Luis, er sagt, du arbeitest mit Michael in Gärtnerei? Er ist glücklich, dich zu sehen in Familiengeschäft. Es ist gut für eine Frau, zu kennen Familiengeschäft und Stand von Konten, no? Der Mann, er herrscht vielleicht an Esstisch, aber die Frau ..." Sie knetete geschickt den Teig durch. „Die Frau regiert in Haus. Das sie muss tun für die Kinder. Der Mann vielleicht verspielt das Geld oder trinkt."

„Ich bezweifle, dass Michael sein Geld verspielen würde. Dafür arbeitet er zu hart."

„Miguel, nein. Aber andere tun, sí, es passiert." Sie knetete weiter mit ihren kleinen Händen und blickte verstohlen zu Maria Elena. Charlotte hatte von Manuels zunehmender Trinkerei gehört und nickte stumm.

„In meine Herz, Mexiko ist mein Zuhause", fuhr Marta fort. „Es ist Land von meine Familie, meine Eltern und Geschwister, meine Kultur. Aber Zuhause von meine Kinder ist Amerika, darum es muss auch mein Zuhause sein. Luis, er empfindet anders, aber ...", sie blinzelte Charlotte munter zu, „die Eltern, sie müssen leiden und aushalten, damit es geht gut den Kindern. So muss es sein. Ich wollte, dass meine Kinder gehen zur Schule der Nonnen. Da war ich streng. Ich wollte nicht, dass meine Kinder brechen Schule ab oder kommen in Gefängnis wie so viele aus altem Viertel."

Sie suchte nach einem Wort. „Wie sagt man in Englisch ... Statistik. Statistik war nicht gut für junge Mexikaner in L.A. Verlassen Schule. Gangs. Nicht gut für Kinder. Wir zogen in Vororte. Luis arbeitete schwer, und ich half mit als Näherin. Nonnen, sie gaben unsere Kinder Geld für Schule ... Stipendium, sí. Meine Kinder sind klug, sehr klug. Miguel, er ging auf College in Boston!"

„Ja, ich weiß", erwiderte Charlotte und dachte bei sich, dass Harvard nicht gerade irgendein College in Boston war.

„Heute ich denke, dass ich vielleicht habe Fehler gemacht. Vielleicht Luis hatte Recht. Miguel, als er aufwuchs, wollte nichts wissen von Mexiko. Nicht von Sprache, Musik oder Essen. Nicht mal von seine Familie. Er war sehr bitter wegen Vorurteile gegen ihn und lehnte ab seine Kultur." Sie zuckte die Achseln. „Er hatte auch Vorurteile. Er ging weit weg von seine Familie. Nur um wieder zurückzukommen."

„Ist Tío Miguel von zu Hause weggelaufen?" erkundigte sich Maria Elena.

Beide Frauen lachten. „Nein, mein Herz. Aber irgendwie kam es mir so vor", erklärte Marta ihrer Enkelin. „Doch ich habe nichts gesagt. Es ist besser, wenn Kinder kommen heim aus *respeto, no?* Nicht aus Verpflichtung. *Sí*, er kam nach Kalifornien aus Gefühl für Pflicht, aber er ist geblieben aus Liebe." Martas Blick wanderte von Maria Elenas rundem Gesicht zu Charlotte. „Jetzt er ist in Geschäft, spricht *español*, und manchmal er geht mit dir zur Kirche. Die alten Wunden heilen, das macht mein Herz glücklich." Ihre Augen glänzten feucht, als sie Charlotte anlächelte. „Und ich denke, das liegt an dir. Du bist gut für meine Sohn. Und für die Familie."

Charlotte presste gerührt die Lippen zusammen.

„Charlotte, eine Blase!" rief Maria Elena aufgeregt.

Charlotte drehte sich schniefend um und wendete geschickt eine Reihe Tortillas.

„Sí!" bekräftigte Marta und gab den Teig aus einer weiteren Schüssel auf den Tisch. „Es ist gut, wenn die Frau führt die Konten. Vielleicht, du versuchst, eh?"

Der Sommer neigte sich dem Ende. Charlotte arbeitete Seite an Seite mit Michael in der Gärtnerei, und ihre Beziehung festigte sich jeden Tag mehr, was sich nicht zuletzt in kleinen Gesten äußerte: einem liebevollen Blick quer über das Feld beim Anbinden junger Bäume, einem flüchtigen Kuss oder einem Klaps auf den Po im Vorübergehen. Es freute Charlotte, dass sie von Michaels Familie und allen Mitarbeitern gleichermaßen akzeptiert wurde. Die letzten Monate mit und bei den Mondragons waren die glücklichsten ihres Lebens gewesen.

Sie konnte kein bestimmtes Datum nennen, an dem sie ins Geschäft eingetreten war. Der Prozess war schleichend verlaufen. Sie hatte zunächst im Laden ausgeholfen, an der Kasse gestanden und Regale aufgefüllt. Ihre Kenntnisse der Pflanzen samt ihrer lateinischen Namen zahlte sich jetzt aus. Wieder mal dankte sie ihrem Schöpfer für ihre rasche Auffassungsgabe. Sobald Luis sie schließlich als Mitglied der Mondragon-Mannschaft akzeptiert hatte, taten es alle anderen auch. Sogar Paco, der kleine, weise Vorarbeiter, der schon so lange dazugehörte, wie Michael denken konnte, zog den Hut, wenn sie vorbeiging.

Eines Abends, als sie erschöpft mit Michael auf der Veranda saß, bat sie ihn, die Bücher führen zu dürfen. „Um ein Auge auf die

Konten zu haben", erklärte sie, als er verblüfft die Brauen hochzog. „Ich bin ausgebildete Buchhalterin, mein Lieber", betonte sie stolz. Auf dem Gebiet war sie schließlich ein Ass.

„Siehst du", erwiderte er lächelnd, „das meinte ich, als ich davon sprach, immer wieder etwas Neues an dir entdecken zu wollen. Dass du Buchhalterin warst, ist allerdings eine ziemliche Überraschung für mich."

„Ich addiere und subtrahiere ganz gut ... für ein Mädchen", fügte sie spöttisch hinzu. „Raub mir nicht meine Illusionen. Oder denkst du etwa wie Luis, eine Frau tauge nur zum Kochen, Putzen und Kinder kriegen?" Ihre Augen funkelten.

„Nein, aber ich habe nichts dagegen, wenn sie das übernimmt", erwiderte er. „Okay, ich kapituliere." Er hob verteidigend beide Hände, um ihre Schläge abzuwehren. „Die Bücher gehören dir. Ich beuge mich dankbar deiner Professionalität."

„Du wärst erstaunt, wie viel deine Mutter auf diesem Gebiet leistet."

„Nichts, was meine Mutter leistet, erstaunt mich. Und da du so gerne Büroarbeit machst, überlasse ich dir auch unsere Steuererklärung."

So erhielt Charlotte Einblick in die finanziellen Verhältnisse der Mondragons. Die einhundert Acres Land, die Luis geerbt und nie verkauft hatte, waren inzwischen sehr wertvoll. Wenn sie jetzt verkaufen würden, wären sie alle reich. Sie erfuhr, wie hart Luis bei der Gartenpflege in den Vororten gearbeitet hatte. Diesen Teil des Geschäftes führten jetzt Rosa und Manuel, zwar wirtschaftlich, aber fantasielos.

Sie erkannte an den Unterlagen, wie weit das Wachstum der Landschaftsgärtnerei auf Michaels Einsatz zurückzuführen war. Er ähnelte seinem Vater mehr, als er wahrhaben wollte. Er lockte neue Kunden mit sanfter Überredung und machte ihnen seine Ideen schmackhaft. Ganz im Gegensatz zu Manuel, der wartete, bis ein Geschäft zu ihm kam, und mehr ausgab, als sein Budget erlaubte. Michael sprach bereits davon, im nächsten Sommer den jungen Cisco mit ins Geschäft zu nehmen, damit er die Grundbegriffe lernte.

Wenn er von der Quelle unter ihrem Land redete, bekam er einen verträumten Ausdruck. „Frisches Bergquellwasser in unbegrenztem Vorrat. Und es wartet nur darauf, angezapft zu werden." Er zog sie in die Arme. „Da liegt unsere Zukunft."

Sie mochte es, wenn er von ihrer Zukunft sprach. Es klang, als pflastere er ihren Weg mit Gold.

An einem ungewöhhlich kühlen Augustabend, als sie auf der Veranda saßen und den letzten Gesängen der Zikaden lauschten, sprach er vom Wunsch seines Vaters, er solle hier bleiben, den Betrieb übernehmen und ihm Erben schenken.

„Ehrlich gesagt, hätte ich nie für möglich gehalten, dass mich der Gedanke mal reizt. Ich konnte es nicht erwarten, alldem hier zu entkommen. Ich hasste die harte Arbeit, die vulgäre Sprache der Männer und den Kommandoton meines Vaters. Aber das hat sich geändert", erklärte er erstaunt, „weil ich hier etwas aufbaue, nicht nur das Geschäft. Der eigentliche Grund für meine veränderte Einstellung bist du." Er nahm sie bei der Hand und sah sie verliebt an.

Der Gedanke, hier mit Michael und ihren gemeinsamen Kindern zu leben, war sehr verlockend. Gerührt schmiegte sie sich an ihn, unfähig ihm zu erklären, wie viel es ihr bedeutete, Teil einer Familie, ja eines größeren Kreises von Menschen zu sein, die sich zusammengehörig fühlten. Sie kam sich wieder vor wie das kleine Mädchen, das endlich aufgefordert wurde mitzuspielen.

Später am Abend sprach er das Thema an, das ihn schon den ganzen Tag bedrückte. Sie hatte wieder mit Freddy Walen telefoniert und war danach nervös und gereizt gewesen.

Während sie vor dem Badezimmerspiegel ihr langes Haar bürstete, konnte er sich nicht satt sehen an ihr. Sie wirkte so zart und zerbrechlich, dass er ständig den Drang verspürte, sie zu beschützen. Die größte Bedrohung für sie war Freddy Walen, den er gern aus ihrem Leben verbannt hätte.

„Was wollte Walen von dir?" fragte er, als sie zu Bett gingen.

Charlotte zog die Decke hoch und kuschelte sich an ihn. Es wurde immer schwieriger, Freddy abzuwimmeln. Sie hatte ihm erklärt, nach ihrem Erholungsurlaub in Familienangelegenheiten zu ihrer Mutter zu fliegen. Freddy hatte ein wenig gereizt, aber nachsichtig reagiert. Sein Drängen, sie solle wegen der neuen Projekte endlich Entscheidungen treffen, wurde jedoch heftiger.

„Er möchte einige Projekte persönlich mit mir besprechen." Sie seufzte. „Ich kann ihn nicht ewig hinhalten."

„Warum gibst du deine Karriere nicht auf?"

Das kam aus tiefstem Herzen. Er sähe es gern, wenn sie die Schauspielerei an den Nagel hängte und sich ganz dem Leben mit ihm und seiner Familie widmete.

„Welche", scherzte sie, „die als Schauspielerin oder die als Buchhalterin?"

„Deine Buchhaltertätigkeit passt bestens in unser Leben." Er drückte sie an sich. „Du könntest weitermachen wie bisher, die Bücher führen und dein Betätigungsfeld ausweiten. Ja, ich sehe es genau vor mir." Er streichelte ihr den Arm. „Deine vornehmste Aufgabe wäre es natürlich, für mich zu sorgen. Ich verlange meinen Teil von deiner Zeit. Bestimmt könnte ich dich aber mit den acht oder zehn kleinen Babys teilen, die wir haben werden."

Sie lachte hell auf und schlug ihm spielerisch auf die Schulter. „Das werden wir noch sehen, Mr. Michael Mondragon."

„Zweifellos müssten wir ein paar Räume an die Blockhütte anbauen. Zehn Jahre weiter liegen wir hier auf der abgewetzten Matratze, während die Kinder wie Hundewelpen über uns krabbeln." Er sah sie unschuldig lächelnd an.

Sie drohte ihm amüsiert mit dem Finger. Trotz seiner Protesthaltung zur Familie war Michael in mancher Hinsicht ein konventioneller Mann.

„Ich möchte Kinder mit dir haben. Bald."

Sie sah, wie ernst es ihm damit war, und streichelte ihm liebevoll die Wange. Ihr Leben hier war fast ein Märchen, doch sie konnte nicht an Kinder denken, ehe sie nicht andere Entscheidungen getroffen hatte.

„Ich bin noch nicht so weit, alles aufzugeben. Freddy ist wütend, weil ich nicht sofort zurückkehre. Er akzeptiert die Pause, damit ich wieder gesund werde und familiäre Dinge kläre, aber er erwartet mich zurück, bevor *Camille* in die Kinos kommt. Es passiert so vieles im Moment."

Der Name Freddy Walen wirkte auf Michael wie die rote Capa auf den Stier. Er richtete sich auf. „Du hast Recht. Es passiert sehr viel. Und ich rede nicht von deiner Filmkarriere."

„Ich weiß." Sie strich ihm eine Haarsträhne aus dem Gesicht. „Ich bin genauso unentschlossen bezüglich meiner beruflichen Laufbahn wie du wegen deiner. Aber vielleicht halten wir uns an die alte buddhistische Weisheit, dass zwei junge Bäume mit starken Wurzeln sich im Wind biegen sollten, damit sie nicht brechen."

Beschwichtigt legte Michael sich wieder hin und zog sie an sich.

18. KAPITEL

Als Bobby an einem sonnigen Septembertag wieder zur Hütte kam, um Charlotte Malunterricht zu geben, erschrak er über ihr bleiches Gesicht. Sie saß auf den Stufen vor dem Eingang, hielt sich den Kopf, und die Schatten unter ihren Augen sahen aus wie dunkle Gewitterwolken.

„Allmächtiger!" Er lehnte sich an den Türrahmen. „Du bist doch nicht schwanger, oder?"

„Verbreite das Gerücht, und eure Mutter stirbt vor Scham."

„Also, bist du? Spann mich nicht auf die Folter, Darling. Ich liebe Babys. Die von anderen Leuten jedenfalls."

„Tut mir Leid, dich zu enttäuschen. Nein, ich bin definitiv nicht schwanger."

„Schade. Michael stolziert einher wie ein Pfau. Also, was ist los mit dir? Du siehst aus wie Linda Blair im Exorzisten. Gleich verdrehst du den Kopf und sprichst in sieben Sprachen."

„Mir ist auch so wie Linda Blair im Exorzisten." Stöhnend verschränkte sie die Arme über dem Bauch. „O Gott, Bobby, ich wünschte, es wäre etwas, das ich austreiben könnte."

„Hast du was Falsches gegessen?"

„Wenn es nur so einfach wäre. Aber du willst mich bestimmt nicht jammern hören. Beachte mich einfach nicht."

Er trat näher und gab ihr die Hand. „Komm, machen wir einen Spaziergang. Im Sonnenschein lässt sich gut reden."

Während sie nebeneinander hergingen, erzählte er, wie er seinen Freund und viele Bekannte hatte krank werden und sterben sehen. Zuversichtlich schilderte er die Wirkung der neuen Medikamente und nannte schließlich den Namen seines Arztes.

„Er heißt Xavier Navarro. Er ist Arzt, nennt seine Behandlungsmethode aber Komplementär-Medizin. Es ist eine Mischung aus verschiedenen Therapieansätzen, Ernährung, Homöopathie, Schulmedizin und alten mexikanischen Hausrezepten. Er ist sehr klug, vielleicht sogar brillant und immer auf dem neuesten Stand der Erkenntnisse. Aber mehr als alles andere ist er der geborene Heiler. Glaubst du an so etwas?“

„Ja, durchaus. Was habe ich schon zu verlieren? Denkst du, er könnte mir weiterhelfen?“

„Wenn jemand, dann er“, betonte er. Und seine Überzeugung machte ihr Mut. Sie war ohnehin an einem Punkt angelangt, wo sie nach Strohhalmen griff.

„Ich verschwende jetzt nicht deine Zeit, indem ich dir erkläre, was er alles macht. Ganz genau verstehe ich das selbst nicht. Am besten, ich mache dir schnell einen Termin. Dann lässt du dich untersuchen, und ich bin sicher, er kann dir helfen. Ich fühle mich jedenfalls viel besser und kräftiger, seit er mich behandelt.“ Er warf sich in die Pose eines Bodybuilders.

Charlotte lachte. „Ja, mach mir schnellstmöglich einen Termin.“

Xavier Navarros Praxis lag in seinem Haus, einem kleinen cremefarbenen Gebäude im mediterranen Stil in den abgelegenen Hügeln Kaliforniens.

Der Warteraum war unauffällig, aber sehr sauber. Ein Stapel alter Magazine lag auf einem Holztisch, der von nicht zusammenpassenden Stühlen flankiert wurde. Vor den glänzenden Fenstern standen blühende Blumen im Sonnenlicht. Ein gutes Zeichen, wie Charlotte fand.

Sie traten ein und zogen ihre Jacken aus. Es gab keine Empfangssekretärin, es war also eine reine Privatpraxis. Charlotte kamen Zweifel, ob es richtig gewesen war herzukommen. Michael war zornig gewesen, dass Bobby sie zu diesem „Quacksalber" brachte. Er hatte wenig Vertrauen in alte mexikanische Hausrezepte.

„Nervös?" fragte Bobby.

„Ein wenig. Ich war bei so vielen Ärzten, dass ich die Nase voll habe von Untersuchungen. Glaubst du, dass er mich ganz untersucht? Ich meine, um ein paar Vitamine zu verschreiben, muss er doch nur meine Größe und mein Gewicht kennen. Dazu meine täglichen Aktivitäten, auch sportlicher Art. Heutzutage will ja jeder etwas über dein Stressniveau wissen." Sie sah ungeduldig auf ihre Uhr.

„Du willst doch erfahren, was mit dir los ist, oder? Also setz dich und entspann dich. Lies die Magazine und informiere dich über die Sportereignisse von vor vier Monaten." Er setzte sich auf einen roten Stuhl und zeigte auf einen orangefarbenen für sie. Dann zog er ein Taschenbuch hervor und war sofort in die Lektüre vertieft.

Charlotte schlug die Beine übereinander, sah aus dem Fenster und sammelte Argumente, warum sie doch besser zu Hause geblieben wäre.

Nach kurzer Wartezeit öffnete sich die Tür zu den Praxisräumen, und eine kleine, rundliche Frau mit dunkler Haut und indianischen Gesichtszügen kam strahlend heraus. Sie trug farbenfrohe Kleidung, und ihr dunkles Haar war straff gescheitelt. Dieser Scheitel ließ jedoch einen alarmierend großen Teil kahler Kopfhaut sehen, sodass Charlotte vermutete, sie habe Xavier Navarro wegen Haarausfall konsultiert.

Ihr folgte ein großer Latino mit ernsten Augen, einem dunklen Schnauzbart und einem schmalen freundlichen Gesicht. Er trug einen konservativen dunklen Anzug und eine gelb gemusterte Krawatte. Äußerlich machte er einen tadellosen Eindruck, und sein

Verhalten war höflich, sogar galant. Sie mochte ihn sofort und war erleichtert.

„Miss Godfrey?" fragte er, und sie hörte nicht den Hauch eines Akzentes heraus.

Sie nickte und stand auf.

„Hoffentlich habe ich Sie nicht warten lassen." Er lächelte freundlich und wandte sich an Bobby, um mit ihm einige Worte in Spanisch zu wechseln. Dabei scherzte er offenbar, denn beide Männer lachten.

„Kommen Sie bitte herein, Miss Godfrey. Schauen wir mal, wie ich Ihnen helfen kann."

„Geh nur", drängte Bobby, als er ihr Zögern spürte.

Die körperliche Untersuchung war kurz und unpersönlich. Seine Krankenschwester war freundlich und kompetent, und Dr. Navarro verhielt sich rücksichtsvoll und ernsthaft. Er beruhigte seine Patientin, indem er ihr ständig erklärte, was er jetzt gerade tat und warum. Seine Methoden waren praktisch und ein wenig ungewöhnlich. Nervös reagierte Charlotte nur, als er ihren Kopf untersuchte, Kiefer und Nackenbereich ausgiebig. Dabei kam er ihr so nah, dass sein Jackett ihre Wange streichelte und sie die Seife an seinen Händen roch. Sie musste sich zwingen, sich zu entspannen, und das erforderte viel Vertrauen.

Er wich zurück und legte beide Hände an ihre Wangen, berührte sie jedoch kaum. Dann verharrte er mit geschlossenen Augen. Etwas Seltsames geschah. Charlotte war nicht sicher, ob sie es sich einbildete. Aber unter den Händen spürte sie Wärme, die ihre Haut prickeln ließ bis in die Kiefergelenke.

Nachdem die Schwester noch einige Bluttests gemacht hatte, zog er sich einen Stuhl heran, um mit seiner Patientin zu sprechen.

„Hatten Sie jemals eine Schönheitsoperation, Miss Godfrey?"

Charlotte wollte schon verneinen, doch ein Blick ins Gesicht des Mannes sagte ihr, dass Lügen sinnlos war.

„Sieht man die Narben?"

„Nein, überhaupt nicht. Mein Kompliment an den Chirurgen. Er hat tadellos gearbeitet. Nein, ich spürte den Eingriff, weil sich die Energie veränderte. Das war ziemlich eindeutig. Was haben Sie machen lassen?" fragte er freundlich. „Den Kiefer?"

„Ja, und das Kinn."

„Das dachte ich mir schon. Da habe ich auch etwas gespürt, aber nicht so deutlich. Etwa hier." Er berührte die beiden Punkte rechts und links des Kiefers, die ihr Schmerzen bereiteten.

Sie zuckte leicht. „Ja, da tut es weh."

Stirnrunzelnd rieb er sich versonnen das Kinn. „Ihre Symptome bereiten mir Sorgen. Kopf- und Gelenkschmerzen, Übelkeit und Müdigkeit, das hängt alles miteinander zusammen, dessen bin ich sicher. Ich möchte da noch ein wenig nachforschen. Würden Sie noch einmal wiederkommen? In einer Woche etwa? Gut. Für die Zwischenzeit habe ich Ihnen ein Programm ausgearbeitet, mit dem Sie gleich beginnen können."

Dann ließ er sich viel Zeit, sie in ihr neues Gesundheitsprogramm einzuführen. Ein Teil war leicht zu beachten, anderes gebot der gesunde Menschenverstand, dazu kamen einige seit Generationen bewährte mexikanische Hausrezepte. In seiner Familie habe es immer Heiler gegeben, ganz früher eben Schamanen, erklärte er augenzwinkernd. Heilen zu können sei sowohl ein ererbtes Talent wie auch ein Fluch.

Sein Therapieansatz sei eine Mischung aus modernem medizinischen Wissen und alter Volksweisheit. Er diagnostizierte einen Mangel an B-Vitaminen und Mineralien bei ihr, was heutzutage häufig vorkam. Er verschrieb ein paar Antioxidantien, Enzyme und Gingko biloba, was in Kapseln angenehm einzunehmen war. Sie würde sich daran gewöhnen müssen, eine Hand voll Pillen zu schlucken, doch wenn es half, lohnte sich das zweimal tägliche Würgen.

„Damit wird es Ihnen bald besser gehen", versprach er zum Abschied an der Tür. „Inzwischen betreibe ich ein paar Nachforschungen und besorge mir Ihre anderen Testergebnisse. Sobald ich Genaueres weiß, rufe ich Sie an."

Charlotte gestand sich ein, Dr. Navarro falsch eingeschätzt zu haben. Sie fühlte sich wohl bei seiner Behandlung und war voller Zuversicht, wieder ganz gesund zu werden.

Zwei Wochen später meldete Dr. Navarro sich telefonisch und bat umgehend um ihren Besuch. Es war ein stürmischer, regnerischer Tag, der einen frühen Herbst ankündigte.

„Sicher ist es nur eine Nachuntersuchung", sagte sie zu Bobby, als sie über die schmalen, mit Laub übersäten Straßen zu Navarros Praxis fuhren. „Ich fühle mich viel besser, seit er mich behandelt. Die Symptome sind fast weg. Ehrlich, so gut habe ich mich seit Monaten nicht gefühlt."

„Mich musst du nicht überzeugen, Darling."

Sie sah aus dem Fenster und nagte an ihrer Unterlippe. Sie wollte sich selbst überzeugen. Xavier Navarro hatte sehr ernst geklungen, was auf schlechte Nachrichten schließen ließ. „Ich weiß, dass alles in Ordnung ist. Alles läuft so wunderbar. Gott wird nicht zulassen, dass jetzt etwas schief geht."

Bobby wusste es besser, blickte aber nur schweigend auf die Straße.

Dr. Navarro begrüßte sie an der Tür. Es regnete jetzt heftig, sodass sie mit den Füßen aufstampften und sich die Feuchtigkeit von der Kleidung schüttelten, ehe sie eintraten. Sie waren die einzigen Patienten.

„Gehen wir gleich in mein Büro, damit wir reden können", bat Dr. Navarro nach einer freundlichen Begrüßung.

„Ich warte hier", sagte Bobby und lächelte Charlotte aufmunternd zu.

Er konnte sie nicht täuschen, sein Lächeln wirkte angestrengt. Sobald er allein war, setzte er sich mit übereinander geschlagenen Beinen hin und trommelte mit den Fingern, zu nervös zum Lesen.

„Ich fühle mich viel besser", sagte sie, als Dr. Navarro sie ins Sprechzimmer führte.

„Das freut mich", erwiderte er, lächelte jedoch besorgt. Er deutete auf einen Sessel. „Setzen Sie sich. Heute reden wir nur."

Nervös nahm Charlotte Platz und faltete fest die Hände. Sie hatte sich ausgemalt, was er ihr sagen würde: dass sie an einer schweren Krankheit litt, vielleicht keine Kinder bekommen könne und Ähnliches. O Gott, hoffentlich kein Krebs.

„Ich habe meine Nachforschungen beendet, und ich glaube zu wissen, was Ihre Probleme verursacht." Er machte eine Pause und betrachtete seine gefalteten Hände.

Sie sah ihn gespannt mit heftigem Herzklopfen an. Schließlich richtete sie sich auf und beugte sich erwartungsvoll vor.

„Ich fürchte, ich habe keine gute Nachricht. Als Sie das letzte Mal hier waren, entnahmen wir Ihnen Blut zur Unterschung. Die Ergebnisse zeigen, dass Sie unter einer ungewöhnlichen Reaktion leiden ... einer ungewöhnlichen Immunreaktion, um genau zu sein. Ich glaube, dass Sie Antikörper gegen das Silikon oder andere Bestandteile der Implantate bilden, die bei Ihrer Schönheitsoperation eingesetzt wurden."

Charlotte hörte die Worte, ohne die Bedeutung zu begreifen. „Implantate? Was ..."

Dr. Navarro nahm einen Stift und zeichnete rasch eine Skizze ihres Kiefers. „Als Dr. Harmon Ihren Kiefer aufbaute, legte er hier und hier kleine Kissen ein." Er wies auf zwei Punkte auf ihrem Jochbogen. „Und hier", fuhr er fort und deutete auf das Kinn.

Charlotte sah sofort, dass es genau die Punkte waren, die ihr Schmerzen bereiteten.

„Absicht war, Ihr Kinn zu vergrößern, um ein ausgeprägteres Profil zu bekommen. Das ist eine übliche Vorgehensweise und wurde tadellos ausgeführt."

„Warum gibt es dann Probleme?"

Dr. Navarro legte den Stift beiseite und faltete die Hände wieder auf dem Tisch. „Das Problem ist nicht der eigentliche Eingriff. Ich habe mich mit jemandem beraten, der auf diesem Gebiet forscht. Ihr Körper zeigt eine heftige Reaktion auf die Substanzen der Implantate. Ich fürchte, die müssen entfernt werden."

Entsetzt sank sie in ihrem Sessel zusammen und legte die Hände an die Wangen. Großer Gott, nur das nicht. Bedeutete das, noch eine Operation, um ihr Gesicht wiederherzustellen? Diese Schmerzen wollte sie nicht noch einmal durchmachen. Sie wollte nie wieder Krankenhausluft schnuppern und auch die Übelkeit und den Schwindel nach dem Eingriff kein zweites Mal erleben. Vor allem: Wie sollte sie sich operieren lassen, ohne dass Michael es erfuhr?

„Ich bedaure, Ihnen das mitteilen zu müssen."

„Ist nicht Ihre Schuld", erwiderte sie langsam, bemüht, das alles zu begreifen. Sie brachte kaum mehr als ein Flüstern heraus. „Danke, Dr. Navarro. Ich ... ich danke Ihnen, dass Sie den Grund für meine Beschwerden gefunden haben. Ich dachte schon, ich bilde mir das alles nur ein."

„Ich muss gestehen, dass ich zu Anfang auch skeptisch war. Viele Erkrankungen und Abnormitäten, die mit Implantaten in Verbindung gebracht werden, sind reine Anekdoten. Unspezifisch. In Ihrem Fall sind die Symptome eindeutig."

„Aber ...“, begann sie nachdenklich und strich über ihr Kinn. „Eines verstehe ich nicht ganz. Wenn ich eine Abstoßungsreaktion auf diese Implantate habe, womit wird man sie dann ersetzen? Ich meine, gibt es verschiedene Arten von Implantaten?“

Dr. Navarro sah sie verblüfft an und trommelte besorgt mit den Fingern auf die Tischplatte. „Vielleicht haben Sie das wirklich nicht ganz verstanden“, erwiderte er bedauernd. „Die Implantate ... können nicht ersetzt werden.“

Charlotte war fassungslos. Sie konnte unmöglich richtig gehört haben. „Sie können nicht ersetzt werden?“ wiederholte sie mit belegter Stimme.

„Nein, leider nicht.“

Ihr war, als bliebe die Welt allmählich stehen. Das konnte doch nur ein Albtraum sein. Sie war wie betäubt vor Schock. „Und wenn ich sie nicht entfernen lasse?“ fragte sie nach einer Weile wie in Trance.

Er richtete sich im Sessel auf und sah sie durchdringend an. „Verstehen Sie, Miss Godfrey, hohe Titer antipolymerer Antikörper treten nur bei schweren Immunstörungen auf.“

„Wie schwer?“

„Diese Störungen werden fortschreitend schlimmer.“ Nach einer Pause: „Sie können tödlich enden.“

„Das muss doch ein Irrtum sein“, widersprach sie wie benommen.

„Tut mir Leid.“ Dr. Navarro seufzte mitfühlend und rückte sich in seinem Sessel zurecht. „Diese Reaktion ist nicht bei jedem ernst. Das ist sogar eher selten. Bei Ihnen ist es jedoch eindeutig bedrohlich.“ Er räusperte sich und beugte sich vor. „Lassen Sie uns Klartext reden, Miss Godfrey. Wenn Sie die Implantate nicht entfernen lassen, werden Sie meiner Meinung nach sehr krank werden und sterben.“

Plötzlich verabscheute sie ihn, seine Freundlichkeit, seine ruhige Art und sein Mitgefühl. „Ihnen tut es Leid? Sie wissen ja nicht, wovon Sie reden! Sie sind nicht einmal plastischer Chirurg! Ich werde Dr. Harmon konsultieren."

„Darum möchte ich Sie bitten, so schnell wie möglich."

„Er wird mir sagen, dass Sie sich irren. Und er wird alles in Ordnung bringen!"

„Miss Godfrey", begann er und legte die Fingerspitzen aneinander, „ich habe mehrere Tests durchgeführt. Es besteht kein Zweifel. Dr. Harmon und jeder andere Arzt, der die Fakten kennt, wird bestätigen, was ich Ihnen gesagt habe. Ich weiß, diese Diagnose ist schwer zu akzeptieren. Aber ich möchte Sie nicht mit einem Missverständnis gehen lassen."

Panik erfasste sie, als ihr klar wurde, dass Dr. Navarros Diagnose richtig sein könnte. Er wirkte sehr überzeugt.

„Wenn die Implantate entfernt werden ...", sagte sie langsam und dachte das Unvorstellbare. „Was wird dann mit meinen Wangen, meinem Gesicht passieren? Wie werde ich aussehen?"

„Ich kann es nicht wirklich sagen", gestand er und fühlte sich offenbar unbehaglich. „Ich kenne den Umfang des ursprünglichen Eingriffs nicht."

„Was passiert mit meinem Gesicht, wenn die Implantate entfernt werden?" beharrte sie.

„Darüber sollten Sie wirklich mit Dr. Harmon sprechen."

„Was ... passiert ... mit ... meinem ... Gesicht?"

„Ich ..." Er spreizte die Finger und betrachtete sie. Ihre letzte Hoffnung schien zwischen ihnen zu zerrinnen. „Ich denke, Ihr Gesicht, die Wangen, das Kinn werden so sein wie vor dem Eingriff."

Sie fürchtete zu ersticken.

4. Teil

Sie lebt mit Schönheit –
Schönheit, die bald stirbt;

– John Keats –

19. KAPITEL

Bobby fuhr nicht wie üblich in halsbrecherischem Tempo von Dr. Navarros Praxis heim. Er nahm die Kurven und Gefällestrecken der Bergstraße mit Sorgfalt, um Charlotte nicht noch mehr Unbehagen zu bereiten, als sie ohnehin empfand. Er hatte sich schon vor ihrem Besuch bei Navarro Sorgen gemacht, aber sie leichenblass und mit ängstlichem Blick aus der Praxis kommen zu sehen, bedeutete, dass er etwas tun musste.

Zunächst versuchte er, sie mit Humor aufzuheitern und aus ihrer Schweigsamkeit zu reißen. Doch das funktionierte nicht. Charlotte starrte mit leerem Blick auf die Straße. Ihre Antworten waren knapp und beiläufig. Schließlich war er mit seinem Latein am Ende, jetzt half nur noch die Flucht nach vorn.

„Also gut, Charlotte, ich gestehe, ich halte das keine Minute länger aus. Ich liebe Geheimnisse, und ich kann sie bestens bewahren, besonders bei Menschen, die ich mag. Und du weißt, für dich tue ich alles“, sprudelte er heraus und unterstrich seine Worte mit eindringlicher Gestik.

„Du hast offenbar eine schlechte Nachricht bekommen, und ich möchte dir helfen. Ich kann nicht einfach dasitzen und dich still leiden sehen.“

Charlotte drehte ihm das Gesicht zu. Zu seiner Überraschung

erwiderte sie: „Ja, ich brauche jemanden zum Reden. Und du bist genau der Richtige."

Er war froh über ihr Vertrauen und wollte sie keinesfalls enttäuschen. Zum ersten Mal seit Monaten wurde er wieder von jemandem gebraucht, ein gutes Gefühl. „Ich kenne den idealen Platz zum Reden. Ein kleines Café an unserem Weg. Das Essen ist grässlich, aber eine Flasche guten Champagner können die ja wohl öffnen."

„Mir ist nicht nach Feiern."

„Champagner ist nicht nur zum Feiern gut, *Querida*. Er löst die Zunge und hebt die Stimmung. Wir werden den Blick auf die Berge genießen, etwas trinken, und dann darfst du dich an meiner Schulter ausweinen."

Charlotte belohnte ihn für seine Bemühungen mit einem schwachen Lächeln. Er blickte schnell wieder auf die Straße, schniefte und wollte seine Rührung nicht zeigen. Er hatte das Glitzern von Tränen in ihren schönen Augen gesehen und litt mit ihr.

Von einem Fenstertisch im Café sahen sie der untergehenden Sonne zu. Während die Schatten im Raum allmählich länger wurden, erzählte Charlotte von ihrer Liebe zu Michael, und Bobby verfolgte, wie die Gefühle sich rasch und oft unerwartet in ihrem schönen Gesicht spiegelten. Sie beichtete, dass sie sich nie habe ausmalen können, jemand wie Michael würde sich in sie verlieben.

Bobby lauschte geduldig. Er verstand, dass sie diesen Prolog loswerden musste, ehe sie zum Kern des Problems vordrang. Als die Sonne versank und die Kerze auf dem Tisch kleiner wurde, nahm ihre Geschichte eine ungeahnte Wende. Charlotte umklammerte den Stiel ihres Glases und machte eine Pause, sich zu sammeln. Bobby beugte sich aufmerksam vor.

„Als ich klein war“, begann sie und starrte auf einen Punkt in der Ferne, „nannte man mich Charley, das Pferd ...“

Charlotte beobachtete ihn, während sie von ihrer Kindheit erzählte. Sie bemerkte seine Verblüffung, als sie berichtete, wie sie von Jungen gehetzt und von Fremden verspottet worden war. Er lehnte sich im Stuhl zurück und lauschte betroffen dem Bericht über den chirurgischen Eingriff, wie Dr. Harmon den Kiefer gebrochen und Wangen- und Kinnpartie aufgebaut hatte. Als sie ihm mitteilte, was Dr. Navarro ihr soeben gesagt hatte, wusste sie, dass Bobby sie verstand.

Aufmerksam verfolgte sie seine Reaktion, um daraus Rückschlüsse auf Michaels zu ziehen. Als von seiner Seite keinerlei Tadel kam, sondern nur liebevolles Mitgefühl, brach sie, gerührt über so viel Verständnis, in Tränen aus.

„Warum ich?“ weinte sie und legte die Hände vors Gesicht. „Warum muss das jetzt passieren? Warum nicht im Alter? Dann hätte es mir nicht mehr so viel ausgemacht.“

„Es hätte dir etwas ausgemacht. Schönheit verliert man in keinem Alter gern.“

Sie ließ die Hände sinken und spreizte sie auf dem Tisch. „Was weiß dieser Navarro schon?“ begehrte sie plötzlich auf. „Er ist nur irgendein Kleinstadtarzt. Er weiß nicht mal, welche Tests man anwenden muss.“

„Er ist sehr intelligent, Charlotte, und hoch angesehen. Er ist an vielen Forschungsprojekten beteiligt. Wenn er dir sagt, du sollst die Implantate entfernen lassen, würde ich ihm glauben.“

„Du würdest ihm alles glauben, weil er dein Wunderheiler ist!“ giftete sie, in die Enge getrieben, zurück. „Du hast Angst, dass seine Kräuter und Tinkturen dich nicht heilen.“

Bobby nestelte an seinem Glas herum. „Ich glaube wirklich,

seine Therapie hilft", erwiderte er sanft. „Aber ich weiß, sie wird mich nicht heilen."

„Tut mir Leid, Bobby", entschuldigte sie sich sofort. „Verzeih mir, ich schlage um mich, weil ich solche Angst habe."

„Natürlich hast du Angst. Die habe ich auch." Er beugte sich vor. „Ich bin Kunstliebhaber, wie du weißt. Ich begreife erst jetzt, was für ein Meisterwerk dieser Dr. Harmon geschaffen hat und was für ein Jammer es sein wird, es zu zerstören. Aber du musst es tun", betonte er ruhig. „Es ist nur dein Gesicht, nicht dein Leben."

„Nein?"

„Wieso fragst du?"

„Wie soll ich Michael all das erklären? Er liebt mein Gesicht."

„Er liebt dich", betonte Bobby. „Nicht nur dein Aussehen."

„Du weißt nicht, wovon du sprichst. Du kannst dir nicht mal vorstellen, wie ich vorher aussah." Sie legte die zitternden Hände an die Schläfen. „Ich habe nicht irgendeinen kleinen Schönheitsfehler beheben lassen. Ich hatte eine echte Deformierung. Ich war hässlich, Bobby. Es gibt kein anderes Wort dafür."

Bobby versuchte es zu verstehen. „Es ist schwer vorstellbar, dass unter diesem herrlichen Gesicht ..."

„Genau. Ich sehe, wie du mich betrachtest. Als würde ich eine Art Maske tragen. Mir ging es genauso, als ich mich zum ersten Mal im Spiegel sah. Ich weiß, wie schwer es ist, dieses Gesicht nicht für etwas wie eine Fälschung zu halten."

„Aber du sagst selbst, du hast dich daran gewöhnt."

Sie schluckte trocken und dachte beklommen daran, wie es gewesen war, wenn Menschen mitleidig vom Nachbartisch herübergestarrt hatten. „Du hast keine Ahnung, wie es ist, grotesk hässlich zu sein und es leidend zu akzeptieren. Dann bekommt man plötzlich eine Chance, das zu ändern. Auf einmal ist man jemand. Wenn einem all das an einem Tag wieder genommen wird, ist das grausam. Wenn dir jemand sagt, tut mir Leid, es ist vorbei, es war alles nur ein Traum – möchtest du nicht mehr aufwachen."

„Hör mir zu, Charlotte." Er nahm ihre Hände. „Schönheit, das ist nicht nur ein schönes Gesicht. Ich habe Menschen, die ich liebte, gut aussehende, gesunde Männer, vor meinen Augen verfallen und sterben sehen. Ihre schönen Gesichter wurden von der Krankheit gezeichnet und zerstört. Für mich blieben sie trotzdem schön. Mir wäre nie eingefallen, sie zu verlassen, weil sich ihre Gesichter verändert hatten."

„Michael könnte mich nicht so lieben." Damit hatte sie ihre schlimmsten Ängste ausgesprochen. Ihre Schönheit zu verlieren, war eine Sache. Michael zu verlieren, eine andere. Das war unvorstellbar.

„Er kann. Die Liebe, die Michael für dich empfindet, hat nichts mit oberflächlicher Schönheit zu tun", munterte er sie sanft lächelnd auf. „Du wirst ihn nicht verlieren. Er versteht, wie schwer das alles für dich ist, zumal er weiß, was du schon alles durchgemacht hast."

„Er weiß es nicht", gestand sie beschämt. „Ich habe es ihm nie erzählt. Weder von dem Eingriff noch das andere. Ich habe den richtigen Moment verpasst, und irgendwann war es dann zu spät."

Bobby runzelte die Stirn und legte seine gefalteten Hände an die Lippen. „Er weiß nichts von der Deformierung und von dem chirurgischen Eingriff?"

Sie schüttelte den Kopf. „Gar nichts."

Bobbys Optimismus bezüglich Michaels Reaktion geriet offenbar ins Wanken, was ihre Ängste nur verstärkte. „Er wird zornig sein, weil du es ihm verschwiegen hast."

„Weil ich gelogen habe."

„Du hast nicht gelogen."

„Nicht die Wahrheit zu sagen ist eine Art von Lüge."

Bobby wandte den Blick ab. „In gewisser Weise vielleicht."

„Entschuldige, das sollte keine Anspielung sein."

„Das wissen wir beide", wehrte er ihre Entschuldigung ab. Er dachte nach und sah dabei, dass die Kerze bis auf den Hals der Weinflasche, in dem sie steckte, heruntergebrannt war. Plötzlich blickte er entschlossen auf. „Erzähl es ihm. Sofort. Heute Nacht noch. Wenn du es weiter hinauszögerst, machst du es nur schlimmer. Er hätte dann den Eindruck, du schweigst, weil du ihm nicht traust."

„Ich habe große Angst davor. Wenn er mich zurückweist, wäre das unerträglich für mich. Dann würde ich sowieso sterben."

„Das wird er nicht. Schau doch, wie er sich zu mir verhält. Er hat seine Eigentumswohnung in Chicago verkauft und sein Leben dort aufgegeben, um meine Behandlung zu bezahlen und bei mir zu bleiben. Nun gut, ich bin sein Bruder, und er liebt mich, so unliebenswert ich manchmal auch sein mag." In seinen Augen blitzte es lustig auf, doch er wurde gleich wieder ernst. „Würde er für dich denn weniger tun? Gib ihm den Respekt und das Vertrauen, das er verdient. Lass ihn seine Liebe beweisen. Schließlich will jeder Mann für seine Angebetete der Ritter in schimmernder Rüstung sein. Sag ihm die Wahrheit!" Bobby flehte fast.

Sie blickte in das Licht der herunterbrennenden Kerze und fragte sich, ob durch den möglichen Verlust von Schönheit und Karriere vielleicht endlich das wahr wurde, was sie sich immer gewünscht hatte. Dass man sie nicht nach der äußeren Erscheinung beurteilte, sondern sie als den Menschen liebte, der sie war.

Als Michael später am Abend von einer Ortsbesichtigung heimkehrte, war sein Gesicht freudig erhitzt. Er zog Charlotte in die Arme, tätschelte ihr den Po und küsste sie fest auf den Mund.

„Ich habe ein Riesengeschäft gemacht", erklärte er und schenkte ihnen zwei Gläser von dem mitgebrachten Champagner ein. „Ich habe nicht nur einen Auftrag für Gartengestaltung an Land gezogen, sondern auch noch einen zum Umbau des dazugehörigen Hauses, damit man einen besseren Blick über den von mir entworfenen Garten bekommt. Endlich fügt sich für mich alles zusammen. Ich kann beides machen, Haus und Garten gestalten. Verstehst du, was das bedeutet? Es ist, als würde sich ein Kreis schließen. Endlich fließen meine Tätigkeiten auf verschiedenen Feldern ineinander. Ha, das macht Spaß."

Es brach ihr fast das Herz, ihn so glücklich zu sehen. Während sie das Essen auftischte, betete sie, ihre Neuigkeit würde ihm keinen zu großen Schock versetzen.

Während der Mahlzeit beugte Michael sich mehrfach über den Tisch und küsste sie. Seine Zärtlichkeiten wurden unter dem Einfluss von Alkohol allmählich drängender.

Als die Kerzen fast heruntergebrannt waren, dachte Charlotte an ihre nachmittägliche Unterhaltung mit Bobby. Wie viel einfacher war es doch oft, mit einem guten Freund zu reden, als mit einem Geliebten. Aber war Michael nicht beides? Guter Freund und Geliebter?

Sie turtelten bei Tisch wie die Teenager. Zu Mozartmusik griff Charlotte erneut nach ihrem Weinglas und trank. Ich brauche das jetzt, machte sie sich selbst Mut. Sie wollte sich frei und ungezwungen fühlen, Michael küssen und lieben und für einen Moment vergessen, was sie ihm beichten musste.

Nach einer Weile führte er sie an der Hand ins Schlafzimmer. Auf dem breiten Himmelbett liebten sie sich, in völliger Hingabe aneinander und ganz in ihre Gefühle versunken.

Sie lagen noch eine Weile eng umschlungen beieinander, als Charlotte sich plötzlich aufstützte und ihm im Halbdunkel mit einem Finger über das Gesicht fuhr – Stirn, Nase, Lippen.

Michael wiederholte die Geste bei ihr, und sie umarmten sich fest. Kein Küssen, kein Streicheln, nur ein enges Aneinanderschmiegen und das Gefühl absoluter Zusammengehörigkeit. Genau das brauchte sie jetzt. Sie liebten sich noch einmal zärtlich und einfühlsam.

Als Charlotte danach, langsam ruhiger atmend, neben ihm lag, den Kopf auf seiner Brust, flüsterte sie: „Mon Dragon, mein Drache."

„Meine Charlotte."

Da die leicht enthemmende Wirkung des Alkohols verflogen war, atmete sie tief durch, sich Mut zu machen, da sie ihm nun alles über Charlotte Godowski erzählen musste.

Die Dunkelheit war nützlich. Sie konnte Michaels Gesicht nicht genau erkennen und er ihres ebenfalls nicht. Sie brauchte Vertrauen in sich und in ihn. Der Himmel steh mir bei, dachte sie und ließ zitternd eine Hand seinen Arm hinauf und hinab gleiten. „Michael", begann sie, „ich liebe dich."

„Ich liebe dich auch."

Das war ein angenehm tröstlicher Einstieg.

„Michael, ich muss dir etwas erzählen."

„Alles, Liebes."

Sie schloss die Augen, gab sich einen Ruck und legte los. Wort für Wort wiederholte sie die Geschichte, die sie schon zwei Mal gebeichtet hatte. Doch nie hatte so viel auf dem Spiel gestanden wie jetzt. Während sie sprach, lag Michael still da, ohne jede Reaktion. Sie begann sich zu fragen, ob er sie vielleicht nicht verstand.

Die CD klickte, und Ravels „Pavane für eine tote Prinzessin" ertönte, sehr traurig und sehr passend. Sie erzählte weiter, und Michael lag nur reglos da.

„Sag etwas!“ flehte sie nach einer Weile, stemmte sich auf einen Ellbogen hoch und sah ihn an. Er hatte die Augen geschlossen und die Stirn gerunzelt. War das eine Träne da im Augenwinkel?

Er presste zwei Finger auf den Nasenrücken, als würde er schmerzen. „Charlotte ...“

„Was?“

„Ich ... ich weiß einfach nicht, was ich sagen soll.“ Er schlug die Augen auf und sah sie an. „Du sagst mir, du bist nicht die, die ich sehe. Es gibt eine andere mit einem anderen Gesicht, das ich noch lieben lernen muss.“

„Trotzdem bin ich es.“

Er bejahte es nicht, und ihre Welt stürzte ein.

„Dieser Doktor.“ Er räusperte sich. „Dieser Doktor Harmon. Hast du ihn aufgesucht?“

„Nein, noch nicht. Ich rufe ihn morgen an.“

Er nickte. „Okay, gut.“

Seine methodische Ruhe machte sie noch nervöser. „Dr. Navarro war sich allerdings sicher, was er sagen würde.“

„Er ist nur ein mexikanischer Quacksalber.“

Das klang sehr kalt, kurz und bündig. Sein Leugnen der Tatsachen war weit entfernt von der Unterstützung, die sie brauchte. Sie wollte, dass er ihr ungeachtet aller Umstände seine Liebe erklärte. Sei mein Ritter, nimm den Handschuh auf, Michael! bat sie im Stillen.

Mit einer Hand fuhr sie ihm über die Brust hinauf zum Gesicht.

Seine Hände lagen starr an seinen Seiten.

„Michael, ich habe Angst. Du bist so still. Ich muss wissen, ob du mich liebst, gleichgültig, was geschieht. Bitte, sag es mir ...“

„Ich kann nicht.“ Er schluckte trocken und wandte den Kopf ab.

Charlotte wich zurück und rollte sich zitternd auf ihrer Seite des Bettes zusammen.

Er warf rasch das Laken zurück und stand auf. Ein dunkler Schatten neben dem Bett. „Warum hast du es mir nicht früher gesagt? Warum hast du mich nicht vorbereitet? Warum warst du nicht ehrlich zu mir?“

„Ich hatte Angst“, flüsterte sie. „Angst, dass du mich nicht lieben würdest.“

„Es war falsch von dir, Charlotte, mich an der Nase herumzuführen und mir all diese Geschichten aufzutischen.“

„Ich weiß. Es tut mir Leid, Michael, sehr Leid“, schluchzte sie.

„Ich kann das alles nicht glauben.“

„Ich bin trotzdem noch ich.“

Er sah sie kurz forschend an und blickte aus dem Fenster. „Wirklich? Wer bist du denn, Charlotte?“

Im Mondlicht sah sie sein Profil, die gerade Nase, die vollen Lippen. Sie sah, wie er mit sich rang, das alles zu begreifen, die richtigen Worte zu finden und so zu reagieren, wie sie es von ihm erwartete. Als sie Tränen in seinen Augen glitzern sah, brach es ihr das Herz.

„Michael“, sagte sie eindringlich und richtete sich auf. „Sag mir, dass es keinen Unterschied ausmacht und du mich in jedem Fall liebst.“

Er schwieg.

„Bitte, Michael!“ Sie verabscheute es, so zu betteln. „Du verstehst nicht ...“

„Ich verstehe sehr wohl. Ich verstehe, dass unsere ganze Liebe auf einer Lüge basierte.“

„Nein!“ Ihr war eiskalt. „Bitte sag so etwas nicht. Wie kannst du das behaupten?“

„Ich brauche frische Luft.“ Er wandte sich ab und griff nach seiner Kleidung. „Ich muss nachdenken.“

Sie hörte ihn in die Jeans schlüpfen und den Reißverschluss zuziehen. Arme glitten in Hemdsärmel, Füße in Sandalen. „Ich mache einen Spaziergang.“ An der Tür verharrte er, wie um etwas zu sagen, ging dann aber wortlos hinaus.

Sie sah ihm nach, und es war, als schlösse sich eine Tür in ihrem Herzen. Sie wusste, er kam nicht zurück, nicht als derselbe Mann. Und selbst wenn, war es zu spät. Sein Schweigen sprach Bände. Er hatte den Handschuh nicht ritterlich aufgehoben. Es gab keinen Ritter, nur einen Drachen, der sie vernichtete.

Michael eilte im Laufschritt durch das hohe Gras, das ihm in die Knöchel schnitt, auf den Wald zu. Er fühlte sich so gekränkt und hintergangen durch ihr spätes Geständnis, dass es ihm körperliche Schmerzen bereitete. Da half nur Marschieren und den Frust loswerden. Wie hatte sie ihn so belügen und manipulieren können? Und was sollte das überhaupt mit dieser Deformierung? Plastische Chirurgie? Charlotte hässlich? Unmöglich. Er konnte es nicht begreifen. Nein, nicht seine Charlotte. Aber war sie überhaupt seine Charlotte? Zum Kuckuck, er wusste wirklich nicht mehr, wer sie überhaupt war! Mit festen Schritten marschierte er weiter.

Nach einer Weile bemerkte er, dass er bereits tief in den Wald vorgedrungen war, verlangsamte das Tempo und blieb schließlich stehen. Die Atmung wurde ruhiger, der Schweiß trocknete auf der Stirn, und sogar seine wütenden Gedanken legten sich. Die Stille der umgebenden Natur, die Majestät der alten Bäume waren Balsam für die Seele.

Eine Hand an der Stirn, presste er die Augen zusammen. Sofort sah er Charlottes tränenüberströmtes Gesicht vor sich. Sie hatte ihn geradezu um Trost angefleht. Wie hatte er sie so zurücklassen können? Sie hatte gelitten, sie war krank. Was hatte sie noch gesagt, sie könne sterben?

Er ballte die Hände und wütete gegen sich selbst und das Schicksal. Es war alles so unfair.

Den Kopf gesenkt, machte er sich Vorwürfe, sie im Stich gelassen zu haben. Dieses schöne, geliebte Gesicht nicht mehr sehen zu können hatte ihm das Gefühl gegeben, betrogen zu werden. Doch die Vorstellung, sie zu verlieren, war ... unerträglich.

Ein Zitat von Robert Frost kam ihm in den Sinn. „Wir lieben die Dinge, die wir lieben, weil sie so sind, wie sie sind."

Natürlich musste er sofort zu ihr zurück und mit ihr reden. Er musste verstehen lernen. Zwar wusste er nicht, was er sagen und wie er reagieren sollte, doch er wusste, dass er sie liebte. Was tat er überhaupt hier draußen und bedauerte sich selbst, während Charlotte im Blockhaus weinte?

Entschlossen marschierte er zurück. Während er über die Felder ging, sah er die kleine Hütte oben auf dem Hang im Mondschein. Silbrige Wolken zogen über den heller werdenden Himmel und bedeckten den sanft schimmernden Mond mit einem Schleier. Michael fröstelte bei der Vorahnung, einen Verlust zu erleiden.

Nachdem ihre Tränen versiegt waren, schien eine betäubende Kälte in ihr aufzusteigen, ein Schutzwall gegen Emotionen. Sie wollte nur noch weg, ehe Michael zurückkehrte. Ihre Sachen würde sie später abholen lassen. Was sie betraf, hatte sie ihre Antwort erhalten. Eine weitere Konfrontation mit Michael war zwecklos.

Charlotte wischte sich das Gesicht, zog sich rasch an, warf ein paar Sachen in einen kleinen Koffer und rief den einzigen Menschen an, der sie jederzeit abholen würde: Freddy.

Kurz darauf wartete sie, Tasche neben sich, auf der Veranda. In weniger als einer Stunde fuhr Freddy mit seinem Mercedes vor.

„Baby“, sagte er zur Begrüßung, eilte ihr entgegen und umarmte sie.

Sie hätte heulen mögen, konnte aber nicht. „Gehen wir“, bat sie. „Sofort.“

„In dieser Sekunde.“ Er nahm ihre Tasche und öffnete ihr die Wagentür.

Der plötzlich aufblitzende Diamantring an ihrer Hand erinnerte sie an ihre zerplatzten Träume. Sie lief rasch in die Blockhütte zurück und legte ihn auf den Tisch.

Als sie das Haus wieder verließ, war sie froh, dass die Dunkelheit die ihr lieb gewordene Umgebung verbarg. Rasch stieg sie in den Wagen, schloss die Augen und ließ sich von Freddy fortbringen.

20. KAPITEL

Melanie freute sich, Charlotte auf der Türschwelle zu sehen, bekam jedoch gleich einen Dämpfer, als sie Freddy hinter ihr entdeckte. Sie erhob sich mit Junichi vom Sofa und nahm Freddy den Koffer ab. Junichi blieb befangen im Wohnraum stehen und blickte verunsichert von Melanie zu Charlotte und zurück.

„Vielleicht ist es besser, wenn du gehst", sagte Melanie zu ihm. „Die Hochzeitspläne können wir auch morgen besprechen."

Junichi witterte eine heraufziehende Krise und war froh, sich ihr entziehen zu dürfen. Er schnappte sich seinen Mantel, begrüßte Charlotte höflich und verabschiedete sich von Melanie.

„Freddy, ich übernehme sie", erklärte Melanie ihm.

„Sie hat mich angerufen!" protestierte er. „Ich will mit ihr reden."

„Jetzt nicht."

„Das entscheide ich!"

„Bitte", fiel Charlotte ihnen ins Wort, die Finger an die Schläfen gepresst, und atmete tief durch, „bitte streitet euch nicht. Ich brauche euch beide." An Freddy gewandt, fuhr sie fort: „Ich bin erschöpft und brauche dringend etwas Schlaf. Du sicher auch. Fahr ruhig heim. Ich rufe dich morgen an. Dann können wir reden. In Ordnung?"

Er strich sich übers Kinn und nickte. „Also gut. Ich bin nur froh, dass du da weg bist. Wenn ich das gewusst hätte ..." Er verstummte, als er Charlottes weinerliche Miene bemerkte. „Okay, ich rufe dich morgen an."

„Danke, Freddy."

„Komm, meine Süße." Melanie legte ihr einen Arm um die Schultern. „Du siehst aus, als könntest du ein schönes heißes Bad vertragen." Sie führte Charlotte aus dem Raum. „Lass dir nicht die Tür ins Kreuz fallen, wenn du gehst“, rief sie Freddy zu.

Freddy sah ihr leise fluchend nach, als sie Charlotte die Treppe hinaufführte. Plötzlich fiel ihm auf, wie sehr sich das Haus verändert hatte. Er sah sich um und bemerkte die Sprossenfenster und den Anbau, der einen herrlichen Blick auf den Garten und das Tal bot, über dem die ersten Strahlen der rosa Morgenröte heraufzogen.

Mondragons Werk, dachte er voller Bitterkeit. Dieser Hurensohn hatte aus der Bruchbude ein Schmuckstück gemacht.

Charlotte musste hier unbedingt ausziehen. Jeder gottverdammte Raum erinnerte sie an den Kerl. Das konnte er nicht zulassen. Dieser Mondragon musste aus ihrem Leben verschwinden, und zwar für immer. Aber wie, fragte er sich auf dem Weg zur Bar und schenkte sich einen Scotch ein. Noch während er eingoss, merkte er, dass auch die Bar neu war.

Das Läuten der Türglocke riss ihn aus seinen Überlegungen. Wer konnte das sein so früh am Morgen, der Milchmann etwa? Er ging zur Sprechanlage und drückte den Knopf. „Ja?“

„Ich bin es. Michael. Lass mich rein. Wir müssen reden.“

Freddy spürte seinen Blutdruck steigen. Der Bastard war ihr hierher gefolgt. Verdammt, kapierte der denn gar nichts? Mit geballten Händen überlegte er eine Antwort.

„Charlotte?“ kam die Stimme über die Sprechanlage.

Freddy blickte zur Treppe. Dem Himmel sei Dank, dachte er und begann zu lächeln. Er hatte eine Idee. Manchmal boten sich Chancen, die man nur ergreifen musste. Er betätigte den Knopf und öffnete Michael Mondragon das Tor.

Wenn er das jetzt durchziehen wollte, musste er sich beeilen. Er öffnete Charlottes Koffer, sah den Inhalt durch und riss einen Spitzen-BH, Slip, Strümpfe und ein Kleid heraus. Den geschlossenen Koffer versteckte er hinter dem Sofa. Dann verteilte er die Wäsche in einem Pfad auf dem Boden, der am Sofa endete. Ihm blieb nicht viel Zeit, er musste improvisieren. Rasch zerdrückte er ein paar Kissen, warf einige auf den Boden und bereitete die Szene vor wie ein Regisseur.

Beeilung, drängte er sich, Mondragon kann jede Sekunde an die Tür klopfen.

Er entdeckte die zwei Weingläser auf dem Tisch neben der Flasche. Perfekt. An einem war Lippenstift. Das Braut-Magazin musste natürlich verschwinden. Hastig schob er es unter ein Sofakissen. Mit Schweißperlen auf der Stirn eilte er zur Treppe und lauschte. Im Bad lief Wasser ein, und die Tür war geschlossen. Gut. Er zog das Jackett aus und lockerte die Krawatte. Es könnte funktionieren, dachte er freudig erregt, knöpfte sein Hemd auf und zerrte es aus der Hose. Dann eilte er noch zur Stereoanlage und drehte die Musik leise auf, damit man es oben nicht hörte. Als er gerade seinen Gürtel öffnete, klingelte Michael an der Tür.

Gerade rechtzeitig. Mit einem letzten Blick zur Treppe zog Freddy den Hosenreißverschluss auf und lief zur Tür. Unterwegs zerwühlte er sich noch mit einer Hand die Haare und öffnete.

„Was wollen Sie?“ bellte er den überraschten Michael an. Dessen Mienenspiel war sehenswert. Zorn blitzte in seinen dunklen Augen auf. Doch ebenso in Freddys. Es war ein Duell der Blicke, aber Freddy wusste, er war im Vorteil.

Michael maß ihn mit einem vernichtenden Blick: das zerwühlte Haar, die nackte Brust und Freddys Bemühen, den Hosenschlitz zu schließen, das vermittelte einen eindeutigen Eindruck. Freddy erkannte an Michaels Mimik, dass sein Plan aufging.

Trotzdem drängte Michael sich an ihm vorbei ins Haus. So wie er aussah, die langen Haare offen, die Kleidung zerknittert, Schmutz an den Schuhen und Bartstoppeln im Gesicht, war es auch für ihn eine lange Nacht gewesen. Gut, dachte Freddy bei sich. Wie fühlst du dich jetzt, Mondragon? So habe ich mich seit Monaten gefühlt.

„Wo ist sie?“ Michael betrat den Wohnraum, die Hände an den Seiten geballt.

„Das dürfte kaum der richtige Zeitpunkt sein, hier aufzukreuzen und nach Charlotte zu verlangen“, erwiderte Freddy gedehnt.

„Damit Sie das richtig kapieren“, begann Michael und stieß ihm den Zeigefinger fast ins Gesicht, „ich habe nur gefragt, wo sie ist.“

Freddy zog viel sagend die Brauen hoch und deutete auf die Spur aus Wäsche auf Boden und Sofa. Michael sah es über die Schulter hinweg und erbleichte.

Freddy hätte am liebsten laut gejubelt, als er bemerkte, wie Michael die Schultern hängen ließ. Aus dem Lautsprecher erklang Bessie Smith. Es war wunderbar. Er hätte diese Szene endlos genießen können. Da er jedoch nicht wusste, wie viel Zeit ihm blieb, holte er zum Todesstoß aus.

„Sie sehen, wie es ist, Mondragon. Warum sind Sie nicht einfach Gentleman und gehen?“

Michael wandte sich ihm zu, die Lippen bleich, der Blick wütend und traurig zugleich. „Ich glaube das einfach nicht.“

„Warum fragen Sie sie nicht selbst? Sie ist oben und nimmt ein Schaumbad.“ Nach einer kurzen Pause: „Sie wollte sich etwas frisch machen.“

Michaels Nasenflügel bebten. Einen Moment sah es so aus, als wolle er sich auf Freddy stürzen. Er tat es nicht, wandte sich stattdessen ab und verließ das Haus. Wie Freddy hoffte, für immer.

„Hallo, Dr. Harmon. Hier spricht Charlotte Godfrey. Godowski“, fügte sie hinzu, da er stutzte.

„Aber natürlich. Charlotte, wie geht es Ihnen? Es ist lange her. Ich habe Ihre Karriere verfolgt. Meinen Glückwunsch. Ich wusste, dass Sie es schaffen würden."

„Dr. Harmon", fuhr sie rasch fort, da sie keine Zeit für einen Schwatz hatte, „es hat sich ein Problem ergeben." Dann berichtete sie kurz von ihren Symptomen und Dr. Navarros Tests. „Er sagt, ich muss die Implantate entfernen lassen. Natürlich irrt er sich, aber er hat mich nervös gemacht. Was soll ich tun?"

Ein längeres Schweigen. „Das ist am Telefon schwer zu entscheiden", antwortete Dr. Harmon langsam. „Dieser Dr. Navarro hat die Kollegen Haverhill und Quinn hinzugezogen? In L.A.?"

„Ja, aber sie haben mich nicht gesehen. Ich kann mir nicht vorstellen, dass sie den Fall gut genug kannten, um eine Diagnose zu stellen."

„Es sind exzellente Ärzte. Navarro hat die Besten konsultiert. Ich kenne die wissenschaftlichen Arbeiten, auf die Navarro sich bezieht. Nicht jeder, der Implantate hat, bekommt auch Abstoßungsreaktionen, wie die Studie belegt. Aber in Ihrem Fall ... Natürlich muss ich Sie sehen. Können Sie nach Chicago kommen? Sofort? Ich hole meinen Terminkalender."

„Warten Sie." Sie schluckte trocken. „Soll das heißen, Dr. Navarro könnte Recht haben?"

„Dass die Implantate heraus müssen? Wenn Ihre Titer so hoch sind, wie Sie es mir vorgelesen haben, dann ja. Alle Anzeichen sprechen dafür. Natürlich möchte ich meine eigenen Tests machen. Es tut mir schrecklich Leid. Es gab keine Möglichkeit, Ihre Reaktionen vorauszusehen. Natürlich möchte ich den Eingriff selbst machen."

„Aber ich will nicht, dass Sie sie einfach herausnehmen. Können Sie nicht neue einsetzen?"

„Leider nein. Nicht in Ihrem Fall. Jedes neue Implantat würde wieder genauso abgestoßen werden."

„Sie meinen, wenn ich sie behalte, könnte ich ... sterben?"

Sein Schweigen tat weh. Als Dr. Harmon schließlich antwortete, sprach er mit tiefer, ernster Stimme. „Ja."

Sie legte die Hand vor den Mund, um nicht aufzuschreien.

„Lassen Sie sich zunächst von mir untersuchen. Am besten, Sie kommen so schnell wie möglich nach Chicago. Lassen Sie ..."

„Goodbye, Dr. Harmon."

„Was? Hallo? Charlotte, legen Sie nicht auf! Ich muss ..."

„Ich denke, du solltest nicht gleich wieder zu arbeiten anfangen", riet Melanie Charlotte, als die sich ein paar Tage nach ihrer Rückkehr in Kaschmirkostüm, Pumps und eleganten Handschuhen zum Ausgehen bereit machte.

„Arbeit ist genau das, was ich brauche", widersprach sie und sah Melanie an, das Gesicht eingefallen, die Augen leicht verquollen. Ihr Blick verriet ihre Verbitterung. „Ich würde sagen, ich hatte genug Urlaub, oder?"

„Was soll ich sagen, wenn er kommt und dich sucht? Das wird er, weißt du? Er liebt dich."

„Bitte sag so etwas nicht. Das macht mir die Sache nicht einfacher."

„Für ihn ist es sicher auch nicht einfach. Du hast ihn verlassen."

„Nein!" widersprach sie heftig und schloss die Augen. Schon wieder dieser bohrende Kopfschmerz. „Ich habe ihn nicht verlassen, im Gegenteil. Er hat mich allein im Haus zurückgelassen. Ich habe ihm die Trennung nur erleichtert."

„Aber du liebst ihn, Charlotte. Kämpfe um ihn."

„Ob ich ihn liebe oder nicht, ist völlig unwichtig." Sie seufzte. „Und mein Kampfgeist ist mir abhanden gekommen."

Melanie zog die Stirn kraus. „Du klingst nicht wie du selbst. Du bist doch die Optimistin von uns beiden. ‚Wenn du dir etwas wünschst, arbeite dafür, und du bekommst es', erinnerst du dich? Komm schon, Charlotte, befolge deinen eigenen Rat."

Inzwischen traute sie ihren klugen Ratschlägen nicht mehr. „Wenn ich mich recht entsinne, warst du doch diejenige, die behauptet hat, Männer seien Schweine und lohnten keine Anstrengung. Leider habe ich viel zu spät entdeckt, wie Recht du hast."

„Ich könnte mir dafür die Zunge abbeißen. Ich habe mich geirrt. Na ja, irgendwie. Manche Männer sind Schweine, aber viele sind es eben nicht. Michael gehört zu denen, die es nicht sind. Verhärte dein Herz nicht. Eure Beziehung war etwas Besonderes. Geh zu ihm zurück."

„Ich möchte nur zurück an meine Arbeit."

„Charlotte ..."

„Melanie", fiel sie ihr scharf ins Wort, „ich weiß, du versuchst zu helfen, aber so bist du mir keine Hilfe. Michael, mein Gesicht, das ist mir alles gleichgültig. Ich muss akzeptieren, dass mein Privatleben unvorhersehbar und grausam verläuft. Aber wenigstens meine Arbeit kann ich kontrollieren."

Melanie war sichtlich besorgt. „Du hast mir immer noch nicht gesagt, wie ich mich verhalten soll, wenn er kommt. Er wird kommen. Du hast ihn nicht erlebt, als er das letzte Mal nach dir gesucht hat. Er war außer sich."

„Und du hast ihn nicht erlebt, wie er reglos und schweigend auf dem Bett lag. Er war grausam."

Die Frauen sahen sich einen Moment wortlos an.

„Also, wirst du heute Dr. Harmon anrufen?"

Charlotte schüttelte den Kopf. „Ich werde den Eingriff nicht vornehmen lassen."

Melanie sprang auf. „Was? Bist du verrückt?"

„Ich wäre es, wenn ich es machen ließe. Meine Schönheit ist alles, was mir geblieben ist. Ich kann darauf nicht verzichten."

„Du bist verrückt. Nein, entschuldige. Du bist nur aufgebracht."

„Ja, ich bin aufgebracht. Aber ich bin nicht verrückt, sondern realistisch."

„Charlotte, deine Entscheidung ist falsch. Deine Schönheit ist doch nur eine Äußerlichkeit. Der darfst du dich nicht opfern. Das Leben ist wertvoll. Gleichgültig, was geschieht, du kannst dich freuen, am Leben zu sein."

„Das wohl kaum." Sie dachte an die Rolle der Marguerite in *Camille*. Die hatte ihr Leiden beendet, indem sie sich der Krankheit ergab. „Es kann ein Glück sein zu sterben."

Melanie legte erbleichend eine Hand an die Kehle. „Das ist doch nicht dein Ernst."

„Und ob", erwiderte sie ruhig. „Aber keine Bange, wahrscheinlich habe ich nicht das Glück, schnell hinüber zu sein. Vermutlich werde ich nur leiden." Sie hob den Arm und sah auf ihre Uhr. „Ich bin spät dran für meine Verabredung." Sie nahm ihre Aktenmappe und ging zur Tür. Dort winkte sie kurz ihrem Fahrer und wandte sich noch einmal mit sanfterer Miene zu Melanie um. „Ich weiß schon, was ich tue. Und mach dir keine Gedanken, was du Mr. Mondragon sagen sollst. Ich weise meine Sekretärin an, den Vertrag für die Gartenpflege zu kündigen. Dann braucht er gar nicht herzukommen." Damit trat sie über die Schwelle, stutzte aber und kam noch einmal einen Schritt zurück. „Und versprich mir, dass du ihn nicht anrufst!"

Melanie wirkte ertappt. Offenbar hatte sie genau das vorgehabt.

„Versprich es mir!" beharrte Charlotte streng.

„Ja verflixt, ich verspreche es."

Flüchtig lächelnd nickte sie und ging mit hoch erhobenem Kopf hinaus.

Melanie sah ihr besorgt nach, als sie abfuhr. Dank ihres Versprechens konnte sie Michael unmöglich anrufen, aber zur Hölle mit ihm, dass er Charlotte so gekränkt hatte. Auf jeden Fall würde sie in der Nähe des Telefons bleiben. Schließlich hatte sie nicht versprochen zu schweigen, falls er anrief.

Michael stieß die Schaufel in die Erde und hob einen weiteren Klumpen Lehm aus dem Graben. Schweiß stand ihm auf der Stirn und durchweichte sein Hemd. Er arbeitete schon den ganzen Tag an dem Aushub. Er brauchte die Anstrengung, er musste sich erschöpfen, um den Schmerz in seinem Innern zu betäuben.

„Was machst du da?" fragte Bobby und kam mit langen Schritten den Weg herauf.

„Es müssen Drainagen angelegt werden." Er hievte noch einen Lehmklumpen beiseite, stieß die Schaufel in die Erde und machte eine Pause. Einen Ellbogen auf den Stiel gestützt, wischte er sich die Stirn. „Was willst du, Bobby?"

„Ich? Gar nichts. *Mamacita* möchte, dass du mit Charlotte zum Essen kommst. Ihr seid spät."

„Wir kommen nicht."

Bobby war verblüfft, dann verfinsterte sich seine Miene argwöhnisch. Michael sah schlecht aus. Sein Haar war fettig, er müsste sich dringend rasieren, und er sah aus, als hätte er in dem Graben, den er grub, geschlafen. Bobby blickte zur Hütte. Im Innern war es dunkel und verdächtig still. „Wo ist Charlotte?"

Michael schluckte trocken. „Weg."

Bobby war fassungslos, unterließ jedoch jeden Kommentar. Das Schweigen sagte alles.

Michael nahm die Schaufel wieder zur Hand und lockerte

Schultern und Nacken. Er mochte sich nicht erinnern, wie er sich bei der Rückkehr zur Hütte gefühlt hatte. Charlotte war fort gewesen, und der Ring hatte auf dem Tisch gelegen. Er war ihr nachgefahren, um dann ... Nein. Wenn er nur daran dachte, wurde ihm schlecht.

„Wann ist sie abgereist?“ fragte Bobby.

Er stieß die Schaufel tief in die Erde. „Letzte Nacht.“

„Und du hast sie gehen lassen?“

„Ich war draußen und habe einen Spaziergang gemacht. Als ich zurückkam, war sie weg.“

„Und das war's?“

Er erinnerte sich, wie er auf der Bettkante gesessen hatte, den Ring zwischen den Fingern, als könne er ihm verraten, wie es zu alledem gekommen war. Warum hatte sie ihn belogen? Warum hatte sie ihn verlassen? Und wie hatte sie ihn so schnell ausgerechnet mit Freddy Walen betrügen können? Als dann die Morgensonne ins Fenster schien, hatte er immer noch keine Antwort gehabt, nur einen dumpfen Schmerz im Herzen und eine gehörige Wut im Bauch. Zur Hölle mit ihr, dachte er und stieß die Schaufel wieder in die Erde. „Das war's“, antwortete er.

„Ich glaube dir nicht. Wie könntest du sie jetzt verlassen, wo sie dich am meisten braucht?“

Michael unterbrach seine Arbeit und sah Bobby aus dem Graben an. „Du wusstest das mit ihrem Gesicht?“

Bobby nickte. „Ich habe sie zu Navarro gefahren. Sie war verzweifelt. Sie hatte Angst um ihr Leben und ihr Aussehen. Aber am meisten hatte sie Angst, dich zu verlieren. Ich war der Idiot, der ihr geraten hat, dir alles zu beichten. Ich dachte, du würdest ritterlich genug sein, ihr beizustehen.“

„Scheiße, Bobby, du hast keine Ahnung, wovon du redest.“

„Weißt du, an wen du mich erinnerst?“ fragte Bobby hitzig.

„An diese Typen, die ihre Aids-infizierten Partner verlassen. Bye, bye, ich muss jetzt mein eigenes Leben führen und will dein hässliches Gesicht nicht mehr sehen."

„Das ist nicht fair. Es geht nicht um Schönheit."

„Sondern?"

„Es geht um die Lüge. Sie hat sich als jemand ausgegeben, der sie nicht ist."

„Das ist doch Blödsinn, und du weißt es. Ist dir eigentlich klar, dass du ein Verhaltensmuster wiederholst, das typisch für dich ist? Sobald etwas deinen Ansprüchen nicht genügt, läufst du weg. Du kamst mit deiner mexikanischen Familie nicht klar, also liefst du weg. Du kamst mit meiner Homosexualität nicht klar, also liefst du weg."

„Ich bin zurückgekommen."

„Ja, allerdings, du hast etwas gutgemacht. Nachdem du darüber nachgedacht hattest. Aber das ist okay. Du bist auch nur ein Mensch. Ich halte dir zugute, dass du eingelenkt hast." Er machte eine Pause. „Ich hoffe, das gelingt dir auch bei Charlotte."

„Das ist nicht dasselbe", entgegnete er schroff mit harter Miene.

„Du bist wie eine Maya-Statue."

„Dann wäre mein Herz wenigstens aus Stein."

Bobby warf die Hände hoch, wandte sich erbost ab und ging davon. An der Wegbiegung blieb er noch einmal stehen, um etwas zu sagen. Er sah Michael mit ausgestreckten Armen auf die Schaufel gestützt dastehen, den Kopf gesenkt, und die Schultern bebten in stillen Schluchzern. Der Anblick brach Bobby das Herz.

„Ich will jede Menge Arbeit, Freddy", sagte Charlotte, als sie in sein Büro stürmte und seinen erstaunten Blick ruhig erwiderte. „Sorge dafür, dass ich sehr, sehr beschäftigt bin."

„Das ist mein Mädchen!“ Freddy klatschte lächelnd in die Hände und nahm sie zur Begrüßung in die ausgebreiteten Arme. Nach einem Moment trat er zurück und betrachtete ihr Gesicht.

„Du siehst gut aus. Viel besser als zuletzt.“ Ihr Haar war glatt zurückgekämmt und zum Knoten geschlungen, was die strahlend blauen Augen hervorhob. Sie wirkte so unaufdringlich elegant, wie er es von ihr erwartete.

„Ich sehe immer gut aus, wenn ich dem Tode nahe bin“, zitierte sie lächelnd eine Zeile aus *Camille*.

„Was machen die Schmerzen?“

„Ein langweiliges Thema“, wehrte sie munter ab und nahm den angebotenen Platz ein. Sie zog die Handschuhe aus, ungeduldig, das einleitende Geplauder rasch hinter sich zu bringen. „Ich unterziehe mich einer strikten Behandlung mit Kräutern und Vitaminen. Ich habe mich nie besser gefühlt und brenne darauf, wieder zu arbeiten.“ Sie lächelte zuversichtlich, um ihm zu zeigen, dass sie physisch wie psychisch wieder Herrin der Lage war. Wenn sie die Glückliche spielte, war sie es irgendwann vielleicht sogar. „Was hast du für mich?“

Erfreut beugte Freddy sich vor und drückte den Knopf der Sprechanlage.

„Wie wäre es mit einem Kaffee?“ fragte er Charlotte.

„Danke, aber für mich lieber Mineralwasser.“

Freddy gab den Auftrag weiter und kam zu ihr an den Tisch. „Ich muss gestehen, ich war besorgt.“

Sie bemerkte, wie müde er aussah. Seine Wangen waren eingefallen. Die letzten Monate, in denen sie verschwunden war, mussten schwierig für ihn gewesen sein.

„Ich weiß. Und ich bedaure das.“

Freddy schüttelte ein wenig traurig den Kopf, legte eine Akte auf den Tisch und begann sie durchzublättern. „Habe ich dir erzählt, wie ich einen Deal mit John LaMonica und Paramount abgeschlossen habe, während ihm bei Morton's die Nase gebrochen wurde?" Er schien es kaum erwarten zu können, die Geschichte loszuwerden.

„Nein, Freddy, hast du nicht." Sie zeigte höfliches Interesse.

„Also, ich rede beim Dinner mit Michael Kuhn über die Verleihrechte und herein spaziert LaMonica, nach seinen letzten Kassenschlagern stolz wie ein kleiner kecker Hahn. In seinem Schlepp ..."

„Bitte Freddy, nur die geschäftlichen Details."

„Klar, okay." Er lehnte sich im Sessel zurück und rückte sich die Krawatte zurecht. Charlotte sah, dass er sich einen großen Diamantring für den kleinen Finger gekauft hatte. „Kurz und knapp, du bist eine heiße Nummer. Überall munkelt man, dass du für *Camille* den Oscar bekommst. LaMonica wollte dich für den Actionfilm *Thunder Bay* haben. Ich hielt es für angebracht, dich jetzt etwas anderes spielen zu lassen, damit du deine Vielseitigkeit beweisen kannst." Da sie schwieg, fuhr er fort: „Der Vertrag ist allerfeinste Sahne. Siebenstellige Gage. Groß angelegter Verleih. Co-Star ist Johnny Depp. Ihr passt gut zueinander, das sagen alle."

Charlotte hörte zu und beobachtete Freddy, der mit hinter dem Kopf verschränkten Händen zurückgelehnt in seinem Sessel saß, und dachte: Das ist nun also mein Leben: Verträge, Gagen, Verleihrechte, Interviews, Tratsch, das Nutzen aller PR-Chancen? Sie fröstelte und fühlte sich unendlich einsam.

„Also, was hältst du davon?"

„Fein. Wann fange ich an?"

Freddy legte sprachlos die manikürten Hände auf den Tisch. „Fein? Wann fange ich an? Das ist alles, nachdem ich mir Gott weiß was für dich aufgerissen habe?"

„Was soll ich sonst noch sagen“, fragte sie ungerührt. „Okay, ich möchte das Drehbuch sehen, dann weiß ich mehr. Ich mag Johnny. Ich bin sicher, wir werden gut zusammenarbeiten. Ich habe noch nie einen Actionfilm gedreht, aber ich werde mein Bestes geben. Reicht das als Kommentar?“

Freddy musterte sie mit schief gelegtem Kopf. „Du bist immer noch außer dir wegen diesem Frito Bandito? Ich dachte, es wäre vorbei?“ Seine Mimik verriet Unbehagen, da sie den Köder nicht schluckte. „Sag mir nicht, du bist wieder mit dem Kerl zusammen?“

„Nein. Wir sind fertig miteinander. Darüber musst du dir keine Sorgen machen.“

„Freut mich, das zu hören. Ich dachte schon, dass du und er ...“

„Freddy“, unterbrach sie ihn scharf, „halten wir uns ans Geschäft, ja? Was hast du sonst noch für mich? Ich möchte so schnell wie möglich arbeiten.“

Freddy nickte ernst und schob einige Papiere auf dem Tisch hin und her. Sie wusste, er würde nicht mit ihr streiten. Schließlich war Arbeit das Einzige, was er von ihr wollte, oder?

Freddy führte Charlotte am Ellbogen von der langen schlanken Limousine zum Eingang von Cilantro, Junichis schickem neuen Restaurant an der Wharf. Luxuslimousinen säumten die Straßen. Melanie und Charlotte hatten die Feiern zur Restauranteröffnung und Premiere von *Camille* zusammengelegt. Große Garderobe war Pflicht, und natürlich waren alle gekommen.

Freddy blieb auf der Schwelle stehen und ließ den Blick durch den Raum schweifen, während Charlotte an der Tür mit Melanie plauderte. Er musste zugeben, dass Melanie in letzter Zeit wesentlich besser aussah als früher, weiblicher, kultivierter. Das Nuttenhafte war völlig verschwunden. Vielleicht machte das der Erfolg. Zwar begrüßte sie ihn lediglich mit einem kühlen Blick, aber was machte das schon? Auf sie kam es nicht an.

Hier im Saal sind die entscheidenden Leute, dachte er genüsslich. Er hatte alles dafür getan, den Raum voll zu bekommen. Zu seinem Leidwesen hatte Charlotte darauf bestanden, die Party hier abzuhalten. Die Dekoration war üppig und sehr geschmackvoll mit viel frischer Stechpalme und weißem Leinen. Okay, das Lokal war anständig, aber es war eben nicht Spago. Charlotte hatte gemeint, dass allen eine Veränderung gut tun würde. Er war da nicht so sicher gewesen, aber wie es jetzt aussah, hatte sie vielleicht Recht.

Auf jeden Fall war alles, was Geld und Einfluss hatte, versammelt. Am Kopftisch saßen Joel Schaeffer und einige andere Produzenten, inklusive der Weinsteins. Sie sonnten sich in den stehenden Ovationen, die der Film bei der Premiere am Abend erhalten hatte. Daneben saß eine Reihe von wichtigen Filmkaufleuten, Super-Anwälten, Geldgebern und erstklassigen Schauspielern.

Ja, dachte er beim Anblick der angeregten Mienen, ein guter Abend für das Showgeschäft. Alle waren aufgekratzt, und der Champagner floss. Nichts brachte das Blut mehr in Wallung als ein Kassenerfolg. Das Restaurant war heute Abend ein Marktplatz.

Und er brachte zweifellos die heißeste Ware mit. Gerüchten zufolge wurde Charlotte sicher als beste Schauspielerin nominiert. Zückt schon mal das Scheckbuch, Jungs und Mädels, dachte er bei sich, als Charlotte zu ihm trat, ein Lächeln auf dem Gesicht, das sogar das Glitzern ihrer Diamantkette am Schwanenhals überstrahlte.

Voller Besitzerstolz geleitete er sie durch die Menge, nickte Leuten zu, die er nicht kannte, scherzte und lachte mit denen, die er kannte. Er verübelte es den Männern nicht, dass sie Charlotte mit Blicken verschlangen. Sie konnten gar nicht anders. Und ihre neidvollen Blicke fragten: Warum hast du so viel Glück? Ist sie so gut, wie sie aussieht?

Charlotte ließ das alles würdevoll über sich ergehen. Entweder war ihr nicht bewusst, dass die Männer ihr zu Füßen lagen, oder es war ihr gleichgültig. Sie blickte geradeaus, als sei sie in einer anderen Welt. Das passte zu ihrem Image. Freddy sonnte sich in dem allgemeinen Aufsehen. Mit stolz geschwellter Brust stolzierte er triumphierend einher. Mondragon hatte nichts mehr zu melden. Charlotte gehörte ihm, und er würde sie festhalten.

Melanies Hochzeit war das Highlight der Weihnachtsfeiertage. Charlotte half ihr beim Anziehen des traumhaften Kleides.

Zeremonie und Empfang fanden im Cilantro statt. Charlotte stand in Dunkelrot als Brautführerin neben einer freudestrahlenden Melanie, und alle anwesenden Freunde und Familienangehörigen wirkten nicht weniger glücklich als das Brautpaar.

Charlotte lauschte, wie beide ihre Ehegelübde sprachen. Melanie fast triumphierend mit der Stimme eines Menschen, der nach vielen Schwierigkeiten festen Boden unter den Füßen hatte.

Welche Ironie, dachte Charlotte bei sich, dass diese strahlende, selbstsichere, leicht untersetzte Melanie bedeutend anziehender wirkte als die alternde Schauspielerin Melanie, die sich sklavisch den Schönheitsidealen Hollywoods untergeordnet hatte und daran fast zerbrochen wäre. Die heutige Melanie wirkte echt und lebenserfahren und mochte sich selbst und ihre Mitmenschen.

Charlotte weinte in ihr Taschentuch und schniefte mehr als Junichis Mutter, die an Tränenmenge knapp den zweiten Platz belegte. Die Gäste hielten sie nur für sentimental, doch Melanie wusste es besser und war erst erleichtert, als Charlotte sich gefangen hatte und die Gäste beim Empfang begrüßte.

„Du bist eine wunderschöne Braut“, schwärmte Charlotte, als sie mit Melanie allein war.

„Darf ich dich an dein Zitat erinnern, dass unsere wahre Schönheit daran zu erkennen ist, welche Freunde wir im Leben haben?“ Sie umarmten sich und hielten sich einen Moment fest.

„Du bist meine beste Freundin“, flüsterte sie Charlotte zu, wich ein wenig zurück und wischte sich die Augen. „Und uns deine Anteile am Restaurant zu schenken, ist sehr großzügig. Ich weiß gar nicht, was ich sagen soll. Junichi nennt es meine Mitgift.“

„Versprich mir nur, glücklich zu sein.“

„Das bin ich. Und denk bitte nicht, dass ich dich im Stich lasse. Ich bin nur am anderen Ende der Stadt.“ Sie drückte Charlotte die Hände. „Du bist nicht allein.“

Charlottes Augen schwammen in Tränen, doch sie lächelte tapfer. „Natürlich nicht.“

Junichi kam, entschuldigte sich und entführte Melanie zu einem lächelnden Paar für ein gemeinsames Foto. Die vier umarmten sich und wirkten sehr vertraut miteinander. Charlotte bemerkte die verstohlenen Blicke und das Getuschel der anderen Gäste. Offenbar erkannte man sie, wagte aber nicht, sie anzusprechen. Natürlich hielten sie es für höflich, sich einer Berühmtheit nicht zu nähern. Sie gehörte nicht zu ihnen.

Charlotte trat ein wenig beiseite und betrachtete die Party aus einer ruhigen Ecke. Als sie die Gäste in Trauben beisammenstehen und angeregt schwatzen sah, dachte sie an eine Weihnachtsparty im kalten Chicago vor vielen Jahren. Ihr Frösteln hatte jedoch nichts mit dem kühlen Dezemberwind zu tun, der draußen an den hölzernen Fensterläden rappelte. Sie erkannte nur plötzlich, dass sie heute als bildschöne Frau ebenso einsam war wie früher als hässliche.

21. KAPITEL

Zwei Monate nach Drehbeginn für *Thunder Bay* schwitzte das gesamte Filmteam Blut und Wasser. Nach zwei Jahren Vorbereitungszeit, Verhandlungen über Filmrechte, Vertragsabschlüssen mit Schauspielern und Regisseuren und dem Erweisen und Einfordern von Gefälligkeiten hatte John LaMonica die Produktion endlich zum Laufen gebracht, die Kameras surrten, und da brach seine Hauptdarstellerin zusammen.

„Eine tolle Art, das neue Jahr anzufangen", sagte LaMonica in seinem grauen Büro zu Freddy. „Du musst etwas tun, und zwar schnell." Er war in keiner Stimmung zu streiten. „Andernfalls habe ich keine Wahl, als sie rauszuwerfen."

„Was?" rief Freddy, riss sich die Zigarre aus dem Mund, beugte sich vor und stemmte die Ellbogen auf LaMonicas riesige Schreibtischplatte. „Das kannst du nicht machen. Der Film ist halb abgedreht."

„Ich kann und ich werde." Er betrachtete Freddy über die aneinander gelegten Fingerspitzen hinweg.

Freddy nahm seine Cola, schwenkte die Eiswürfel und ließ sein Gegenüber nicht aus den Augen. LaMonica mit seinem breiten Kinn und der Neigung zum Fettansatz wirkte nur dank eines exzellenten Schneiders einigermaßen schlank. Aber er war nun mal der Produzent. „Was würdest du dadurch gewinnen", versuchte er es auf die versöhnliche Tour. „Du würdest alles verlieren."

„Eher beende ich den Film und kassiere die Versicherungssumme, als dass ich das noch zwei Monate so mitmache. Sie treibt das Projekt in den Ruin."

Freddy kaute an seiner Zigarre und versagte sich einen Kommentar. LaMonica gehörte zu einer neuen Sorte von Hollywoodproduzenten, die es sich zur Ehre anrechneten, die Produktionskosten niedrig zu halten. Damit hatte er sich einen guten Ruf erworben, und er reagierte geradezu paranoid, wenn die Kosten in die Höhe schnellten. Zweifellos schossen sie für *Thunder Bay* geradezu in den Himmel. Seine Gedanken rasten. Er hatte von Charlottes Problemen am Drehort gehört. Aber sie war ein absoluter Profi. Er hätte sich nie träumen lassen, dass es so schlimm werden würde. Er lehnte sich zurück und nahm eine entspanntere Haltung ein.

„Bei allem Respekt, John, du kannst nicht alles Charlotte anlasten. Jeder weiß, die Computeranimationen kosten schon Millionen."

„He, das ist eingeplant. Dafür gibt es ein festes Budget. Aber mit den emotionalen Schwankungen deines Stars werde ich nicht fertig." Mit finsterer Miene fügte er leise hinzu: „Was ist es? Drogen?"

„Nein, nichts in der Art. Ehrlich, John, ich weiß nicht genau, was los ist. Aber es ist körperlich bedingt. Sie ist krank, und es wird schlimmer. Wir haben schon eine Reihe von Ärzten aufgesucht, doch keiner erkennt das Problem. Sobald der Film abgedreht ist, suchen wir Spezialisten auf. Ich bringe sie in ein Krankenhaus, damit sie richtig durchgecheckt wird." Da LaMonica die Brauen hochzog, fügte er hinzu: „Ich meine nicht die Betty Ford Klinik. Sie ist nicht süchtig. Es ist etwas anderes, Arthritis vielleicht."

LaMonica faltete die Hände auf der Tischplatte und betrachtete sie einen Moment voller Sorge. Freddy merkte, wie ihm der Schweiß den Rücken hinabrann, blieb äußerlich jedoch ruhig. LaMonica kaufte ihm die Arthritis nicht ab, brauchte er auch nicht. Vermutlich befürchtete er Aids oder ähnlich Schlimmes. Die Frage war nur, tat er so, als würde er es glauben. Als er sich räusperte, richtete Freddy sich respektvoll auf.

„Kannst du sie lange genug stabil halten, damit wir den Drehplan beenden?“

„Ich gebe dir mein Wort.“

LaMonica dachte darüber nach und ließ Freddy bewusst zappeln.

Freddy war Charlottes Zustand ein Rätsel. Zum Teil litt sie zweifellos unter einer Depression. Er kannte die Symptome noch aus seiner Zeit mit Ali. Wenn Charlotte sich allerdings nicht schnell zusammenriss, wurde sie aus dem Vertrag entlassen. In diesem Geschäft kam das einem Selbstmord gleich. In ihrem Fall sogar einem doppelten. Er musste schnell etwas unternehmen.

„Ich verlasse mich auf dein Wort, Freddy.“ LaMonica deutete mit dem Finger auf ihn und ließ keinen Zweifel, wen er verantwortlich machte, falls es schief ging.

„Mein Wort ist heilig. Halte nur bitte die Presse fern, John. Seit Charlotte nominiert wurde, gieren die Medien nach jeder Information über sie.“

„Vielleicht sollte sie gelegentlich mit der Presse reden, anstatt Gerüchten Nahrung zu geben ...“

„Wir wissen beide, das ist nicht der richtige Zeitpunkt.“

LaMonica nickte und paffte gedankenverloren an seiner Zigarre.

„Riegel den Drehort ab.“ Freddy schlug mit der Faust auf den Tisch.

„Ist schon geschehen.“

„Dann erklär mir, wie Vicki Ray an die Information kam, Charlotte sei wie eine Betrunkene umhergewankt? Diese Frau verfolgt Charlotte geradezu.“

„Vicki Ray hat überall ihre Quellen. Und Tatsache ist nun mal, dass Charlotte herumwankte und ihren Text vergaß. Als wir ihr einen Teleprompter hinstellen wollten, wurde sie giftig, plusterte sich auf und erklärte arrogant, sie brauche keine Textvorlagen, ihr Gedächtnis sei ausgezeichnet. Genau das hatte ich auch von ihr gehört, aber bei unserer Arbeit stimmte es einfach nicht. Und wenn sie sprach, war sie kaum zu verstehen!"

Freddy beschwichtigte: „Okay, ich fahre hin und sehe, was ich machen kann." Er drückte seine Zigarre aus und stand auf. Er musste hier raus, ehe die Feindseligkeiten eskalierten.

„Freddy!" LaMonica winkte ihn nah heran und sagte vertraulich: „Wir wissen beide, dass die Arbeit an dem Film hart ist, auch für eine Schauspielerin in Topform. Es gibt eine Reihe von körperlich anstrengenden Action-Szenen. Man braucht viel Energie." Er machte eine Pause und studierte seine Finger. Dann blickte er auf und sagte entschieden: „Geh und schätze die Situation ein. Dann kommst du sofort zu mir zurück. Heute noch, in ein paar Stunden. Ehe ich dich beim Wort nehme."

Freddy stockte der Atem. Das war eine goldene Brücke, Charlotte fallen zu lassen, ohne selbst in den Abgrund mitgerissen zu werden.

Mist, dachte er in einem Anflug von Panik, offenbar ist es schlimmer, als ich dachte.

Dieses Angebot machte John ihm nur aus alter Freundschaft. Freddy nickte knapp, trat vor und schüttelte LaMonica zur Bekräftigung der Abmachung die Hand. Danach warf er die Zigarre in den Abfall und verließ das Büro.

Charlotte sah Freddy auf das Haus zukommen. Er hatte den entschlossenen Gang eines Menschen mit einer Mission.

Sie ließ die Gardine sinken und massierte mit den Fingern die wunden Stellen an ihrem Kiefer. Leichte Angst bemächtigte sich ihrer, immerhin das erste echte Gefühl seit Monaten. Sie wusste, was Freddy sagen würde. Alles das, was sie sich schon selbst gesagt hatte: Reiß dich zusammen, Schwierigkeiten sind da, um gemeistert zu werden.

Tatsache war jedoch, dass ihr alles gleichgültig war. Sie trauerte in dem Gefühl, einen unerträglichen Verlust erlitten zu haben. Sie hatte alles verloren: Liebe, Schönheit, ihre Mutter und ihr Talent. Das hinterließ eine Leere in ihr, mit der sie nicht zurechtkam.

Sie hatte Dr. Navarro mehrfach geschrieben und um neue, eventuell stärkere pflanzliche Medizin gebeten. Monatelang hatten ihr die Präparate gut geholfen, doch sie verloren ihre Wirkung. Ihre Symptomatik verschlimmerte sich, wie vorausgesagt. Früher hatte sie gute und schlechte Tage gehabt, jetzt nur noch schlechte. Vor Kurzem hatte sie noch mit Willenskraft ihren Text behalten und sich über den Tag gerettet. Depressiv war sie nur nachts geworden. Jetzt zog sich die düstere Stimmung auch durch den Tag.

Sie ließ sich auf das Sofa fallen, presste ein Kissen an die Brust und legte das Kinn darauf. Was blieb ihr für eine Wahl? In das Leben zurückzukehren, das sie einmal geführt hatte, war undenkbar. Aber genau das musste sie, wenn sie den Eingriff vornehmen ließ. Tat sie das nicht, wurde sie ständig kränker und starb vielleicht. Na wenn schon, der Tod machte ihr keine Angst. Was war schon ein Leben ohne Liebe? Ihre Herausforderung bestand darin, einen Grund zum Weiterleben zu finden.

Freddy war bleich, und der Schock stand ihm ins Gesicht geschrieben. „Soll das heißen, dieser Typ hat dir gesagt, du sollst die Implantate entfernen lassen und was tun? Einfach abhauen?“ Er lief rot an, und seine Stimme wurde mit steigendem Blutdruck schriller. „Zum Teufel, dein Kinn wird deine Brust berühren!“

Charlotte wandte entsetzt das Gesicht ab.

Freddy stemmte die Hände auf die Hüften. „Bockmist! Das lasse ich nicht zu! Verdammt, warum hast du mir das nicht früher erzählt? Warte, tut mir Leid. Ich muss mich erst abkühlen. Das ist ziemlich viel auf einmal. Mir dreht sich alles. Ich muss nachdenken."

Eine Hand an der Stirn, ging Freddy auf und ab. Schließlich setzte er sich Charlotte gegenüber. Mit leicht verengten Augen betrachtete er aufmerksam ihr Gesicht. Sie ließ ihn. Es war nicht die Zeit, sich zu zieren.

Sie diskutierten eine gute Stunde über den Eingriff, ihre Erkrankung und die Arztberichte. Freddy war gnadenlos in seiner Befragung, und sie antwortete ehrlich und offen.

„Weißt du was", sagte er schließlich und wirkte um Jahre gealtert, „ich klemme mich ans Telefon und rede mit einem berühmten plastischen Chirurgen in Südamerika. Ich kenne ihn, er ist Weltklasse und nimmt nur ausgesuchte Patienten. Der Mann weiß, was er tut. Ich rede mit ihm, und wir machen einen Termin für dich aus. Dann kann er die alten Implantate entfernen und neue einsetzen."

Sie beugte sich vor und brachte ihn mit erhobener Hand zum Schweigen. „Freddy, ich sagte schon, so einfach ist das nicht. Die Forschung auf diesem Gebiet ist noch sehr jung."

„Es ist einfach!" widersprach er heftig. „Du erzählst mir, dass du eine große Gesichtsoperation hattest und nun alles rückgängig machen lassen musst, weil ein Arzt es dir rät. Soll ich vielleicht sagen, ‚na fein, mach nur?' Sei dir über eines klar, Baby: Wenn sich dein Gesicht verändert, ist deine Karriere beendet. Denk darüber nach, bevor du dich auf den Rat eines einzelnen Arztes verlässt."

„Leider hat mir das nicht nur ein Arzt geraten."

„Aber von den anderen Ärzten bist du nicht untersucht worden."

„Nein ..."

„Na bitte. Wir gehen zu meinem Doktor, und der wird die Sache regeln. Glaub mir, der Mann ist ein Genie. Hör auf mich, Charlotte."

Im Augenblick hatte sie seiner Überredungskunst nichts entgegenzusetzen. Sie hatte Freddys Manipulationsversuche lange geduldet, weil sie dasselbe Ziel verfolgten. Um es zu erreichen, war es einfacher gewesen, sich seiner Erfahrung zu beugen. Nur in Bezug auf Michael hatte sie ihm getrotzt, aber das war vielleicht ein Fehler gewesen.

Sie hatte Gott, ihrer Mutter und Freddy getrotzt, und alle zeigten es ihr. Ihr Kampfgeist war erlahmt. Sie war nicht zornig oder depressiv, nur unendlich müde.

„Was soll ich tun?" fragte sie leise.

Er neigte den Kopf zur Seite und sah sie mit leuchtenden Augen an. „Heirate mich."

Sie japste ungläubig. „Dich heiraten?"

„Ja, es ist die einzige Möglichkeit, wie ich dich beschützen und zugleich angemessen für dich sorgen kann."

„Aber ... ich liebe dich nicht."

Er drückte sich mit zwei Fingern auf den Nasenrücken, schloss die Augen und seufzte ungeduldig. „Das macht nichts."

„Das macht nichts?" wiederholte sie verzweifelt.

„Nein."

An seinem Kiefer zuckte ein Muskel. Offenbar verbarg Freddy tiefergehende Gefühle, die sie nur ahnen konnte. Über sein Privatleben wusste sie so gut wie nichts.

„Es macht nichts", fuhr er gleichmütig fort, „weil die Ehe nur auf dem Papier bestehen wird. Wir müssen nicht wirklich heiraten, wenn du das nicht möchtest. Wie ich das sehe, müssen wir gleich nach der Oscar-Verleihung nach Südamerika, um den Eingriff machen zu lassen. Naturgemäß ist das auch genau die Zeit, wo die Presse dir auf den Fersen sein wird. Wir können Hochzeit und

Flitterwochen als Vorwand nutzen, uns nach Brasilien abzusetzen und auszuruhen. Überlass die Details mir. Wenn du zurückkommst, arbeitest du an *Tess*, und dann beenden wir die Vertragsverhandlungen für *Die Schöne und das Biest*. Weitere Filme sind in Vorbereitung. Bis dahin kümmert es niemand mehr, ob wir wirklich verheiratet sind oder nicht."

„Dann sagen wir also nur, dass wir heiraten wollen ..."

„Ich ..." Er atmete aus und spreizte die Finger auf dem Tisch. „Wenn dir das lieber ist."

„Ist es."

Sein Gesicht rötete sich, doch er sagte nur achselzuckend: „Wir brauchen kein Stück Papier, das uns bindet. Du und ich, wir sind ein Team. Wir sind wie Yin und Yang, zwei Hälften eines Ganzen."

Charlotte schlang die Arme fest um sich und studierte ihn aufmerksam. Er war aufrichtig. Er hatte stärkere Gefühle für sie, als sie geglaubt hatte. „Du liebst mich."

Er seufzte ungeduldig. „Natürlich liebe ich dich, Süße. Auf meine Art. Du warst immer etwas Besonderes für mich, schon am ersten Tag, als du so spröde in diesem grässlichen Kostüm in mein Büro kamst. Ich kann es nicht erklären, ich empfinde es auch jetzt." Er streckte die Hand aus, als wolle er sie streicheln wie ein Kind.

Charlotte wich zurück und wandte den Blick ab. Sie wollte von ihm weder berührt noch gestreichelt werden. Es widerstrebte ihr.

Freddy zog sich zurück, blieb jedoch bemüht, ihr seinen Standpunkt zu verdeutlichen. „Ich möchte dein Beschützer sein. Ich habe dich geschaffen. Ich habe dich der Welt geschenkt. Verstehst du nicht? Ich ..." Er schloss die Hände, als nehme er ihr Herz und presse es an seine Brust. „Du gehörst mir."

Charlotte starrte ihn fassungslos an. Er meinte das ernst, er bildete sich ein, sie gehöre ihm. Das machte ihr ein wenig Angst, vermittelte ihr aber zugleich ein Gefühl von Sicherheit, wofür sie sich hasste. Den meisten Menschen war sie schlichtweg egal. Zwar gaben sie sich mitfühlend, interessierten sich in Wahrheit aber nur dafür, ob ein Film rechtzeitig fertig wurde, der ihnen Geld einbrachte. Oder schlimmer noch, sie gaben vor, sie zu lieben, und ließen sie bei den ersten Schwierigkeiten fallen.

Er liebte sie auf seine Art? Was meinte er damit? Sie sah auf die zugezogenen Vorhänge, die die Nachmittagssonne fern hielten. Vielleicht hatte Freddy Recht? Was machte es schon, auf dem Papier zu heiraten? Was war Liebe schon anderes als eine gute Chance, verletzt und gedemütigt zu werden, sich gar das Herz brechen zu lassen? Freddys Vorschlag schien eine praktikable Alternative zu Lust und Leidenschaft zu sein.

Das war Freddy, er machte das Unmögliche möglich. Vielleicht fand er ja tatsächlich einen Ausweg aus ihrem Dilemma, denn sie war mit ihrem Latein am Ende.

„Kannst du den Film zu Ende drehen?" fragte er und überraschte sie mit dieser einfachen Frage.

Sie zwang ihr benebeltes Hirn zur Arbeit und dachte darüber nach. „Nein. Ehrlich, Freddy, ich glaube nicht. Nicht diesen Film."

Freddy fuhr sich mit einer Hand über das Gesicht. „Wenigstens bist du ehrlich. Nun gut." Er schlug die Handflächen gegen die Schenkel. „LaMonica denkt darüber nach, dich zu verklagen. Wenn wir jetzt freiwillig aussteigen, kann er vielleicht einen Ersatz für dich beschaffen, und wir retten deinen Ruf. Er möchte unsere Entscheidung sofort wissen."

Charlotte schwieg.

„Was die Schadensbegrenzung angeht, wir lassen verbreiten, dass du sehr krank bist. Was ja stimmt. Aber wir sagen, es ist etwas

Heilbares, wie Lungenentzündung beispielsweise. Ich besorge einen Arzt, der die Diagnose bestätigt. Dann verstecken wir dich bis zur Oscar-Verleihung. Die zu überstehen ist erst mal das Wichtigste. Sobald du den Oscar hast, erledigt sich alles andere fast von selbst."

„Meine Krankheit nicht, Freddy."

„Natürlich nicht. Aber machen wir einen Schritt nach dem anderen."

Charlotte lehnte sich fröstelnd zurück, während Freddy ihr erklärte, was er alles für die Oscar-Verleihung geplant hatte. Ihr eigentliches Problem hatte er offenbar unter „noch zu erledigen" abgelegt, während er sich bereits mit der nächsten Stufe ihrer Karriereleiter befasste. Er war absolut gefühl- und rücksichtslos in seiner Geschäftsmäßigkeit, eben typisch Freddy.

Während er über die passende Musik, die Sitzverteilung, die Frage, ob sie eine der Präsentatoren hätte sein sollen und seine Kontaktpflege zu allen, die mit den Oscars zu tun haben, schwadronierte, wickelte sie sich in ihre Lieblingsdecke ein und schaltete ab.

Im Aufblicken entdeckte sie ihr perfektes Gesicht im Spiegel. Hochstaplerin, dachte sie und hasste die leere Schönheit, die sie sah. Etwas von ihrer Deformierung musste übrig geblieben sein, das sie nicht liebenswert machte. Michael konnte sie jedenfalls nicht geliebt haben. Sie hatte geglaubt, mit einem schönen Gesicht würde sich alles ändern. Doch im Grunde war alles gleich geblieben. Sie sehnte sich immer noch nach Anerkennung und Liebe.

22. KAPITEL

Michael liebte den Frühlung und das Erwachen der Natur. Er stand auf der Veranda, die Hände in die Gesäßtaschen seiner Jeans geschoben, und lauschte dem Heulen der Kojoten, tiefe, seelenvolle Laute, die ihn bewegten. Kojoten lebten in Paaren. Seine Einsamkeit deprimierte ihn. Nach Monaten der Trennung hatte er geglaubt, Charlotte vergessen zu können. Doch sie hatte sich in seinem Herzen eingenistet.

Den Winter über hatte er ständig ihr Gesicht gesehen: in Zeitungen, in Talkshows, auf Reklametafeln für ihren neuen Film. Sie war als beste Schauspielerin für ihre Rolle der Marguerite in *Camille* nominiert worden, und das Studio richtete die Werbung danach aus.

Er sah sich den Film an, obwohl das verrückt war. Er konnte nicht anders. Das geliebte Gesicht auf der Leinwand zu sehen quälte ihn. An guten Tagen stimmte er mit den Kritikern überein, dass Charlotte in ihrer Rolle brillierte. Wenn seine Verbitterung die Oberhand gewann, fand er, dass ihr die Rolle der lügenden, manipulativen Schönheit auf den Leib geschneidert war. Eine Textzeile, die Marguerite zu Armand sagt, ging ihm nicht aus dem Sinn: „Ich bin nicht immer aufrichtig. Das kann man nicht sein in dieser Welt."

Ha! Wie leicht mussten ihr diese Worte gefallen sein. Er fühlte sich betrogen wie Armand. Auch nach all der Zeit war jede plötzliche Erinnerung an Charlotte mit einem Stich im Herzen verbunden.

Und immer wieder wurde er mit ihrem Gesicht konfrontiert. Dabei fiel ihm auf, dass sie in Interviews oder auf Fotos selten lächelte. Das mochten die meisten als ihre kühle Distanziertheit abtun, doch er wusste es besser. Er erkannte die kleinen Signale des

Kummers: das feste Falten der Hände, ein leichtes Zucken der Lippen, die Neigung des Kopfes. Meistens schaltete er den Fernseher aus, sobald sie erschien. Manchmal jedoch verfiel er in eine Art Trance, sah sie an, lauschte und fragte sich besorgt, warum sie so traurig war. Diese Augenblicke waren besonders schwer. Er war eitel genug zu glauben, dass sie ihn vielleicht vermisste und den Bruch ihrer Beziehung bedauerte, vielleicht sogar bereute.

Manchmal betrachtete er sie und fragte sich, ob es ihm etwas ausmachte, wenn sich dieses Gesicht veränderte. Einmal, bei einem Interview mit Jay Leno, war er zum Fernseher gegangen und hatte den unteren Teil ihres Gesichtes bedeckt. Da waren nur noch ihre Augen zu sehen gewesen, und die waren dieselben geblieben.

Das Kojotengeheul durchdrang die milde Nacht. Michael blickte zu den Bergen, von denen Nebel herüberzog. Hätten wir unsere Differenzen beilegen können? Allein die Frage tat weh.

„Beeilung, *mi'jos*", rief Luis, als er, in der dunklen Kabine des Lieferwagens über das ganze Gesicht strahlend, vor der Hütte vorfuhr. „Diese herrlichen Vögel werden heute Nacht Männer aus euch machen!"

Michael lehnte sich über die Verandabrüstung und winkte seinem Vater zu. Luis hatte darauf bestanden, seine Söhne zu einem Männerabend mitzunehmen, um nach einem langen Winter des Schweigens und Ausweichens die Bindung untereinander wieder zu festigen. Frauen waren dabei nicht gestattet. Schließlich waren sie der Anlass für alle Probleme, wie er glaubte.

Michael fand es interessant, dass er sich ausgerechnet einen Hahnenkampf als Friedensstifter ausgesucht hatte. Letztlich war er aber froh, aus dem Haus zu kommen, und wäre fast überallhin gegangen, um nicht schwach zu werden und sich die Berichte über die Oscar-Verleihung anzusehen.

Charlotte würde hinreißend gekleidet im Blitzlichtgewitter, von Fans umjubelt dastehen und vermutlich einen Oscar gewinnen. Er bezweifelte, dass er die Kraft hatte, sich anzuhören, wie sie mit der Statue in der Hand vielleicht ausgerechnet Freddy Walen dankte. Zwei Kampfhähnen bei ihrem blutigen Handwerk zuzusehen war vermutlich einfacher zu verkraften als Charlottes Anblick.

„Und die Gewinnerin ist ... Charlotte Godfrey für *Camille*."

Das Publikum tobte, und Charlotte spürte ihr Herz hämmern. Die Kameras zeigten in Nahaufnahme, wie sich auf ihrem Gesicht spontan ein strahlendes Lächeln ausbreitete.

In solchen Momenten schien die Zeit wie in Zeitlupe zu vergehen. Das Orchester spielte, das Publikum jubelte, und neben sich hörte sie Freddys eindringliches: „Steh auf! Steh auf!"

Sie erhob sich mit dem Gefühl, die Knochen seien aus Blei, die Schuhe falsch herum angezogen und das Lächeln im Gesicht erfroren. Ihre Hände in den langen cremefarbenen Handschuhen waren feucht, als sie sich das teure Kleid aus Taft und Seide in Kamelienfarbe richtete. Dutzende Leute hatten an dem schmalen Oberteil und weiten Rock gearbeitet, und Freddy behauptete, das Kleid verbreite den Zauber eines Stars.

Leicht atemlos wandte sie sich Freddy zu, die Augen glitzerten feucht. Er drückte ihr aufmunternd die Hand, küsste sie erleichtert und stolz lächelnd auf die Wange, und seine Augen schwammen in Tränen. Schließlich gab er ihr einen kleinen Schubs.

Charlotte atmete tief durch, nickte und machte sich auf den Weg zur Bühne. Freddy hatte ihr vorhin ein Amphetamin gegeben, damit sie das lange Programm durchstand, und sie spürte die Wirkung.

Ringsum nur lächelnde Gesichter. Während sie durch die Reihen schlüpfte, berührte man sie kurz, flüsterte ihr Glückwünsche zu und versuchte ihr nahe zu kommen. Das Orchester spielte die Titelmelodie aus *Camille*, während sie graziös den Mittelgang entlang, die Stufen hinauf und quer über die große Bühne auf Mel Gibson zuging, der die goldene Statue hielt.

Sie spürte das Gewicht des Oscars in der Hand, der für viele die Erfüllung ihrer Träume verkörperte. Ein Objekt der Begierde, auch der Anbetung – das goldene Kalb.

Sie blickte über das im Art-déco-Stil geschmückte Podium und dachte weder an die Menschen im Saal, meistens Kollegen, noch an die Milliarden Zuschauer an den Satellitenempfängern auf der ganzen Welt. Sie dachte an Michael Mondragon.

Bobby kam auf die Veranda, als Luis ungeduldig hupte. Er richtete sich den Kragen und winkte dem Vater zu. Dann wandte er sich zu Michael um und verdrehte die Augen.

„*Vamonos!*" rief Luis. „Wir kommen zu spät. Glaubt ihr, die warten auf uns? Steigt ein, fahren wir!"

Nach einstündiger Fahrt in ein entlegenes Tal erreichten sie den Zielort. Im Schutze der Nacht versammelten sich Lieferwagen und Autos um ein schäbiges Holzgebäude, das so genannte Clubhaus. Scharen von Männern mit Holzkisten, in denen die Hähne zum Kampf gebracht wurden, strömten von zwei Seiten darauf zu. Luis trommelte ungeduldig auf das Lenkrad, während Bobby und Michael einen bedeutungsvollen Blick tauschten. Michael band sich vorsichtshalber das lange Haar im Nacken zusammen. Bobby blickte sich skeptisch um.

Sobald sie den Wagen abgestellt hatten, gingen sie gemeinsam über das hart gebackene Feld, inmitten einer Menge rauer, muskelbepackter Männer mit Bierbäuchen, die meisten Mexikaner. Schulter an Schulter versuchten sie sich in das Clubhaus zu quetschen.

Von Beachtung der Feuerschutzbestimmungen konnte hier keine Rede sein. Die Bude platzte vor Zuschauern und krähenden Kampfhähnen samt Besitzern bereits aus den Nähten.

Hinter den Mondragons zischte jemand auf Spanisch, sie sollten sich bewegen. „*Andale!*“ Die Kämpfe hatten schon begonnen.

An der breiten Eingangstür stand ein bulliger Riese mit Vollbart, speckiger Sportkappe und Jeansjacke, die vor Schmutz starrte. Neben ihm war ein handgeschriebenes Schild aufgestellt: „Kein Zutritt für Kokser, Schwule und Weicheier.“

Michael schaute über die Schulter, um zu sehen, wie Bobby das aufnahm. Der blinzelte ihm nur zu, verkreuzte die Finger und schlüpfte durch den Eingang. Michael folgte ihm und ihrem Vater in den feuchten, stinkenden Innenraum.

„Da drüben!“ schrie Luis über den allgemeinen Lärm und deutete auf eine voll gepackte Ecke, in der Manuel Zigarette rauchend neben Kisten auf und ab ging. „Manuel hat unsere Hähne. Sind wunderschön. Kommt.“

„Deine Hähne?“ zischte Michael Luis ins Ohr.

Luis schnaubte nur und drängte sich durch die Menge auf Manuel zu, der einen großen dreifarbigen Hahn aus der Kiste nahm.

„Endlich! Ihr kommt gerade noch rechtzeitig“, rief Manuel Luis zu. „Die Tiere sind angespannt“, verriet er Luis. „Wir haben schon zwei Kämpfe verloren.“

„*Sí, sí*“, erwiderte Luis mit der Ruhe des Erfahrenen. Er beugte sich über die Kisten und besah sich die Tiere. „Was sollen wir machen?“ fragte er achselzuckend und richtete sich wieder auf. „Wir werden wohl zwei oder drei verlieren. Aber nicht mehr. Sie kosten mich gutes Geld.“

Michael fragte sich, wie viel. Diese Aktivität wurde eindeutig nicht in den Büchern aufgeführt.

Luis wählte aus einem Sortiment eine lange schmale Klinge

aus, schnitt damit die Seite eines Telefonbuches ein und prüfte die Schärfe zusätzlich an der schwieligen Haut seines Daumens. Er nickte zufrieden, nahm einen Hahn und befestigte die Klinge am Sporn seines linken Fußes.

„Sieh ihn dir an, Miguel", sagte er und beruhigte das Tier mit sachkundigem Streicheln. „Ist er nicht herrlich? Ein Conquistador. Dem muss keiner beibringen, wie man kämpft. Das hat ihm Gott gegeben." Er sah seine Söhne mit leuchtenden Augen an. „Es liegt im Blut."

Michael beobachtete fasziniert, wie sein Vater mit dem Tier umging, es streichelte und ihm ungeachtet der tobenden Männer ringsum, die nach Beendigung eines Kampfes lautstark ihre Wetten einforderten, den Kopf küsste. Das Signal ertönte. Luis begab sich in die Grube und beschwichtigte das Tier mit sanften Lauten. Ein anderer Besitzer mit einem Cowboyhut machte dasselbe. Michael trat näher. Die Menge schloss lautstark neue Wetten ab.

„Fünfzig Mäuse auf den Cowboyhut!" rief einer.

„Fünfzig auf die rote Jacke", rief ein anderer und meinte Luis.

Die Männer platzierten fieberhaft ihre Wetten, während Luis und der Cowboyhut die Hähne dreimal rhythmisch aufeinander zuschwangen. Die Hähne krähten und gifteten sich kampfbereit an. Auch Michael spürte mehr Adrenalin durch die Adern fließen. Sein Vater hatte Recht, die Tiere waren wie in Trance. Der Raum stank nach Blut, Schweiß und ungewaschenen Leibern, die sich in wachsender Spannung vor dem todbringenden Kampf aneinander drängelten.

Der Tod eines Tieres stand fest. Man musste nur die irren Blicke der Hähne sehen, um zu wissen, dass einer den Kampf nicht überlebte. Und Michael entdeckte entsetzt, dass sich die Blicke der Tiere und der ringsum stehenden Männer glichen.

Die Tiere waren wie rasend, die Menge verstummte. Luis und

der Cowboyhut setzten ihre Hähne hinter der Linie in den Sand. Sofort gingen sie mit gesträubtem Gefieder aufeinander los. Luis' Hahn hackte dem anderen ins Genick. Und dann kämpften sie blindwütig in einem einzigen Federball.

Nach wenigen Minuten war alles vorüber. Cowboyhuts Vogel lag am Boden. Die Menge tobte, Michael krampfte sich der Magen zusammen. Cowboyhut kam näher und animierte seinen Hahn mit Schnalzlauten zum Weitermachen. Es war zwecklos. Der Vogel war entweder tot oder stellte sich tot. Luis' Hahn flog flügelschlagend auf den Kontrahenten und reckte siegreich den Hals.

Unter lautem Zurufen tauschten Wettgelder den Besitzer. Michael wandte sich angewidert ab, als Cowboyhut sein geschlagenes Tier aufnahm, es herumschwang und ihm dabei das Genick brach. Dann warf er den warmen Kadaver auf einen Berg bereits toter Tiere.

„Das ist also Gott gegeben", höhnte Bobby mit Blick auf den Berg Kadaver und leere Bierdosen.

Michael antwortete mit einem säuerlichen Lächeln und wünschte, er könnte den schlechten Geschmack im Mund mit einem Bier hinunterspülen. „Jedenfalls geht es um Blut, irgendwie."

„Wenn ich bedenke, dass ich mich alldem dreiunddreißig Jahre entziehen konnte ..."

„Herrgott, was für eine Ansammlung niederer Kreaturen. Ich kann es nicht erwarten, hier wegzukommen."

„Unser Fehler war es, Papa fahren zu lassen. Jetzt sitzen wir hier fest."

„Wie viele Kämpfe müssen wir noch über uns ergehen lassen?"

Die Menge johlte, und wieder wurde ein Vogel am Hals über die Köpfe geschwungen.

„Wieder hat einer ins Gras gebissen", bemerkte Michael finster.

„Ich esse nie mehr Geflügel", schwor Bobby angewidert.

„Darauf würde ich nicht wetten. Da kommt Papa mit einem Teller Brathähnchen und Bier. Ich frage mich, woher der Vogel stammt."

„Da seid ihr ja", rief Luis. „Ich habe euch was zu essen gebracht."

Michael und Bobby hoben gleichzeitig abwehrend die Hände. „Für mich nur ein Bier."

„Wie lange dauert das noch?" wollte Michael wissen.

Luis schien enttäuscht. „Es wird doch gerade erst gut."

„Na fein", erwiderte Michael und zog sich in den hinteren Teil des Clubhauses zurück, um die nächste Stunde zu überstehen. „Geh zu deinen Hähnen zurück", rief er und winkte mit der Hand ab. „Wir warten hier, bis du fertig bist."

„Manuel ist allein bei den Vögeln. Warum geht ihr nicht zu ihm?"

Michael blieb stehen und sah ihn nur durchdringend an. Luis wandte sich ohne ein Wort ab, und Michael war froh, seinen Rücken zu sehen.

Donner rollte von Ferne heran. Die Luft wurde feuchter, der Gestank unerträglich. Blauer Dunst aus zahllosen Zigaretten umwaberte sie. Michael erlebte seinen Vater in seinem Element. Sogar der naivste Betrachter bemerkte, dass Luis in dieser bunten Menge respektiert wurde. Seine Hähne gewannen im Verlauf des Abends, trotzdem musste einer getötet werden. Nach Ende der Kämpfe hatte er ein hübsches Sümmchen gewonnen, genug, die Verluste zu ersetzen und etwas übrig zu behalten. Die Männer versammelten sich um Luis, begutachteten seine Tiere und schlugen ihm gratulierend auf den Rücken.

Du verrückter Alter, dachte Michael bei sich. Hier, in dieser Welt aus Blut und Gestank, fühlst du dich wohl. Nun ja, ich bin nicht wie du und werde es auch nie werden.

Er schaute suchend über die Menge nach Bobby. Der lehnte mit bleichem Gesicht und dunklen Schatten unter den geschlossenen Augen an der Wand. Es war spät geworden. Die Menge hatte sich ausgedünnt. Die Männer, die geblieben waren, stanken nach Schnaps und hatten blutunterlaufene Augen. Michael rüttelte Bobby leicht an der Schulter. Blut und Schnaps, eine gemeine Kombination. „Gehen wir."

Bobby wischte sich mit einer Hand über die Stirn, nickte und straffte sich. „Es wird Zeit. Ich glaube, ich brauche ein Bad, vielleicht auch zwei. Du gehst Papa holen, ich hole das Auto."

Michael holte seinen Vater aus einer lachenden, scherzenden Menge von Bewunderern.

„Schon gut", schnauzte Luis und hob die Hände. „Lass mich nur mein Geld zählen. Hilf Manuel, die Kisten zum Wagen zu tragen."

Michael tat es, wobei Manuel ihm nur schweigend beim Anheben der Kisten half und dann fortging. Michael bewegte sich vorsichtig, da der Boden übersät war mit braunen und grünen Flaschen, Dosen und Speichel.

Die kühle Nachtluft draußen war wie ein wohltuender Schlag ins Gesicht. Donner grollte, und es wurde kühler. Michael atmete einige Male tief durch, und sogar die Tiere in den Kisten schienen ruhiger zu werden.

Einige Autos parkten noch in der Nähe des Eingangs, in anderen fuhren lachende, betrunkene Männer vorbei. Alle hatten es eilig heimzukommen, ehe das Unwetter losging. Ein Stück entfernt parkten Autos im halbhohen Gras. Manuels Lieferwagen stand ganz in der Nähe. Dorthin gingen sie zuerst und stellten die Käfige mit den erschöpften Tieren auf der Ladefläche ab.

Stirnrunzelnd blickte Michael suchend über den Platz. Sein Vater trat aus dem Clubhaus. Ein paar Männer standen, die Schultern eng beieinander, an einer braunen Limousine und tauschten Geld und etwas anderes. Mit wachsender Sorge blickte Michael rasch von rechts nach links. Wo war Bobby mit dem Wagen? Er hätte längst hier sein müssen.

„Bobby?“ rief er. Am Himmel zuckte ein Blitz, als das Gewitter näher kam. Der Regen war bereits zu riechen. Michael ging einige Schritte in die Richtung, wo sie geparkt hatten, und bekam Angst. Diese wilden Typen hier würden nicht zögern, jemand zusammenzuschlagen, den sie für schwächer und noch dazu homosexuell hielten. Für die wäre das ein Sport. Verdammt, Bobby trug die auffallenden Leinenhosen.

Donner grollte, und wieder zuckte ein Blitz über den Himmel. In einiger Entfernung entdeckte er zwei Autos, das seines Vaters und ein flaches grünes Kabrio. Die Türen standen offen, und jemand saß auf der Kühlerhaube. Linker Hand, weiter draußen auf dem Feld, standen Männer mit brennenden Zigaretten im Kreis. Er hörte raues Gelächter, Schreie, dann Stöhnen.

„Bobby!“ Instinktiv rannte Michael auf die Ansammlung zu, Luis und Manuel auf seinen Fersen. Im Näherkommen hörte er die eindeutigen Geräusche von Fäusten auf Knochen. Er zählte vier oder fünf Männer, einer lag am Boden und wurde getreten.

Michael lief schneller und warf sich mit der Schulter gegen den Mann, der sich über seinen Bruder beugte. Der verlor das Gleichgewicht. Bobby lag am Boden, einen Arm schützend über das Gesicht gelegt, die Knie an die Brust gezogen. Sogar im fahlen Mondlicht erkannte Michael, dass er blutete.

Er sah rot. Wütend stürzte er sich auf den Ersten, der es wagte, ihn anzugreifen, und schickte den großen fetten Kerl mit einem Kinnhaken zu Boden. Er richtete sich auf und winkte die anderen heran. „Kommt nur her, ihr Feiglinge.“

Drei dünne, nervöse Kerle tänzelten herum wie die Gockel und attackierten schließlich. Michael landete noch einen Schwinger, ehe er selbst einen einsteckte, dass er zwei Schritte zurücktaumelte. Sogleich duckte er sich und schlug wieder zu. Michael war zwar größer als die anderen, doch ein dunkelhäutiger tätowierter Typ mit blauem Stirnband war offenbar ein geübter Straßenkämpfer und zäh wie Leder. Ein Uppercut ließ Michael Sterne sehen, und er klappte gnadenlos zusammen. Sofort stürzten sich die anderen auf ihn und rollten sich stöhnend und fluchend mit ihm am Boden.

Luis und Manuel griffen ein, teilten Schläge aus und steckten sie ein. Sie kämpften mit ganzem Herzen, denn hier ging es nicht um Ehre, sondern um die Familie. Es war ein harter Schlagabtausch, ehe die vier, die Bobby überfallen hatten, mit wehenden Hemdschößen zu ihren Wagen liefen. Luis musste Michael festhalten, damit er ihnen nicht folgte.

„Genug!“ schrie er ihn an.

Der Kampf hatte nur Minuten gedauert, war jedoch blutig gewesen.

Luis keuchte, sein Hemd war zerrissen, und sein linkes Auge schwoll zu. Was ihn nicht daran hinderte, von einem Ohr zum anderen zu grinsen. „Wir haben sie in die Flucht geschlagen, *mi'jos*! Zusammen! Die Mondragons sind Conquistadoren.“

Manuel nickte lachend und zog sich den Ärmel über die blutende Nase. „*Sí.* Sie kommen uns besser nicht in die Quere, oder wir treten ihnen in den Hintern.“ Er taumelte zu Luis, legte einen Arm um ihn und klopfte ihm auf den Rücken.

Michael eilte zu Bobby, der sich auf einen Ellbogen hochgestemmt hatte. Sein Kopf war auf die Brust gesunken, und er atmete schwer.

„Bobby, wie schlimm ist es?“ fragte er besorgt. Das sah nicht gut aus. Er beugte sich hinunter, hob seinen Kopf an und erschrak. Bobbys hübsches Gesicht war eine verunstaltete Masse. Die Lippen waren aufgeplatzt, die Augen schwarz, die Nase gebrochen. Blut strömte in kleinen Rinnsalen über das verquollene Gesicht. Vorsichtig zog er Bobbys bebende Schultern an sich.

„Nein!“ protestierte der trotz eingeschlagener Zähne. „Blut!“

„Ich passe auf.“

„Ich denke ...“ Bobby hustete und spuckte einen Zahn aus. „Ich denke, eine Rippe ist gebrochen.“

Michael fluchte leise. Hier waren nicht nur Knochen gebrochen worden, sondern auch ein Lebensmut.

Luis kam heran und fluchte laut, als er seinen Sohn sah. „*No lo creo* ... Seht nur, was sie angetan meinem Jungen. Ruf sie zurück, Manuel! Ich will sie in die Finger kriegen.“

„Geh, hol den Wagen“, sagte Michael ihm.

„*Sí*, den Wagen“, stimmte Luis nickend zu. „Wir müssen ihn heimbringen zu Mama.“

„Wohl eher ins Krankenhaus“, widersprach Michael.

„Nein, kein Krankenhaus.“ Luis hegte einen tiefen Hass auf amerikanische Krankenhäuser. Sie seien nichts für Mexikaner, behauptete er, seit er vor Jahren als junger Mann bei einer schweren Erkrankung abgewiesen worden war. Er trat näher. „Tut es weh?“ fragte er Bobby.

„Nein“, murmelte der.

„Kannst du es aushalten?“

„Ja.“

Luis nickte zufrieden. Michael sah einen perversen Stolz im Blick seines Vaters, während er den verletzten Sohn betrachtete. „Ein geschlagener Mann hat weder Gesicht noch Herz“, sagte er zu Bobby. „Aber *mi'jo* hat beides.“ Mit leuchtenden Augen ging er in die Hocke, seinen Sohn zu umarmen.

„Nein, bleib zurück!“ krächzte Bobby, die Handflächen ausgestreckt. „Ich blute!“

Luis verharrte verständnislos. Michael klärte ihn auf. „Du hast eine geplatzte Lippe, die Wunde ist offen."

Luis berührte die Lippe mit den Fingern, verstand aber immer noch nicht und beugte sich wieder vor.

„Nein!" schrie Bobby ihn an und wich zurück, dass er vor Schmerz stöhnte. „Papa, bleib zurück. Das Blut!" Hustend senkte er den Kopf. „Ich habe Aids."

Luis' Augen schienen aus den Höhlen zu treten. Er riss die Hand zurück, als hätte er sich verbrannt, und setzte sich auf seine Hacken. Dann wandte er sich, Bestätigung suchend, Michael zu. Der nickte nur.

„Wie? Wann?"

„Du weißt wie", sagte Bobby gebrochen mit leiser Stimme. „Du hast es immer gewusst. Du wolltest es nur nicht wahrhaben." Er hob den Blick, resigniert und geschlagen.

Wie benommen sah Luis von Bobby zu Michael. Dann stand er auf und taumelte zurück.

Bobby unterdrückte ein Schluchzen und senkte den Kopf. Michael spürte, wie er sich mit dem ganzen Gewicht an seine Brust lehnte.

„Geh nicht weg!" rief Michael, da Luis zurückwich. „Du Hurensohn, wage nicht, wegzulaufen! Er braucht dich. Jetzt mehr denn je! Er ist dein Sohn!"

„Er ist nicht mein Sohn!" schrie Luis zurück, Tränen in den Augen, die geschwollenen, blutverkrusteten Lippen schmal. Als Antwort knallte ein heftiger Donnerschlag. Verblüfft sahen sie sich untereinander an. Keiner wusste, was er tun oder sagen sollte. „Er ist nicht mein Sohn", wiederholte Luis und taumelte davon wie ein Betrunkener.

Manuel trottete hinter ihm her.

„Nein!" schimpfte Luis und winkte ab. „Fahr sie nach Haus."

„Wirf mir die Schlüssel zu, alter Mann!“ rief Michael ihm angewidert nach. „Wir fahren selbst!“

Luis blieb stehen. Breitbeinig, den Kopf gesenkt, holte er die Schlüssel aus der Hosentasche und warf sie Michael zu. Sie schlitterten durch den Staub vor seine Füße.

„He, Manuel!“ rief Michael, als er die beiden Männer davongehen sah. „Wie fühlt es sich an, ein paar Blutergüsse zu haben? Gefällt es dir? Jetzt weißt du, wie Cisco sich fühlt.“

Manuel blieb wie angewurzelt stehen. Mit geballten Händen kam er so wutentbrannt zurück, dass Michael abwehrend einen Arm hob.

„Das reicht!“ spie Manuel aus und blieb vor Michaels Füßen stehen. Er beugte sich herunter und presste hervor: „Nicht ich schlage die Kinder, sondern deine Schwester Rosa!“

Das traf Michael bis ins Mark. Manuel machte auf dem Absatz kehrt und folgte Luis.

„Verdammte Scheiße!“ fluchte Michael und legte eine Hand an die Stirn. „Was geht hier eigentlich vor? Ist die ganze Welt verrückt geworden?“ Er lachte, weil er sonst geheult hätte. „Und du, Papa, willst aus uns Männer machen? Ist das Machismo? Ihr seid Feiglinge!“ schrie er ihnen nach. „Ihr alle! Gottserbärmliche Feiglinge!“

Bobby richtete sich auf und hielt sich mit einer Hand die Rippe. Michael nahm rasch seinen Arm, um ihm zu helfen.

„Nein, bleib zurück!“ sagte er zornig. „Bildest du dir ein, das Blut könnte dir nichts anhaben? Hältst du dich für eine Art Gott?“ Er richtete sich auf die Knie auf und stöhnte vor Schmerz. Trotzdem stieß er Michaels Hand zurück.

„Zum Kuckuck, Bobby, lass mich helfen!“

„Ich brauche deine Hilfe nicht! Ich will deine Hilfe nicht!“

Michael nahm trotzdem seinen Ellbogen und half ihm auf. Während er ihn zum Auto führte, litt er bei jedem kleinen, hinkenden Schritt mit, den Bobby machte. Er hievte ihn auf den Beifahrersitz, zog seine Jacke aus und deckte ihn damit zu. Dann beugte er sich hinab und hob ihm die Beine ins Auto. Bobbys geliebte Leinenhose war zerrissen und erdverkrustet. Als Michael die Wagentür schloss, spürte er die ersten Regentropfen auf Kopf und Schultern.

„Wisch dir die Hände ab", sagte Bobby ihm, als er einstieg. Die Beleuchtung im Auto war dämmerig, aber hell genug, ihre Schnitte und Prellungen zu offenbaren. „*Madre de Dios*, sieh dir deine Knöchel an."

„Mach dir um mich keine Gedanken. Leg den Kopf zurück, das stoppt die Blutung. Nimm meinen Jackenärmel, um das Blut aufzufangen."

„Dann ruiniere ich das Leder."

„Das ist mir egal. Nimm das Futter, das ist weicher."

Bobby legte den Kopf zurück auf die Lehne und drückte sich den Jackenärmel unter die Nase.

Michael schlug die Tür zu, ließ den Motor an und überlegte fieberhaft, wo das nächste Krankenhaus war. Mit aufbrüllendem Motor schoss er vom Feld, dass die Erde aufstob. Als er das Clubhaus im Rückspiegel sah, sandte er ein Stoßgebet zum Himmel, der Blitz möge einschlagen und es in Schutt und Asche legen.

„Ich will nach Hause."

„Ich bringe dich ins Krankenhaus."

Stille.

„Vielleicht habe ich Glück und sterbe dort."

„Hör auf damit, Bobby! Das kann ich jetzt nicht gebrauchen." Er trat das Gaspedal durch. „Und du auch nicht. Papa ist es nicht wert. Er hat dir den Rücken gekehrt."

„Und du bildest dir ein, so viel besser zu sein?"

Michael wandte ihm verblüfft das Gesicht zu. „Wie bitte?"

Bobby konnte kaum einen Muskel in dem verquollenen Gesicht bewegen. Trotzdem gelang ihm ein schwaches Lächeln. „Du sagst immer, du bist nicht wie Papa. Dabei bist du genau wie er."

Michael presste die Kiefer zusammen und schwieg, obwohl er Bobby gern gesagt hätte, er solle die Klappe halten. Stattdessen schaltete er den Scheibenwischer ein und starrte in den heftigen Regen hinaus. „Nur weiter."

„Ich habe Papa heute die Wahrheit gesagt, weil ich es musste, um ihn zu schützen. Denn ich liebe ihn. Es hat mir nichts ausgemacht, es ihm zu verschweigen. Ich weiß aber, dass es dich bedrückt hat, weil du fandest, ich lebe eine Lüge." Er schloss die Augen und schluckte trocken. „Dabei habe ich nur geschwiegen, um zu leben, zu überleben, Miguel. Ich habe die Unaufrichtigkeit ertragen, weil ich ihm keinen Schmerz zufügen wollte ... oder Mama, oder mir selbst. Ich wollte nicht zurückgewiesen werden, davor hatte ich Angst. Und als ich vorhin den Schmerz in seinem Blick sah ..." Die Stimme versagte ihm, und er schluckte wieder.

Auch Michael spürte Tränen in den Augen brennen.

„Es tut weh, Mann. Zurückweisung schmerzt verdammt." Bobby wischte sich schniefend die Nase.

Michael fuhr sich mit einer Hand müde durch das Haar. „Schon okay", sagte er, weil ihm nichts Besseres einfiel. Eine Weile fuhren sie schweigend bei prasselndem Regen durch die dunkle Landschaft und näherten sich den Lichtern der Zivilisation. Bobby stöhnte gelegentlich, wenn sie ein Schlagloch trafen oder eine Kurve zu scharf nahmen. Aber Michael wollte keine Zeit verlieren. Bobbys Blässe beunruhigte ihn sehr. Wie hatte Luis seinen eigenen Sohn verlassen können, der vielleicht dem Tod nahe war?

Weil ihn Bobbys Vergleich mit seinem Vater wurmte, fragte er plötzlich unwirsch: „Wie kannst du behaupten, ich wäre wie Luis?"

Bobby sah ihn verblüfft an, zog den Jackenärmel von der Nase und tupfte noch einige Male. Die Blutung schien aufgehört zu haben. „Das weißt du wirklich nicht?“

„Nein!“

„Gottverdammte Maya-Statue“, raunte Bobby, lehnte sich an die Tür und leckte sich stöhnend die geschwollenen Lippen. „Miguel, Miguel, Miguel, du hast Charlotte doch auch im Stich gelassen.“

Michael zuckte wie elektrisiert zusammen. „Was sagst du da?“

Bobby lag zusammengekauert in der Ecke, die Augen geschlossen. Besorgt berührte Michael ihn am Bein. Keine Reaktion. Ängstlich beugte er sich hinüber und fühlte seinen Puls. Die Haut war warm, der Puls war schwach, aber vorhanden.

„Gott sei Dank“, murmelte er und trat das Gaspedal durch. Während er über den regennassen Highway jagte, betete er, dass er Bobby rechtzeitig ins Krankenhaus bringen konnte. Seit Jahren hatte er sich nicht an Gott gewandt, aber jetzt flehte er wie ein Messdiener.

Die Abfahrt zum Krankenhaus nahm er in halsbrecherischem Tempo und raste vor die Notaufnahme. „Er hat Aids“, informierte er das Rettungsteam, das ihm entgegenlief.

„Danke. Wir übernehmen jetzt“, erwiderte ein Mann und öffnete die Wagentür. Sie arbeiteten schnell, hoben Bobby auf eine Trage und rollten ihn in die Notaufnahme.

Durch den starken Regen waren die grauen Steinwände des Gebäudes kaum zu erkennen. Kleine Bäche flossen über den Parkplatz und durchweichten Michaels Schuhe. Das lange Haar klebte ihm an den Wangen, doch der Regen konnte all das Blut dieser Nacht nicht wegspülen.

Michael hasste Krankenhäuser. Aus Liebe zu seinem Bruder verbrachte er jedoch die Nacht im Warteraum, während Bobbys gebrochener Kiefer gerichtet und verdrahtet wurde. Seine eigenen Schnitte und Quetschungen hatte man bereits versorgt. Er musste in jedem Fall einen Aids-Test machen lassen, nur zur Sicherheit. Er nickte einige Male in dem harten Stuhl ein, doch schlafen konnte er nicht. Als die Nachtschicht vom Tagespersonal abgelöst wurde, durfte Michael endlich zu seinem Bruder ins Zimmer.

Bobby ruhte, als Michael in das schmale Zweibettzimmer sah. Zum Glück war das zweite Bett leer, sodass sie offen sprechen konnten. Michael verharrte jedoch an der Tür. Bobby lag an Schläuche angeschlossen friedlich da. Sein Gesicht war verändert. Die Nase war gebrochen, ebenso der Wangenknochen, sodass die Wange einfiel. Das linke Auge war unter der Schwellung verschwunden.

Michael blieb schockiert stehen und wünschte, die Bastarde, die das zu verantworten hatten, herschleifen zu können.

„Sie dürfen ruhig hineingehen. Er hat starke Schmerzmittel bekommen und wird ein wenig groggy sein", sagte die große bebrillte Krankenschwester und versetzte ihm einen kleinen Schubs. „Sie haben Besuch, Mr. Mondragon!" erklärte sie in lauter fröhlicher, bei Krankenschwestern offenbar weit verbreiteter Stimmlage.

Bobby öffnete das rechte Auge. Ein Muskel zuckte im Gesicht, was Michael für den Ansatz eines Lächelns hielt. „Hallo ..."

„Hallo, großer Bruder. Du siehst ziemlich gut aus für jemand, dem man die Seele aus dem Leib geprügelt hat."

„Wer sagt das wem. Aber wir waren gut, was?" Seine Stimme war rau, und er konnte kaum artikulieren.

Michael lachte leise und hielt die Tränen zurück. „Ja, wir leben."

„Gerade so."

„Tut mir Leid, Bobby. Ich hätte auf dich aufpassen sollen."

„Es ist passiert. Ich bin kein Opfer." Er sprach schleppend wegen des verdrahteten Kiefers und der geschwollenen Lippen. „Nie mehr", bekräftigte er mit geschlossenen Augen und verzog das Gesicht.

„Ist dir das schon früher passiert?"

„Nicht so schlimm wie jetzt, aber der Körper erinnert sich. Lange nachdem der Verstand sich zum Vergessen gezwungen hat."

„Ach, Bobby."

„Sie haben meine Nase erwischt. Bisher habe ich immer meine Nase schützen können."

„Halb so schlimm. Die Ärzte sagen, das kann man richten."

„Gut, denn ich atme gern durch beide Nasenlöcher."

Michael sah auf seine Schuhspitzen, um die Tränen zu verbergen. Bobbys schönes, aristokratisches Gesicht war bis zur Unkenntlichkeit entstellt.

„Weiß Mama Bescheid?"

„Ja, sicher. Sie ist unterwegs."

„Was weiß sie?"

„Alles. Ich habe am Telefon mit ihr gesprochen. Als Papa nach Hause kam, war er betrunken. Aber diesmal ..." Er tätschelte Bobby lächelnd die Hand. „Diesmal hat sie eine Tasche gepackt und ist gegangen."

Bobby drehte den Kopf ein wenig. Die Bandagen verhinderten eine deutlichere Bewegung. „Das wollte ich nicht."

„Sie musste Stellung beziehen. Sie konnte nicht einfach zu Hause bleiben und so tun, als sei nichts. Ehrlich, ich bin verdammt stolz auf sie."

„Ich will nicht, dass sie mich so sieht."

„Wie kannst du das sagen? Du bist ihr Sohn. Sie liebt dich. Für sie bist du immer schön, gleichgültig, wie du aussiehst."

Bobby drehte langsam den Kopf und sah Michael in die Augen. Und beide verstanden, was unausgesprochen blieb.

Wird Charlotte für dich immer schön sein – gleichgültig, wie sie aussieht – weil du sie liebst?

„Ich habe gehört, sie ist jetzt verlobt“, sagte Bobby leise. „Mit diesem Agenten.“

„Ja, so heißt es.“

„Und du lässt das einfach zu?“

„Es ist vorbei, Bobby. Da sind Dinge geschehen, die du nicht verstehst.“

„Ich verstehe nur, dass du sie immer noch liebst.“

„Sie hat mich verlassen.“

„Nein, du hast sie gehen lassen.“

„Das ist gleichgültig.“

„Wenn Liebe gleichgültig ist, was ist dann noch wichtig?“ Bobby versuchte zu lächeln, doch vor allem sein Blick ließ Michael nicht los. Ein Blick, in dem eine Weisheit zum Ausdruck kam, die weit über die wenigen Jahre Altersunterschied hinausging.

Michael begriff plötzlich, dass sich Bobby immer um ihn gekümmert hatte, nicht etwa umgekehrt. Wenn er Hilfe gebraucht hatte, oder wenn ihm als Kind jemand die Hand halten oder ihm beim Sport zujubeln musste, war Bobby da gewesen. Bobby hatte verstanden, warum er damals unbedingt diese Lederjacke haben musste, warum er sich von der Familie abwandte und letztlich zurückgekehrt war.

Schläge einzustecken war leicht. Er hatte sich immer eingebildet, Bobby einen großen Gefallen zu tun, indem er sich zwischen ihn und mögliche Angreifer stellte. Aber wie Bobby sagte, er war kein Opfer. Er war immer ein Held gewesen. Schläge konnten Bobby nicht treffen, er besaß innere Stärke. Er liebte seine Familie und konnte vieles ertragen, weil er sich nach langem harten Ringen akzeptierte, wie er war.

Und wer bin ich? fragte sich Michael mit hängenden Schultern.

Warum fällt es mir so schwer zu erkennen, was richtig ist? „Ich weiß nicht, was ich tun soll", gestand er.

„Irgendwann wirst du es wissen", erwiderte Bobby und schloss die Augen.

Michael erwachte einige Stunden später in Bobbys Krankenzimmer, da ihn jemand am Knie rüttelte. Er schlug die Augen auf und sah in das besorgte Gesicht seiner Mutter. „Miguel, aufwachen. Miguel ..."

Er wischte sich gähnend mit den Händen über das Gesicht und streckte die steifen Schultern. Bobby schlief im Bett neben ihm. Der Raum lag im Halbdunkel. Regen trommelte immer noch gegen die Fenster, und in der Ferne hörte er es donnern.

„Ich muss eingeschlafen sein. Wie spät ist es?"

„Fast Mittag."

„So spät?"

„*Sí. Virgencita ...*" Sie bekreuzigte sich. „Die Straßen sind sehr schlecht. Viele sind geschlossen. Ich habe ewig gebraucht bis hierher. *Si Dios quiere.* Es gibt schlimme Überflutung in Tal. *Muy mal.* Das Wasser steigt in Fluss, und der Regen hört nicht auf." Sie rang müde die Hände und wirkte erschöpft. „Der nationale Wetterdienst hat gegeben Flutwarnung."

„Verflixt, wann war das?"

„Heute Morgen. Sie sagen, es gibt Jahrhundertflut!" Ihre Besorgnis war offenkundig.

„Ja, die dritte." Er kratzte sich am Kopf, jetzt vollkommen wach. „Okay, also wo ist Papa?"

„Er wird Besitz nicht verlassen. Als ich ging, vernagelte er Fenster und füllte Notvorräte auf. Er sagte, ein bisschen Wasser kann ihn nicht vertreiben." Sie packte Michael bei den Schultern. „Auf Weg hierher habe ich überquert den Fluss. Das war nicht nur ein bisschen Wasser, Miguel. Ich habe Angst. Die Kinder sind noch dort."

„Wo sind Rosa und Manuel?"

„Sie werden Papa nicht verlassen."

Michael verfluchte sie im Stillen und wollte seine Mutter nicht noch mehr aufregen.

„Miguel, Cisco und Maria Elena ... wir müssen ..." Sie verfiel in Spanisch und flehte ihn an, die Kinder zu retten.

„Setz dich, Mama." Er tätschelte ihr die Hand und stand auf. „Bleib bei Bobby. Er braucht dich. Ich fahre hin und sorge dafür, dass die Kinder in Sicherheit gebracht werden."

Sie legte ihm ihre kleine Hand auf die Schulter.

„*Mi hijo,* ich bin stolz auf dich. Dein Vater, er hat falsch gehandelt so zu sein zu Roberto. Ich habe auch Schuld. Aber Luis, er ist ein guter Mann. Er ..." Die Stimme versagte ihr, und sie wandte den Blick ab.

Michael legte seine Hand über ihre. „Ich verspreche dir, alles wird gut. Mach dir keine Sorgen. Ich lasse ihn nicht dort. Ich schleife den störrischen Alten wenn nötig persönlich von seinem Land."

23. KAPITEL

Der Sturm tobte peitschend durch die Berge und lud eine wahre Sintflut auf dem voll gesogenen Boden ab. Geschwindigkeit und Intensität des Sturmes waren Besorgnis erregend. Der Fluss stieg weiter, und der Wetterdienst gab bereits die ersten Evakuierungsempfehlungen. Das Lenkrad fest umklammernd, fuhr Michael wieder in die Berge hinauf. Er hoffte, dass seine Familie die Warnungen beherzigt hatte und weggefahren war. Doch er ahnte, dass sein Vater nicht gehen würde. Der Narr riskierte eher sein Leben, als sein Land zu verlassen.

Er musste sich aufs Fahren konzentrieren, durch Aquaplaning verloren die Räder immer wieder die Bodenhaftung. Er fragte sich, ob er es bis nach Hause schaffte. Laut Radio war weiter im Norden der Damm des Prajaro gebrochen, sodass eine zweieinhalb Meter hohe Schlammlawine zu Tal schoss.

Seine Abfahrt war mit einer gelben Barrikade versperrt. Polizisten erklärten den Menschen über Lautsprecher in Englisch und Spanisch, dass eine Weiterfahrt unmöglich sei. Sie sollten umkehren und höher gelegene Gebiete aufsuchen. Michael trat das Gaspedal durch und preschte an ihnen vorbei. Im Rückspiegel sah er die Polizisten nur abwinken, als hätte jeder Verrückte, der jetzt noch ins Tal fuhr, verdient, dort zu sterben.

Vernunft gebot ihm umzukehren. Jenseits des Highway sah er den angeschwollenen Fluss mit unglaublicher Strömung bereits über die Ufer treten. Aber diesmal nützte ihm seine Vernunft nichts. Er musste weiter.

Die klickenden Scheibenwischer kamen kaum gegen die Wassermassen an. Donner krachte über ihm wie eine Warnung, endlich stehen zu bleiben. Blinzelnd über das Lenkrad vorgebeugt, versuchte Michael genauer zu erkennen, wo er war. Eine lange

Schlange von Fahrzeugen kroch auf der Gegenfahrbahn aus dem Tal heraus. Er musste zwei Hunden ausweichen, die neben einem Lieferwagen voller Menschen herliefen. Kinder winkten den Hunden aus dem Fenster zu und schrien ihre Namen. So weit sind wir also schon, dass wir uns zwischen Mensch und Tier entscheiden müssen, dachte er und brachte den Wagen wieder in die Spur.

Während er an der Autoschlange entlangfuhr, winkte man ihm zu, hupte und schrie: „Kehr um!"

Er ignorierte es und fuhr weiter. Diesmal analysierte oder plante er nicht. Seine Familie war in Gefahr, also folgte er seinen Instinkten, fest entschlossen sie zu retten.

Als er das Haus erreichte, waren die Fenster mit Holz und Plastikplanen verschlossen, und Manuels Lieferwagen parkte draußen. Michael schlug die Wagentür zu und rannte ins Haus. Obwohl ihm Wasser den Rücken hinunter und in die Augen rann, sah er Maria Elena und Cisco vor dem Fernseher den Wetterbericht verfolgen. Als er eintrat, sprangen sie auf und umarmten ihn stürmisch.

„Tío Miguel, sie sagen, wir sollen das Haus verlassen, sofort!"

„Ja, ich weiß. Das werden wir auch. Habt ihr gepackt?"

„Ja", erwiderte Cisco und gab sich männlich, trotz der Angst in seinem Blick. „Mama hat unsere Sachen und etwas zu essen in den Lieferwagen geladen."

„Gut, wo ist eure Mama?"

„In der Gärtnerei. Sie bringen die Pflanzen auf den Hügel."

„Okay, hört zu. Ich brauche eure Hilfe. Maria Elena, du holst den Erste-Hilfe-Kasten, Taschenlampen, Batterien und ein tragbares Radio, wenn ihr eins habt. Hör dir die Verkehrsnachrichten an. Sie raten uns, höher gelegene Straßen zu benutzen.

Cisco, du gehst nach unten, schaltest die Elektrik aus und drehst alle Gas- und Wasserleitungen ab. Du weißt, wie man das macht?"

Er hob stolz den Kopf. „Natürlich weiß ich das."

„Gut, dann mach es. Und sieh nach, ob Mama für den Notfall Trinkwasser im Keller hat. Falls er überflutet ist, bleib draußen, hörst du? Okay dann, ich bin gleich zurück."

Cisco nickte, erleichtert, etwas tun zu können. Michael holte sich eine dicke Regenjacke und Gummistiefel und machte sich auf die Suche nach seinem Vater.

Der trotzte auf der Ladefläche eines Gärtnerei-Lieferwagens dem Regen und gab Rosa und Manuel wild gestikulierend Anweisungen, die Sommerblumen zu verladen.

„Was zum Henker machst du da?" schrie Michael ihn an und sprang auf die Ladefläche. Er musste brüllen, um den Sturm zu übertönen. „Es wird gefährlich. Wir müssen verschwinden!"

„Es ist nicht gefährlich!" brüllte Luis zurück. „Wie sollte mir ein bisschen Wasser gefährlich werden?"

„Du törichter Alter. Nicht um dich mache ich mir Sorgen, sondern um die Kinder!"

Luis wischte sich das Wasser vom Gesicht.

„Sie haben uns zur sofortigen Evakuierung aufgefordert!" rief Michael Rosa und Manuel zu, die die Arme voller Begonien hatten. Für Geplänkel blieb jetzt keine Zeit. Sie mussten mitkommen, wenn sie überleben wollten. „Der Fluss steigt. Wenn er über die Ufer tritt, kommen wir hier nicht mehr raus. Dann stehen wir bis zum Hals im Wasser!"

„Ich gehe nicht weg!" schrie Luis zornig zurück. Der Blitz erhellte seine grimmig entschlossene Miene. In seinen Augen blitzte Wahnsinn auf.

„Dann bleib!" schrie Michael. „Aber ihr ..." Er deutete auf

Rosa und Manuel. „Ihr müsst euch um die Kinder kümmern. Fahrt los und nehmt die empfohlene Route. Macht schon!"

„Ich lasse Papa nicht allein!" schrie Rosa und übertönte den Sturm. Sie stellte die Pflanzen in den Lieferwagen, und der Schlamm hinterließ dunkle Streifen auf ihrem gelben Regenmantel. Sie machte dasselbe entschlossene, trotzige Gesicht wie Luis. „Ich habe unser Land nie verlassen. Fahr du. Du hast Übung im Abhauen!" Ihre Augen sprühten Funken. Sie bebte schier vor Abneigung gegen ihren Bruder, die sich in diesem Moment der Verzweiflung Bahn brach. Ihr Zorn war beängstigend.

„Siehst du, Papa", schrie sie, „ich bin es, deine Tochter, die dir beisteht, die tut, was du verlangst. Nicht deine Söhne. Sieh mich an, Papa!" Sie schlug sich gegen die Brust, und der Regen spülte ihre Tränen ab. „Ich! Nicht deine Söhne!"

Luis kletterte von der Ladefläche und breitete die Arme aus. Rosa warf sich hinein.

Michael sprang ebenfalls hinunter und ging an den beiden vorbei auf Manuel zu. Der sah ihm voller Misstrauen entgegen.

„Manuel", begann Michael leise und eindringlich, „jetzt ist nicht der Moment, den Schwiegersohn herauszukehren, sondern den Vater. Führ dich nicht auf wie er." Er deutete auf Luis. „Rosa wird nicht gehen, das weißt du. Lass deine Kinder nicht im Stich. Du musst Cisco und Maria Elena in Sicherheit bringen. Es ist noch nicht zu spät. Rette deine Kinder, Manuel!"

„Ich brauche ihn hier!" schrie Luis zornig.

„Geh!" drängte Michael. „Ich übernehme hier deinen Platz.

Manuel presste die Lippen zu einer schmalen Linie zusammen und gab Michael die Hand. Nach einem kräftigen Händedruck lief er zum Haus.

Luis reckte das Gesicht zum Himmel und lachte dem Donner

entgegen. „Diese Frau, sie ist der Mann in der Familie. Sie ist macho, no?“

„Macho“, entgegnete Michael angewidert und erkannte die dunkle, gefährliche Seite des Machismo. „Was ist ein echter Mann? Lässt ein echter Mann seinen Sohn im Stich? Setzt ein echter Mann seine Kinder Gefahren aus? Wenn du deine Kinder nicht beschützt, was für ein Mann bist du dann?“

„Ich bin ein Mann, der für das kämpft, was ihm gehört!“ blaffte Luis. „Dieses Land bedeutet mir alles. Verstehst du mich? Alles! Ich werde es nicht verlassen.“ In wilder Wut stapelte er weiter Container auf die Ladefläche, und der Regen klatschte ihm ins Gesicht.

„Ich auch nicht.“ Rosa verschwand in der Gärtnerei, um mehr Pflanzen zu holen.

Michael fluchte leise. Wenigstens brachte Manuel die Kinder in Sicherheit.

„Vater, wir sollten fahren!“

„Fahr du! Du bist ein Nichts. Du hast keine Kultur, keine Sprache, keine Familie. Fahr du!“

Zähneknirschend dachte er an das Versprechen, das er seiner Mutter gegeben hatte. „Ich helfe dir bei dem Nötigsten, dann fahren wir alle.“

Luis sah ihn wortlos, aber triumphierend an.

Gegen vier ließen sie die restlichen Pflanzen der Gärtnerei zurück. Sie hatten das meiste auf höher gelegenes Land gebracht. Draußen auf dem Feld verwüstete der Sturm den Obstgarten. Die Flut löste die Wurzeln und zerrte die Pflanzen aus dem Boden. In der Dämmerung schwammen die Container im Wasser, eine bunte Flotille aus Sommerblumen, Büschen und Bodendeckern.

Michael, Luis und Rosa stapften durch das kniehohe Wasser,

dann den Hügel hinauf durch Erde, so weich wie Schokoladenpudding, zum Haus, das auf einer kleinen Anhöhe lag. Auf der Veranda schüttelten sie die Stiefel ab und drängten sich, während draußen der Sturm raste, keuchend vor Erschöpfung in das dunkle stille Haus.

„Wir haben keinen Strom“, sagte Rosa und betätigte den Schalter.

„Ich habe Cisco gesagt, ihn abzuschalten.“

„Nun, dann schalten wir ihn wieder ein. Es ist eiskalt hier drin. Wir sterben an Unterkühlung.“

„Wasser leitet Strom. Wenn wir einen Kurzschluss verursachen und in Wasser treten, werden wir gebraten. Sicher sind wir nur, wenn wir den Strom ausgeschaltet lassen.“

„Ich trage Gummistiefel.“

„Das reicht nicht.“

„Miguel hat Recht“, grollte Luis leise. „Lass den Strom aus. Wo ist eine gottverdammte Taschenlampe?“

Michael tastete sich zum Esszimmertisch vor und fand etwas, das sich nach Taschenlampe anfühlte. Seine Finger waren steif vor Kälte und Nässe, doch er betätigte den Knopf, und Licht durchdrang die Dunkelheit. Dank Maria Elena und Cisco standen Trinkwasser, Konserven, ein Erste-Hilfe-Kasten, Notlaternen, Kerzen und Streichhölzer auf dem Tisch.

„Ein Radio!“ rief Rosa aus, als sie es auf dem Tisch entdeckte. „Dem Himmel sei Dank. Ich mache den Wetterbericht an.“

Zitternd versammelten sich die drei um den Apparat und lauschten. Der Tag hatte Rekordniederschläge gebracht, doppelt so hoch wie das bisherige Maximum. Der Damm war gebrochen und schickte meterhohe Schlamm- und Wassermassen über die Straßen Richtung Stadt. Alle Bewohner waren evakuiert worden. Wer sich noch in der Region befand, wurde aufgefordert, den höchsten

Punkt aufzusuchen und sich auf das Schlimmste einzustellen. Einige Sekunden sprach keiner ein Wort.

„Wir sollten besser machen, dass wir hier wegkommen!" drängte Rosa mit schriller, ängstlicher Stimme.

„Geht nicht." Michael hielt sie zurück, als sie zur Tür gehen wollte. „Die Straßen sind reißende Ströme. Da draußen ist die Hölle los. Die Hauptverkehrsadern sind unterbrochen. Wir sitzen hier in der Falle. Irgendwie müssen wir versuchen, das zu überstehen."

„Das geht nicht? Es gab bereits Tote! Dieses Unwetter ist schlimmer als die früheren. Diesmal erreicht das Wasser garantiert das Haus. Ich werde hier nicht herumsitzen und auf den Tod warten! Ich rufe Hilfe." Rosa lief zum Telefon, nahm den Hörer ab und lauschte. Ihr Gesicht wurde aschfahl. „Die Leitung ist tot."

Michael sah, dass sie in Panik geriet, und nahm sie in die Arme. „Wir überstehen das, Rosa. Wir haben genügend Vorräte, und wir liegen erhöht. Vielleicht werden wir nass, aber wir überleben das." Er sprach betont ruhig, glaubte seinem leeren Trost jedoch selbst nicht. Er wusste, dass sie in großen Schwierigkeiten steckten. Als er merkte, dass sie ruhiger wurde, ließ er sie los und lächelte ihr aufmunternd zu. Zu seiner Freude erwiderte sie sein Lächeln. „Versuchen wir uns wenigstens abzutrocknen. Uns steht eine lange Nacht bevor."

Rosa nickte steif. „Ich hole ein paar von Papas Sachen. In Mamas oder Bobbys passen wir wohl beide nicht." Sie lachte erstickt und ging mit gesenktem Kopf zum Schlafzimmer.

„Zur Hölle mit diesem verrückten kalifornischen Wetter!" fluchte Luis und zog seinen Regenmantel aus. Darunter war er nass bis auf die Haut. „In einem Jahr wir verdorren, im anderen wir schwimmen weg. Und dazwischen gibt es Erdbeben und Feuersbrünste. Gottverdammtes kalifornisches Scheißwetter!“

Michael ging zur Tür, öffnete sie und leuchtete in den Regen hinaus. Was er sah, trieb ihm den Schweiß auf die Stirn. Das Wasser kam bereits ihre Auffahrt hinauf, und zwar schnell.

„Papa, das Wasser erreicht gleich das Haus. Komm!“ Er schloss die Tür und eilte zu den Vorräten. „Schnapp dir das Zeug und bring es nach oben.“

„Du glaubst doch nicht, dass das Wasser so hoch steigt.“ Rosa kam zurück, den Arm voller Jeans und Flanellhemden.

„Es ist nur eine Vorsichtsmaßnahme. Wir bringen das Zeug besser nach oben.“

Sie nickte mit ängstlichem Blick.

Diesmal tat Rosa, was man ihr sagte, und verschwand mit dem Licht die Treppe hinauf. Michael fiel auf, dass sie zum ersten Mal seit drei Jahren als Team arbeiteten. Es brauchte eine Naturkatastrophe, um das zu erreichen. Aber darüber wollte er jetzt nicht grübeln.

Luis warf in seinem Büro Papiere und Fotos in eine Einkaufstasche. Michael rannte in die Küche und stopfte Vorräte in eine Plastiktüte. Das Wasser strömte jetzt unter den Türen durch ins Haus und stand bereits zwei Inches hoch im Flur.

„Papa, besitzt du ein Gummiboot?“

Rosa blieb auf der Treppe stehen und blickte entsetzt auf die hereinströmende Flut. „O mein Gott ...“

„Ich habe ein aufblasbares in Garage“, erwiderte Luis und watete, Einkaufstasche über der Schulter, in den Wohnraum.

„Wir können es jetzt nicht mehr holen, vergiss es. Geh nach oben, Papa.“

„Ich glaube, Cisco hat eines von diesen Boogie Boards in seinem Zimmer“, rief Rosa.

„Hole es und bleib oben. Beeil dich! Papa, komm schon!“

„Wer gibt hier Anweisungen?“ empörte sich Luis und entriss Michael seinen Arm. „Ich habe Boot, und ich werde es holen.“

Ehe Michael ihn aufhalten konnte, watete Luis zur Tür und riss sie auf. Eine meterhohe Flutwelle kam ihm entgegen.

„Papa!“ schrie Rosa auf, als das Wasser hereinspülte, Luis von den Beinen riss und ihn wild durch den Raum wirbelte. Michael kraulte auf ihn zu, doch das wütende Wasser warf sie beide gegen die Wand. Während er sich durch die brusthohen dunklen Fluten arbeitete, stieß ihm etwas Hartes gegen Schulter und Rippen. Ein Ast, ein Möbelstück, ein Tier? Er wusste es nicht. Er schwamm auf die Stimme seines Vaters zu und packte Luis bei der Hand.

Oben von der Treppe rief Rosa: „Wo seid ihr? Ich kann euch nicht sehen.“

„Schnapp dir seine Hand!“ schrie Michael und schob Luis auf den schmalen Lichtstrahl zu. „Zieh ihn hoch!“

Zum ersten Mal im Leben war Rosa dankbar für ihre Größe und Kraft. Sie beugte sich weit hinunter, nahm die Hand ihres Vaters und zog ihn aus dem Wasser hinauf in die erste Etage. Michael kletterte ihm nach.

Erschöpft und betäubt von Kälte und Müdigkeit ließ sich Michael zitternd und keuchend zwischen Schwester und Vater auf den Boden sinken und legte den Kopf gegen die Flurwand.

„Tut mir Leid“, japste Luis. *„Lo siento.“*

Michael legte die Arme um Rosa und Luis. So kauerten sie lange Zeit beisammen und zogen Trost aus der gegenseitigen Nähe. Draußen tobte der Sturm und rüttelte am Dach. Unten wirbelte das dunkle Wasser durch ihr Haus. Michael roch den säuerlichen Gestank von Abwasser. Schulter und Wange schmerzten ihn, wo er gegen etwas Hartes geprallt war.

„Wir sehen besser mal nach, was los ist“, sagte er nach einer Weile, sobald er sich ein wenig erholt hatte. Er schaltete die Lampe ein und leuchtete die Treppe hinunter. Das Wasser stieg Stufe für Stufe. Rosa umklammerte ängstlich seinen Arm. Luis fluchte auf Spanisch. Michael schaltete das Licht wieder aus, legte den Kopf gegen die Wand und kniff die Augen zusammen.

„Werden wir sterben?“ fragte Rosa schrill.

„Nicht wenn ich es verhindern kann. Ich habe diesem Land meine Zeit geopfert, mein Leben bekommt es nicht.“ Er wischte sich mit einer Hand übers Gesicht und strich sich die feuchten Haare zurück. „Wenigstens sind die Kinder in Sicherheit. Gottlob hatte Manuel diesmal so viel Verstand, sich dir zu widersetzen und die Kinder zu schützen.“ Er sah seine Schwester an. „Hättest du sie vor diesen Fluten vielleicht bewahren können?“

Die Vorstellung, ihre Kinder gefährdet zu haben, entsetzte sie, doch sofort begann sie sich zu rechtfertigen. „Was geht dich das an? Steck deine Nase nicht in Dinge, von denen du nichts verstehst!“

„Ich verstehe sehr wohl!“ gab er wütend zurück. „Seit ich hier bin, machst du mir Vorhaltungen. Du hast einen Minderwertigkeitskomplex von gigantischen Ausmaßen. Ich kann einstecken, was du austeilst, aber ich sehe nicht tatenlos zu, wie du deine Wut an deinen Kindern auslässt! Ich weiß, wie du mit Cisco umgehst. Ich hätte längst etwas unternehmen müssen. Denk an deine Kinder, Rosa. Die Sucht nach Papas Anerkennung ist dir wichtiger als sie. Wenn du ein Problem mit mir hast, trag es gefälligst mit mir aus!“

„Ich habe allerdings ein Problem mit dir. Du kommst heim, und plötzlich bist du *El Patron*. Der große Mann, der das Sagen hat. Nur weil du ein Mann bist, ein Sohn, bekommst du alles.“

Er schob leicht trotzig das Kinn vor und ähnelte in dieser Geste seinem Neffen. „Ich tue nur meinen Job."

„Halt den Mund, Rosa!" donnerte Luis. „Das ist jetzt nicht Zeitpunkt dafür."

„Wieder sagst du mir, was ich tun soll. Es ist genau der richtige Zeitpunkt. Wir sind hier notgedrungen zusammen. Vielleicht sterben wir. Ich will, dass ihr mir einmal zuhört."

„Selbst jetzt redest du mit deinem Vater wie ..."

Michael schnitt ihm das Wort ab. „Lass sie ausreden, Papa."

Sie stutzte, verblüfft über seine Unterstützung. „Miguel hat Recht", sagte sie ruhiger. „Ich bin wütend auf ihn, aber eigentlich geht es um das Verhältnis zwischen uns, Papa. Ich war dir nie gut genug. Immer ging es nur um Miguel und Roberto, die guten Söhne. Bei mir hieß es nur: ‚Rosa schrei nicht, kämpfe nicht, sei nicht wie ein Mann. Hör auf deine Mutter.' Heute sagtest du, ich sei macho, als sei das das größte Kompliment!" Sie wischte sich zornig die Augen. „Sogar mein Körper passte dir nicht, zu groß und zu kräftig. So hätte Roberto aussehen sollen. Ein Leben lang hatte ich das Gefühl, nicht viel wert zu sein. Dass Frauen überhaupt nicht viel wert sind."

„Ich habe dir immer gesagt, eine Frau ist ihr Gewicht in Gold wert, aber du benimmst dich nicht wie eine Frau!" beschwerte sich Luis.

„Aber das tue ich doch! Nur sind deine Vorstellungen von Frauen- und Männerrollen total verschroben und von gestern. Ich wäre furchtbar gern aufs College gegangen wie meine Brüder. Aber du sagtest Nein, was braucht eine Frau schon zu lernen, außer eine Familie zu versorgen?" Sie rang trocken schluckend um Fassung. „Ich habe getan, was du wolltest, Papa. Ich habe geheiratet und dir Enkel geschenkt. Ich habe für dich im Geschäft gearbeitet, als deine Söhne dich verließen. Trotzdem genügte das nicht. Als sie heimkehrten, nahmst du mir wieder alles weg."

Den Kopf gesenkt, schlug sie mit der Faust auf den Boden. „Weißt du, wie ich mich dabei fühle? Der Zorn frisst sich in meine Seele. Er macht mich blind. Ich versuche ihn zu beherrschen, aber manchmal verliere ich die Kontrolle und explodiere."

„Und Cisco bekommt es zu spüren", warf Michael leise ein.

Ertappt wandte Rosa den Kopf ab und zuckte die Achseln. „Nur ein paar Klapse. Nichts, was du und ich nicht auch von Papa bekommen hätten."

„Möchtest du, dass Cisco als Mann auch seine Kinder schlägt?"

Luis brummte: „Also ist mal wieder alles meine Schuld. Immer bin ich an allem schuld."

„Nein", widersprach sie mit erstickter Stimme. „Nein, diesmal ist es meine Schuld. Wenn ich daran denke, wie ich meine Kinder in Gefahr gebracht habe ..." Die hünenhafte Rosa sackte weinend zusammen.

„Cisco ist dir sehr ähnlich", tröstete Michael leise. „Du solltest stolz auf ihn sein."

Sie vergrub ihr Gesicht in der Armbeuge. „Ich liebe ihn."

„Rosa, deine Wunden sind offenbar tief. Deine Wut auf Papa und mich frisst dich auf. Du brauchst professionelle Hilfe."

Rosa tastete im Dunkeln nach Michaels Hand. Sie drückte ihm die Hand, und die Geste sprach von Einsicht, Zustimmung, Scham und Reue. Michael erwiderte den Druck und sandte ihr eine stumme Botschaft von Zuneigung und Unterstützung.

Allmählich ließ das Heulen des Windes und das Prasseln des Regens nach. Ein Blick aus dem Flurfenster zeigte Michael, dass der Regen aufgehört hatte und die schwarzen Wolken weiterzogen.

Der Himmel war noch dunkel, aber das Schlimmste war offenbar vorüber. Bald würde man nach ihnen suchen.

„Wir haben es geschafft", sagte er mit vor Müdigkeit rauer Stimme. „Und wir leben noch."

„Die Mondragons haben es gemeinsam überstanden", bekräftigte Rosa triumphierend.

Luis hob den Kopf und sah Michael im schwachen Licht an. „Nein, wir sind nicht alle zusammen. *Mi hijo*, mein Roberto ist nicht hier und meine Frau auch nicht." Luis wirkte niedergeschlagen und reuig. „Du hattest Recht, Manuel und Rosa zu sagen, sie sollten Kinder schützen", fuhr er mit leiser, brüchiger Stimme fort. „Ich habe dich und Rosa durch Starrsinn in Gefahr gebracht." Die Stimme versagte ihm, und er schüttelte den Kopf. „Was für ein Vater bringt Familie in Gefahr, lässt seine Kinder im Stich. Bricht seiner Tochter das Herz? Was für ein Mann tut das?"

Eine Woche später war das Wasser gesunken, die Polizeibarrikaden wurden weggeräumt, und die Familien durften auf ihr Land zurück. Michael, Luis und Marta fuhren in einem Wagen, Manuel und Rosa in einem anderen. Sie kamen nur langsam auf den schlammbedeckten Straßen voran, eine traurige Karawane im Sonnenschein, der die verwüstete Erde zu verspotten schien.

Die nächste Stadt und viele Schulen waren zerstört. Es würde Monate dauern, den Schlamm aus der Kirche zu entfernen. Die Pumpstation war zusammengebrochen, und ungereinigtes Abwasser hatte jeden Fluss im Bezirk verseucht. Die Behörden rieten zur Desinfektion des gesamten Hausrates, zum Waschen der Teppiche und Kleidung. Alles Wasser, das mit Augen und Mund in Berührung kam, sollte abgekocht werden.

In die Gärtnerei zurückzukehren war schwer. Die Arbeit eines

Lebens war in einer Nacht zerstört worden. Wortlos gingen sie durch Haus und Felder und versuchten zu entscheiden, was noch zu retten war. Alles war von einer dicken grauen Schlammschicht bedeckt, die zum Himmel stank.

Marta stand mit tränenfeuchtem Gesicht in der Haustür. Alles, woran ihr Herz hing, die alte Uhr ihrer Mutter, Fotos und Möbel, war ruiniert. Das Sofa stand als schlammiger Haufen auf dem vorderen Rasen.

Luis stieg auf eine Anhöhe und blickte über seinen geliebten Besitz. Die Hände hinter dem Rücken gefaltet, ließ er die Schultern hängen. Rosa und Manuel stellten sich neben ihn. Michael sah zu ihnen hinauf. Sie boten mit ihren hängenden Schultern und gesenkten Köpfen ein Bild der Verzweiflung. Auf dem schlüpfrigen Untergrund vorsichtig einen Fuß vor den anderen setzend, folgte er ihnen auf die Anhöhe und sah nichts als ertrunkene, schlammverkrustete Pflanzen, Büsche und Bäume. Die Gärtnerei, der er vier Jahre seines Lebens geopfert hatte, war ruiniert.

Die Natur hatte ihn um die Früchte seiner vierjährigen Arbeit gebracht. Fast so, als verspotte sie ihn und seine wohl überlegten Pläne. Das Bibelzitat: Hochmut kommt vor dem Fall, schoss ihm durch den Kopf.

Luis war deprimiert und sah um zehn Jahre gealtert aus. „Missernten habe ich schon oft erlebt“, sagte er mit leiser tiefer Stimme. „Aber immer habe ich noch etwas Brauchbares gefunden. Doch diesmal ...“ Er streckte seine schwieligen faltigen Hände aus und ballte sie zu Fäusten. „Warum?“ schrie er herzzerreißend zum Himmel. „Warum musstest du uns alles nehmen?“

„Wir sind bankrott“, jammerte Rosa. „Wir haben keine Pflanzen mehr. Bäume, Büsche, Blumen, alles dahin.“

„Alles dahin“, bestätigte Manuel und legte tröstend einen Arm um sie. Rosa war größer als ihr Mann, aber sie legte den Kopf an seine Schulter.

Michael war weder verzweifelt noch wütend, sondern nahm das Ganze philosophisch hin, was ihn selbst am meisten wunderte. Die Natur war eben launisch. Sie konnten die Fäuste zum Himmel schwingen und heulen, oder sie gingen achselzuckend zum Wiederaufbau über. Jammern hatte noch niemandem geholfen, also würde er anpacken.

„Das schöne Land", klagte Luis. „Es ist ruiniert und stinkt."

Michael ging in die Hocke und nahm eine Hand voll Erde. Er schnupperte daran und lächelte. „Schau Papa, die Erde ist fruchtbar. Riech daran. Schließ die Augen und stell dir Reihen neuer, gesunder Pflanzen vor. Stell dir den blühenden Obstgarten im Frühling vor, das Summen der Bienen, das Lachen deiner Enkel. Deine Familie zusammen: du, Mama, Rosa, Manuel, Roberto und ich."

Sein Vater sah ihn hoffnungsvoll an, schloss die Augen und roch an der Erde in Michaels Hand. „Gar nicht übel. Vielleicht hast du Recht."

„Es ist immer noch unser Land, und es ist gutes Land", betonte Michael. „Wir werden die Gärtnerei wieder aufbauen und neu anfangen."

Als er das sagte, merkte er, dass er mit dem Neuanfang nicht nur den Familienbetrieb meinte. Er dachte vielmehr an die Beziehung zu einer Frau, der von der Natur ebenfalls übel mitgespielt worden war.

Während er mit der Familie daranging, Haus und Land vom Schlamm zu befreien, fühlte er sich so leicht wie schon lange nicht mehr. Die Naturkatastrophe hatte seinen Blick für das Wesentliche geschärft. Sein Herz schien wie von einer dicken Schicht aus Zorn und Frustration befreit, unter der er eine schlichte Wahrheit entdeckte: Er liebte Charlotte. Die Erkenntnis allein genügte jedoch nicht, er musste danach handeln. Er glaubte, dass auch sie ihn noch liebte. Und wenn die Frühlingssonne dieses verwüstete Land zu neuem Leben erwachen ließ, tat sie dasselbe vielleicht für ihre Beziehung.

24. KAPITEL

Es war lange her, seit er die Straße zu Charlottes Haus hinaufgefahren war. Doch er kannte die Strecke noch gut. Es war ein strahlender Frühlingstag, da musste alles gut werden. Er würde Charlotte überzeugen, dass er sie liebte, und dass sie jedem Schicksal trotzen konnten, solange sie nur zusammen waren.

Er überlegte, was er ihr sagen wollte. Er würde offen, direkt und ehrlich sein.

Als er vor ihrem Tor anhielt, hatte er sich alles zurechtgelegt und klingelte mehrfach ungeduldig.

„Wer ist da?" ertönte Melanies Stimme.

„Michael Mondragon. Ich möchte zu Charlotte."

Eine kurze Pause, und er umfasste das Lenkrad fester.

„Dem Himmel sei Dank", kam die Antwort.

Die Tore schwangen auf, und er fuhr auf das Haus zu. Er hatte es zum Zufluchtsort für sie beide umgebaut. In der Gartenanlage dominierten jetzt die weißen Tulpen. Bald würden Anemonen den Frühsommer begrüßen.

Haus und Garten weckten Erinnerungen an gemeinsame Stunden, das gab ihm zusätzlich Mut.

Die Haustür schwang auf, und Melanie warf sich ihm entgegen. Er hatte sie fast ein Jahr nicht gesehen und musste zweimal hinschauen, um sie zu erkennen. Sie war rundlicher geworden, das hellbraune Haar schimmerte gesund, und die Augen strahlten vor Zufriedenheit.

„Ich wusste, dass du kommen würdest." Sie umarmte ihn und tätschelte ihm den Rücken. Das Küchenhandtuch in ihrer Hand flatterte im Wind und verströmte den delikaten Geruch nach Rosmarin und Knoblauch. „Ich wusste es einfach, aber du hast dir viel Zeit gelassen!"

Er ging an ihr vorbei ins Haus und hielt suchend nach Charlotte Ausschau. „Wo ist sie?"

Melanie folgte ihm. „Sie ist weg."

„Weg?" Er fuhr zu ihr herum. „Wohin?"

„Nach Chicago. O Michael, ich hoffe, du kommst nicht zu spät. Du musst sie aufhalten. Der bringt sie um!"

Michaels Herz schlug schneller. „Von wem sprichst du? Wer bringt sie um?"

„Freddy. Charlotte wird mit jedem Tag kränker. Auf der Oscar-Party ist sie fast zusammengebrochen. Seither hat sie sich hier versteckt und ist nirgendwo hingegangen. Freddy wacht über sie wie ein Höllenhund. Sie hört nicht mehr auf mich. Sie hört nur noch auf Freddy. Als hätte er sie irgendwie verhext."

Michael seufzte bedrückt. „Verstehe ..." Er suchte nach Worten. „Schließlich ist er ihr Verlobter."

„Nein!" Melanie kam näher und ergriff seine Hand. „Das war doch reine Publicity. Charlotte wird ihn nicht heiraten. Freddy heiraten? Du Idiot. Sie liebt dich. Weißt du das denn nicht?"

Neue Hoffnung keimte in ihm. „Langsam, langsam. Sie heiratet Freddy also nicht. Warum geht sie dann mit ihm nach Südamerika? Die Klatschblätter nennen das Flitterwochen."

„Genau. Das ist alles Tarnung. Freddy hat da irgendeinen Doktor aufgetan, der die alten Implantate herausnimmt und neue einsetzt."

„Neue einsetzt? Ich dachte, das ginge nicht."

„Geht auch nicht. Aber Freddy hat sie überzeugt, dass dieser Arzt in Brasilien das machen kann, und sie will ihm glauben. Sie glaubt, dass ihre Schönheit alles ist, was ihr noch bleibt."

„Das ist doch lächerlich. Sie hat so viele andere Qualitäten. Sie ..."

„Sie ist nicht mehr sie selbst", fiel Melanie ihm ärgerlich ins

Wort. „Und wenn du ihr eher etwas von ihren wunderbaren Qualitäten gesagt hättest, wäre sie jetzt nicht in dieser Lage!"

Schuldbewusst musste er sich eingestehen, dass der Vorwurf berechtigt war.

„He, tut mir Leid, Michael. Ich mache mir nur so schreckliche Sorgen. Charlotte wusste immer, dass Freddy sie manipulierte. Er benutzte sie, und sie benutzte ihn. Aber sie wusste immer, wo sie die Grenze ziehen musste. Sie konnte eine unüberwindbare Mauer zwischen sich und Freddy errichten. Doch seit du eure Beziehung abgebrochen hast ..." Sie sah ihn teils vorwurfsvoll, teils verzweifelt an. „Jetzt ist es so, als hätte sie aufgegeben. Sie bringt sich um. Oder lässt zu, dass Freddy sie umbringt. Wenn sie die Implantate nicht entfernen lässt, wie ihr Arzt es gesagt hat, wird sie sterben. Wenn du sie in letzter Zeit gesehen hättest, wüsstest du, wie ernst es ist."

Sie versetzte ihm einen Stoß gegen die Schulter. „Warum bist du nicht eher gekommen? Ich habe monatelang neben dem Telefon gehockt und auf deinen Anruf gewartet, während sie immer schwächer wurde. Junichi und ich, wir haben mehr Zeit in diesem Haus verbracht als in unserem eigenen, weil wir Angst hatten, sie allein zu lassen. Warum hat es so lange gedauert?"

„Ich war hier. Damals, in jener Nacht, als sie ging", entgegnete er ärgerlich.

„Du warst hier?" wiederholte sie verwirrt. „Wann? Ich war doch auch hier."

„Das bezweifle ich. Als ich ankam, war nur Freddy da. Charlotte war oben und nahm ein Bad. Ihre Kleidung und Unterwäsche waren auf dem Wohnzimmerboden verstreut. Weingläser standen auf dem Tisch. Freddy war halb nackt. Er brauchte mir die Fakten nicht mehr zu erläutern." Er wandte den Kopf ab. Die Erinnerung schmerzte noch heute. „Es war nur ein paar Stunden her, seit sie mein Bett verlassen hatte. Darüber kommt man nicht so schnell hinweg."

„Warte mal 'ne Minute." Melanie hob beide Hände. „Eine Sekunde. Irgendetwas passt da nicht zusammen. Du bist in der Nacht, als Freddy Charlotte heimbrachte, hergekommen?"

„Ja. Nachdem sie mir die Wahrheit über ihr Aussehen gesagt hatte, habe ich einen Spaziergang gemacht."

„Du bist abgehauen."

Er stemmte seufzend die Hände auf die Hüften. „Ja. Es war feige, ich weiß das, und ich werfe es mir vor. Ich wusste nicht, was ich sagen sollte. Sie hatte Monate, sogar Jahre Zeit, mit ihrer Veränderung klarzukommen, ich hatte zwei Minuten. Ich entschuldige mich gar nicht, aber zum Teufel, ich bin auch nur ein Mensch. Ich war zornig und verwirrt. Als ich zurückkam und den Ring auf dem Tisch fand, wusste ich, dass sie mich verlassen hatte. Die Hütte war leer, und ich fühlte mich auch leer. Also bin ich ihr gefolgt."

„Ich war damals hier, und ich kann dir versichern, dass zwischen Charlotte und Freddy nichts vorgefallen ist."

„Und was war mit der Kleidung, dem Wein? Die Szene war ziemlich eindeutig."

„Ich war an dem Abend mit Junichi hier. Er ging, als Freddy Charlotte heimbrachte. Als du kamst, war ich vermutlich mit Charlotte oben im Bad. Ja, ich weiß wieder. Freddy sollte heimfahren. Charlotte wollte sich keine Vorhaltungen anhören und ich sowieso nicht. Also bat ich ihn zu gehen."

Nachdenklich tippte sie sich mit einem Finger auf die Lippen. „Ja, ich erinnere mich jetzt, wie sauer ich war, weil Freddy Charlottes Sachen durchwühlt hatte. Als ich die Treppe herunterkam, stopfte er gerade ein paar von ihren Sachen in den Koffer zurück. Ich hielt das für ziemlich eigenartig." Sie verdrehte die Augen. „Aber schließlich reden wir hier von Freddy. Er hatte immer eine

Schwäche für Charlotte. Ich weiß noch, dass ich ihr sagte, was für ein Mistkerl er ist. Wahrscheinlich habe er ihre Slips angefasst."

Der Vorstellung allein machte ihn wütend. „Ich verstehe nicht, warum sie bei diesem Kerl bleibt."

„Fang nur nicht davon an. Charlotte kann sehr störrisch sein. Außerdem hat sie auch eine Schwäche für Freddy. Sie ist nicht in ihn verliebt oder so. Aber die beiden haben einen Draht zueinander."

Michael legte eine Hand an die schmerzende Stirn. „Dann hat der Bastard mich also hereingelegt."

„Muss er wohl. Es sähe ihm jedenfalls ähnlich. Er hasst dich wirklich."

„Das beruht auf Gegenseitigkeit." Michael hätte vor Wut und Eifersucht am liebsten auf irgendetwas eingedroschen. „Damals ist vielleicht nichts passiert, aber sie stehen sich nahe. Und es sind Monate vergangen. Haben sie jemals ..." Er suchte nach den richtigen Worten. „Charlotte ist eine schöne Frau. Und sie war wieder zu haben."

„Fragst du mich, ob sie jemals Sex miteinander hatten?" Melanie kannte keine Hemmungen. „Nein, zum Teufel. Lass uns das ein für alle Mal klarstellen. Zwischen den beiden war nichts und wird nie was sein. Freddy ist impotent. Kapiert?"

Michael war wie vom Donner gerührt und wollte schon fragen, ob sie sicher sei. Aber jemand wie Melanie kannte sich in solchen Dingen aus. Er bedauerte die verlorenen Monate. Was für ein Narr war er gewesen, sich selbst so zu quälen. Damit war jetzt Schluss. „Ich muss sie aufhalten."

„Ich wüsste nicht, wie. Freddy hat alles bis ins letzte Detail arrangiert. Er wird nicht zulassen, dass ihm jemand in die Quere kommt, schon gar nicht du. Er hat lange genug auf seine Chance gewartet. Vermutlich hofft er, dass er Charlotte doch noch überreden kann, ihn zu heiraten. In einer schwachen Stunde vielleicht, in Brasilien."

„Ich finde einen Weg zu ihr. Sag mir, was du weißt. Jedes Detail hilft."

„Also, heute Nacht sind sie im Drake Hotel. Morgen hat sie einen Liveauftritt im Fernsehen bei Vicki Ray. Kennst du sie? Sie war Co-Moderatorin bei ‚Entertainment Tonight'. Jetzt hat sie ihre eigene Talkshow. Sie ist seit langem hinter Charlotte her. Ich glaube, sie spürt, dass sie etwas verbirgt. Sie bedrängt Freddy seit Ewigkeiten wegen eines Exklusivinterviews mit Charlotte. Und er glaubt, mit diesem großen Fernsehauftritt könnten sie die hässlichen Gerüchte über ihre Gesundheit und mögliche Drogensucht aus der Welt schaffen. Danach werden sie abreisen und den Eingriff vornehmen lassen. Er hat Charlotte bestens vorbereitet. Der gute alte Freddy geht gern auf Nummer sicher."

„Wann ist der Auftritt?"

„Morgen um zwei."

„Wann verlassen sie Chicago?"

„Morgen Nacht fliegen sie nach Brasilien. Michael, Freddy wird dich keinesfalls zu Charlotte lassen. Sie ist umgeben von Bodyguards."

Er begann auf und ab zu gehen. Denk nach, Miguel, denk nach, sagte er sich. Als Architekt kannte er sich im Pläneentwerfen immerhin aus, da würde ihm wohl auch ein Plan einfallen, Freddy Walen zu überlisten. Er wollte verdammt sein, wenn er diesem Bastard gestattete, mit seiner Charlotte davonzulaufen, um sie einem schönen Schein zu opfern.

Melanie beobachtete ihn mit verschränkten Armen. Schließlich blieb er stehen und sah sie an. „Hast du die Adresse von Vicki Rays Studio?"

„Ja, irgendwo. Aber die wird dir nichts nützen. Die werden

dich nicht hinter die Bühne lassen. Die größte Chance hättest du im Hotel."

„Geh, hol mir Adresse und Telefonnummer. Und dann drück mir die Daumen."

„Warum? Was hast du vor? Freddy hat jede Minute für sie verplant."

Er tätschelte ihr lächelnd die Wange. „Dann muss ich seine Pläne durchkreuzen, oder?"

Die Bühne war bereitet, die Lichter eingeschaltet. Die Vicki-Ray-Show würde jeden Moment beginnen.

Michael nahm seinen Platz im hinteren Teil des Studios ein, ein gutes Stück entfernt vom üblichen Publikum. Er setzte sich auf den schmalen Stuhl. Die Lederjacke knautschte an der Metalllehne, und er musste die langen Beine einziehen. Zum ersten Mal, seit er Los Angeles gestern Abend verlassen hatte, ließ seine Anspannung nach. Bisher war alles nach Plan gelaufen.

Er hatte gar nicht erst versucht, Charlotte im Drake abzufangen. Das Hotel war von Paparazzi umlagert gewesen, und er kannte das Hotel und die Polizei von Chicago gut genug, um keinen Versuch zu starten. Stattdessen hatte er Helena Godowski aufgesucht.

Er unterdrückte ein Lächeln, als er sich an das kurze und ungemütliche Treffen mit Charlottes Mutter erinnerte. Einen Parkplatz zu finden war schwieriger gewesen als die Straße. Harlem Avenue war eine der Hauptverkehrsadern an der West Side.

Die Häuser hier waren der Albtraum jedes Architekten. Sechs identische, viergeschossige Gebäude, mit falschem Stein verklinkert wie in den Siebzigern üblich. Die typischen Behausungen für Menschen mit niedrigem Einkommen.

Im Eingangsflur setzte sich der Stil mit grünem Linoleum, abblätternder Farbe, einfachen Metallbriefkästen und Klingeln mit handgeschriebenen Namensschildern fort. War es da ein Wunder, dass Charlotte für sich und ihre Mutter eine Villa im Frank-Lloyd-Wright-Stil in Oak Park erfunden hatte?

Helena öffnete die Tür einen Spalt und beäugte ihn argwöhnisch, während er rasch erklärte, warum er sie sprechen müsse.

„Ich habe keine Tochter", erwiderte sie säuerlich, als er Charlotte erwähnte. Als er nachfragte, straffte sie die breiten Schultern und wollte die Tür zuschlagen.

Er stemmte sich dagegen, vielleicht aus Wut darüber, dass sie ihre Tochter verleugnete, vielleicht aus Verzweiflung, und bat um einige Minuten. „Charlotte ist sehr krank."

Sie gab nach und ließ ihn unter der Bedingung ein, dass er nach fünf Minuten gehe. Er betrat das düstere Apartment, das voll gestopft war mit schwerem alten Mobiliar, und nahm auf einem Blümchensofa Platz.

Während er von Charlottes Erkrankung berichtete, wanderte sein Blick suchend durch den Raum, um Hinweise zu finden, dass Charlotte hier gelebt hatte.

Plötzlich entdeckte er auf dem Fernseher das Foto einer fremden, jedoch seltsam vertrauten Frau in Talar und Hut. Das lange seidige Haar und die zarte Haut waren unverkennbar. Die strahlend blauen Augen verströmten Wärme und Intelligenz, hatten jedoch einen Ausdruck, den er nur als herausfordernd einordnen konnte. Sie brauchte diesen Blick, dachte er mitfühlend, denn diese junge Frau schien kein Kinn zu haben.

„Charlotte?" fragte er leise. Konnte das sein? Es schien unmöglich.

Helena folgte seiner Blickrichtung. „Ja, das ist meine Charlotte. Nach dem Collegeabschluss. Vor der Operation."

Er wollte Helena nicht zeigen, welche Wirkung dieses Foto auf ihn hatte. Stattdessen räusperte er sich und fragte: „Darf ich es sehen?“

Helena stemmte sich hoch und brachte ihm das Foto. Er betrachtete es forschend und suchte in diesem Gesicht die Frau, die er liebte. Es war ein vertrautes und doch fremdes Gesicht. Auch die Nase war anders. Wo steckte Charlotte in alledem?

Er bedeckte den unteren Teil des Gesichtes mit der Hand und sah die Augen der Frau. Charlotte, dachte er und wusste, dass er sie immer lieben würde.

Er gab das Foto zurück und kam auf sein eigentliches Anliegen. Er lockte, bat und flehte, Helena möge mit ins Studio kommen und Charlotte überreden, die Implantate entfernen zu lassen.

Helena saß kerzengerade da, die Knie zusammengepresst, die Hände über der Schürze gefaltet. Das Bild eiserner Selbstdisziplin. Sie stellte keine Fragen. Sie war eine einsame, ausgelaugte Frau, die der Welt eher stirnrunzelnd als lächelnd begegnete. Darin ist sie das Gegenteil ihrer Tochter, dachte er und wartete auf eine Antwort.

Die ließ nicht auf sich warten, und er konnte die Gleichgültigkeit dieser Frau kaum fassen. Mit der förmlichen Höflichkeit, mit der eine Hausangestellte einen Vertreter abfertigt, dankte sie ihm für sein „Interesse“. Dann erhob sie sich, geleitete ihn zur Tür und verabschiedete sich mit den Worten, er solle sie nicht im Studio erwarten.

Er bekam Mitleid mit dem Kind Charlotte, das bei dieser harten, förmlichen Frau aufgewachsen war. Wunderte es da, dass Charlotte zu gefallen versuchte? Dass sie sich eine falsche Kindheit voller Liebe und Lachen ausgemalt hatte? Er liebte sie umso mehr.

Er wollte schon gehen, als er doch so etwas wie Besorgnis in Helenas Augen las, die denen ihrer Tochter sehr ähnlich waren. Das veranlasste ihn, ihr freundlich mitzuteilen, dass draußen eine

Limousine auf sie warte, sollte sie es sich anders überlegen. Dann hatte er sich höflich bedankt und war gegangen.

Seufzend blickte er auf die Bühne. Sie war leer bis auf einen weißen Sessel in der Mitte. Er rieb sich das Kinn, besorgt, dass die harte Befragung, die Charlotte bevorstand, vielleicht zu viel für sie war. Hatte er das Richtige getan?

Ein junger Mann in Platzanweiser-Livree, die zwei Nummern zu groß war, unterbrach seine Gedanken und gab ihm einen Ausweis, dass er sich hinter der Bühne aufhalten durfte.

„Miss Ray möchte wissen, ob Sie noch etwas benötigen, Mr. Mondragon. Wasser vielleicht oder Kaffee?"

„Weder noch, danke. Sagen Sie ihr, ich bin bereit."

„Sie öffnen jetzt die Türen für das Publikum. Die Show beginnt in etwa fünfzehn Minuten."

Michael rieb sich die Augen, während der Platzanweiser durch den Mittelgang verschwand. Kichernd und schwatzend nahmen die Leute im Publikum ihre Plätze ein. Er hörte Gesprächsfetzen. Der Name Charlotte Godfrey fiel, ihr Oscar-Gewinn wurde erwähnt, und dass sie der heiße neue Star sei. Und wenn alles gut ging, wurde es eine tolle Show.

Helena Godowski spähte hinter der Gardine vorsichtig auf die Straße hinunter. Die lange schwarze Limousine samt Fahrer stand immer noch dort! Unglaublich. Wie lange würde der noch warten? Nun ja, sie fuhr jedenfalls nicht ins Studio, und damit basta. Sie nestelte an den Knöpfen ihrer weißen gestärkten Bluse herum. Der junge Mann hatte Nerven, ihr das Auto zu schicken, obwohl sie ihm doch gesagt hatte, sie würde nicht kommen. Wie viel kostete wohl so ein Auto?

Was kümmerte es sie, dass der junge Mann sehr mitgenommen ausgesehen hatte. Er hatte kein Recht, sich in Dinge einzumischen, die ihn nichts angingen. Sie wusste natürlich, wer er war: der Bursche, den Charlotte angeblich heiraten wollte. Der Gedanke, dass ihre Tochter endlich einen Ehemann gefunden hatte, stimmte sie ein wenig milder. Er schien recht nett zu sein, er sah gut aus, und er war höflich. Und überzeugend. Aber das änderte nichts zwischen ihr und Charlotte.

Als sie vom Fenster zurücktrat, nagte ein leichtes Schuldgefühl an ihr, weil sie Charlottes Leben der letzten Jahre konsequent geleugnet hatte. Charlotte war immerhin ihre Tochter. Aber ihre Charlotte hätte sie nicht verlassen und hätte ihr auch nicht so hässliche Dinge gesagt. Zuerst verliere ich den Geliebten, dann meine Tochter, dachte sie voller Selbstmitleid.

Zögernd ging sie zum Fernseher. Was schadete es schon, sie sich wenigstens anzusehen? Niemand würde es erfahren. Sie würde nur einige Minuten zuschauen, um zu sehen, ob Charlotte so krank war, wie dieser Mondragon behauptete.

Sie schaltete ein, als Charlotte zum donnernden Applaus ihrer Fans die Bühne betrat. Helena sank in den Sessel und fühlte sich ganz klein, wie am Abend der Oscar-Verleihung, als sie nur gestaunt hatte über Schönheit und Haltung jener Charlotte Godfrey, dem großen Star, der ihre Tochter war.

Sie achtete nur halb auf die Filmausschnitte, betrachtete Charlottes zweifellos schönes Gesicht und dachte an sie als Kind. Vicki Ray sagte etwas, dass Charlotte ihren Agenten heiraten wolle, einen gewissen Freddy Walen. Erschrocken richtete sie sich auf. Was war das? Ihr Agent? Wie konnte das sein? Wollte Charlotte nicht diesen netten jungen Mr. Mondragon heiraten?

Die Kamera schwenkte hinter die Bühne auf einen untersetzten Mann in den Fünfzigern mit üppigem grauen Haar, dunklen Brauen und einem Oberlippenbart unter der aristokratischen Nase.

Helena erbleichte, legte eine Hand an die Kehle und beugte sich zum Bildschirm vor. „Grundgütiger Himmel!“ rief sie aus und sprang auf. Die Kamera schwenkte wieder auf Charlotte, die von ihrer bevorstehenden Hochzeit sprach. Helena hatte das Gefühl, in einen Abgrund zu stürzen. Was sollte sie tun? War die Welt verrückt geworden? Wie sehr wollte Gott sie noch prüfen?

Sie lief in den Flur, schnappte sich Mantel und Tasche und hetzte die Treppe hinunter. Keuchend erreichte sie die schwarze Limousine, die immer noch am Straßenrand wartete. Sobald sie eingestiegen war, setzte der Wagen sich in Bewegung. „Bitte Gott!“ flehte sie leise und presste die Hände zusammen. „Lass mich nicht zu spät kommen.“

25. KAPITEL

Heftiges Pochen an der Tür holte Charlotte aus halber Bewusstlosigkeit. Sie hob die schweren Lider, sah sich benommen in dem dämmerigen Raum um und erinnerte sich, wo sie war. Vicki Rays Studio. Wie lange hatte sie hier so gelegen? Viele Erinnerungen waren ihr durch den Kopf gegangen.

Es klopfte wieder, jemand rüttelte am Türgriff und rief ihren Namen. Sie zuckte zusammen, als hätte jemand sie geschlagen.

„Geht weg!“ rief sie und hielt sich die Ohren zu. Sie fühlte sich wie das kleine Mädchen, an das sie sich auf der Bühne erinnert hatte, klein und zerbrechlich. Sie hätte sich gern versteckt.

Jetzt hörte sie das Klirren von Schlüsseln. Sie konnte die Meute nicht daran hindern, hereinzukommen. Mühsam richtete sie sich auf, rieb sich die Wangen und wischte Feuchtigkeit und Schlaf aus den Augen.

Ein deutlicher Luftzug begleitete das schwungvolle Öffnen der Tür, gefolgt vom Trappeln mehrerer hereinkommender Fußpaare. Von allen Stimmen, die ihren Namen riefen, lauschte sie nur einer. Michael! Plötzlich war er da, kniete neben ihr und strich ihr mit einer kräftigen schwieligen Hand das Haar aus dem Gesicht.

„Charlotte“, sagte er leise und war ihr so nah, dass sein Atem ihre Wange streichelte. „Alles in Ordnung? Mein Gott, dein Gesicht, du glühst ja!“

„Halten Sie sich fern von ihr, Sie lausiger Latino!“ schimpfte Freddy und stieß ihn zurück.

Michael nahm die Hand von ihrer Wange, da er das Gleichgewicht verlor. Charlotte sah, dass er die Hand ballte.

„Hört auf!“ schrie sie und sprang auf. „Ich lasse nicht zu, dass ihr vor meinen Augen streitet. Nie mehr!“ Sie sprach zu beiden, doch ihre Augen waren auf Michael gerichtet. Sein Blick schien sie zu durchbohren, während sie in seiner Mimik nach Hinweisen suchte, dass er sie noch liebte. Es ärgerte sie, dass sie immer noch nach seiner Zuneigung gierte. Plötzlich beherrschte sie der Wunsch, es ihm heimzuzahlen. Er sollte leiden, wie sie gelitten hatte. Aus den Augenwinkeln sah sie Vicki Ray Freddy zurückhalten, indem sie ihm beide Hände gespreizt auf die Brust legte.

„Ich bin nicht hergekommen zu streiten“, sagte Michael. „Jedenfalls nicht so.“

„Warum bist du dann hier?“ fragte sie betont kühl.

„Ich will dich daran hindern, dein Leben zu riskieren.“

Charlotte verschränkte die Arme vor der Brust. „Verstehe“, entgegnete sie steif. „Und das wolltest du erreichen, indem du mich öffentlich im Fernsehen bloßstellst?“

Er blickte auf die Schuhspitzen. „Tut mir Leid, das war nicht meine Absicht. Ich wollte dir nicht wehtun, sondern dir Schmerzen ersparen.“ Er hob den Blick zu ihr. „Leider war das in der Kürze der Zeit meine einzige Möglichkeit, an dich heranzukommen, um dich zu hindern, mit diesem Mann dort fortzugehen. Seine Pläne dienen nur seinem Interesse, nicht deinem. Ich musste seine Pläne durchkreuzen, damit das Lügen aufhört. Keine Lügen mehr, Charlotte.“

Sie wich zurück. Sofort trat er mit ausgestreckter Hand einen Schritt vor. Sie wich abermals zurück, und ihr wütender Blick besagte, er solle nicht mal an Versöhnung denken. Michael blieb stehen und ließ die Hand sinken.

„Mein Leben und meine Entscheidungen gehen dich nichts an!“ entgegnete sie scharf. „Du hast mir jetzt alles nur schwerer gemacht.“

„Charlotte, gleichgültig, wie du zu mir stehst, du darfst dir nicht einbilden, irgendein Arzt in Südamerika könnte dich heilen. Das ist wieder nur so ein PR-Mist von Freddy. Du weißt, dass die

Implantate entfernt werden müssen. Sieh dich an. Du brennst vor Fieber, deine Hände zittern. Spiele nicht mit deinem Leben. Es ist viel zu wertvoll – wenn nicht für dich, dann doch für mich."

„Was macht Sie plötzlich zum Experten?" giftete Freddy. „Sind Sie vielleicht auch Arzt? Zu Ihrer Information, ich bringe sie zu einem der besten Ärzte der Welt. Erstklassig. Sie irren, wenn Sie glauben, dass ich mich bei meinem Mädchen mit weniger als dem Besten begnüge. Wenn mein Arzt nicht der Meinung Ihres Arztes ist, heißt das nicht, dass er Unrecht hat. Haben Sie noch nie von einer zweiten Meinung gehört?"

Michael sah Charlotte nur an, und sie erkannte seine Fassungslosigkeit, dass sie Freddy folgte. Sie reckte leicht trotzig das Kinn vor, wusste jedoch tief im Innern, dass Michaels Skepsis gegen Freddy berechtigt war.

„Okay", räumte Michael gepresst ein. „Ich bin kein Arzt. Aber wenn Sie einen Moment warten ..." Er machte kehrt, ging auf den Flur hinaus und kam mit einem grazilen Mann im Maßanzug zurück.

„Dr. Harmon!" rief Charlotte aus und legte verblüfft eine Hand an die Wange. Er war der Letzte, mit dem sie gerechnet hätte. Zugleich war sie froh, ihn zu sehen. Sie erinnerte sich gut an seine Ruhe, sein schiefes Lächeln und die blassen durchdringend blickenden Augen. Sie kam sich vor, als wäre sie wieder in seiner Praxis und bäte erneut um Hilfe.

„Was tun Sie hier, Doktor?"

„Mr. Mondragon war so freundlich, mich herholen zu lassen." Er musterte ihr Gesicht, während er sprach, vor allem Kinn und Wangen. „Er hat mich über Ihre Absichten unterrichtet, und da musste ich natürlich kommen. Sie sind meine Patientin. Und schließlich haben Sie meine Anrufe nicht erwidert." Er sah sie freundlich, aber auch eine Spur vorwurfsvoll an. Sie runzelte die Stirn und wusste, was jetzt kam.

„Charlotte", fuhr er in seiner ruhigen Art fort, „ich wollte Ihnen persönlich sagen, dass diese Reise nach Brasilien nicht nur sinnlos, sondern auch gefährlich ist. Sie dürfen keine Zeit mehr verlieren. Ich fühle mich verantwortlich für Ihre Reaktion auf die Implantate. Ich hätte sie nicht verhindern können, aber ich möchte das Problem für Sie lösen."

„Nein!" stieß sie hervor. „Unmöglich!"

„Ich flehe Sie an!" drängte Dr. Harmon. „Verschieben Sie Ihre Reise wenigstens für eine Woche. Kommen Sie ins Universitätskrankenhaus, dann machen wir einige Tests. Wir sammeln die benötigten Fakten und stellen eine endgültige Diagnose."

„Nein, dafür haben wir keine Zeit", widersprach Freddy ungeduldig. „Nach der Bombe, die Mondragon heute im Fernsehen hochgehen ließ, verdrücken wir uns hier lieber." Er sah zu Vicki Ray hinüber, die aufmerksam jedes Wort verfolgte. „Komm, Kleines, wir haben nicht viel Zeit. Unser Flugzeug geht in einigen Stunden."

Michael vertrat ihm den Weg.

„Wenn Sie sich einbilden, dass ich Sie in dieses Flugzeug steigen lasse ..."

„Wer sollte uns aufhalten", schnarrte Freddy und stieß ihm gegen die Schulter.

Doch Michael vertrat ihm erneut den Weg. Er war größer als Freddy, jünger und muskulöser. Charlotte merkte, dass er sich nicht mehr lange beherrschen konnte und vor Handgreiflichkeiten nicht zurückschrecken würde. „Lassen Sie sie in Ruhe ..."

„Für was halten Sie sich?" schnauzte Freddy. „Sie ist *meine* Verlobte, *bandito*, nicht Ihre."

„Nein!"

Ein kehliger, herzzerreißender Schrei kam von der Tür. Erschrocken drehten sich alle um. Dort stand eine große grauhaarige Frau mit hängenden Schultern in einem bescheidenen Kleid.

Charlotte glaubte, ihr Herz bliebe stehen. „Mutter", flüsterte sie und starrte sie fassungslos an. Was führte Helena nach Jahren des Schweigens hierher?

Noch eigenartiger war, dass Helena nicht sie anschaute, sondern mit einem zittrigen Finger auf Freddy zu ihrer Rechten deutete. Der wiederum sah Helena mit einem Gesichtsausdruck an, als zermartere er sich das Hirn, wo er diese Frau schon einmal gesehen hatte.

Ungeachtet der allgemeinen Verblüffung fixierte Helena Freddy mit fast irrem Blick, die Wangen gerötet. „Du bist es!" rief sie aus.

Charlotte sah von Helena zu Freddy, der sich mit leicht verengten Augen etwas vorneigte.

„Fridrych, erkennst du mich nicht? Ich bin es – Helena. Helena Godowski aus Polen."

Freddy erbleichte und schüttelte den Kopf. „Nein. Nein, das ist unmöglich."

„Es ist möglich. Ich bin es. Und ich habe dich fünfundzwanzig Jahre lang gesucht." Sie kam mit ausgestreckter Hand näher, offenbar nicht sicher, ob er eine Illusion war oder Realität. Als sie vor ihm stand, verharrte sie, als wolle sie ihn berühren, traue sich aber nicht. Stattdessen legte sie sich die Hand an die eigene Brust.

„Du hast mich gesucht?" fragte Freddy. „Warum? Wie hast du mich jetzt gefunden?"

„Durch Mr. Mondragon. Er wollte, dass ich herkomme. Ich sagte Nein, aber dann entdeckte ich dich im Fernsehen, als ich Charlotte sah." Als sie ihre Tochter erwähnte, verzog sie weinerlich das teigige Gesicht und blinzelte die Tränen fort. „Ja, ja, Charlotte", sagte sie fahrig und legte die Fingerspitzen an die Wange. „Deshalb bin ich hier." Suchend sah sie sich nach ihrer Tochter um. „Du kannst ihn nicht heiraten, Charlotte, es wäre eine große Sünde!"

Charlotte stockte der Atem.

„Wovon redest du?“ fragte Freddy.

„Charlotte ist deine Tochter!“

Charlotte fürchtete, die Erde täte sich auf und verschlinge sie. Ihr wurde schwindelig, und sie sackte auf dem Sofa zusammen. Freddy ihr Vater? Unmöglich. Das war zu verrückt. Andererseits, warum sollte ihre Mutter lügen?

Sie ahnte, dass es stimmte. Sie war unehelich geboren, und sie hatte nie ein Foto ihres Vaters gesehen. Es erklärte einiges, beispielsweise, warum sie und Freddy so eine sonderbare Bindung aneinander hatten. Warum er so besitzergreifend war. Sie erinnerte sich an seine Bemerkung: *Ich liebe dich auf meine Art.* Wie ein Vater etwa?

Sie sah Freddy an, der kalkweiß, schockiert ihre Mutter anstarrte. Mein Gott, es war ihr vorher nicht aufgefallen, aber seine Nase ... sie hatte seine Nase gehabt vor der Operation.

Freddy wich zurück. „Sie sind verrückt, Lady. Ich habe keine Kinder. Ich kann keine Kinder zeugen.“

„Du wusstest es nicht!“ beteuerte Helena. „Ich bemerkte die Schwangerschaft erst, als du Polen verlassen hattest. Meine Familie verstieß mich. Ein Priester brachte mich nach Warschau. Sie wollten, dass ich mein Kind weggab. Das konnte ich nicht. Deshalb suchte ich deine Mutter auf. Sie erzählte mir, du wärst vor den Behörden nach Amerika geflüchtet. Sie hat mir geholfen, Fridrych. Sie gab mir ein Flugticket, damit ich dich suchen konnte.“ Ihre Augen füllten sich mit Tränen. „Aber ich konnte dich nicht finden. Ich suchte und suchte, und dann wurde Charlotte geboren. Danach musste ich die Suche einstellen und arbeiten, um zu überleben. Ich habe immer gehofft, dich zu finden. Aber nicht so!“

„Mein Gott, nein“, beteuerte Freddy rasch, bleich und eindeutig erschüttert von der Neuigkeit. „Ich werde sie nicht heiraten.

Scheiße, nein. Ich meine – ich wusste es nicht –, es ist nichts passiert.“ Er trat eifrig den Rückzug an, um eventuellen schmutzigen Gedanken entgegenzuwirken.

Auch Charlotte musste das alles erst verdauen. Sie dachte daran, wie Freddy ihr übers Haar gestrichen und sie im Spiegel bewundert hatte. Sie wäre mit ihm nach Südamerika gegangen. Die Vorstellung, was vielleicht passiert wäre, verursachte ihr Übelkeit.

„Wir wollten nicht wirklich heiraten“, plapperte Freddy weiter. „Es war alles eine Finte, um ohne Presse nach Südamerika entwischen zu können. Ich meine, Jesus ...“ Er wischte sich die Stirn. „Ich hatte doch keine Ahnung ...“

Freddy und Charlotte sahen sich an, forschend, fragend und gelangten zum selben Schluss.

Michael verfolgte das voller Skepsis. Er glaubte die Geschichte, aber das änderte wenig an seiner Einstellung zu Freddy. Er zog sich zurück und beobachtete die Familienangelegenheit aus der Perspektive des neutralen Betrachters.

„Charlotte Godfrey“, sagte Freddy vor sich hin. „Charlotte Godowski. Natürlich, du hast den Namen geändert.“ Er hob die Hand, wie um sie zu berühren, ließ sie jedoch wieder sinken. „Bei deinem richtigen Namen hätte ich etwas geahnt. Ich wusste von Anfang an, dass du etwas Besonderes an dir hast. Es sind deine Augen, sie gleichen denen deiner Mutter.“

Er wandte sich Helena zu und betrachtete die große, schäbig gekleidete Frau mit dem kurzen grauen Haar, dem blassen, faltigen Gesicht und den Beinen voller Krampfadern. Charlotte fiel auf, wie sehr die harten Zeiten ihre Mutter gebeugt hatten, sodass sie weit über ihre Jahre hinaus gealtert war. Wie würde Freddy sie jetzt sehen nach all der Zeit?

Sie entdeckte einen leicht verächtlichen Zug um seinen Mund. Wo sie auf Mitgefühl gehofft hatte, reagierte Freddy mit Verachtung. Zornig verteidigte sie ihre Mutter im Stillen. Sie hat sich verändert, weil sie sich die Finger wund gearbeitet hat, um mich aufzuziehen, weil sie von ihrem Geliebten, meinem Vater, von dir, Freddy, verlassen wurde! Du hast deinen Spaß gehabt und Helena den Preis zahlen lassen. Wie kannst du es wagen, auf sie herabzusehen, nun da sie alt und verbraucht ist und nicht mehr das hübsche junge Mädchen, dessen Leben du ruiniert hast?

„Was sagt man dazu?" wandte er sich mit einem kurzen erfreuten Lachen an sie. „Ich habe eine Tochter."

Charlotte hob nur leicht das Kinn, eine Geste, die besagte, dass sie keinerlei zärtliche Gefühle für ihn hegte. Sie musste sich noch daran gewöhnen, seine Tochter zu sein. Sie war ihm dankbar für seine Hilfe, aber sie liebte ihn nicht.

„Ich denke, das ändert alles", sagte Dr. Harmon ernst. „Als ihr Vater wollen Sie zweifellos nichts tun, ihre Gesundheit zu gefährden."

„Fridrych, du darfst sie nicht wegbringen, wenn sie krank ist", redete auch Helena ihm ins Gewissen.

„Natürlich darf ich das", widersprach er fast scherzend. „Als ihr Vater habe ich mehr Recht denn je, dafür zu sorgen, dass man sich um sie kümmert. Ich weiß, was das Beste für sie ist."

Michael stieß sich von der Wand ab. Dr. Harmon richtete sich verlegen die Brille, als hätte er nicht richtig gehört. Charlotte öffnete den Mund zu einer Erwiderung, als sie Helena gebieterisch „Nein!" sagen hörte. Diesen Ton kannte sie bestens. Er duldete keinen Widerspruch. Als Kind hatte sie dabei strammgestanden. Konfrontiert mit einer vollen Dosis von Helenas gerechter Empörung, zuckte sogar Freddy zusammen.

„Du hast dich nicht verändert." Sie sah ihn wütend an. „Ich bin nicht mehr das junge Mädchen von damals. Das Leben hat mich hart gemacht, aber auch klüger. Ich sehe dich, wie du wirklich bist:

selbstsüchtig, gefühllos und selbstgerecht. Du hast mir geschadet, aber ich lasse nicht zu, dass du meinem Kind schadest!"

Sie wandte sich ihrer Tochter zu, und Charlotte stockte der Atem, als Helena näher kam. Dies war ihr erstes Zusammentreffen seit jenem Streit, nach dem sie Chicago verlassen hatte. Sie hatten sich schreckliche, unverzeihliche Dinge gesagt. Aber das alles war lange her und inzwischen bedeutungslos.

„Verzeih mir", platzte Charlotte heraus, ihren Stolz überwindend. Sie wollte die Fehde beenden. Diese starke Frau mit all ihren Fehlern war ihre Mutter, und sie liebte sie.

„Nein." Helena umfasste ihr zartes Gesicht mit ihren rauen Händen, betrachtete es und machte ihren Frieden damit. „Es war meine Schuld", widersprach sie und räusperte sich, um Fassung ringend. „Ich hätte dir von deinem Vater und den Umständen deiner Geburt erzählen sollen. Durch mein Schweigen wurde es zu etwas Schmutzigem, aber das war es nicht. Es ist geschehen. Zu lang habe ich mich nach Fridrych gesehnt, dabei hätte ich glücklich sein müssen, dich zu haben. Ich habe gesagt, du wärst meine Strafe gewesen. Aber das stimmte nicht. Du warst ein Geschenk." Sie straffte sich und nahm Charlottes schmale Hände in ihre. „Ich bin es, die um Verzeihung bitten muss."

Charlotte schluchzte auf. Noch nie hatte sie ihre Mutter um Verzeihung bitten hören. Gern hätte sie sie umarmt, unterließ es jedoch, weil sie wusste, wie unangenehm ihr körperliche Nähe war.

Doch plötzlich umarmte Helena sie und hielt sie fest. Für einen Moment fühlte Charlotte sich in die Kindheit zurückversetzt. Da sie jedoch kein kleines Mädchen mehr war, wurde es Zeit, sich von Abhängigkeiten zu lösen und reife Entscheidungen zu treffen.

Sie straffte sich und wischte die Tränen fort. Dann drehte sie sich zu Michael um. Er hatte sie beobachtet und kam wieder näher. Für einen flüchtigen Moment fühlte sie sich in die Zeit bei den Mondragons zurückversetzt, wo sie stets dasselbe Glücksgefühl empfunden hatte wie jetzt, wenn er auf sie zugekommen war.

„Warum bist du hier?“ fragte sie und sah ihm in die Augen. „Die Wahrheit.“

Er verstand den Grund dieser Frage. „Weil ich dich liebe.“

„Auch ohne dieses Gesicht?“

Er legte ihr die Hände auf die Schultern. „Ich sagte, ich liebe *dich*. Dein Gesicht hat mich vielleicht fasziniert, aber verliebt habe ich mich in die Person. Auch wenn sich dein Gesicht verändert, verändern sich meine Gefühle nicht, das weiß ich.“

Sie nahm das erfreut zur Kenntnis, verbarg es jedoch, indem sie nur verhalten nickte.

„Glaube ihm nicht“, sagte Freddy und kam wieder näher, rotgesichtig und offenbar in Sorge, alles zu verlieren.

Sie spürte Michaels Anspannung. „Warte“, bat sie Freddy und wandte sich wieder an Michael. „Es gibt eine Möglichkeit, zu testen, ob sich deine Gefühle für mich mit meinem Aussehen verändern.“ Sie holte ein Foto aus ihrer Handtasche, das sie immer bei sich trug, um nicht zu vergessen, wer sie war und woher sie kam. „Das hier“, sagte sie und hielt es hoch wie ein Banner, „ist ein Foto von mir vor der Operation.“ Gespannt brachte sie es Michael. „Sieh es dir gut an. Ich nehme es dir nicht übel, wenn du weggehst.“ Sie reichte ihm die Aufnahme. „Könntest du dieses Mädchen lieben?“

Michael nahm das Foto nicht, sondern lächelte nur. „Ich sagte schon, das tue ich bereits.“

„Nein, ich meine das Mädchen auf dem Foto.“

„Ich habe das Foto bereits gesehen, in der Wohnung deiner Mutter.“

Verblüfft legte sie eine Hand an den Mund und wünschte von Herzen, ihm glauben zu können.

„Ich wusste, dass ich dieses Mädchen schon gesehen hatte, aber ich wusste nicht, wo. Bis ich dich heute auf der Bühne erlebte unter Vicki Rays Befragung. Du hattest diesen trotzigen Ausdruck in den Augen, diese Entschlossenheit standzuhalten. Plötzlich fiel mir ein, wo ich das schon mal gesehen hatte. Bei dem Mädchen im Fahrstuhl, in jener kalten Nacht. Ich erinnerte mich an die Augen, nicht an das Gesicht. Ich fragte dich, ob du Hilfe brauchst, und du sagtest Nein."

„Ich brauchte deine Hilfe. Ich hätte Ja sagen sollen."

„Dann sag jetzt Ja", bat er. „Ich habe das Mädchen einmal im Stich gelassen, das wird nicht wieder vorkommen."

„Lass sehen." Freddy drängte sich vor und nahm Charlotte das Foto ab. Ungläubig wanderte sein Blick zwischen ihr und dem Foto hin und her. „Ziehst du mich auf? Und da fragst du noch, ob wir nach Brasilien fliegen sollen? Ein Blick auf das Bild sollte genügen. Harmon, Sie sind ein verdammtes Genie."

„Halt den Mund!" fuhr Helena ihn an. „Meine Charlotte war immer schön. Das habe ich damals gesagt, und ich sage es heute. Sie hat eine schöne Seele."

Plötzlich brach das Chaos los, und alle redeten auf Charlotte ein, was sie jetzt tun solle. Instinktiv sah sie Hilfe suchend zu Michael, doch der überließ ihr die Entscheidung.

„Zurück!" befahl sie und streckte abwehrend die Hände vor, als sich der Kreis immer enger um sie schloss. Wie auf Kommando schwiegen alle.

„Ich will nicht hören, was ich eurer Meinung nach tun sollte. Es geht um mich, mein Gesicht und mein Leben. Geht jetzt. Alle. Ich brauche Zeit für mich. Ich muss diese Entscheidung allein treffen."

Verblüfftes Schweigen, niemand regte sich. Freddy ballte die Hände. Helena nickte und sagte mit ihrem starken polnischen Akzent: „Ihr habt es gehört. Raus!"

„Nein!" trotzte Freddy. „Sei dir über eines klar. Wenn du deine Schönheit verlierst, verlierst du alles. Deine Karriere ist beendet."

„Besser ihre Karriere als ihr Leben", konterte Michael.

„Michael, bitte, lass mich das machen", sagte sie und wandte sich an Freddy. „Ich habe auf der Bühne gesagt, dass ich alles für die Schönheit tun würde. Das war falsch, ich würde alles für die Liebe tun."

Freddys Gesicht war von Wut verzerrt. „Du willst alles wegwerfen? Alles, wofür wir gearbeitet haben? Wofür? Um wieder ein Niemand zu sein? Damit du heiraten und Kinder kriegen kannst und alt und abgearbeitet wirst wie deine Mutter?" Er presste die Lippen zusammen. Einen Moment sah es so aus, als wolle er weinen. Doch dann explodierte er zornig und wies vorwurfsvoll mit dem Finger auf sie. „Als wir diese Sache anfingen, hast du geschworen zu tun, was ich sage!"

„Du hattest kein Recht, um diesen Schwur zu bitten, und ich hätte ihn nicht leisten dürfen. Tut mir Leid. Ich bin für mich selbst verantwortlich."

„Ich habe dich zu dem gemacht, was du bist!" schrie er und schwang zornig eine Faust. „Du schuldest mir etwas, du gehörst mir!"

Michael trat drohend vor.

Charlotte fröstelte, als ihr das Ausmaß von Freddys Besessenheit bewusst wurde. Es schreckte sie ab wie eine bösartige Krankheit, und zugleich fühlte sie sich wie befreit.

„Ich habe mich dir nicht geschenkt, Freddy, also gehöre ich dir auch nicht."

„Stattdessen schenkst du dich diesem Verlierer?"

„Ich denke, es ist Zeit für dich zu gehen", sagte sie in einem endgültigen Ton.

„Wenn ich gehe, geht der mit mir!" Er blickte Michael wütend an.

„Ich bat dich zu gehen", wiederholte Charlotte.

„Wenn ich jetzt gehe, dann für immer."

Sie holte tief Luft und kappte das Band endgültig. „Wie du wünschst, Freddy." Vater würde sie ihn niemals nennen.

Hochrot im Gesicht, bewegte er die Lippen, doch es kam kein Ton heraus. Sie wussten beide, dass es nichts mehr zu sagen gab. Plötzlich wirkte er sehr alt und genauso ausgelaugt wie Helena. Als er sich umdrehte und verschwand, musste sie daran denken, dass er auch aus dem Leben ihrer Mutter einfach verschwunden war.

Die Tür schloss sich, und Charlotte sackte erleichtert zusammen. Das war hart gewesen. Vorsichtig rieb sie sich die müden Augen. Sie musste ihre Gedanken ordnen und eine schwierige Entscheidung treffen. Sie hob den Blick, sah in Michaels Gesicht, und plötzlich war die Entscheidung leicht.

26. KAPITEL

Drei Wochen später ging Charlotte ungeduldig in ihrem Krankenzimmer auf und ab und wartete auf Dr. Harmon, der die Bandagen lösen wollte. Die Implantate waren entfernt, die Operation war gut gelaufen, und jetzt war nur noch das Ergebnis zu betrachten. Sie hatte die Situation schon einmal erlebt.

„Charlotte, entspann dich", bat Michael. „Er wird jeden Moment hier sein."

„Ich kann mich nicht entspannen. Verstehst du das nicht?"

„Ich verstehe, dass du dir Sorgen machst, wie du jetzt aussiehst. Das würde jeder. Aber was kann denn schlimmstenfalls passieren?"

„Dass ich so aussehe wie vor meiner ersten Operation."

„Dr. Harmon hat dir versichert, dass das nicht der Fall sein wird. Der Knochenaufbau ist erhalten geblieben, es wurden nur die künstlichen Implantate entfernt. Schlimmstenfalls hast du eine leicht zurückweichende Kinnlinie. Das ist keine große Sache. Du hast Glück."

Trotzdem machte sie sich Sorgen, wie Michael auf ihr neues Aussehen reagieren würde.

„Oh, ich verstehe, es geht um mich."

„Ja", flüsterte sie. „Ich werde es in jedem Fall überleben. Aber ich mache mir Sorgen, ob du mich noch magst."

Er schüttelte seufzend den Kopf. „Komm her." Er streckte die Arme aus. Anstatt sie zu umarmen, führte er sie jedoch ins Bad vor den Spiegel über dem Waschbecken und stellte sich hinter sie. „Charlotte, betrachte dich im Spiegel."

Ihr Kopf war unter Bandagen verborgen mit Ausnahme der Öffnungen für Augen, Mund und Nase. „Ich kann mich nicht sehen."

„Falsch. Wenn du magst, was du jetzt sehen kannst, ist der Rest fast gleichgültig. Ich mag es jedenfalls.“ Er ließ sie vor dem Spiegel allein.

Irgendwie hatte er Recht. Gegen das Weiß der Bandagen schienen ihre Augen besonders ausdrucksvoll zu strahlen. Sie zeigten die wahre Charlotte. Lange genug hatte sie Rollen gespielt. Es war Zeit, zu sich zu stehen.

Als sie sich umdrehte, gaben sich Michael und Dr. Harmon an der Tür zu ihrem Zimmer die Hand. Sie trat vom Spiegel zurück, wandte sich ihnen zu und lächelte unter den Bandagen.

EPILOG

„Schönheit ist Wahrheit, Wahrheit schön – soviel
wisst ihr auf Erden,
und dies Wissen reicht.
– John Keats –

Charlotte fuhr in der schicken Limousine vom Flughafen in L.A. in die fruchtbaren Hügel und Täler Südkaliforniens zurück, die sie nun ihr Zuhause nannte. Die Fahrt wurde unruhig, sobald sie vom Highway abbogen und sich auf Nebenstrecken dem Mondragon-Besitz näherten. Sie schaukelte auf dem weichen Rücksitz, während sie durch das Fenster auf das üppige Grün der Landschaft blickte. Dort drüben war die offene Weide, wo sie mit Michael Tontaubenschießen geübt hatte. Und da oben war das kleine Gehölz mit seinem Überfluss an Nachtschattengewächsen.

Lächelnd dachte sie daran, wie reich ihr Leben in den zwei Jahren seit ihrer zweiten Operation geworden war. Reicher noch als die Gärtnerei, die Michael wieder aufgebaut hatte, und die dank der hundert Acres, die sie ihm zur Hochzeit geschenkt hatte, noch größer geworden war. Ihr eigenes Haus hatte sie mit großem Gewinn verkauft und den Erlös in eine Vorzugsimmobilie gesteckt, die an den Mondragon-Besitz angrenzte und von dem die Familie jeden Frühling geträumt hatte.

Sie sah ihr Spiegelbild im Fenster. Sie war immer noch eine attraktive Frau, wenn auch nicht mehr mit dem perfekten Gesicht wie damals. Allerdings war es auch nie ihr Bestreben gewesen, eine überragende Schönheit zu sein. Sie hatte nur normal aussehen wollen, um geliebt zu werden. Dr. Harmon hatte Recht behalten mit seiner Prognose. Sie hatte lediglich eine leicht zurückweichende Kinnlinie. Sie drehte den Kopf ein wenig und sah ihr Profil. Nett, nein sogar schön. Jedenfalls war dies das Gesicht, das Michael liebte.

Außerdem war es das Gesicht, das Millionen Menschen im ganzen Land gestern im Fernsehen gesehen hatten. Sie hatte Vicki Ray ein Exklusivinterview gewährt. Das erste seit ihrem Verschwinden seinerzeit, das den Appetit der Medien geweckt hatte. Nach den tumulthaften Szenen damals nach der Show hatte Vicki Ray sich anständig verhalten. Sie hätte genügend Munition gehabt, die Klatschpresse monatelang zu füttern. Aber sie hatte geschwiegen und ihre Privatsphäre respektiert.

Für diese menschliche Anständigkeit hatte Charlotte sie angerufen und ihr ein Interview angeboten. Ihr Hauptanliegen war es gewesen, einer breiten Öffentlichkeit die Möglichkeiten der plastischen Chirurgie vorzustellen, besonders für Kinder mit angeborenen Deformierungen. Indem sie mit ihrer Geschichte an die Öffentlichkeit ging, hoffte sie das Spendenaufkommen für jene Organisationen zu erhöhen, die Kindern rund um den Globus notwendige Operationen ermöglichten. Und wenn sie nur einem Kind eine Kindheit wie die eigene ersparen konnte, hatte es sich gelohnt.

Sie ließ einen Finger über Wange und Kinn gleiten. Nicht, dass sie ihre Vergangenheit ändern wollte, sie hatte schließlich hierher geführt.

Am Eingang zum Besitz der Mondragons entließ sie den Fahrer. Sie wollte den Wind im Gesicht spüren, wenn sie den Rest des Weges zu Fuß ging. Ihren Koffer schob sie in einen Schuppen, nahm den Schmuck ab, zog die Nadeln aus dem Haar und ließ es lang herunterhängen.

Endlich war der Lärm der Stadt weit weg. Der Wind wehte in der Dämmerung den Parfumduft des Nachtjasmins herüber. Ihr Herz schien einen Sprung zu machen. Ja, sie war zu Hause. Glücklich stieg sie forschen Schrittes die Anhöhe hinauf zum Haus, wo Michael und die Familie auf sie warteten.

Während sie dem Kiesweg folgte, stellte sie sich Luis und Manuel am kleinen Tisch beim Fenster vor, wie sie Bier tranken und Domino spielten. Cisco hatte sich vermutlich mit einer riesigen Schale Eiskrem vor dem Fernseher geparkt. Er war jetzt in der Pubertät, ein hübscher Junge, groß und dunkel wie sein Tío Miguel, den er verehrte.

Marta werkelte zweifellos in der Küche und summte beim Zubereiten der Saucen für das Dinner. Maria Elena begeisterte sich fürs Kochen und war die beste Hilfe ihrer Großmutter. Was Rosa anging ... sie hatte Küchenarbeit nie gemocht, und keiner zwang sie mehr. Stattdessen hatte sie sich am College eingeschrieben. Wenn sie nicht mit ihrem Mann in der Gartenservice-Firma arbeitete, die ihnen jetzt gehörte, oder Vorlesungen hatte, steckte sie die Nase in Bücher. Michael hatte allerdings darauf bestanden, dass Manuel und Rosa zur Eheberatung gingen, ehe er ihnen das Geschäft überschrieb. Anfänglich hatten sie sich geweigert, doch jetzt waren sie ihm dankbar. Rosa wurde das Lieblingsziel für Bobbys Spottlust, der sie aufzog, sie sei der wahre Akademiker in der Familie.

Der liebe Bobby, dachte Charlotte und blieb am Rande des Gehölzes stehen, um Atem zu schöpfen. Es ging ihm gut, seit er mit sich und seinem Vater Frieden geschlossen hatte. Was seine Aids-Erkrankung anging, da waren sie optimistisch. Mit Dr. Xavier Navarros Hilfe und den Medikamenten hielt er sich wacker und lebte in der Blockhütte neben dem Quellteich, die Michael ihm zusammen mit den Rechten an der Quelle überlassen hatte. Mit der Zeit würden die Einkünfte aus der Mineralwasserquelle ihm genügend für seine Behandlung einbringen und ihm ermöglichen, weiter zu malen.

Im Wäldchen war es bereits tief dunkel. Eine Fledermaus flog im Zwielicht über sie hinweg. Sie wusste, Michael würde auf der vorderen Veranda stehen und erwartungsvoll den Weg hinabblicken. Rasch ging sie an dem kleinen Bach vorbei, aus dem die Pferde nach einem Ritt gerne tranken. In der Ferne sah sie im letzten Licht die ausgedehnten Felder mit den kräftigen Pflanzen der Baumschule.

In den zwei Jahren seit ihrer Heirat mit Michael hatten sie hier das Fundament für ihre eigene Familie gelegt mit derselben harten Arbeit, die Luis und Marta vor über einem Vierteljahrhundert geleistet hatten. Sie sahen die Jahreszeiten kommen und gehen mit allen Kapriolen und Unwägbarkeiten der Natur. Und so sehr sie dieses Land liebten, erlagen sie nie der Illusion, alles bliebe auf ewig, wie es war. Die Natur war ständig im Wandel begriffen, und das bedeutete Unsicherheit. Doch sie waren überzeugt, alle Veränderungen zu überstehen.

Sie kam an dem Grenzstein zu ihrem Grundstück vorbei, auf dem ein ausladendes weißes Haus im spanisch-kalifornischen Stil mit tiefrotem Dach stand. Sie lächelte, als sie Michael auf der vorderen Veranda entdeckte. Gegen die Holzpergola gelehnt, blickte er den Weg hinab. Ein tiefes Bellen kündigte ihre Ankunft an. Als Nächstes ertönte ein hohes Quieken, und Charlotte musste lachen, als sie ihre Tochter mit den strammen Beinchen strampeln sah, damit ihr Daddy sie absetzte.

„Mama! Mama!“

Charlotte ließ die Tasche fallen und eilte ihrer Tochter entgegen. Bär, ihr großer schwarzweißer Hund, warf sie fast um, als er sie freudig bellend und winselnd umtanzte. Charlotte öffnete die Arme, und Marguerite warf sich hinein. Mit ihrer zarten Haut, dem glänzenden schwarzen Haar und den strahlend blauen Augen war sie ein bildhübsches Kind. Doch vor allem an ihrem perfekten kleinen Kinn konnte Charlotte sich nicht satt sehen.

Sie presste die Einjährige an sich, wiegte und küsste sie und blickte zu Michael, der sie voller Zuneigung betrachtete.

Sie lächelte ihn an. Für sie war ein Märchen wahr geworden. Michael erwiderte ihr Lächeln, das mehr sagte als tausend Worte. Sobald sie ihren kleinen Wirbelwind gleich zu Bett gebracht hatten, würden sie sich lieben. Anschließend würde Michael sie in den Armen halten und genau wissen wollen, was sie inzwischen erlebt hatte.

Zufrieden seufzend blickte sie an Mann und Tochter vorbei zu den Bergen, hinter denen das letzte Tageslicht in harmonischen Farben verblich.

– ENDE –

Erica Spindler

Die Angst im Nacken

Verbrechen, Leidenschaft und gnadenlose Spannung

Erica Spindler versteht es, die Abgründe der Seele aufzudecken. Ihr neuer Thriller garantiert Nervenkitzel bis zur letzten Seite.

Band-Nr. 25114
7,95 € (D)
ISBN 3-89941-150-1

MIRA®

Alex Kava
Das Böse

Band-Nr. 25001
7,95 € (D)
ISBN 3-89941-001-7

Alex Kava
Schwarze Seelen

Band-Nr. 25052
7,95 € (D)
ISBN 3-89941-067-X

Alex Kava
Eiskalter Wahnsinn

Band-Nr. 25069
7,95 € (D)
ISBN 3-89941-091-2

Jackie Collins
Mit Gift und Glamour
Band-Nr. 25101
7,95 € (D)
ISBN 3-89941-137-4

Erica Spindler
Stadt des Schweigens
Band-Nr. 25091
7,95 € (D)
ISBN 3-89941-124-2

Heather Graham
Am Anfang war der Tod
Band-Nr. 25083
7,95 € (D)
ISBN 3-89941-108-0

Mary Alice Monroe
Nur dieser eine Sommer
Band-Nr. 25092
7,95 € (D)
ISBN 3-89941-125-0